❶ 1977년 6월 25일, 광주 가톨릭회관 강당에서 열린 소설가 한승원의 창작집 『앞산도 첩첩하고』 출판기념회에서 소설문학동인회의 기념패를 증정하고 있는 이명한 작가.

❷ 1984년 한국문인협회 전남지부장 시절 광주 학생운동기념탑 앞에서. 앉은 이 왼쪽부터 이명한, 국효문 시인, 임옥애 동화작가. 선 이 왼쪽부터 강인한 시인, 김신운 소설가, 전원범 시인, 이삼교 소설가, 한옥근 희곡작가.

❸ 1986년 11월 7일, 전라남도 문화상 시상식 때.

❹ 1991년 부산의 김정한 작가를 방문한 광주의 문인들. 첫줄 왼쪽부터 이명한 허형만 김정한 송기숙 박혜강 고재종. 둘째줄 왼쪽부터 심상대 정해천 윤정현 김희수 곽재구 김유택 윤석진 장효문 조성국 김준태 이철송 등. ―사진 김준태 제공.

❺ 1992년 5월 27일, 광주전남민족문학인협의회 주최로 열린 '광주항쟁 12주기 5월문학의 밤'에서 공연된 문인극 「저격수」(이명한 작).

① 1993년 2월, 광주전남소설문학회 출판기념회에서 이명한 회장과 소설문학회 회원들. −사진 심상대 제공.

② 1994년 11월 19일, 서울 광화문 세종문화회관 세종홀에서 열린 '민족문학작가회의 창립 20주년' 기념식에서 작가회의 임원들과 축하 케이크 절단. 테이블 왼쪽부터 구중서 백낙청 이명한 송기숙 고은 김도현(문화부차관) 김병걸 임수생 신경림 등 문인들.

③ 2005년 7월 21일, '6·15공동선언 실천을 위한 민족작가대회'에 참석한 문인들과 평양 시내에서. 우측부터 이명한 송기숙 김희수 장혜명(북측) 염무웅.

④ 2005년 7월 22일, '6·15공동선언 실천을 위한 민족작가대회' 때 항일무장투쟁 유적지 백두산 밀영에서. 왼쪽부터 이명한 작가, 오영재 시인(북측), 황지우 시인 등과 함께.

⑤ 2007년 4월 21일, 광주전남작가회의 회원들과 전북 임실군 영화마을 소풍 길에서. −사진 김준태 제공.

① 2012년 7월 20일, 5·18기념문화관 대동홀에서 열린 시집 『새벽, 백두 정상에서』 출판기념회 후 가족과 함께.

② 2018년 '4·3문학제' 참석차 제주 가는 선상에서 작가회의 후배 문인들과. 오른쪽부터 채희윤 이명한 김병윤 서종규 김경윤 박혜강.

③ 2019년 2월 26일, '5·18망언 규탄성명서 발표 및 기자회견' 때 (구)전남도청 앞 광장에서 광주전남작가회의 전 현직 회장과 함께. 오른쪽부터 이명한 김준태 김희수 김완.

④ 2022년 5월 14일, 나주학생독립운동기념관에서 열린 한일국제심포지엄 개회사를 하고 있는 이명한 관장. - 사진 〈광남일보〉.

⑤ 2022년 10월, 일본 하토야마 유키오 전 총리 부부(중앙)의 나주 방문 시 나주역 앞에서. 박준채 독립운동가의 아들 박형근, 윤병태 나주시장 등과 함께. ─사진 〈강산뉴스〉.

이 명 한
중단편전집

5

겨울나기

이명한 중단편전집 간행위원회 (무순)

고문

한승원 소설가   임헌영 문학평론가   문순태 소설가   이재백 소설가

김준태 시인   김희수 시인   김정길 통일운동가   김수복 통일운동가

윤준식 광주학생독립운동기념사업회 이사장

간행위원

임철우 소설가   채희윤 소설가   박호재 소설가   박혜강 소설가

전용호 소설가   조성현 소설가   김경희 소설가   나종영 시인

백수인 시인   고재종 시인   조진태 시인   김경윤 시인

맹문재 문학평론가   박관서 시인   김 완 시인   이지담 시인

김호균 시인   조성국 시인   김영삼 문학평론가   윤만식 문화운동가

김경주 화가   박종화 민중음악가

실무위원

이승철 시인   정강철 소설가   범현이 소설가   이철영 답사여행작가

송광룡 시인

이명한
중단편전집

겨울나기

5

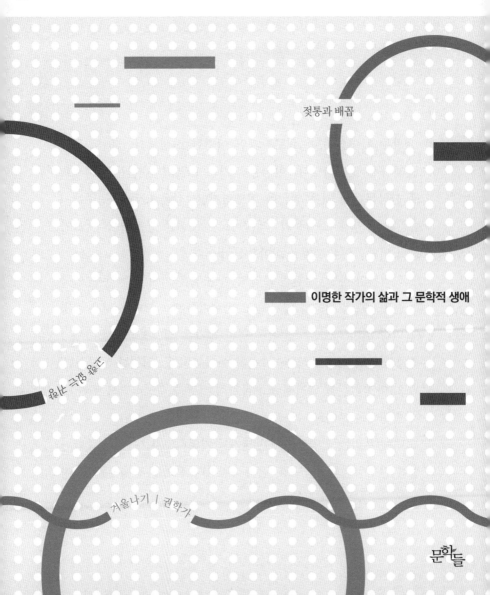

젖통과 배꼽

이명한 작가의 삶과 그 문학적 생애

문학들

이명한 중단편전집을 펴내면서

광주의 어른이자, 원로작가인 이명한 선생께서 올해로 등단 '반세기'를 맞이하였다. 이명한 작가는 1975년 『월간문학』 4월호 로 한국문단에 처음 얼굴을 선보였지만, 실은 1973년 광주에서 출간된 동인지 『소설문학』 제1집에 첫 소설을 발표했으니, 작가 로서 어언 '50년' 세월을 살아오신 것이다.

식민지와 해방, 분단과 폭압의 한 시절을 거쳐 오는 동안 일국 의 문인으로서 지조를 잃지 않고 반세기를 통과했다는 것은 존경 할 만한 일이 아닐 수 없다. 이명한 작가는 해방정국의 틈바구니 속에서 일찍 아버지(이석성 작가)를 여의었지만, '영원한 문학청년' 으로 자신의 삶을 일떠세웠고 작가적 사명을 실천하면서 우리 곁 에 존재해온 분이다.

이에 우리는 이명한문학 반세기를 기념하고자 〈이명한 중단편 전집 간행위원회〉를 구성, 올해 3월부터 작업을 진행해왔다. 여기저기 지면에 흩어져 있던 이명한 작가의 중단편소설 51편을 한 데 모았고, '이명한 문학세계' 전반을 조망하는 해설(김영삼 평론가의 「시간의 지층을 넘어」)과 함께 '이석성— 이명한— 이철영' 작가로 이어지는 '문학적 3대'에 대한 탐사기(이승철 시인의 「이명한 작가의 삶과 그 문학적 생애」)를 새롭게 집필, 게재하였다.

『이명한 중단편전집』은 전 5권으로 구성돼 있다.

제1권은 1975년 『월간문학』 등단 무렵부터 1979년 10·26으로 '유신체제'가 붕괴될 때까지 발표한 작품들로 전통과 현대의 충돌, 애욕적 세대풍경과 몰가치한 현실, 새로운 세상에 대한 열망, 근대화 과정에서 소외된 하류인생들의 애환과 생존의지를 담아낸 것들이 주류를 이룬다.

제2권과 3권은 1980년 5·18민중항쟁과 1987년 6월 시민항쟁을 겪은 이명한 작가가 민주화운동에 투신하던 시기에 창작한 작품으로 비진정한 현실에 대한 통찰과 역사의식·사회인식이 투영된 문제작이다. 작가의 유년의 생체험과 더불어 일제 강점기의 피어린 역사, 8·15해방과 한국전쟁 시기의 이념적 갈등, 광주항쟁의 진실 찾기와 군사문화에 대한 폭로 등 역사가 만든 비극, 그 뒤안길에서 생존해야 하는 사람들의 뼈아픈 삶에 초점이 맞춰져 있다. 역사와 권력의 폭력에 대한 이명한 작가의 '저항의지'라고 할 수 있다.

제4, 5권은 '반복된 역사의 비극 방지'라는 작가의 철학과 고향으로의 회귀정신, 원초적 생명력을 담아낸 작품들이다. 1987

년 이후 이명한 작가는 '광주전남민족문학인협의회' 공동의장, '민족문학작가회의(현, 한국작가회의)' 자문위원, '광주민예총' 이사장, '6·15공동위원회' 남측공동대표 등으로 활동하면서 분단체제의 타파와 민족화해를 위한 실천운동에 주력했는바 그에 걸맞는 '문학정신'이 반영돼 있다. 그리고 제5권에 덧붙인 이명한 작가의 가계사적 이력과 문학적 생애에 대한 탐사는 '광주전남 문학사'의 소중한 일면을 보여준다.

이명한문학은 일관되게 '역사의식'과 '시대정신'을 추구해 왔다. 소설문학의 전통정서에 바탕을 두되, 그 기저에는 '사회의식'과 '역사 혼'이 흐른다. 우리시대의 '원로'로서 한국문학의 뿌리와 숲을 풍성하게 만든 이명한문학에 여러분의 큰 관심과 사랑을 기대한다.

2022. 12. 2.
이명한 중단편전집 간행위원회

차례

겨울나기

갈기갈기 찢긴 걸레 조각 같은 구름이 너울너울 하늘에서 춤을 추고 있었다. 겹쳤다가 풀어지고 풀어졌다가 겹치는 조화를 거듭하는 사이로 이따금 샘물 같은 하늘이 모습을 드러내는 수가 있었지만 그것도 잠시일 뿐 순식간에 지워져 버리곤 하였다. 갈마등을 넘어온 차가운 바람이 골목 안에 흩어져 있는 낙엽과 검불 나부랭이들을 이리저리 밀어붙이고 스산한 날씨 탓인지 비 오는 날 잠에서 깨어난 사람처럼 정신이 어리둥절하였다.

마을 앞에 우람하게 솟아 있는 당산나무에서 졸고 있던 네댓 마리의 까마귀들이 무엇인가에 놀란 듯 가지를 박차고 날아오르더니 동네 편 만수네 집 감나무에 내려앉아 깍 깍 깍, 포목 찢는 소리를 토해냈다. 갈고리 주둥이를 벌려 그악스레 울어대는 소리를 들을 때마다 동네 사람들은 오싹하는 두려움을 느끼며 수릿골 고목나무 밑에 나타난다는 할미귀신을 연상하였다. 깍 까악 깍.

학동들이 기다리고 있는 서당으로 올라가려고 대문을 나선 절산선생節山先生은 까마귀 소리를 듣는 순간 문득 허기증을 느꼈다. 아침을 먹은 지가 방금 전이니 뱃속이 비어 있을 리가 없는데 그렇게 느끼는 것은 정녕 가슴 한구석이 비어 있기 때문이었다. 장성한 자식을 잃고 살아가는 아비에게 항상 밀어닥치는 것은 헤아릴 수 없는 공허함이었는데 요새 와서는 그것이 두려움으로 바뀌어 있었다. 손자인 창수 탓이었다.

여기저기서 사람들이 잡혀갔느니, 총에 맞아 죽었다느니 하는 흉흉한 소문들이 나돌고 있는데 집을 나간 창수는 지금 산으로 들어가 있었다. 혹시라도 그 녀석의 신상에 어떤 일이 일어난 것은 아닐지, 가중되는 불안에 바짝 마음이 조급해지자 절산선생은 쫓기듯 다시 집으로 돌아가 부인 김씨를 불렀다.

"요새 창수에 대한 소식 못 들었소?"

"아무 소식 없습니다."

"무소식이 희소식이라는 말이야 있지만 마음이 놓여야지."

입산을 하기 전까지만 해도 설마하니, 하는 마음으로 살아왔었는데 막상 이렇게 되고 보니 칼날 위에 앉은 새의 심정이었다. 그렇게 여러 차례 타일렀건만 소귀에 경 읽기가 되어버린 것이 안타까웠다. 어느 날인가는,

"세상이 이렇게 시끄러운데 동훈이와 손을 끊을 수는 없느냐?"

하고 물었다. 그런데 창수는 고개를 숙인 채 대답이 없었다. 매사를 숨긴 적이 없었던 놈이었는데 시국이 이렇게 된 후로는 좀

처럼 마음을 열어주지 않았다. 조직에는 비밀이 있고 일찍이 자식을 잃은 할아버지 앞에서 위태로운 처지를 털어놓을 수 없기 때문이었다. 그만큼 사태는 심상치 않았다.

"왜 아무 말이 없느냐, 그러다가 네 아비처럼 참혹한 꼴이라도 당할 작정이냐?"

"설마한들 그런 끔찍한 일이야 되풀이되겠습니까. 결코 그런 일은 없을 것입니다."

"그렇다면 얼마나 좋겠냐마는 세상 돌아가는 꼴이 일제 때보다 더했으면 더했지 나을 것이 없는 것 같다. 그런데 진작부터 너희들에게 일러주려고 하면서 말을 하지 않았다마는 너희들 쓰고 있는 말씨가 그게 뭐냐? 어른들을 '동무'라고 부르는데, 그렇다면 이 하나씨도 동무란 말이냐?"

"아닙니다. 그건 어른을 낮추어 부르자는 것이 아니라 뜻을 같이하는 동지라는 말을 잠시 그렇게 쓰고 있는 것이라고 합니다."

"그래도 그렇지, 사람에게는 말처럼 소중한 것이 없는 법인데 함부로 입을 놀린대서야 될 말이냐? 그런 범절도 모르는 놈들이 국사를 논한다고 하고 있으니 나머지 일들이야 알 만하다."

"그런 사소한 것은 앞으로 어른들 말을 듣고 고쳐나가면 될 것입니다. 그런데 우리 앞에는 그것보다도 해야 할 큰일들이 많으니까요."

"세상이 이렇게 꼴 보기 사납게 돌아가고 있는데 어찌 할 일이야 없겠느냐. 그러나 국사는 순리를 따라 여유 있게 해나가야지 식은 죽 먹듯 되는 것이 아니다. 더구나 너의 입장은 다른 사람과는 다르니 각별히 몸조심을 해야 한다."

"알겠습니다. 할아버지."

창수의 아비 경호가 불령선인不逞鮮人으로 몰려 일경에게 붙들려 가 시달린 끝에 후유증으로 세상을 떠난 후, 불면 꺼질세라 다치면 부서질세라, 금지옥엽으로 키워온 손자였다. 그런데 그놈이 일정시대부터 사회주의자로 알려진 이웃 마을 동훈이와 어울려 다니면서 집을 비우는 날이 많더니 요새 와서 벌써 한 달째 소식을 끊고 있었다.

동학란과 의병 난리 때도 세상을 바로잡자고 일어선 사람들이 뜻을 이루지 못한 채 얼마나 많이 죽어갔는가. 삼일운동 때는 금방 독립이 된다고 하였는데 도로아미타불이 되어버렸고 광주학생사건 때도 적잖은 젊은이들이 매를 맞거나 옥고를 치러야 했었다.

그러다가 천행으로 해방이 되어 이제부터는 마음껏 자유롭게 살 수 있으려니 했는데 온 겨레가 기쁨으로 들떠 있는 사이 국토가 동강 나고 그나마 갈라선 남쪽마저 좌우로 갈라져 아귀다툼을 하고 있으니 바라던 바가 아니었다. 그동안 엄청난 소용돌이를 겪으면서 남쪽만의 정부가 들어서기는 했지만 여순 사건이 터진 후로는 더욱 악화되어 총소리 그칠 날이 없었다.

부모의 입장에서 보면 어느 집 자식치고 소중하지 않은 놈이 있으리오마는, 그중에서도 창수는 3대를 내려온 외아들이었다. 만약 불행한 일이 생기게 되면 가문이 문을 닫을 판이니 외나무다리를 건너듯 조심해서 살아가야 하는데 매사가 자꾸만 외로 가고 있으니 걱정이요, 한숨이었다.

아무리 그렇기도 절산선생은 창수를 믿고 싶었다. 장성한 사내로서 명색이 나라를 위한답시고 나선 놈이니 당장 손을 씻고 나오기는 쉽지 않겠지만 제 아비의 비극을 생각해서라도 극단적인 위험 속으로야 빠져들어 가겠는가. 더구나 그는 어려서부터 「명심보감明心寶鑑」과 「소학小學」을 읽은 놈이었다.

"효도란 것은 부모를 알뜰하게 섬기기만 해서 되는 것이 아니라 자기 몸을 소중히 여길 줄 알아야 하는 것이다."

창수는 할아버지로부터 이 말을 반복해서 들을 때마다 옳은 말씀이려니 하면서도 한편으로는 어른들의 이기주의일 수도 있다고 여겼었는데 막상 생명의 위협을 받는 극한상황에 놓이고 보니 비로소 그 뜻을 이해할 수 있을 것 같았다. 생각해 보면 내 몸은 홀로 고립되어 있는 것이 아니라 온 가족과 더불어 묶여 있는 공동운명체였다. 할아버지의 말씀이 아니더라도 만일 자신이 죽을 경우 풍비박산이 될 수밖에 없을 것이니, 그것이 바로 내 몸을 사유물처럼 함부로 할 수는 없는 이유였다.

"아버지의 전철을 밟아 할아버지 앞에서 죽을 수는 없는 일이다. 비록 변절자의 낙인이 찍히게 되더라도 그럴 수는 없어. 당장 동훈 동지를 만나 떠나게 해달라고 요청하리라."

이렇게 다짐하고 찾아갔었는데 막상 동훈을 만나고 보니 입이 열리지 않았다. 가족보다도 중요한 것은 나라요, 이념이요, 조직이었다.

절산선생은 비록 「소학」 같은 경전이 아니더라도 옛사람들의 글을 소홀히 여기는 법이 없었다. 그런 삶의 방식은 우리 사회를 수천 년 동안 지탱해 온 질서요, 이데올로기였다. 비록 현실과 동떨어지거나 허황한 대목이 있더라도 의심하려 하지 않다 보니 손자가 배우는 교과서에 실린 글들을 불신하는 경우가 많았는데, 국민학교 5학년 때였던가, 창수는 학교에서 배운 대로 지구를 둥글다고 했다가 호되게 야단을 맞았었다.

"옛사람의 글에 그른 것이 없느니라. 땅덩이가 모나지 않고 둥글다니 그게 무슨 소리냐? 둥근 것은 하늘이다."

이렇게 되면 비록 불만이었지만 창수는 자기 주장을 고집할 수가 없었다. 할아버지의 권위는 그만큼 엄청나 반대하거나 거역할 수 없는 것이었다. 그런데 절산선생은 옛글에 대한 그런 믿음 때문에 한바탕 큰 소동을 벌이기도 했다.

국민학교도 들어가기 전이니까, 벌써 십 년 전의 어느 여름날 아침, 창수는 물꼬를 보러 나가는 할아버지를 따라 들로 나갔었다. 타는 듯했던 더위가 밤사이에 잦아들어 제법 서늘한 기운이 온 누리에 넘치고 있었고 가을을 예고하는 이슬이 풀잎마다 방울져 있는 논둑 길을 걸어가고 있는데,

"창수야, 너는 농사가 얼마나 소중하다는 것을 알고 있겠지?"

"예, 할아버지. 농사를 지어야 밥을 묵고 살 수 있습니다."

"잘 알고 있구나. 그래서 옛사람들은 농사를 천하지대본이라고 했단다. 사람은 설령 장사꾼이나 관리가 되더라도 농사가 어떤 것이라는 것을 알고 살아가야 한다. 그렇지 않으면 백성의 마음을 헤아리지 못하고 삶의 근본을 알 수가 없게 되는 것이란다.

그리고……."

　이렇게 진지하게 말을 이어가고 있던 할아버지는 갑자기 무엇
인가에 놀라 발을 우뚝 멈추더니 부리나케 되돌아서며,

　"안 되겠다. 어서 돌아가자."

　"우리 논은 아직 멀었는디요."

　"갈 것 없다. 어서 돌아가자니까."

　앞장서서 도망치듯 설어가는 할아버지의 다리가 휘청거렸다.
아무래도 정상이 아니었다. 몸을 가누지 못해 비틀거리는가 했더
니 아뿔싸, 첨벙 무논 속으로 발을 헛딛고 말았다. 간신히 빠져나
오긴 했지만 바지가랑이는 뻘투성이가 되어 있었고 징검다리를
건너다가도 풍덩 개천으로 뛰어들었으며 동네 앞으로 들어서자
물동이를 인 아낙들이 왕방울 눈을 하고 수군거렸지만 아랑곳하
지 않았다.

　"저 어른이 왜 저러시지?"

　"술에 취하셨는가 봐."

　"아침인데 무슨 술. 풍이라도 맞으신 모양이지."

　그녀들 앞을 지나 동네로 들어선 할아버지는 이곳저곳 기웃거
리다가 엉뚱한 골목으로 접어들었다.

　"할아버지 거기 아니어요."

　"엉!"

　창수가 끌어당기자 비로소 잘못을 깨닫고 부랴부랴 몸을 돌려
가까스로 집을 찾아 들어가더니 쓰러지듯 마룻바닥에 몸을 던졌
다. 한쪽 발은 신이 벗겨져 나가고 다른 발은 신은 채였다. 이마

에는 땀방울이 송알송알 맺혀 있고 눈빛은 초점을 잃고 있었다. 아래채 헛간 앞에서 일찍부터 삼베 실을 뽑고 있던 할머니가 놀라 뛰어왔다.

"영감, 이게 어떻게 된 일이오? 신도 벗지 않고……"

"딴말 말고 나를 부축하시오."

방안으로 모셔 들이자 할아버지는 옷도 벗지 않은 채 벌렁 이불을 덮고 누워 얼굴을 가려버렸다. 도대체 왜 저러시는지, 출행을 잘못하여 급병을 얻은 것일까. 그렇다면 오귀삼살방五鬼三殺方이라도 되었단 말인가. 오행 공부를 하신 할아버지가 살이 낀 방위로 출행하지는 않았을 텐데…….

"나는 이제 죽는다. 끙끙……."

할아버지는 신음소리를 내기 시작했다.

"죽다니요, 그게 무슨 말씀이라요?"

부인이 놀란 표정을 풀지 않고 핀잔을 주자,

"내 죽는 것은 상관없지만 어린 창수란 놈이 걱정이오. 아비만 없어도 호로자식 말을 듣는 것인데 하나씨마저 죽게 되었으니 아이고, 누가 저놈을 돌볼 것인고."

두 줄기 눈물이 뺨 위를 주르르 흘러내렸다.

"죽는다고만 하지 말고 어디가 아파서 그러는지 말씀을 하셔야 약을 지러 가든지 의원을 불러온다든지 하지라우."

"다 쓸데없는 일이라네. 옛글에 양두사兩頭蛇를 한 번 본 사람은 죽음을 피할 수 없다고 했어. 양두사라니까."

"양두사가 무엇인지는 모르지만 그런 걸 봤다고 사람이 죽는가요. 그런 법이 어디 있어요. 말짱 헛소리인께 그런 말씀일랑 하지 말고 어서 옷이나 갈아입으시오."

"오, 창수란 놈은 그것을 보지 말았어야 하는데 어찌 되었는지 모르겠네. 만약에 그놈이 봤으면 안 돼. 창수야, 너도 보았느냐?"

옆에 앉았던 창수가 물었다.

"무엇인데요?"

하고 반문하자

"뱀 말이다, 뱀."

"아까 논두렁에 있던 뱀 말인가요?"

"그럼 너도 봤단 말이냐? 아이고, 아이고, 이 일을 어찌할꼬. 우리 집안은 망했다. 이제는 문을 닫게 되었어. 무정한 선영님네."

"원, 나는 또 무슨 일이라고. 그럼 그 뱀을 본 사람은 다 죽는단 말인가요. 설마한들 그럴 리가요. 저 양반은 이따금 엉뚱한 것도 잘 믿는 분이니까."

부인이 시큰둥하고 있는데 절산선생이 갑자기 벌떡 몸을 일으키며 소리를 질렀다.

"아니야. 이러고 있을 때가 아니구나. 나는 죽더라도 다른 사람을 살려야 해."

이불을 걷어차고 일어선 절산선생은 문을 박차고 마당으로 나가더니 작대기 하나를 집어 들었다.

"금방 죽는단 양반이 무슨 힘이 생겨서 저런지 모르겠네. 어디를 가시오?”

“때려죽여 버려야 해. 그놈을 죽여 땅속 깊이 묻어버려야 한다니까.”

신들린 사람처럼 달려가는데 어찌나 발이 빠르던지 뒤를 쫓던 할머니는 그만 중도에서 발을 멈추고 말았다.

어째서 뱀을 보면 사람이 죽는다는 것인지, 창수는 도무지 까닭을 알 수 없었다. 독사에 물렸다면 몰라도 보기만 해서 사람이 죽는 뱀이 어디 있단 말인가. 더구나 그런 무자치는 들판에서 얼마든지 볼 수 있는 뱀이었다. 할머니가 물었다.

“창수야, 그런디 너도 그 양두산가 뭔가를 보았단 말이냐?”

“양두사가 무엇인디요?”

“한 몸뚱이에 머리가 둘 달린 뱀이라고 하더라.”

“그런데요, 할머니. 그 뱀은 머리가 둘이 아니었어요.”

“그럼 몇이란 말이냐?”

“흘레붙은 뱀이었어라.”

“뭐라? 흘레붙은 뱀이라고? 그럼 네 할아버지는 그것을 보고 머리가 둘 달린 양두사로 알았단 말이냐?”

“예, 이제 생각해 보니 할아버지는 그걸 보고 놀라 우리 논에도 가지 않고 되돌아와 버리셨어요.”

“원, 시상에 그런 걸 가지고 이런 소동을 벌이고 있단 말이냐? 허허허…….”

마음이 느긋해진 할머니는 헛웃음을 쳤다. 한참 만에 들판으로 뛰어나갔던 절산선생이 헐떡거리며 돌아왔다.

"그 몹쓸 놈의 뱀이 어디로 달아나 버렸을까. 우리 집만 망하게 할 일이지. 앞으로 몇 사람을 죽일라고……."

"그만두어요. 그건 양두사가 아니었답니다."

"뭐라고, 양두사가 아니라고?"

"그래요. 창수가 그런디, 뭐라더라, 아이고 망측해라, 흘레붙은 뱀이랍디다."

"창수야, 그게 징말이냐? 너는 눈이 나보다 밝으니까 똑똑히 봤겠지."

"할아버지, 그렇다니까요."

창수의 말을 듣고 나서야 절산선생은 비로소 마음을 놓고 정상으로 돌아왔지만 두고두고 화젯거리가 되었었다.

해방이 되어 일본인들이 물러갔으니 그들을 대신해서 도둑이나 풍기를 단속할 사람들이 필요했다. 그래서 자치경찰인 치안대가 조직되자 창수는 거기에 가담하게 되었고 이어서 정부를 조직하기 위해서 만들었다는 건국준비위원회에도 관여하여 열심히 뛰어다녔다. 일본의 쇠사슬에서 벗어나 자유롭고 살기 좋은 나라를 세운다고 생각하니 잠도 제대로 오지 않았다. 그가 더욱 보람을 느끼는 것은 좋은 나라를 세움으로써 아버지의 죽음을 어느 정도 보상받을 수 있다는 것이었다. 이대로만 나가면 사회의 질서가 잡히고 완전한 독립국가가 될 날도 멀지 않을 것 같았는데, 어떻게 된 셈인지 어느 날 군정청에서 왔다는 미군 장교가 낯선 사람들을 데리고 나타나 군수를 바꾸고 면장까지를 갈아치워 버린 것이었다.

　거기까지는 그래도 그럴만한 이유가 있어서 그런가보다 하였다. 일본인들을 물리치고 이 땅을 해방시킨 미국 사람들이 자기들 마음에 드는 사람들을 앞장세우는구나 했었는데 나중에 보니 일제시대에 사벨(검)을 차고 돌아다니며 못된 짓을 한 놈들이 나타나 경찰의 요직을 차지하게 되었다는 것이었다. 새로 들어온 경찰서장과 주재소 부장도 일본 경찰에서 떵떵거렸던 사람들이었다.

　세상이 거꾸로 돌아가는구나, 하고 어이없어하는 동안 치안대나 건국준비위원회에 가담했던 사람들은 찬밥신세가 되거나 감시 대상이 되어가고 있었다. 그러다가 5·10 선거를 거쳐 정부가 들어선 다음 여순사건이 터지자 세상이 더욱 살벌해져 여기저기서 살육전이 벌어지고 있었다.

　깍 깍 까악……

　까마귀들은 제 세상이라도 만난 듯 가지 사이를 옮겨 다니며 울어대고 있었다. 절산선생은 까마귀들이 앉아 있는 감나무를 흘기며 이마를 찌푸렸다. 죽은 아들 경호가 붙잡혀 가던 날 일이 머릿속에 되살아났다. 그때도 저렇게 까마귀가 설쳐댔지만 동무를 부르거나 짝을 찾는 수작이려니 했었는데 느닷없이 순사들이 나타나 창수 아비를 붙들어갔던 것이었다.

　절산선생은 아무리 날씨가 궂고 기분이 언짢기로 학동들이 기다리고 있는 서당만은 거를 수가 없었다. 어린아이들이 학교로 몰리는 통에 여러 해 동안 이어온 서당이 볼품없이 쇠퇴해버렸지만 아직도 한문을 배우려는 뜻을 가진 아이들이 있었고 더구나 여름과 겨울 방학에는 수가 불어나 방이 넘칠 정도였다.

학식 높은 도덕군자라고 해서 처사로 대접받고 있는 절산선생은 머리에 정자관을 쓰고 담뱃대를 뒤로 돌린 채 마을 앞을 걸어 올라갔다. 서당 가까이 이르러 어험 어험, 기침을 하자 마루 끝에 나와 망을 보고 있던 한 학동이 방안으로 뛰어 들어가며 소리를 질렀다.

"선생님 오신다!"

그 소식이 전해지자 서당 안은 더욱 소란해졌지만 절산선생이 마루로 올라서는 순간 물을 끼얹은 듯 조용해져 버렸다.

"선생님, 진지 잡수셨습니까?"

학동들은 일제히 일어서서 고개를 숙였다. 배를 곯고 사는 세상이기에 어른에 대한 인사내용도 고작해야 끼니 여부였다.

"오오냐. 어험!"

절산선생은 근엄한 몸놀림으로 아랫목에 자리를 잡았다. 가르치고 있는 교재는 가지각색이어서 「논어」를 읽는 놈이 있는가 하면 「천자문」이나 「명심보감」으로 들어간 놈도 있고 만수라는 젊은 이는 「주역」을 읽고 있었다. 학동들은 글을 읽기 시작한 시기에 맞춰 각자 진도가 달랐지만 함께 출발했다고 해도 능력과 노력에 따라 앞서거니 뒤서거니 하였다. 1년이 넘어도 「천자문」을 떼지 못하고 있는 놈이 있는가 하면 시작한 지 2년 만에 「주역」을 읽고 있는 경우도 있었다. 그중에서 머리가 좋은 놈은 자연히 선생님의 귀여움을 받기 마련이고 미련한 놈은 미움을 사게 되어 있었지만 절산선생은 그들을 별반 차별하지 않았다. 타고난 재능을 어찌하랴. 제 탓이 아닌 것을. 그러나 능력이 있으면서 게으름을 피우는 놈은 그냥 보아 넘기지 않았다.

"평수야, 너 어서 외워보아라."

"예."

평수는 펴고 있던 책갈피를 덮고 어제 배운 대목을 외우기 시작했다. 그러나 그는 공부에 그다지 끈기가 없는 놈이었다.

"옷 의衣, 치마 상裳……."

하다가,

"용 용龍, 비늘 린鱗"

엉뚱한 대목으로 흘러가 버렸다.

"이놈! 집에 돌아가서 열다섯 번씩 외우고 오라 했는데 뛰어다니며 놀기만 했구나. 그러니 배운 것이 다 똥으로 빠져나가 버릴 수밖에. 종아리를 걷어라."

절산선생은 회초리를 집어 들었다.

"선, 선생님, 잘못했구만이라우, 앙앙……."

평수는 매가 닿기도 전에 울음을 터트려 버렸다.

"못난 놈이 울기는……. 그래도 잘못은 알고 있었구나. 그렇다면 어째서 공부를 안 하고 왔느냐?"

"아, 아부지 심부름 갔다 오느라고 그랬구만이라우."

"어디를 갔다 왔는지는 몰라도 돌아와서는 공부를 해야 할 것 아니냐? 그렇게 싸돌아다니기만 하니 묵전밭이 되어버릴 수밖에……."

딱, 따악…… 아앙…… 평수는 겁에 질려 얼굴이 새파랗게 되어버렸다. 이렇게 되면 남의 자식을 더 때릴 수가 없는 노릇이라,

"아프지도 않으면서 웬 엄살이냐? 만일 내일도 공부를 안 해오면 열 대를 맞을 줄 알아라. 이번에는 상수, 너."

지목을 받은 상수는 소학을 공부하고 있었다.

"공자왈, 군자무불경야孔子曰 君子無不敬也라……."

평수와는 달리 낭랑한 목소리로 막힘 없이 외워 내려갔다.

"잘했다. 내일은 그다음 장을 외워오너라."

사촌 사이인 그들은 동생인 상수가 형 평수를 앞서고 있었다. 그런데 여느 때 같으면 으레 모든 학동들에게 각자 배운 것을 외우게 하고 나서 앞으로 진행해나갈 것인데 오늘따라 절산선생은 입을 다물고 침울하게 앉아 있었다.

"부모 된 사람의 마음을 십 분의 일만 알고 있어도 함부로 몸을 굴리지는 않을 텐데 창수란 놈은 이런 하나씨의 심정을 모르는 것일까. 휴우……."

한숨이 터져 나왔다. 개화 바람을 타고 많은 사람들이 삭발을 해버렸고 더구나 태평양전쟁이 일어난 후로는 거의 머리를 밀어버렸는데 그는 아직까지 상투를 고집하고 있었다. 성현들의 말씀을 어길 수 없기 때문이기도 하지만 왜놈들이 강요했던 일이기 때문이었다. 고종황제께서 단발령을 내렸을 때 최익현崔益鉉선생을 비롯한 많은 유생들이 '내 목을 벨지언정 상투를 자를 수 없다'고 거세게 항거하였을 때만 해도 단발을 하는 놈들을 사람으로 여기

지 않았었는데 요새 와서는 도리어 상투 트는 것을 이상히 여기게 되어버렸으니, 시류를 거역할 수 없는 것이 사람의 일이라고는 하나 선조 때부터 이어온 풍속을 함부로 버리는 것은 죄악이었다.

"창수가 어떻게 될 것인지."

돌아가는 형세로 보아 버티기가 어려울 것 같았다. 그들이 근거지로 삼고 있는 백운산과 지리산 일대에서는 벌써부터 대대적인 토벌 작전이 계속되고 있다고 하지 않는가.

"너 어제 배운 대목을 외워보아라."

절산선생이 다시 정신을 가다듬고 한 학동에게 암송을 명령하고 있는데 제복을 입은 순경과 평복을 한 사람이 불쑥 마당으로 들어섰다.

"영감님! 안녕하신가요?"

절산선생은 가슴이 덜컥 내려앉았다. 그러나 점잖은 처지에 놀란 기색을 보이지 않으려고 태연하게 물었다.

"뉘신데, 누구를 찾소?"

"다 아시면서 왜 그러시오?"

"다 알다니, 무슨 말씀을 그렇게 하시오?"

"창수 그놈을 어디다 숨겨 놓았소?"

"숨겨 놓다니요? 나는 그놈 본 지 오래요."

언뜻 보니 제복은 낯선 얼굴이었지만 평복은 초면이 아닌 것 같았다. 곰곰이 생각하니 일제시대에 시끄러운 일이 있을 때마다 나타났던 가나모리[金森]였다. 마을에서 소인극을 했을 때 나타나 주동자를 잡아다 매를 때리고 야학을 폐쇄하도록 하였고 여러 사람이 징용을 피하다가 붙들려 가기도 했었다.

"해방이 되었는데 일본 경찰이 여기는 웬일이냐!"

하고 내지르고 싶었지만 창수에게 누가 미칠까 봐 꾹 참았다.

"창수를 내일이라도 경찰서로 보내시오. 자수를 하면 용서를 받겠지만 그렇지 않으면 온전하지 못할 것인께."

하지만 하나씨의 뜻을 어기고 어디론가 떠나버린 창수는 아무리 데려오고 싶어도 손이 닿지 않은 곳에 있었다. 그들은 늙은이를 닦달해봤자 소용없겠다 싶었는지 별다른 말 없이 물러가긴 했지만 절산선생의 마음은 더욱 조급하였다.

"아무래도 내가 나서서 찾아와야 할 모양이다. 그렇지 않으면 위태로워."

가문이 끊어지는 비극을 막아내기 위해서는 어떤 위험을 무릅쓰고라도 찾아야 한다. 결심이 서자 쇠뿔도 단김에 빼랬다고 학동들을 앉혀 놓고 부탁하였다.

"선생님은 며칠 동안 먼 친척 집을 다녀와야 하겠으니 너희들은 만수의 말을 잘 듣고 열심히 공부하고 있어야 한다. 알았느냐?"

"예."

일제히 대답은 하였지만 과연 질서를 지키며 공부를 계속할 것인지는 알 수 없는 일이었다.

일단 집으로 내려온 절산선생은 괴나리봇짐 속에 간단한 의복 나부랭이를 집어넣고 짐을 꾸렸다. 부인이 어디를 가느냐고 물었지만 대답하지 않았다. 이런 중대한 일을 여자에게 알릴 수는 없는 일이었다. 그런데 절산선생은 봇짐을 들고 일어서다 말고 갑자기 마음이 야릇해짐을 느꼈다. 깊이를 알 수 없는 안개 같은 기운이 뜨겁게 가슴을 밀고 올라오자 부인을 넘어뜨린 다음 다급하게 치마를 걷어 올리고 고쟁이를 젖혔다.

"점잖은 분이 대낮에 무슨 짓이라요?"

"막둥이 하나 꼭 만들어야겠소."

"달거리 간 지가 언제인데, 미쳤는가요?"

부인은 바둥거려 보았지만 하늘 같은 낭군의 요구를 어찌할 수가 있겠는가. 오랜만에 받아들인 남편의 육신에서 표현하기 어려운 아찔함을 느끼며 끌어안고 있는 팔에 힘을 주었다.

며칠을 헤맸는지 몰랐다. 산골로 들어가 구석구석 찾아다니다가 빨치산들로부터 첩자로 오해를 받아 죽을 고비를 넘기기도 하고 경찰들로부터는 빨갱이로 몰려 총구 앞에 세워졌다가 죽음을 모면하기도 하였다. 열흘을 방황한 끝에 평소 지면이 있는 이웃 마을 젊은이를 만나 그의 도움으로 줄을 잡아 간신히 창수를 찾을 수가 있었다.

"너는 우리 집 대를 이어갈 사람이다. 만일 너에게 불행한 일이 있으면 어떻게 될 것이란 것을 알고 있겠지? 그러니 어서 내려가도록 하자."

창수는 고개를 숙인 채 대답하지 않았다.

"왜 말이 없느냐?"

"저는 나갈 수가 없습니다."

"어째서 그렇단 말이냐?"

"변절자가 됩니다."

"변절이라고……?"

놀란 듯 손자의 얼굴을 응시하고 있던 절산선생은 후유 하고 한숨을 내쉰 다음 한참 동안 눈을 감고 있다가 입을 열었다.

"그렇겠다. 장부에게 있어서 변절보다 수치스러운 일이 또 어디 있겠느냐."

"할아버지, 그렇다면 저를 용서해 주시는 것이지요?"

"……"

묵묵부답이었지만 이미 손자의 심중을 이해하고 있는 표정이었다.

"고맙습니다. 그런데 할아버지, 여기는 위험한 곳이니 속히 집으로 돌아가셔야 합니다."

"날더러 돌아가라고? 그건 안 된다."

"여기는 할아버지 같은 노인들이 계실 곳이 못 됩니다."

"물론 그렇겠지. 그러나 나는 돌아갈 곳이 없는 사람이다. 내가 너를 찾아다니는 동안 우리 집은 이미 불에 타버렸다고 하는구나. 그러니 여기 남아서 너를 돕도록 하겠다."

"할아버지께서 저를 도울만한 일이 없습니다."

"붓글씨라도 쓸 사람이 필요할 것 아니냐?"

양두사를 보고 죽을 차비를 하고 있다가 남들을 살리겠다고 뛰어나갔던 할아버지였다. 그런 분이 이제 손자를 지키다가 곁에서 죽을 각오를 한 모양이었다.

겨울이 깊어지면서 산중생활은 더욱 어려워졌다. 산골 안에 있는 민가들이 불타버린 통에 의지할 곳이 없었다. 주력부대가 타격을 입은 이후 하는 일도 없는 토벌대의 추격을 피하여 이리 저리 몰려다니는 것이 일과가 되었다. 식량을 구하기도 어렵게 되었다. 만일 누군가가 빨치산들에게 식량을 제공한 사실이 드러나면 심한 고초를 겪거나 목숨을 잃어야 하기 때문이었다. 설령 자진해서 순순히 내놓는 사람이 있다 할지라도 기둥에 묶어 놓는 등 강탈을 가장해야 했다. 모두가 굶주림으로 허기져 비틀거렸고 장티푸스가 만연하여 많은 목숨을 앗아갔다. 그런 속에서 버티고 있는 절산선생의 모습을 보다못해 동훈이 찾아와 말하였다.

"이만하면 고생 많이 하셨으니 내려가시지요."

"쓸모없는 늙은 것이 자네들에게 짐이 되어서 미안하네. 그러나 나는 돌아가재도 길을 찾을 수 없는 사람이네."

"그런 걱정하지 않으셔도 됩니다. 대원 한 사람을 딸려 보내면 마을까지 길을 인도해 드릴 것입니다."

"아닐세, 나는 스스로 혼자 걸어 들어온 사람이네. 애당초 내가 바랐던 곳은 아니지만 한번 들어온 이상 떠날 수는 없네."

신라 때의 박제상처럼, 세조 때의 사육신처럼, 대마도로 끌려가 일본의 곡식을 거부하고 굶어 죽은 면암선생처럼, 동족상잔의 소용돌이 속에서 죽을 자리를 찾은 것이었다. 빨치산들은 새로운 세상에 희망을 걸고 있었지만 절산선생에게는 바라는 것이 없었다. 한번 들어온 이상 빠져나갈 수 없다는 절망감이 도리어 그의 마음을 굳혀주고 있었다.

묵은해가 지나고 어느덧 새해가 돌아왔다. 창수의 꼴을 본 지도 벌써 여러 날이 되어 있었다. 거듭되는 토벌대의 작전으로 많은 사람들이 목숨을 잃었고 고통과 불안을 견디다 못해 백기를 들고 나간 사람이 있는가 하면 지휘부에서 일부러 내보내기도 하였다.

나뭇가지를 엮어 세운 다음 풀잎을 덮은 아지트에 돌아와 숨을 죽이고 있는데 어린 소년 하나가 앞으로 다가왔다. 며칠이고 세수조차 않은 것 같은 얼굴이 수척하였지만 눈망울만은 초롱초롱 빛나고 있었다. 절산선생이 물었다.

"아가, 너는 몇 살이냐?"

"열다섯입니다."

"집이 어디냐?"

"화순입니다요."

"나이도 어린놈이 버티기가 어려울 텐데 집으로 돌아가지 그러냐?"

"집이 없습니다요."

"왜 그렇단 말이냐?"

"불타버렸습니다."

"그럼 부모들은……?

"다 죽었습니다."

"어쩌다가……?"

"반란군을 숨겨주었다가 그렇게 되었습니다요."

"음, 그랬었구나."

소년의 손을 잡고 얼굴을 바라보고 있던 절산선생은 그를 가

만히 끌어안았다. 엄하게 기르느라 창수에게는 베풀어보지 못했던 인정이었다.

"여기서 나가게 되면 우리 집에 가서 같이 살자. 서당에도 다니면서⋯⋯."

그렇게 말은 했지만 그도 역시 소년처럼 집이 없는 사람이었다.

탕탕 탕탕, 콩 볶는 듯한 총소리가 능선 너머에서 울려 왔다. 펑펑, 포탄 터지는 소리도 들렸다. 빨치산들이 공격을 받고 있는 모양이었다. 창수 얼굴이 떠올랐다. 들리는 바로는 능선 너머 어느 골짜기의 비트에 숨어 있다고 했는데 어떻게 되었는지 알 길이 없었다. 밥을 입에 넣은 지도 닷새가 지나 있었다. 곡식만 있으면 부싯돌이 있으니까 싸릿대를 피워 연기 없이 밥을 지을 수도 있지만 가진 것이 없었다.

"할아버지 이것 좀 들어보세요."

소년이 호주머니에서 한 줌의 콩을 꺼내주었다. 그것을 받아 입에 털어 넣고 씹어보니 비릿한 맛이 점차 고소해졌다. 한 송이 두 송이 내리고 있는 솜눈이 잡목 사이를 뚫고 소년의 머리 위에 날아 앉았다. 공격이 끝났는지 요란하던 총성이 어느새 멎어 있었다. 한번 공세가 있고 나면 일주일쯤 뜸하다가 다시 시작되곤 했는데 요새 와서는 빈도가 잦아지고 있었다. 마지막 뿌리까지 뽑아버릴 작정을 한 것 같았다. 소년이 무엇인가에 깜짝 놀라기에 올려다보니 남루를 걸친 한 청년이 절뚝절뚝 덤불을 헤치며 다가오고 있었다. 창수와 같은 부서에서 일을 하고 있던 젊은이였다.

"어르신 동무!"

대원은 말없이 다가와 절산선생의 손을 잡았다. 며칠을 굶었는지 빼빼 마른 얼굴이 검고 까칠하였다

"자네 혹시 창수를 보지 못했는가?"

젊은이는 고개를 숙인 채 대답이 없었다.

"무슨 일이 있었네그려. 여보게 창수는 어떻게 되었는가?"

"어르신 동무, 정말 안되었습니다."

"그래 알았네. 그놈이 기어이 하나씨를 두고 떠나버렸네그려. 그럼 시체는 지금 어디 있는가? 내 손으로 묻어주기라도 해야겠네."

은신처를 빠져나온 절산선생은 능선을 향해 더듬어 올라갔다. 소년이 외쳤다.

"할아버지, 안 됩니다. 위험합니다."

그러나 그의 귀에는 아무 소리도 들리지 않았다. 능선만 넘으면 창수가 있다는 골짜기였다. 그때 기다리고 있었던 것처럼 탕탕, 총성이 울리자 동시에 절산선생은 몸을 한번 휘청하더니 맥없이 그 자리에 허물어졌다. 그것을 본 소년이,

"할아버지!"

하고 외치며 달려가 끌어안았지만 이어서 날아온 총탄이 그의 몸을 관통하였다. 한덩이가 된 두 사람의 몸에서 흘러나온 벌건 피가 마른풀을 적시고 하얀 솜눈이 한 송이 두 송이 나비처럼 날아와 그들의 몸을 덮고 있었다.

권학가

음전한 암소가 오붓하게 엎드려 있는 형상인 안산에는 소나무와 오리나무가 듬성듬성하고 산 넘어 죽산에서 넘어오는 고갯길은 뱀처럼 굼틀거리며 중허리에 걸쳐 있었다. 신작로가 나기 전까지만 해도 오고 가는 사람이 빈번하였지만 지금은 한적해진 길을 허름한 차림의 한 사내가 걸어 내려오고 있었는데 균형을 잡지 못해 휘청휘청하는 품이 아무래도 예사롭지 않았다. 워낙 좁고 경사진 길이라 걷기가 사나울 수밖에 없었지만 신기한 것은 아직까지 누군가가 낙상해서 병신이 되었다는 소문은 듣지 못했다. 그럴 것이 홍배와 같이 회갑을 넘기고 살아온 사람이면 그동안에 허방을 딛고 다리라도 부러진 사람을 목격했음직도 한데 그게 없으니 명당이라고 해야 할까, 그래서 와우명당이라는 이름까지 붙어 있는 것이었다.

다시 말하거니와 나그네의 걸음걸이는 아무래도 정상이 아니었다. 비틀비틀 갈지자걸음을 치다가 지팡이를 하늘 높이 휘저으며 무어라 외치기도 하는데 동구 앞에서 꺼꾸리와 나란히 흥미롭게 그 꼴을 바라보고 있던 홍배가,

"아니, 저 사람 권학가 아닌가. 그리고 본께 동네에 무슨 일이 있는가뵈."

"모르고 기셨는가요? 오늘이 만석이 아버지 탈상 날 아닌 게라우."

지금은 이름으로 굳어졌지만 나그네의 별명이 권학가가 된 데는 내력이 있었으니 자리마다 〈권학가勸學歌〉라는 창가를 부르고 있기 때문이었다.

"맞어. 그걸 깜박 잊고 있었네."

"그런디, 권학가는 어떻게 그리 남의 집 애경사를 기억하고 있을 께라우. 하여튼 귀신 같은 사람이란께요."

"맞아, 보통 사람이 아니여. 들어보면 「주역」을 천 번도 더 읽었다고 안 하든가?"

"그런께 말이어라우. 하여튼 신통한 사람이어라우."

거듭되는 '라우, 라우'라는 말끝을 발음할 때마다 입 끝이 원숭이 꼬리처럼 말려 올라간다.

두 사람이 권학가의 모습에서 눈을 떼지 않고 있는데,

탕탕 탕탕

숲실 쪽에서 총성이 울렸다.

"워메! 또 무슨 일이 벌어지는갑네."

"귀한 목숨이 또 몇이나 달아나는지……."

"사람 목숨이 귀하다고라우. 요새는 파리 목숨만도 못해라우."

"그려. 근동에서만 해도 벌써 몇 사람이 죽었는가."

낭낭 타당탕

총성은 계속해서 이어졌다. 그래도 권학가는 별로 놀라는 기색 없이 태연하게 지팡이를 휘저으며 내려오고 있다.

"저 사람은 참으로 통 큰 사람이여. 아무리 무서운 일이 있어도 태평이니 말이여."

"도통한 사람은 원래 그런다고 안 하던가요."

그런데 기대를 허물어버리기라도 하듯 그런대로 잘 걸어오고 있던 권학가가 갑자기 몸을 한번 휘청거리더니 데구루루 풀밭으로 나뒹굴어 버리는 것이 아닌가. 때를 맞추기라도 하듯 몇 방의 총성이 다시 울렸다.

"워메, 저 사람 당해뿌렀는갑네."

꺼꾸리의 눈이 휘둥그레지며 펄쩍 뛰었다.

"총소리가 난 곳은 숲실 쪽인데……?"

"그럼, 술이 취했을께라우?"

"술이 아니라 총 때문인데……."

"그럼 진짜로 총에 맞았다고라우?"

"그것이 아니라 총소리 때문이란께."

"권학가는 그런 것에 놀랄 사람이 아닌디요. 아무래도 무슨 일이 생겼는가 봐요. 달려가 볼까요?"

"그대로 놔두어. 조금 있으면 일어날 것인께."

그까짓 미천한 떠돌이에게 친절을 베풀 것이 있느냐는 말투다. 손윗사람의 차단을 받고 보면 어기고 나가기가 쉽지 않다.

"그나저나 세상이 이렇게 시끄러워지면 이제부터는 산골짜기로 땔나무도 못하러 가것어라우."

"그래 말일세. 죄 없이 양 뺨을 맞는 세상이니까."

바로 며칠 전에도 덕룡산으로 땔나무를 하러 갔던 김주사 집 머슴이 빨치산들과 내통했다는 혐의로 토벌대에게 총살을 당해 버렸다.

"밥 묵고 똥 쌀 줄밖에 모르는 모슴 놈한테 무슨 죄가 있을 것이요."

"그런께 말일세. 힘없는 무지랭이라고 해서 죄도 없이 쏘아 죽여불면 어쩔 것인가. 그렇게 허기로 하면 이 세상에 살아남을 사람 없어. 잘못했다가는 산사람들한테도 스파이로 몰려 죽는 사람이 생기는 판이니 인자부터 문밖에도 안 나가고 방안에만 들어박혀 있어야 할 모양이여."

"집에 박혀 있다가 들키면 그때 가서는 무슨 죄가 있기에 숨어 있느냐고 가만 두지 않을 것인디요?"

"이러지도 저러지도 못하는 세상이 되어 버렸으니, 우리 같이 땅만 파묵고 사는 사람도 살아남기 힘든 세상 되어버렸어."

수작을 하는 사이 언제 일어섰는지 권학가는 아무 일도 없었
다는 듯 뚜벅뚜벅 동구 앞 시내에 걸쳐 있는 나무다리를 건너오
며 노래를 부르고 있었다.

학도야 학도야, 청년학도야!
벽상의 괘종을 바라보시요.
………………………

음성이 바람에 흩어져 가사의 가닥은 제대로 가릴 수 없었지
만 여러 차례 들어본 바라 무슨 노래인가는 금방 짐작할 수 있었
다. 꺼꾸리는 문득 면소인 대동리 교회의 벽에 붙어 있던 그림을
생각했다.

영락없는 권학가의 모습이었다. 치렁치렁한 옷을 입고 산 위
에서 여러 사람을 상대로 무어라 열변을 토하고 있는 사람의 눈
빛은 세상의 모든 것을 꿰뚫어버릴 듯 날카롭고 신비스러웠다.
그것뿐 아니라, 마구간같이 허름한 곳에서 예쁘게 생긴 어머니
가 갓난아기를 안고 있는데 지팡이를 든 노인들이 둘러서서 기도
를 올리고 있는 그림도 있었고, 어떤 것은 양떼를 몰고 가는 장면
도 있었다. 그중에서 섬뜩한 두려움을 느끼게 한 것은 헤진 옷을
입고 통나무 기둥에 묶여 고개를 떨어뜨린 주검의 모습이었는데,
그 사람은 무슨 죄를 지었기에 그렇게 처참하게 죽은 것일까? 필
경 살인죄가 아니면 역적으로 몰려 죽었을 테지만, 요사이는 죄
가 있는 사람이 아니라 멀쩡한 사람을 함부로 죽이고 있는데 그

때 역시 지금과 같은 세상이었을까.

다리를 건넌 권학가는 이제 동네 안으로 들어서고 있었다. 꺼꾸리는 문득 후회했다. 넘어졌을 때 달려가 일으켜 주었어야 하는 것을……. 그는 잘못을 보상하려는 듯 권학가를 향해 뛰어갔다. 꺼꾸리가 다가오는 것을 본 권학가는 허리춤에 차고 있는 주머니를 들어 올리며 그림 속의 그 사람처럼 외쳤다.

"말세야 말세."

이전에도 대사 집 마당에서 몇 번인가 들었던 소리인데 세상이 이제 끝났다는 것일까. 그렇게 되면 우리도 모두 죽게 될 것인데……. 그런데 저 사람이 주머니를 버리지 않고 지니고 다니는 것을 보면 아마도 그 속에는 무언가 소중한 것이 들어 있는 모양인데 그것이 무엇일까. 가까이 다가오자 꺼꾸리는 물었다.

"어째서 말세인가요?"

"사람 죽이기를 재미로 아는 세상이 되었으니 다 된 것이지."

"그러면 다음으로는 어떤 세상이 올까요?"

"새로운 세상이 오지. 그것을 아는 분은 바로 이분이야."

권학가는 주머니를 풀더니 노랗게 변색된 종이 한 장을 꺼내어 높이 쳐들었다. 바람에 흩날리고 있는 반쯤 흰 그의 머리칼 위에서 종이는 가오리연처럼 펄럭였다. 밭두렁에 세워 놓은 콩 단에서도 수숫대 잎이 살랑살랑 나풀거렸다.

"만석이 집에 가시지라우?"

"맞았어."

"어떻게 오늘이 제삿날인 줄 알았는게라우?"

"다 아는 수가 있지. 물레바퀴처럼 돌고 도는 것이 세월이니까."

"그러니까 작년 소상 날을 마음속에 새겨두고 기셨구면요. 총기도 좋으셔라."

"노래 부르고 싶어서 왔어."

"그렇지 않아도 저도 올라가 조문을 할 판이었는데 같이 가봅시다."

두 사람이 다가오기를 기다리고 있던 홍배가 묻기를,

"그런디 영감, 아까 본께 넘어지는 것 같더니 다친 디는 없소?"

"이래 봬도 나는 뒹구는 재주가 있는 사람이여. 일부러 한 번 그래본 것이제."

"일부러요?"

"그렇게 해서 총에 맞아 죽은 사람의 심정을 헤아려 보고 싶었어."

"진짜로 죽어보지 않고서야 어떻게 그것을 알 것이요."

"그래도 워낙 가슴이 아프니까 한번 그래본 것이제."

세 사람은 상가가 있는 위뜸으로 발을 옮겼다. 만석이네 집은 많은 사람들로 북적대고 있었다. 한 마을 처지에 조문이야 당연한 일이지만 거의 넉넉잖은 처지라 이런 일이 있으면 달려들어 거드는 척해주면서 끼니를 때우고 막걸리 사발이라도 얻어 마시는 사람이 수두룩하였다. 대사를 치르는 집으로 말하더라도 식량이야 축나지만 객들이 왁작거려야 체면이 서게 되어 있어서, 만

일 그렇지 않으면 고단하고 인심 없는 집이라고 업신여김을 받을
것을 생각하면 돈 주고 사서라도 불러들여야 할 판인데 저절로
찾아와 주니 얼마나 고마운 일인가.

인심이 그렇고 보니 부주 한 푼 내놓지 않는 거지나 스쳐가는
떠돌이들도 반가운 손님이었고, 권학가 같은 나그네가 환영을 받
는 것은 당연한 일이었다. 그가 찾은 주인도 내심 반겼지만 법석
을 떠는 것은 동네 아이들이었다.

"권학가 왔다."

누군가가 소리를 지르면 그들은 다투어 법석을 떨었다. 권학
가는 모여드는 아이들에게 노래를 불러주는 것도 좋았지만 상대
가 되어 이야기를 해주는 재미가 있었다.

"하하하, 너희들 인자 다 모였냐? 이번에는 노래를 부를거나,
이야기를 해줄 거나?"

"노래도 부르고 이야기도 해주세요."

"흥, 이놈들 욕심도 많구나. 그럼 노래를 먼저 불러주마."

시작은 으레 권학가였다.

소년은 이로하고 학난성이니

일촌광음은 불가경이라

지당춘초 몽미각하여

계전 오엽은 이추성이라

노래가 끝나면 옛이야기였다. 곶감과 호랑이 이야기는 시시하

고 이순신이나 나폴레옹 이야기를 해주면 아이들은 더욱 신기해하면서 좋아하였다.

그런 가운데서 사람들의 눈길을 끄는 것은 과부인 솔뫼댁이었다. 마을에 크고 작은 일이 있으면 으레 나타나 일을 거들어주면서도 그녀는 항상 대문 쪽을 살피고 있다가 권학가가 들어서면 얼굴이 활짝 풀리며 은근 슬쩍 안주와 떡 부스러기를 개다리소반에 얹어 마당으로 내보내는 것이었다. 내외를 가려야 하는 아낙의 입장이라 터놓고 외간 남자를 맞이하지는 못하지만 찬청 가까이에 있고 보면 그런 친절을 베풀기는 그다지 어렵지는 않았다.

"권학가와는 한 동네서 자란 처지라고 하더구먼."

"큰애기 때 혼담이 오고 갔다는디 권학가가 일본 놈들에게 매를 맞고 실성한 통에 그만 파의되어 버렸답디다."

"그만하면 보통 인연이 아니니까 그럴 만도 하제."

"그렇고 말고요."

동네 사람들 사이에서는 대개 이런 말이 오고 갔다. 그러고 보면 그녀의 친절을 부정하게 볼 사람은 없겠지만 아낙으로서는 조심스러운 점이 많았다. 소문이란 노상 부풀려지는 것이어서 다리만 나왔어도 그것 보았다고 떠들어대고, 반장이 과부 집에 고지서를 전달하고 나오는 것을 보고는 자고 나왔다고 소문을 내는 세상이니 비록 거짓일망정 입질에 오르게 되면 시가집은 물론 친가에까지 누를 끼치게 되는 것이었다.

"이왕이면 뜻풀이랑 해주어야지라우."

노래가 끝나자 곁을 떠나지 않고 있던 꺼꾸리가 은근히 요청

하였다. 학교 문턱을 들어가 보지 못한 그는 배우지 못한 것이 한이 되어 식견이 있는 권학가로부터 한마디라도 들어 배우려고 애를 쓰고 있는 것이었다.

"암, 만날 들어도 뜻을 모르면 개발에 놋대갈이지. 그럼 잘 들어봐. 소년이란 것은 다 알다시피 젊은 나이란 말이고, 이로란 말은 쉬을 이자, 늙을 로자, 그러니까 늙기가 쉽다는 뜻이여……."

단어를 하나하나 풀어주고 나서 말을 이었다.

"이 노래는 원래 중국 송나라 때 주자란 분이 젊은이들에게 공부할 것을 권유하기 위해서 읊은 시인데 우리가 보통학교에 다닐 무렵에 많이 불렀어. 곡을 지은 사람을 생각하면 좀 무엇하지만 좋은 노래여."

권학가는 실성한 사람처럼 행세하는 수가 많았지만 노래를 부르거나 글을 설명할 때는 또박또박 정확성을 잃지 않았다. 어린 아이들이나 글을 모르는 어른들은 비록 그가 말하는 뜻을 제대로 이해하지는 못하였지만 몸짓과 표정을 통해 어림잡을 수가 있었다. 권학가가 이야기에 열중하고 있는데 웬 젊은이들이 그림자처럼 마당으로 뚜벅뚜벅 밀고 들어왔다.

"오네."

누군가가 소리죽여 외치자 차가운 긴장이 마당을 휩쓸었다. 그들은 찰칵 찰칵 총검 부딪히는 소리를 내며 한패는 잽싸게 대문을 가로막고 다른 한패는 상청 앞으로 다가왔다. 이 집 호상으로서 손님 맞으랴, 상례 지도하랴, 정신이 없던 문중 좌장인 정동기씨가 허둥지둥 몸을 일으켰다.

"댁들은 뉘시오?"

목소리가 가늘게 떨리었다. 권총을 찬 대장으로 보이는 사람이 앞으로 나서더니 말했다.

"여러분 놀라지 마시오. 우리는 미제로부터 조국을 해방시키기 위해서 싸우고 있는 인민 유격대입니다."

"그러신 것 같습니다. 수고가 많습니다. 그런데 보시다시피 오늘 밤은 이 집 선고의 기일입니다. 그러니 제사를 무사히 받들 수 있도록 도와주십시오."

"물론 그래야지요. 돌아가신 정풍년 어른으로 말하면 생전에 인민을 착취하지 않았고 사람들에게 많은 덕을 베푸신 분입니다. 그래서 우리도 마음속으로 존경하고 있었는데 언제 돌아가셨는지 가는 날이 장날이라더니 오늘이 제삿날이군요."

"이 댁 사정까지 다 아시고 계신 것을 보니 더 드릴 말씀이 없습니다. 그렇다면 시장하실 테니 요기나 하고 가시지요."

"고맙습니다. 그런데 여러분도 아시다시피 우리는 인민들에게 되도록이면 피해를 주지 않으려고 노력하고 있습니다마는 먹지 않고 입지 않고서는 싸울 수가 없습니다. 그래서 이렇게 내려왔으니 속히 식량을 좀 마련해 주십시오. 그리고 피차의 안전을 위해서 드리는 말씀인데 우리가 여기 왔다는 것을 개들에게 신고하는 일이 없도록 해주십시오. 만일 그런 일이 있으면 용서하지 않겠습니다."

"잘 알고 있습니다. 어디 그런 일이 있겠습니까."

대답은 그렇게 했지만 정동기씨는 불안했다. 만일 신고를 하지 않고 있다가 서에서 알게 되면 심한 고통을 겪게 될 것이 뻔한 일이었다. 어떻게 해야 할 바를 몰라 난감해하고 있는데 찬청에서 제상과 손님을 대접할 음식 차림을 거들고 있던 만석이 부인이 치마를 털고 일어섰다.

"누추하지만 손님들에게 우선 자리에 앉으시라고 하십시오. 곧 상이 나갈 것이니 음식을 드시는 동안 저는 안으로 들어가 다소나마 드릴 양식을 챙겨드리겠습니다."

그녀는 젖은 손을 행주에 닦은 다음 광으로 들어가 독에서 쌀을 푸기 시작했고 상주인 만석이도 자루를 들고 합세하였다. 주인들이 이렇게 대비하고 있는 동안 마당에 앉은 조객들은 몸이 굳어져 있다가 별일 없는 것을 보고 마음이 풀리자 막걸리만 죽어라 마셔대고 있었다. 그와는 달리 그들 중에는 불안을 못 이기는 사람이 없지 않아서 안절부절못하고 있었다. 누군가가 낮은 소리로 중얼거렸다.

"이렇게 앉아 있다가 토벌대가 들이닥치면 한 그물에 든 고기가 되네. 그러니 무슨 수를 써야 할 것 아닌가."

"쉬! 그런 소리 말게. 아무리 그래도 저 사람들이 떠나도록 까지는 죽은 듯 엎드려 있어야지. 큰일 나네."

누군가가 입단속을 했지만 동요가 없을 수가 없었다. 아래뜸 막동이가 눈치를 살피며 몽그작거리다가 슬그머니 일어서서 대문 쪽으로 걸어 나가기 시작했다. 그러자 그것을 발견한 한 대원이 제지하고 나섰다.

"동무! 어디를 가는 거요?"

"똥이 매러워서 집에 갈라고라우."

"이 집에도 측간이 있을 텐데 왜 밖으로 나간단 말이오? 잠시 그렇게 앉아 있다가 우리가 떠난 다음에 움직이도록 하시오."

막동이는 얼굴이 우거지상이 되어 다시 주저앉았지만 보복을 당할까 봐 바늘방석이었다. 음식상을 내놓았지만 유격대원들의 지시가 없기 때문에 자리에 앉지 않고 있었다. 찬청에서는 상주가 그들에게 내놓을 음식을 바구니에 담고, 만석이가 쌀자루를 메고 마당으로 나왔다. 두어 말쯤 되어 보였다.

"더 드리면 쓰것소마는 우리도 넉넉지 못한 형편이라 이것밖에 못 드리것구만요."

두건을 쓴 상주가 떨리는 소리로 허리 굽혀 변명했다.

"됐습니다. 그렇다면 이웃집에서 한 말만 더 제공받도록 하겠소. 대금은 혁명을 완수한 후에 꼭 갚도록 하겠습니다."

대장은 흔쾌히 결의를 다졌다. 대원 두 사람이 이웃집으로 쌀을 구하러 가는 사이 대장은 양면괘지에다가 증서를 쓰기 시작했다.

約定書
白米貳斗也
위 白米를 正히 借用함에 있어서 統一이 되는 날
每年 五割로 算出된 利子를 合算하여 償還하기로 함.

西紀 一九 **年 **月 *日
○○부대장 김무성

대장이 사인을 한 다음 건네자 정동기씨는 머쓱하여,

"그것이 무엇입니까?"

하고 물었다.

"오늘 밤 주신 쌀값을 갚겠다는 약정서입니다."

"아니, 그런 것을……."

정동기는 잠시 생각하다가 그래도 쌀을 내놓은 당사자에게 상의를 해야 할 일이라 약정서를 받아들고 만석이에게로 갔다.

"이것을 주는디 어떻게 하면 쓰것는가?"

"그런 것을 받았다가 큰코 다치게라우. 당장 찢어부립시다."

"알았네."

정동기씨는 약정서를 슬쩍 밤톨만하게 구긴 다음 화톳불로 다가가 집어던졌다. 그러자 문서는 이글거리는 불 속에서 순식간에 재로 변해버렸다. 그때 밖에서 수런거리는 소리가 나더니 두 유격대원이 한 사람의 중년 남자를 끌고 들어와 대장에게 보고하였다.

"이 반동이 개들에게 신고하러 가는 것을 붙잡아 왔습니다."

붙들려 온 것은 1반 반장인 송가였다.

"아니어라우, 아니어라우. 우리 식구가 병이 나서 급히 약을 지으러 가는 길이었어라우."

송기는 와들와들 떨며 변명하였다.

"거짓말 마라! 보고하러 간 것을 다 알고 있어."

"정말이어라우. 거짓말이 아니란께라우."

"이 못된 놈아, 우리를 신고해서 좋은 일이 있을 줄 알았더냐? 이자는 인민의 군대를 해치려 한 악질분자이니 당장 없애버려!

그래야 다시는 밀고하는 놈이 안 생길 거야.”

대장의 명령은 차가웠다. 빨치산들이 나타나는 통에 이야기를 하다 말고 입을 다물고 있던 권학가가 그 소리를 듣고 벌떡 일어서며 물었다.

“사람을 죽이다니, 무슨 소리요?”

“영감님은 간섭하지 마시오. 이 반동은 우리를 적들의 손으로 님기려 한 인민의 적입니다.”

대장의 말에 권학가는 굽히지 않았다.

“아무리 그렇기로 죽이겠다, 그 말이요?”

“그렇소. 용서받을 수 없는 놈이요.”

“비록 이 사람에게 죄가 있다고 합시다. 그래도 당신들에게 사람을 죽일 권리가 없어요.”

“이런 악질도 말입니까”

“그렇소.”

“그럼 누구에게 권리가 있소?”

“오직 이 세상을 지배하는 천군님한테만 있소.”

“천군이라니요?”

“저 하늘 위에 있는 가장 높으신 분이요.”

“예수란 말입니까?”

“아니오.”

“그럼, 도대체 누굽니까?”

“단군님일 수도 있고, 노자님일 수도 있고, 공자님일 수도 있는데, 더 보태면 부처님일 수도 있는 분이요.”

권학가는 허리춤에 차고 있던 주머니에서 종이를 꺼내 들었다. '天君'이라는 검은 글씨가 커다랗게 씌어 있고 둘레에는 노란 동그라미가 그어져 있었다.

"바로 이런 분이요. 당신이 만일 사람을 죽일 권리 있다고 생각하면 이 글씨를 한 번 총으로 쏘아보시오."

"쏘면 어떻게 되는 것입니까?"

"나도 죽고 당신들도 죽고 온 마을 사람들이 죽고, 이 세상은 망하게 될 것이오."

"그런 허튼소리 하지 마시오. 어떻게 그따위 종이 한 장이 사람의 생명과 세상을 좌우할 수 있단 말이요?"

"아니라고 생각하면 쏘아보라니까요."

"허허, 참. 오늘 밤 별난 노인을 다 보겠네. 우리가 무엇 때문에 그런 일에 소중한 총알을 허비하겠소."

"총알은 조금도 소중한 것이 아니요. 사람의 목숨이야말로 소중한 것이요."

"그렇다면 좋소. 우리 역시 사람 죽이기를 좋아하는 사람들이 아니니까, 영감님의 뜻대로 이 사람을 살려주도록 하겠소. 그리고 아까 내가 신고를 하지 못한다고 했지만 어쩔 수 없이 해야 한다면 우리가 떠난 한 시간 후에나 하도록 하시오."

"하지만……."

이장이 신고가 늦으면 무서운 처벌을 받게 된다는 말을 하려 하는데 권학가가 손을 저어 가로막았다.

"잘 되었소. 꼭 그렇게 하도록 하겠소. 자, 그럼 내 노래를 한 자리 들어보시오."

소년은 이로하고 학난성이니……

"잠깐만."

대장은 권학가의 노래를 가로막고 말을 이었다.

"노래를 중단시켜 미안합니다마는 우리는 지금 갈 길이 바쁜 사람들입니다. 그러니 영감님 노래는 나중에 듣기로 하고 우리가 먼저 부르도록 하겠소. 동무들 집합! 출진가 시작!"

대장의 지시에 따라 대원들은 일제히 합창을 하기 시작했다.

태백산맥에 눈 내린다
총을 메어라 출진이다
눈보라는 밀림에 우나
가슴속엔 피 끓는다
높은 산을 넘고 넘어
눈에 묻혀 사라진 길을 열고
빨치산이 영을 내린다
원수를 찾아 영을 내린다

노랫소리는 모닥불의 열기를 타고 하늘 높이 퍼져 올라갔다. 그동안에 이웃집으로 쌀을 가지러 갔던 대원들이 돌아오자 그들은 음식과 쌀자루를 나누어 멘 다음 들어올 때와는 반대 방향으로 마을 뒤의 골짜기로 사라져 갔다. 빨치산들이 떠나자 이장이 근심스러운 얼굴로 입을 열었다.

"이 일을 어찌하면 좋겠소?"

"어떻게 하기는요. 당장 보고를 해야지요."

2반 반장의 주장이다.

"한 시간 내에 보고를 안하면 가만히 있지 않겠다고 했는데⋯⋯?"

"그 사람들 말대로 했다가 들통나면 우리 동네는 쏘가 될 것인디요."

"아무리 그렇지만 권학가님께서 약속을 했는데 어떻게 하지?"

"그 사람은 우리 동네 사람이 아니라서 실정을 몰라 한 소리지요. 차라리 알려 놓고 매를 맞아야지 그렇지 않으면 다 죽습니다.

"아무도 알리는 사람이 없으면 오늘밤 일은 없었던 것으로 될 것인데⋯⋯."

"그게 무슨 소리인가요? 낮말은 새가 듣고 밤말은 쥐가 듣는다고 했는디, 아무리 감쪽같이 숨겨도 반드시 들통이 나고 말어라우."

이렇게 옥신각신하고 있는데 골목에서 날카롭게 공기를 가르는 호각소리가 울리더니 무장한 한 무리의 토벌대들이 꾸역꾸역 마당으로 들이닥쳤다. 마당 안은 순식간에 찬바람이 돌며 얼어붙어 버렸다.

"빨갱이들의 꼬리를 물고 왔는데 지금 어디에 있나?"

문씨 성을 가진 토벌대장의 물음에 이장은 앞으로 나섰지만 겁에 질려 입을 열지 못했다.

"이 새끼야, 살고 싶으면 빨리 대답을 해봐."

토벌대장이 소리쳤다. 이장은 허리를 굽히며 어렵사리 운을
떼었다.

"아, 안녕하신게라우. 이 밤중에 고, 고생이 많으십니다요. 여
보시오, 이 세상에서 제일 귀한 손님들 오셨은께 술상 걸게 차리
시오."

"술이고 나발이고 그놈들이 지금 어디 있냔 말이야?"

토벌대장이 소리치며 이장의 뺨을 후려갈겼다.

"아이쿠, 예, 말하지요. 오기는 왔는디라우, 방금 떠났습니
다."

"얼마나 되었느냐?"

"한 식경쯤 되었습니다."

"그러면 그 즉시 보고를 하지 않고……?"

구둣발이 이장의 뱃구레로 날아들었다.

"아이구구. 반장이 신고를 하러 가다가 그만 그놈들한테 잡히
는 통에……."

"그랬으면 또 다른 놈을 보냈어야 할 것 아니냐?"

"삥 둘러 지키고 있어서……."

빨치산을 추격해야 할 시급한 일을 앞에 놓고 시간을 낭비하
고 있는 것을 보고 마음이 다급해진 젊은 소대장이 참견을 하고
나섰다.

"대장님, 이러고 있을 때가 아닙니다. 놈들을 속히 쫓아가 때

려잡아야 할 것 아닙니까?”

“이미 늦었다. 멀리 달아나버렸어.”

“그렇지 않습니다. 떠난 지가 얼마 되지 않았다고 하니 따라잡을 수 있습니다.”

“정 가고 싶으면 잘난 너 혼자 나가 봐. 아무 경험도 없는 놈이 까불고 있네. 매복에 걸리면 뒈질지는 모르고…….”

문대장은 소대장을 물리치고 나서, 다시 이장에게 으름장을 놓았다.

“이 동네 놈들은 모두가 빨갱이야. 그놈들하고 한통속이 되어 있어. 몰살을 시켜버려야 해.”

이장은 죽을상이 되어 매달렸다.

“대장님, 어째서 그런 말씀을 다 하십니까? 우리들은 모두 충성을 다하고 있는 대한민국 국민입니다.”

“듣기 싫어. 이 새끼들아. 너희들은 오늘 밤 다 죽는 줄 알고 있어.”

문대장의 말에 신경을 쏟고 있던 권학가가 드디어 술잔을 놓고 일어섰다.

“그게 무슨 소리요? 죄도 없는 동네 사람들을 몰살시키다니…….”

“저자는 또 누구야? 비렁뱅이로구나. 저놈이 미친 척하고 이 동네 저 동네 돌아다니면서 스파이 노릇하고 있다는 정보가 들어왔는데, 너 잘 만났다. 당장 끌어내다가 없애버려.”

추상 같은 명령이 떨어졌다. 그러나 아무리 윗사람의 명령이기로 죄 없는 사람을 함부로 죽이기는 어려운 일이라 부하들이 미적미적하고 있는 사이 까꾸리가 엉거주춤 몸을 웅크리고 걸어 나왔다.

"저어, 토벌대장님! 못난 사람이 한 말씀 드리고 싶은디요."

"너는 또 뭐야? 나한테 무슨 할 말이 있다고……?"

"이런 말씀 드리면 화내실란지 모르겠는디요, 저 권학가라는 분은 아무 죄도 없는 사람입니다요."

"뭐라고? 네가 저 사람 속으로 들어가 봤냐?"

"그러지는 안했어도 저분이 깨끗하다는 것은 동네 사람뿐 아니라 면내에서는 다 알고 있는 일이구먼이라우. 대삿집이나 초상집에 가서 노래 불러주고 술이나 한잔 얻어묵고 다니지 아무 것도 모르는 분이어라."

"저놈이 일제시대부터 빨갱이였다는 것을 우리 아버지한테 들어 잘 알고 있어. 이래 봬도 우리 집은 일제시대부터 이십 년 동안 대를 이어온 경찰 집안이야. 그런데 네가 무엇을 안다고 지랄이냐? 어이, 이놈도 똑같은 놈이니까 같이 끌고 가도록 해."

대원들이 이번에도 주저하고 있자 화가 난 문대장은 꽥 소리를 질렀다.

"너희들, 내 말이 안 들려! 모조리 명령불복죄로 처벌하도록 하겠다."

그때 가서야 대원들은 마지못해 권학가와 꺼꾸리를 대문 쪽으로 밀고 나갔다. 마당에서 벌어지고 있는 광경을 벌벌 떨며 바라보고 있는 솔뫼댁이 행주치마에 손을 씻으며 걸어 나왔다.

"안되어라우. 안된단께라우. 불쌍한 권학가님은 아무 죄도 없어라우. 그리고 꺼꾸리도 죄가 없고요."

"저 기집년은 또 무어야?"

"이 동네 사는 과부입니다."

"그런 처지라면 혼자 고생하고 사느니 일찌감치 저승으로 보내주는 섯이 낫겠다. 함께 끌고 가."

거울 같은 보름달이 중천에 떠 있고 한 사람의 빨치산도 잡지 못한 토벌대는 권학가와 꺼꾸리 솔뫼댁 세 사람을 포로로 하여 마을을 떠났다. 찰칵찰칵 총검 부딪히는 소리에 뚜벅뚜벅 구두 소리가 밤공기를 어지럽게 울려 퍼졌다.

전우의 시체를 넘고 넘어
앞으로 앞으로
낙동강아 흘러가라
우리는 전진한다
낙동강아 흘러가라
우리는 전진한다
....

대원들은 군가를 부르며 씩씩하게 행진해 나갔다.

행렬이 면소가 있는 대동리 어구에 이르렀을 때였다. 권학가가 느닷없이 침묵을 깨고 지팡이를 내두르며 떠들기 시작했다.

"와! 달이 밝구나. 우리 천군님이 좋아하시겠다."

"곧 죽을 줄은 모르고 태평한 것을 보니, 저놈이 확실히 돌기는 돈 모양이야."

문대장의 말이 끝나기 바쁘게 꺼꾸리가 달을 손가락질하며 말했다.

"정말로 좋다. 저 달을 본께 죽은 울엄니 송편 만드시던 생각이 나네. 정말 솜씨 좋았는디……."

"나도 그리네요. 댕기 치렁치렁 출렁거리며 강강술래하던 때가 생각나네."

솔뫼댁의 가녀린 목소리에는 슬픔과 회한이 서려 있었다.

"히히히, 저것들 정말 잘 노는구나. 곧 끝장나는 줄은 모르고……."

문대장이 어이없어 하고 있는데 검정옷 차림의 사내가 몇 명의 남녀를 데리고 교회를 나서다가 발을 멈추었다. 그보다 몇 미터 떨어진 곳에서는 머리를 박박 깎은 승려 한 사람이 신도들인 듯한 사람들과 함께 작별 인사를 나누고 있었다. 문대장이 퉁명스레 교인들에게 물었다.

"당신들은 무엇을 하는 사람들이오?"

그러자 성경책을 겨드랑이에 끼고 있는 검정옷 차림의 사내가 대답하였다.

"참으로 수고들 하십니다. 우리들은 지금 예배를 끝내고 교회에서 오는 길입니다. 그런데 실례인지는 모르겠습니다마는 저기 저 사람들은 누구입니까?"

그렇게 묻는 이유는 자기도 잘 알고 있는 권하가라는 노인이 무언가 잘못되어 끌려가는 것 같고 옆에 있는 두 사람 역시 죄가 있는 사람들로는 보이지 않았기 때문이었다.

"저것들이요? 빨갱이들인데 오늘 밤 총살을 해버릴 작정입니다. 그런데 마침 잘 되었네요. 그 장면에 입회를 하셔서 저것들이 저승에 가서 빨갱이가 되지 않도록 기도를 좀 해주시겠습니까?"

"기도요? 암, 그렇게 하지요. 사람의 영혼을 구원하는 일이라면 무엇이든 해드려야 하고 말고요."

목사의 말이 끝나자 문대장은 스님한테 다가가 물었다.

"스님은 또 왜 여기 서 있는 거요?"

"소승 말이니까?"

"그렇소"

"부처님 계시는 보은사로 가려는 참입니다."

"당신들에게는 통행금지도 없소?"

"부처님 세계에는 통행금지라는 것이 없습니다."

"여기는 부처님이 아니라 사람들이 살고 있는 세상이지 않소?"

"그렇지 않습니다. 이곳 역시 부처님의 세상입니다."

"허허, 별소리를 다 듣겠네……."

문대장이 머쓱하게 서 있자 목사가 다가왔다.

"우리가 섬기는 하나님의 나라에도 통행금지가 없답니다."

"무슨 말씀이요? 여기는 천국이 아니라 대한민국이라는 것을 모르고 있소?"

"사람이 살고 있는 온 세계가 모두 하나님의 나라인데요."

그 말을 듣고 있던 권학가가 불거져 한마디 하였다.

"그러고 보니 천당이나 극락이나 우리 천군이 계시는 곳과 똑같네요. 우리 천군님이 계시는 곳에도 통행금지가 없답니다요."

죄인까지 두 사람 힘을 믿고 함부로 날뛰는 것을 보고 문대장은 비위가 팍 상했다.

"이 사람들이 나라의 법을 무시하는 것 보니 모두가 쓰레기들이구나. 저런 놈들하고 이야기를 하고 있다가는 큰일 나겠다. 어서 떠나자. 출발!"

토벌대는 본대를 향해 다시 행진을 시작하였다. 그런데 한참을 가다가 돌아보니 목사와 승려 일행이 떨어지지 않고 뒤를 따라오고 있는 게 아닌가. 웬일인가 싶어 문대장이 그들에게 다가가 물었다.

"당신들은 갈 데로 가지 않고 왜 여기까지 따라오고 있소?"

"죽을 사람들에게 기도를 해달라고 하지 않았습니까?"

목사의 대답이었다.

"참, 그런 일이 있었군요. 그렇다면 스님은 또 무슨 일이요?"

"하하하하. 나는 저 달을 따라가고 있는 중이오."

"안 되겠다. 행군 정지이!"

문대장은 무엇인가를 결심한 듯 명령하였다.

지휘자의 갑작스러운 지시에 놀란 소대장이 뛰어왔다.

"대장님, 갑자기 무슨 일이 생기셨습니까?"

"아니야. 시간을 끌면 점점 더 시끄러워지겠다. 저 죄수놈들을 이 근처에서 처형해버리고 돌아가자. 처형 준비!"

명령을 내린 다음 문대장은 세 사람을 향해 물었다.

"죄인들은 들어라. 최후로 할 말은 없는가?"

꺼꾸리와 솔뫼댁이 두려움에 질려 침묵을 지키고 있는데 권학가가 태연한 자세로 대답하였다.

"나는 세상을 살 만큼 산 사람이라 죽어도 여한이 없소. 다만 나를 죽이는 데는 한 가지 조건이 있소."

"그게 뭐요?"

"나는 항상 천군님을 모시고 살아가는 사람인데, 내가 없으면 당장 모실 사람이 없게 됩니다. 그러니 나를 죽이기 전에 먼저 이 천군님을 쏘도록 하십시오. 그래야 안심하고 죽을 수가 있겠소."

"그런 부질없는 소리는 필요없소. 어서 집행하라."

"예!"

대원들이 세 사람을 끌고 나가려 하는데 목사가 앞을 가로막았다.

"저 권학가 영감을 쏘기 싫으면 이 성경을 먼저 쏘아보시오."

그러자 뒤를 이어 스님이 바랑 속에서 책 한 권을 꺼내 들더니,

"그보다 먼저 이 반야심경을 쏘시오."

문대장은 마음이 급해졌다.

"목사놈이고 중놈이고 다 똑같은 놈들이구먼. 시간이 없다. 자, 어서 빨갱이들을 해치우고 가자."

대원들이 달려들어 목사와 스님을 밀어내려 했지만 워낙 완강하게 버티는 통에 분리시킬 수가 없었다.

"이 성경을 쏘라니까!"

"반야심경을 먼저……."

권학가도 뒤지지 않고

"천군을 먼저 쏘아 봐."

대원들이 갈피를 잡지 못해 안절부절못하고 있자 문대장은 짜증난 소리로

"이 병신 새끼들아, 무엇을 꾸물대고 있는 거야?"

소리치며 대원들의 엉덩이를 닥치는 대로 걷어찼다. 견디다 못한 한 대원 중의 한 사람이 드디어 불복을 선언하고 나섰다.

"대장님, 저는 크리스찬입니다. 성경을 쏠 수는 없습니다."

뒤를 이어 또 한 대원이 양심선언을 했다.

"저는 불교도입니다. 반야심경을 쏠 수는 없습니다."

"이 머저리들아! 그러니까 책을 쏘라고 하더냐? 빨갱이들을 쏘라고 했지."

대원들은 또다시 권학가와 꺼꾸리, 솔뫼댁을 끌어내려 했지만 이제는 신도들까지 합세하는 통에 뜻을 이룰 수가 없었다. 그러는 속에서 한 대원이 실성한 듯 웃음을 터뜨렸다.

"하하하하……"

"이 사람, 왜 그래. 지금 웃을 때가 아니야."

옆에 있는 대원이 충고를 했지만 그는 다시 한 바탕 웃어젖히고 나서

"이게 뭐야! 빨치산 토벌을 한다면서 무슨 엉뚱한 쑈를 하고 있는 거야!"

그러자 다른 대원이 덩달아 불만을 터뜨렸다.

"그래 말이야. 나도 권학가라는 사람을 잘 아는데 일제시대에 독립운동을 하다가 일본 놈들한테 매를 맞고 정신이상이 된 사람이래. 그런 사람을 도와주지는 못할망정 공연히 빨갱이로 몰아 죽인다는 것은 말도 안 돼. 나는 결코 그런 짓을 할 수가 없어. 불쌍하지도 않나?"

이어서 또 한 사람이 분통을 터뜨렸다.

"에이 씨팔! 나도 동감이야. 꺼꾸리 저 사람은 태어날 때 발이 먼저 나왔대서 이름이 꺼꾸리라는데 나의 사둔 뻘 되는 사람이야. 정직하고 일밖에 모르는 사람인데, 도와주고 싶었지만 나까지 몰릴까 봐서 말을 못 하고 있었어."

그 말이 끝나기가 바쁘게 다른 대원이 또 끼어들었다.

"그렇다면 나도 한마디 하겠어. 솔뫼댁은 약한 과부인데다가 인정이 많아서 남을 돕기 좋아하는 부인이란 것을 세상이 다 알고 있어. 죄 없는 권학가를 죽인다고 하니까 나서서 말린 것 뿐인데 왜 그 사람까지 죽인다는 거야. 말도 안 돼."

그들의 불만에 문대장은 더욱 약이 올라

"말하는 것을 보니 너희들은 모두 용공분자들이로구나. 돌아가면 모두 반공법으로 처벌하도록 하겠다."

격분한 그는 드디어 권총을 빼들고 뛰어나갔다. 목사가 가로막았다.

"참으시오. 참는 자에게 복이 있나니……."

"복이고 나발이고 저리 비켜! 만일 계속해서 훼방을 놓으면 모조리 쏘아 죽여 버리겠소.”

“목사님을 죽이려면 나도 죽이시오.”

스님이 가슴을 벌리고 대들었다. 문대장은 하늘을 향해 몇 발의 공포를 쏘아대더니

“에이, 빌어먹을 것. 토벌대장 노릇도 못 해 먹겠다. 모든 놈들이 빨갱이가 되어버렸으니 말이야. 세상은 말세야 말세.”

문대징은 계급상이 달린 모자와 저고리를 벗어 풀밭에 내던져 버리더니 비틀비틀 언덕을 내려가 어디론가 사라져버렸다. 휘영청 달이 밝았다. 권학가가 처량한 가락으로 이전에는 부르지 않던 엉뚱한 노래를 뽑기 시작했다.

　　　　한 많은 이 세상 야속한 세상 인정이 끊어지니 눈물이 나네
　　　　　아무렴 그렇지 그렇고 말고 하늘 울고 땅이 울고 사람이
　　　우네

　　　　어제 본 사람이 오늘은 없고 모두가 사라지니 어이할거나
　　　　　아무렴 그렇지 그렇고 말고 하늘 울고 땅이 울고 사람이
　　　우네

권학가의 노래가 울려 퍼지자 하늘과 대지와 숲이 지켜보는 가운데 토벌대원들을 포함한 모든 이들의 마음은 하나가 되어 비감에 젖어 들고 볼을 타고 흘러내리는 눈물이 달빛을 받아 보석처럼 빛나고 있었다.

젖통과 배꼽

"너 죽는 것을 보고 내가 가야 할 텐데, 어쩌면 좋을까나."

멀쩡하던 어머니가 어느 날부턴가 알츠하이머 증세를 보이기 시작하였다.

"염려 마세요. 먼저 죽을 테니까요."

건성으로 대답했지만 마음속에는 서운함이 없지 않았다.

"오냐, 그래야 하고 말고야."

자식이 먼저 죽기를 바라는 것은 부모가 죽기를 바라는 것처럼 패륜일 테지만 판단 능력을 잃어버린 사람에게 윤리의 잣대는 존재하지 않았다. 짐승 새끼가 어느 정도 성장하면 보호의 대상에서 경쟁의 대상이 되거나 적으로 변해버리는 것이지만 어머니의 사랑은 희생에서 출발하여 희생으로 끝나는 인생이었다. 그런 어머니가 자식이 죽기를 바라고 있으니 우리 사이에서는 이제 윤리 아닌 혼돈의 세계가 전개되고 있었다.

가정이 이렇게 되자 아내는 결별을 요구하였다.

"얼마나 있다가 오겠소?"

"다시 오지 않을 거예요."

"그럼 내가 찾아가야 하겠구먼."

"그때는 거기 없을 텐데요."

"그럼, 어머니 돌아가신 다음에라도 돌아오시오."

"어려울 것입니다."

"알았소. 그럼 잘 가시오."

아내가 떠나 버린 다음 나는 차라리 자유로웠다. 나갈 일이 없으면 낮 동안 어머니 방에서 시간을 보내고 밤에는 곁에서 머물수 있게 되었다. 아내는 간호는커녕 어머니가 거처하는 방 근처에도 접근하지 않았다. 나이팅게일이 되기를 바라는 것은 아니지만 너무 심하다 보니 사이가 서먹하게 되어 낯을 대하기 민망하게 되었다. 싸늘해질 수밖에 없었다.

뒤늦게 결혼한 다음 아내로부터 미진했던 사랑을 찾아보려 했지만 허사였다. 기쁨과 만족은 한쪽에서 받아들이지 않거나 달가워하지 않을 때 이루어지지 않았다. 여러모로 노력했지만 뜻대로 되지 않았다. 더구나 어린아이를 낳아보지 못한 여성이 내가 바라는 바를 이해할 까닭이 없었다. 어떤 때 불쑥 젖무덤을 만질 양이면,

"뭐예요? 어린애같이."

쇠파리 털 듯 뿌리쳤다. 이렇게 되면 명목만 부부이지 한 몸이 아니었다. 자연히 살을 섞지 않게 되었고 다가갈 염도 나지 않았

다. 어쩌다가 어렵사리 합방을 하는 수가 있어도 인형을 만지듯 체온을 느끼지 못했고 끝나고 나면 땀을 흘리며 비틀거렸다.

오붓하게 솟은 언덕이었다. 따뜻하고 달콤한 꿀물이 솟는 샘이 있었다. 그곳은 아기의 놀이터이고 행복한 안식처였다. 밖에 나갔던 엄마가 방으로 들어오면 빛과 냄새로 감지하고 몸짓을 하며 옹알거리다가 덥석 안으면 누에가 뽕을 찾듯 얼굴을 비비며 젖무덤을 더듬어 들어갔다. 부드럽고 가무잡잡한 젖꼭지는 더 없는 보물이었다. 콧등으로 살짝 건들여본 다음 덥석 물고 빨아대면 달콤하고 고소한 액체가 솟아 나왔다. 꿀꺽 삼키면 가문 날의 물줄기처럼 목줄을 넘어 뱃속으로 흘러 들어가 타는 갈증을 해소하고 허기진 배를 채워 주었다. 만족을 얻은 아기는 그때 가서야 스르르 눈을 감고 달콤한 꿈속으로 빠져들어 갔다.

일찍부터 밖으로 쏘다니다가 파김치가 되어 돌아온 엄마의 못 먹고 지친 몸에서 어떻게 그런 젖이 우러나는지 신기한 일이었다. 박쥐처럼 달라붙어 빨아대도 엄마는 피로한 기색이나 언짢은 표정이 없었고 언제나 흐뭇한 표정으로 아기를 내려다보며 미소를 지었다. 어찌 보면 한쪽은 빼앗는 착취자요 한쪽은 빼앗기는 희생자였지만 두 사람 사이에는 한 올의 갈등이나 모순이 없었다. 이해가 상반되는 관계 속에서 이루어지는 이런 조화의 경지야말로 무엇과도 비교할 수 없는 아름다움의 세계였다.

한 해 후에 동생이 태어나자 아기는 이제까지 차지하고 있던 영토에 대한 권리를 내주고 나서 형이 되었다. 그러나 스스로 내준 것이 아니고 저도 모르게 그리된 것이기 때문에 빼앗기지 않으려고 안간힘을 썼다. 악바리로 밀고 들어가 때리다가 물어뜯으면 동생은 자지러지는 울음을 터뜨렸다. 놀란 엄마는 형을 떼어 놓으려고 볼기짝을 치고 밀어젖혔는데 그렇게 덤빌 때의 아기는 천진한 유아가 아니라 아귀餓鬼였다.

그날도 그는 잃은 젖통을 되찾으려고 허우적거리다가 땀을 뻘뻘 흘리고 방바닥에 나가떨어져 버렸다. 힘없이 감긴 눈꺼풀 위에 녹두빛 파도가 출렁거렸다. 건너기만 하면 저승이라는 삶과 죽음의 경계를 흐르는 강이었다.

"쯧쯧, 짠하기도 해라."

땀에 젖어 늘어진 아기를 처연한 눈빛으로 바라보고 있던 어머니는 동생에게 물리고 있던 젖꼭지를 잠시 거두어 돌려주기도 하였지만 분량이 적은 데다가 이미 빨아버린 젖꼭지에 젖이 솟아날 리 없었다. 빨아도, 빨아도 나오지 않으면 불만에 찬 소리로 앙앙거렸고 보다 못한 엄마는 부엌으로 나가 미음 그릇을 들고 들어왔다. 쌀가루를 풀어 쑨 죽에다가 밥물을 얹은 것이라 부드럽고 고소했지만 먹던 젖과는 맛이 달라 고개를 젓는 통에 포단을 망쳐버리기도 했지만 계속해서 억지로 퍼 넣어주면 악머구리 소리를 지르며 울어대다가 까무러치기도 했다.

"안 되겠다. 저러다가 애기 굶어 죽이겠다."

지켜보고 있던 외할머니가 보다못해 손자를 들쳐업고 마을로 나갔다. 자기가 낳은 자식을 먹이고 남을 만큼 젖이 풍부한 산모가 어디 있으리요마는 손자가 죽느냐 사느냐 하는 마당에 체모를 가릴 여유가 없었다.

"우리 애기 좀 살려주시오."

인심 좋은 아낙들은 마다하지 않고 조금씩 나누어 주었지만 아기는 어렵사리 빌린 젖마저 거부하는 수가 많았다. 애물단지였다.

아기의 몸은 점점 수척해져 갔다. 다른 아기들처럼 미음을 마시고 밥을 먹었더라면 그렇게 되지는 않았을 텐데 고경을 벗어나는 데는 상당한 시간이 걸려야 했다. 처음에야 완강하게 거부하고 버티다가 뱃가죽이 등에 붙어 기진할 정도가 되면 마지못해 한 숟갈씩 받아먹다가 차차 길이 들어 밥을 먹게 되었다.

"내가 잘못하여 너를 죽일 뻔했구나."

어머니는 평생 죄인으로 자처하였다. 큰놈이 제 손으로 밥을 떠먹고 걸음걸이를 시작하기도 전에 동생을 낳아버린 것이 잘못이라는 것이었다.

불행히도 나의 동생은 내가 여섯 살 되던 해에 백일해에 걸려 넉 달 동안이나 신음하다가 세상을 떠났다. 기침이 얼마나 심하던지 초저녁에 시작하면 새벽녘까지 이어졌다. 기침 소리에 놀라 눈을 떠보면 쿨룩쿨룩하다가 동생은 꺼억꺼억, 요강에 진한 가래를 토해냈다. 가래에 피가 묻어 나오고 노란 똥물이 섞여 나왔다. 숨이 막혀 까무러쳐 버리는 수도 있었는데 그렇게 되어도 밤중이라 동네 의원조차 부르지 못하고 엄마는 뜬눈으로 앉아 자식이 깨어나기를 기다렸다. 동생은 점점 지치고 쇠약하여 기운을 잃고 기름이 다한 등잔불처럼 가물가물 잦아들고 말았다.

그런 북새통에서 나 역시 그 병에 걸리게 되었지만 동생처럼 심하게 되지는 않아 죽지 않고 목숨을 건졌었다. 그해 겨울은 그 병이 유행하여 마을의 다른 집에서 많은 아이가 죽어 나갔지만 백신이라는 것이 있는 줄도 몰랐고 더구나 우리 집은 병원에 갈 처지도 아니어서 말린 수세미와 하늘타리를 달여먹는 것이 고작이었다. 나는 그 약으로 효험을 보아 일어날 수 있었지만 동생에게는 듣지 않았다. 그때 만일 나마저 동생을 따라 죽었더라면 어머니는 살아남지 않았을 것이다. 강단 있는 평소의 생활 자세로 보아 아버지도 없는 가정에서 앞길이 없다고 판단되면 스스로 목숨을 끊을 분이었다.

동생이 죽은 날 어머니는 남부끄럽다며 울음을 참고 있다가 해가 지기를 기다려 동네 머슴 판동이를 불렀다. 시신을 담을 옹관을 판동이가 지고 어머니와 나는 뒤를 따랐다. 토광을 파고 설날 입히려고 마련해놓은 까치저고리를 입힌 다음 옹관 채 묻었다. 아이 무덤이라 다른 아이들처럼 초분을 하지 않았지만 봉분은 우북하게 흔적만 만들었다. 아무리 그렇기로 짐승의 침범을 막아야 하기 때문에 꽁꽁 밟아 눌렀는데 끝나고 나서 보니 평지와 별로 다르지 않았다. 그 뒤로 나는 어머니를 따라 몇 차례 무덤을 찾았는데 이듬해 봄이 되자 풀이 우북하게 자라 찾기가 어려웠다. 동생은 그렇게 해서 우리 곁에서 흔적마저 거두어 가버렸다.

자식을 묻고 나서 땅을 치며 울부짖는 어머니 곁에 나는 꿈을 꾸듯 우두커니 서 있었다. 동생의 죽음이 아니라 어머니의 울음소리가 서러웠다. 아득한 서쪽 하늘에는 붉은 노을이 떠 있었고 깊은 숲속에서는 부엉이 소리, 길짐승 울음소리가 들렸다. 어둠

속의 소나무가 동생으로 보이다가 짐승으로 변할 때 나는 오싹하는 두려움으로 몸을 떨었지만 어머니가 곁에 있기에 기겁을 하지 않고 서 있을 수 있었다. 어머니는 방패요, 나의 버팀목이었다. 비록 연약하달 수 있는 여성이었지만 어떤 사나운 것도 물리칠 수 있는 힘을 가지고 있었다.

어머니는 이따금 나에게 말하였다.

"젖이 일찍 떨어진 네가 그때 동생을 얼마나 모질게 괴롭혔는지 아느냐?"

빼앗긴 유방을 되찾으려 심하게 굴었다고 하지만 나의 기억에는 없는 일이었다. 여러 차례 그 말을 듣고 나서도 죄책감은 없었다. 기억에 없는 과거는 현실감이 없었다.

매장하는 일이 끝난 다음에도 어머니는 한참 동안 그 자리를 떠나지 않았다. 말이 아둔한 판동이는 지게를 진 채 묵묵히 기다려 주었다. 스무 살이 넘도록 장가를 못 든 그는 집이 없어서 남의 곁방에 들어 있었지만 마음씨가 고와 마을에서 일어난 궂은일을 도맡아 하고 있었다.

"잘 있거라. 어미는 간다."

어머니는 힘없이 한 마디를 남기고 발길을 돌렸다. 나는 먼 타관 어느 두메에 던져진 외톨박이처럼 외롭고 슬펐다. 멀어져가는 노을과 산길에 깔린 땅거미가 나를 더욱 쓸쓸하게 했다. 그때 가서야 동생의 죽음이 비로소 사실로 받아들여졌다. 나는 당황하였다. 솟아나는 눈물을 소매로 훔치다가 드디어 엉엉 울음을 터뜨려 버렸다.

"울지 마라. 네 동생은 부잣집에 태어날 것이다."

부자란 것이 무엇이기에 어머니는 저런 말을 하는 것일까? 가난에 쪼들리고 있는 어머니로서 죽은 자식이 풍족한 가정에 태어나기를 바라겠지만 나는 마땅치 않았다. 한 마을 최주사가 고약한 사람이었기에 더욱 그랬다. 동네 사람들은 그가 담뱃대를 등에 돌리고 지나가면 면전에서야 허리를 굽혔지만 보내고 나서는 수군거렸다.

"저런 놈이나 빨리 죽어야 하는디. 구신은 무엇을 하고 있는지 모르겠어."

"천벌을 받을 것이여."

그렇게 말한 것은 순동이 식구와 그의 살붙이들이었는데 순동이는 육이오 때 민청 활동을 했다가 수복이 되자 청년단장이었던 최주사에게 논을 너 마지기나 바치고 목숨을 건졌었다. 그런 과거야 보지도 않고 오래된 일이라 잊을 만도 하지만 그가 하는 평소의 거동이 싫었다. 해질녘이면 사립문을 살짝 밀고 들어와 분수없이 우리 어머니에게 수작을 걸고 있었기 때문이었다.

"동산댁, 양식 떨어졌으면 말해요. 보리쌀이라도 댓 되 보내드릴 테니까."

그 말에 어머니는 천연스럽게 대답하였다.

"우리는 식구가 적은게 먹을 것은 아직 충분하답니다."

"그렇다면 좋제. 그란디 동산댁은 언제까지 그렇게 혼자 살 것이여?"

"걱정도 팔자네요. 아저씨는 그런 걱정하지 마시고 당신 일이나 살피세요. 나는 혼자라도 열 배 잘 살 수 있으니까요."

냉정하게 쏘아붙이면 뒤도 돌아보지 않고 슬금슬금 사립문을 빠져나갔다.

"엄마, 최주사 집이 아무리 부자라도 우리 동생이 그 집에서 태어나면 안 되어요."

말했더니 엄마는,

"알았다. 최부자 집 말고 좋은 집이란다."

그 말에 나는 비로소 마음을 놓았다.

마을로 내려오면서 나는 다시 하늘을 돌아보았다. 노을은 어느 사이에 사라지고 별들이 하나둘 눈망울을 말똥거리고 있었다.

서러운 저녁 하늘, 나는 지금도 분홍빛 노을과 회색의 땅거미가 하늘과 땅에서 교차하는 쓸쓸하고 장엄한 교향곡을 머릿속에서 지우지 못하고 있다.

그날 밤 어머니는 밤늦게까지 잠을 이루지 못하고 한숨만 토하고 있다가 자리에 눕더니 나를 품 안으로 끌어들였다. 새삼스러운 일이라 쑥스럽기는 했지만 망각의 숲에서 잠자고 있던 욕망이 되살아나 젖가슴을 더듬었다.

밤마다 나는 어머니의 젖무덤을 붙잡고 자다가 잠결에 놓쳐버리기라도 하면 퍼뜩 놀라 다시 찾아 쥐고 잠을 청했다. 만지고 쥐기만 한 것이 아니라 입을 대고 빨았다. 이미 젖은 말라버렸지만 마르지 않는 샘으로서 마음의 갈증을 채워 주었다.

"내가 얼른 죽어야 하는데 어쩔거나."

정신이 돌아오면 어머니는 딴판으로 바른말을 하였다. 그러다가도 밥그릇에 오줌을 누거나 도래를 한다며 벽에다 똥칠을 하였다.

"어머니, 똥을 싸면 저를 부르세요. 왜 그걸 벽에다 바르세요?"

아들의 표정이 심상치 않아 보였던지 어머니는 무릎을 꿇고 손을 모아 빌기 시작했다.

"다시는 글안헐께요. 아저씨 용서해 주세요."

죄인이었다.

"오, 그렇구나. 내 아들이구나. 아나 젖 묵어라."

어머니는 저고리를 젖히고 가슴을 내밀었다. 살이 밭아버린 젖통은 쭈그러져 가죽만 남았고 까만 젖꼭지는 윤기가 없었다. 만지작거리다가 입을 대보았다. 혀끝이 아릿했다.

어머니는 똥을 묻혔던 손으로 젖무덤을 거두어 받쳐 주었다. 중년이 넘은 자식을 아직도 갓난아기로 느끼는 어머니 앞에서 나는 한참 동안 눈을 감고 옛날을 더듬고 있었다. 유아 시절의 기억은 어둠에 가려 떠오르지 않았지만 일곱 살 무렵부터 얼굴을 비비며 빨아댔던 기억은 선연하였다.

일방적인 희생에서 비롯된 인연이 끈질기게 이어지고 있었다. 모든 생명에는 불성이 있다 하였는데 어머니는 부처님이었다. 바치기만 할 뿐 되받으려 하지 않은 마음, 그러나 나는 받기만 하고 주지 않고 살아왔다. 나는 어머니의 유방을 대할 때마다 어린이가 되어 티 없이 맑은 순수한 세계를 꿈꾸어왔다. 세상을 살다가 때가 묵은 사람을 동심으로 돌려줄 수 있는 것은 어머니의 포근

한 가슴이었다. 그곳에 있는 동산에서는 꽃이 피고 새가 울었다. 그런데 요새 와서 그 동산이 허물어지고 있었다.

나는 벽에 묻은 오물을 말끔히 닦아낸 다음 물을 데워 어머니의 몸을 씻어주었다. 아내가 떠나기 전에 사다 놓은 탈취제도 뿌렸다. 사람의 발이 끊긴 지 오래지만 악취 가득한 공간이라는 것은 죄악이었다.

어머니가 세상을 떠나던 날 나는 마지막이라는 생각에 염을 하고 있는 장의사 사람을 젖히고 젖무덤을 만져 보았다. 가죽이 밀려 있는 젖무덤 가운데 흔적만 남은 젖꼭지를 손으로 잡아 비틀어 보았다. 나뭇가지처럼 딱딱했다. 동생이 태어나자 나로부터 빼앗아간 젖무덤을 그 녀석이 죽자 다시 돌려 주었지만 이제는 영원히 거두어가고 있었다.

수소문하여 알아낸 번호로 아내에게 전화를 걸었다. 그래도 십 년을 같이했던 고부간이니까.

"어머니가 돌아가셨소."

"언제요?"

"아침 일곱 시경이오."

"알았어요. 그동안 고생하셨네요."

하고 전화를 끊었지만 장례식이 끝나도록 나타나지 않았다. 이미 단절된 지 오래인데 연락을 한 것이 잘못이었다. 친척들 몇 사람이 찾아왔지만 슬슬 눈치만 볼 뿐 아내에 대해 묻는 사람은 없었다. 나의 상처를 건드리는 일이라고 생각하기 때문이었다.

"선산이 있었는데 웬 공동묘지냐?"

지난날 그나마 조금 남았던 우리 재산을 축내어 곤궁으로 몰아넣었던 당숙이 나타나 인심을 쓰느라 큰소리를 쳤다. 속내를 알고 있는 나와 일가붙이들이 대응을 하지 않자 당숙은 멋쩍은 표정으로 입을 다물었다가 똘똘 소주를 마시고 나서 다시 떠들기 시작했다.

"우리 조카 같은 효자가 없어. 당신들 자식 중에 이런 사람 있으면 나와 봐요."

마치 협박과도 같았다. 자식들이 별볼일없는 일가들은 오그라들어 버렸다. 그래도 상갓집에는 이런 사람이라도 있어 준 것이 없는 것보다는 나았다. 떠드는 사람 하나 없는 상가는 적막하다. 그래서 조객들은 화투를 치고 노래도 부른다. 일은 장의사가 알아서 처리하는 것이라 염으로부터 의복, 관, 명정, 음식과 술에 이르기까지 그들의 몫이었고 상가 쪽은 계산을 해주면 그만이었다.

나는 승객들이 삼대처럼 들어찬 전철 안에 앉아 주간지를 펴들고 있었다. 기괴한 이야기와 선정적인 기사가 넘치고 있었다. 두 쌍의 부부가 낚시터에서 스와핑을 하다가 그중 한 사내가 자기 아내를 죽였다는 것이었다. 왜 죽였을까? 물을 것도 없이 소유욕이었다. 질투도 소유욕의 한 갈래니까 끔찍한 결말은 욕망이 사라지지 않는 한 어느 곳에나 일어날 수 있었다.

스와핑과 같은 대담한 모험은 질투를 없애고 아내에 대한 소유권을 포기하는 결단이 필요하다. 그런데 과정이 뒤틀려 있었다. 자기 것은 아끼면서 남의 것을 탐낸 것이었다. 기사를 서너 줄 읽어 내려갔는데 한 여성이 내 앞에 끼어들었다. 이렇게 되면 비좁아서 읽을 수가 없었다. 웬 무례한 사람일까 싶어 고개를 들다가 탄력 있고 부드러운 피부가 코끝에 스치는 것을 느꼈다. 접촉된 부위는 그녀의 복부였다. 짧은 티셔츠와 단전까지 내려간 청바지 사이에 노출된 넓은 배의 중앙이 오목하게 파였고 그 안에 가무잡잡한 배꼽이 자리하고 있었다. 백두산이나 한라산처럼 분출을 멈춘 분화구였다. 연예인들은 저것이 어쨌다고 법석을 떨고 있는 것일까. 수컷이 암컷 꽁무니에서 암내를 맡듯 코를 내밀고 숨을 들이마셨다. 어떤 냄새가 나는 것 같은데 땀내인지 향내인지 구분되지 않았다.

구멍이라고는 해도 배꼽은 특이하였다. 사람에게는 아홉 개의 구멍이 있는데 눈, 코 귓구멍이 두 개, 똥구멍과 오줌 구멍이 하나, 거기에다가 배꼽을 가산하였다.

그러나 배꼽은 엄밀하게 말해서 뚫리지 않은 폐쇄된 구멍이었다. 남자의 정자를 받아 수태된 태아에게 열 달 동안ㅡ 엄밀하게 말하면 아홉 달이지만ㅡ 영양을 공급하다가 출산 기능을 잃게 되자 배출된 태반과 더불어 잘라낸 단절면의 상흔이었다. 퇴화해 버린 심해어의 눈보다도 애잔한 소통이 끊긴 막장 끝이었다.

화장을 위해서 얼굴에 분을 바르거나 연지, 곤지를 찍고 입술을 칠하는 일은 오래전부터 있어 온 일이고 유방을 돋보이게 하는 브래지어와 눈썹을 짙게 하는 마스카라의 풍습이 생기더니 요새 와서는 배꼽이었다.

호박을 화단에 심은들 나무랄 수 없고 쓸모없이 버려진 쇠붙이나 폐지로부터 낡은 가구에 이르기까지 재활용되는 것이야 많지만 그중에서도 배꼽의 활용은 희한한 착상이었다.

과거에야 어디 가당키나 했던 일인가. 허리띠나 고쟁이 끈, 치마끈 밑에 눌려 질식할 정도로 속박되어 있다가 몸통으로부터 흘러내리는 땀을 받고 대기 속에 난무하는 먼지를 흡수하여 저장하는 역할을 했었는데 요새 와서 화려한 각광을 받고 있었다. 그러나 그것은 대리역할이었다. 한 뼘 아래 자리잡고 있는 비밀스러운 부위를 노출시키기 위해서 벌이고 있는 예행 연습이었다. 그래서 배꼽을 제2의 성기라고 하는 사람도 있지만 가령 호리병 속에 성기를 밀어 넣었다가 팽창하는 통에 진땀을 뺀 남성이 있다거나 손에 쥐기 알맞은 화장품 병이나 기계 손잡이 심지어는 오이나 가지에 대해서까지 호기심을 갖는 여성이 있다는데 모두가 유사 성기에 대한 관심에서 비롯되고 있었다. 이런 파임과 솟음 凹凸의 기하학적인 원리는 점잖게 폼을 잡고 수염을 쓰다듬었던 동양 선비들에 의해서 음은 양을, 양은 음을 지향한다는 음양 철학의 바탕이 되었다.

평소에는 배꼽에 대해서 아름답다거나 매력적이라는 느낌을 가져 본 적이 없었지만 이렇게 바짝 가까운 거리에서 관찰해보니 인체의 어느 부분 못지 않게 흥미 있음을 확인하게 되었다. 이것을 깊이 연구하여 학위라도 받아볼까? '대리 성기로서의 배꼽'이라든가, '미용학적으로 본 배꼽'이라는 타이틀로 논문이 나오면 변태를 좋아하는 족속이나 특히 코 큰 아저씨들의 호기심을 불러 일으킬 정도 같지만 어디 그게 쉬운 일인가.

그러나 배꼽은 어디까지나 폐쇄되어버린 구멍이었다. 그런 한

계성 때문에 오랫동안 관찰하고 있기에는 권태롭고 단조로웠다. 깊이가 10밀리, 넓이는 1제곱 센티에 불과한 이 기관은 작은 것이 아름답다는 말이야 있지만 끝이 막혀 답답하였다.

호주머니에 손을 넣어 핸드폰을 꺼냈다. 전화를 걸 양으로 덮개를 열었다. 뜻밖에도 먹통이었다. 문자 하나 그림 한 컷 없는 표지판은 칠흑의 어둠처럼 마음을 참담하게 했다.

내 핸드폰은 꽤 구조가 복잡하여 뚜껑을 열면 연초록 난초 잎 사이에 보랏빛 꽃송이가 클로즈업되고, 이어서 기상나팔이 울리며 잠에서 깨어나 눈을 비비는 소녀의 영상이 나타났다. 현재의 날짜와 시각도 표기되었다. 우연한 기회에 소유주인 나의 성명을 기입하였고 통화의 수고를 덜기 위해 지역번호도 입력하였다. 잊음이 많은 내가 술집 같은 데 버려두더라도 돌아오기를 바라며 새겨둔 것이지만 중고품 상점에 출처 모르는 물건들이 넘치는 것을 보면 기대는 반반인데 비관적으로 보는 친구가 많았다.

연초록의 신선함이나 보랏빛의 애틋함, 거기에다 소녀의 청순함은 그때마다 산뜻한 느낌을 전달해 주는데 먹통이 되고 보면 갑자기 암담해진다. 아무리 정교하고 섬세한 구조를 하고 있는 제품이라도 쇳덩이는 역시 무기질로 된 광물일 뿐 생명체가 아니었다.

지그시 종료키를 눌렀다. 비록 '종료'로 표기되어 있지만 켜고자 할 때도 그것을 누른다. 켜진 상태에서는 끄는 역할, 꺼져 있을 때는 켜는 구실을 하게 되는데 몹시 섬세하고 감성이 날카로워 힘을 주어 누르면 짜릿함 쾌감이 오고 반대로 너무 가볍게 누르면 절정에 못 미치는 섹스처럼 미진함이 남는다. 그래서 나는 적당히 가늠하여 누르려고 노력하지만 익숙해지기는 여러 역할을 겸하게 하는 것은 정밀기계의 장점이지만 반대로 단점이기도 했다.

핸드폰의 뚜껑을 닫고 고개를 들었다. 그 여성은 여전히 내 앞에 서 있었다. 젖가슴 위로 뻗은 매끈한 목이 아름다웠고 보드라운 턱은 반달 곡선을 긋고 있었다. 더욱이 가슴에 솟은 도톰한 젖무덤은 브래지어에 덮여 있겠지만 부풀린 흔적이 적어 육감적이었다. 미국의 노예 시장에서 값이 나가려면 쩍 벌어진 엉덩이와 고르고 튼튼한 치아가 좋은 조건이 된다지만 나는 유방을 치고 싶었다.

유방이야말로 남녀의 사랑이나 종족 보존을 위해서 위대한 역할을 하고 있었다. 그러나 나는 기대했던 아내의 유방에서 그런 매력과 기능을 찾지 못했는데 어머니의 것과 같은 유방을 가진 여성을 만날 수 있다면 얼마나 좋을까. 벗겨보아야 알 수 있겠지만 눈앞에 있는 여성이 괜찮을 것도 같았다. 하지만 그건 남의 상에 있는 떡인데 어디 어림이나 있는 소린가.

예상치 않게 어디선가 맑은 향내가 풍겨왔다. 장미 향이었다. 이런 복잡하고 혼탁한 공간에서 풍기는 냄새는 땀내 아니면 방귀 냄새인데 땀의 감미로움에 되레 속이 메스꺼워지고 방귀는 잘 삭은 전라도 홍어처럼 구수하기는 하지만 뱃속에서 음식 찌꺼기를 발효시키는 과정에서 발생한 것이라고 생각한다면 구토를 촉발한다. 그런가 하면 품위 있는 좋은 향기는 나의 정신을 붕 뜨게 하는 황홀감이 있다.

바람 앞의 풀잎처럼 마음이 흔들렸다. 오랫동안 방치되었던 하초가 화끈해지며 꿈틀거렸다. 발기는 오래가지 않았지만 이런 기능이 살아있다는 사실은 언제나 내 청춘을 확인시켜 주기에 충분했다. 생각해 보니 나의 성감대를 자극한 것은 시각이 아니라 후각이었다. 짐승들이 후각을 통해 몇십 리 떨어져 있는 암컷을 인식하듯 나의 후각은 장미 냄새를 통해 이성을 감지했다. 그 시절 장미 냄새를 찾아 들개처럼 방황하기도 했는데 첫사랑의 몸에서 그것을 느꼈던 날 나는 들과 산을 쏘다니다가 지쳐 돌아와 열흘 동안이나 열병을 앓았었다. 장미가 좋았다. 나는 장미꽃밭에만 들어서면 만취한 주객처럼 비틀거렸고 벌떡 나가떨어져 가시에 찔린 적도 있지만 장미는 나의 환상이었다. 조용한 밤의 저녁노을 속에서 그것을 찾았고 누나들의 연분홍 치마폭에서도 느꼈다. 본능이었다. 본능의 노출은 진실하고 자연스러웠다. 장미꽃밭에 쓰러져 보라. 아픔이 황홀함이고 황홀함이 아픔이라는 것을 알게 될 것이다.

나를 엄습한 잠시의 열풍이 물러가자 접어두었던 주간지를 다시 펴들었다. 낚시질을 나온 두 쌍의 부부는 술에 취하였다. 박가가 김가에게 제안하였다.

"야, 한번 기똥차게 놀아볼거나?"

"어떻게……?"

"우리 서로 바꿔치기 해보자."

"뭣을……?"

"마누라."

"히히히…… 좋아. 근디, 마누라들이 들어줄까?"

"될 거야. 여자들이란 모두 화냥기가 있잖아."

"그럼 좋아. 한번 설득해 보자."

뜻밖에 여자들도 찬성이었다. 박가는 김의 아내를, 김가는 박의 아내를 차고 각각 숲으로 들어갔다. 낙엽이 소복하게 쌓인 으슥한 골짜기에 이르러 김가는 박의 아내를 붙잡고 젖가슴을 더듬었다.

"왜 이래요!"

여자가 펄쩍 뛰며 몸을 뺐다.

"그것도 못 만지게 하면 어떻게 해."

"안 돼요. 이것은 내 아들 거여요."

"와따, 아무리 그렇드라도 여까지 와서 그런 소리 허면 어쩔 것이여. 그렇다면 잔말 말고 얼른 옷이나 벗으시오."

"아무리 생각해도 안 되것구먼이라."

젖가슴 때문에 토라진 여자는 완강하였다.

김가는 막무가내로 몸을 조이며 쓰러뜨리려 하였지만 약한 여자라고 해도 기를 쓰고 버티는 데야 녹녹하지 않았다.

"워따메, 이러지 말고 사정 좀 봐주소."

"안되어라, 개 짐승도 아니고……."

매몰차게 뿌리쳤다.

"지미 씨팔."

가망 없다고 판단한 김가는 문득 박의 발에 감겨 숲으로 들어간 아내를 생각했다. 정신이 확 돌아온 그는 박가의 아내를 버려둔 채

아내가 사라졌던 방향을 향해 내달았다. 제발 시작하지 말았기를 바라면서 숨 가쁘게 뛰어갔다. 그러나 떡갈나무 오리나무가 우거진 골짜기에 이르렀을 때 두 사람은 이미 일을 마친 다음 옷을 추스르고 있는 중이었다. 젖가슴을 소중하게 여기는 쪽은 버티었고 그것을 모르는 쪽은 쉽게 무너져버렸다. 유방은 기사의 방패였다.

"이년!"

분기탱천한 김가는 들고 간 칼로 아내를 찔렀다. 박가는 혼비백산 숲으로 몸을 숨겼다.

삶의 흐름은 갑자기 급류로 변하여 흘러가다가 폭포가 되어 파국을 맞기도 한다. 순정을 맹세하며 평생을 약속했을 그들이었지만 영원하지 못하였다. 욕망 탓이었다. 애당초 아내를 소유물로 생각하지 않았더라면 그런 끔찍한 일을 저지르지 않았을 테지만 소유욕을 버리지 못한 채 정복을 시도하다가 그렇게 된 것이었다. 김가는 칼을 들었다. 사람을 죽인 그는 여성의 가장 큰 자존심이 젖무덤이라는 것을 알지 못했다.

전동차가 월곡동에 이르자 나는 읽고 있던 주간지를 버려두고 자리에서 일어섰다. 마음 같아서는 내 앞에 줄곧 서 있던 배꼽 아가씨에게 자리를 인계해주고 싶었지만 이런 좌석이라는 것은 개인이 인계하고 인수받을 수 있는 점유권이 있는 것이 아니었다. 출구를 나와 20미터쯤 걸었을 때였다.

"선생님!"

고개를 돌려보니 그 여성이었다.

"……"

"선생님, 저 모르시겠어요?"

"전차 안에서 보았던 분 아니어요?"

"맞아요, 하지만 또 있어요."

"그럼 어디더라……?"

나는 기억을 더듬으며 민망한 자세로 서 있었다.

"저 문학 강습회에 나가는 영숙이어요."

"오, 그렇군. 미스 송."

"맞아요."

그리고 보니 강사로 나가는 강습소에서 만난 제자였다. 열심히 공부하는 쪽이어서 재능도 있고 감각이 뚜렷한 아가씨였다.

"지금 어디 가는 길이지?"

"선생님은 어디 가시는데요?"

"내 집이지. 내가 들어있는 오피스텔이 바로 여기야."

"오피스텔에 사세요?"

"응, 집이 없으니까……."

"한번 따라 가보고 싶네요."

"혼자 사는 집이라 안 돼. 추잡하기도 하고."

"그렇다면 내가 청소해 드릴게요."

어머니가 세상을 떠난 후 나는 초라한 이태리식 건물을 팔아 빚을 청산한 다음 이 건물 한 칸을 빌려 들어왔다. 가정집 물건이라야 책 몇십 권에 침대 하나, 책상 한 개, 간단한 취사도구가 전부였다. 벽에는 어머니의 초상과 함께 젖통을 내놓고 있는 한 말의 두 여성의 사진이 걸려 있었다. 한 달 전 국제회관에서 열린

'개화 백오십년전'에서 구한 카탈로그에서 복사해 온 것이었다.

거기에는 당대를 살았던 할아버지 할머니들의 갖가지 생활상과 풍속 사진들이 전시되어 있었다. 화려한 왕실의 의상, 초라한 농민이나 노동자들의 삶이나 의상들이 대조적이었다.

나의 관심을 끈 유방을 스스럼없이 드러내 놓고 있는 두 여인이 있었는데 한 장은 어린애에게 젖을 물리고 다른 한 장은 물동이를 이고 가는 장면이었다. 눈이 파란 이방인은 미개인의 풍습을 담는답시고 찍었겠지만 나의 눈에는 순수하고 아름다운 사진이었다. 물동이를 이고 가는 여인의 눈에는 집에 두고 온 아기에 대한 애틋한 그리움이 서려 있었고 젖을 물리고 있는 여인의 눈에서는 자비로운 사랑이 넘치고 있었다.

어린 시절 동네 앞 공동 우물가에 모였던 아낙들의 가슴에서도 유방이 덜렁거렸고 젖먹이가 있는 집은 뉘 집이나 예외가 아니었다. 아기를 가진 어머니로서의 당당함과 자부심을 파란 눈을 가진 사람들이 알 까닭이 없었다. 자기 나라로 돌아가 미개한 나라의 신기한 풍속을 자랑하기 위해서 찍은 것이었겠지만 그것은 어디까지나 그들의 잣대일 뿐 우리 것이 아니었다.

"이 노인 누구세요?"

"우리 어머니."

"고상하고 정갈하게 보이는 어르신이네요. 저분들은요?"

"백 년 전에 이 땅에 살았던 분인데 누구인지는 몰라."

"그럼 왜 그런 사진을 걸어놓았어요?"

"유방이 좋아서."

"유방이요? 아이고, 징그러워. 나는 유방 내놓고 있는 사람이 제일 싫어요."

"왜?"

"보세요. 천박하지 않아요?"

"천박하다고? 나는 그렇게 생각하지 않는데. 젖통은 아무나 자랑할 수 있는 것이 아니고 자식을 낳아 기르면서 희생할 수 있는 여성만이 할 수가 있어. 그야말로 신성한 권리이지."

"그럼, 배꼽은요?"

"배꼽이라…… 그건 이기주의자들이 자랑할 수 있는 물건이지."

"왜요?"

그녀는 자기 배꼽을 슬쩍 내려다보고 나서 물었다.

"태아시절 모체로부터 받기만 하고 평생 베풀 줄을 모르고 있으니까. 그래서 배꼽을 내놓기 좋아하는 사람은 이기주의자라고 했어."

"그럼, 저도 이기주의자네요."

"더 지켜봐야 알겠지만, 유방이야말로 받는 것이 아니라 베푸는 일만 하는 것이기 때문에 고귀하다고 할 수밖에. 그래서 저 탐스러운 유방을 가진 여성들의 사진을 복사해서 걸어놓았지. 나는 저기서 진정한 인간의 모습을 발견했어."

"저는 아기를 낳기 싫어서 유방 아닌 배꼽을 내세웠는데……."

"사람들은 나름의 방식으로 살아가는 것이지만 그건 좀 심한 것 같아."

"그리고 보면 저 부인들이 부럽군요. 오호호……."

미스 송은 얼굴이 밝아지며 웃음을 터뜨렸다.

며칠 뒤에 미스 송이 찾아왔다.

"선생님, 이제부터는 배꼽을 드러내지 않을게요."

"왜? 그것도 여성들의 매력인데."

"아니어요. 배꼽은 이미 폐기된 구멍이라고 했잖아요. 그렇게 생각하니 매력이 없어요."

"그렇다면 다른 것이라도……?"

"그래요. 유방이 있지 않아요."

"유방에도 구멍이 있던가?"

"선생님도…… 두 개 있지 않아요. 젖이 나오는 구멍. 어젯밤 고심 끝에 생각해 냈는데 희한한 발견이었어요?"

"그렇구먼. 하지만 좋은 유방을 가지려면 먼저 아기를 낳아봐 야 해요. 그렇게 되면 나 아닌 다른 사람에 대한 사랑이 싹터 그 게 무엇이란 것을 알게 되었어요."

"그래서 오늘 선생님을 찾아왔다고요."

얼굴이 화끈 달아올랐다. 그녀는 말을 이었다.

"선생님이 어린애를 하나 낳게 해주세요. 그렇게 되면 베풀 수 있는 모성이 될 수 있을 것 아니어요."

영숙의 진지한 모습을 바라보며 나는 깊은 고뇌 속으로 빠져 들어 갔다.

고향 없는 귀향

창틀을 넘어 방 안으로 쏟아져 들어온 햇볕이 이곳 20층 아파트 19층에 있는 35평짜리 안방의 내벽에 부딪혔다가 천장에서 산산이 부서지고 있었다. 먼지와 가스 그리고 소음에 찌든 혼탁의 도가니인 이런 도시에서는 보기 드문 화창한 날이었다. 그러나 아버지는 별반 밝지 않은 표정으로 멀지 않은 거리에 솟아 있는 관악을 내다보고 있다가 침묵을 깨고 입을 열었다.

"가보자!"

비록 힘은 없었지만 여운을 풍기는 음성이었다. 텔레파시를 통해 고향의 참담함을 감지하기라도 하신 것일까. 요새 와서 갑자기 채근하기 시작했다. 이어서 아버지는 무슨 말인가를 중얼거렸지만 그걸 인식한 것은 청각 아닌 나의 시각이었다. 턱에서 시작하여 목선을 따라 기역 자로 굽어 내려간 주름진 목이 개구리의 가슴처럼 볼록거렸다.

"어서 가봐야 해. 쿨룩쿨룩."

다시 터져 나온 소리에는 당위성과 욕구가 담겨 있었지만 좋은 노래도 석 자리라는데 감응은커녕 신경을 곤두서게 했다. 대꾸하지 않고 눈을 감았다.

엊그제 다녀온 고향 몰골이 눈에 선하다. 울창했던 숲은 사라지고 땅은 갈기갈기 찢기어 피로 물들어 있었다. 수백 년을 내려온 조상의 무덤들은 파헤쳐져 있었고 어렸을 적 물놀이를 하고 놀았던 시내는 자를 대고 그은 듯 반듯하게 잘려 하얀 시멘트가 거칠게 덧칠해져 있었다. 차마 보여드릴 수 없는 추하고 비참한 모습, 아버지는 마치 그런 사실을 알고 있는 듯 초조하게 조르는 것이다.

남달리 고향을 사랑했던 아버지는 자식들이 둥지를 떠나버린 다음에도 마음이 흔들리지 않았다. 조상의 뼈가 묻힌 선산이 있고 부모한테 물려받은 전답 탓이기도 했지만 그보다 더한 것은 고향에 대한 깊은 애착이었다. 아버지는 당신의 몸과 마음을 고향의 분신으로 생각하며 살아온 분이었다. 그러다가 어머니가 세상을 떠난 뒤 고혈압으로 수족이 불편해지자 어쩔 수 없이 옮겨오기는 했지만 마음은 항상 그대로였다.

텅텅……, 음흉하고 육중한 금속성 음향이 창틀을 흔들었다. 폭격을 연상하게 하는 굉음이 재건축 아파트 공사장에서 터져 나오고 있었다. 지은 지 십 년밖에 안 되는 오층 아파트를 헐어 삼십층 건물로 지으면서 저렇게 소동을 벌이고 있는 것이다. 사람들은 얼마 전에 아스팔트의 배를 가르고 전깃줄을 묻더니 며칠 못 되어 수도관을 교체한답시고 그 자리를 파헤쳤다. 끊임없이 반복되는 공사로 말미암아 그나마 남아 있는 숲들은 머지않아 눈앞에서 자취를 감출 것이고 하늘은 손수건만큼도 남아나지 못할 터였다. 그렇게 함으로써 방이 늘어나고 일자리가 생긴다는 것이었지만 그동안에 대지는 얼마나 상처를 입고 산과 숲이 훼손될지는 측량조차 할 수 없는 일이었다.

아버지가 서 있는 창틀 여백에 반짝이는 은빛 물체가 나타났다. 항공기였다. 인천이나 김포를 떠나 김해 아니면 일본, 미국 등으로 가는 여객기일 테지만 움직임이 의식되지 않을 정도로 천천히 미끄러져 가고 있었다. 소음에 침식되어 폭음은 들리지 않았다.

비행기를 보고 있는 나의 뇌리에 또 하나의 공간이 펼쳐졌다. 옛날의 고향이었다. 파란 하늘에 하얀 이랑을 일구며 비행기 한 대가 날아가고 있었다. 나는 그 물체가 형체 없이 사라지고 수증기가 흩어져버린 다음까지 언덕을 떠나지 못하였다. 실재했던 그런 사실은 지금도 내 머릿속에 살아 있는데 사람들의 모든 체험은 의식 속에 남아 있다가 죽음과 더불어 사라져버리게 될 것이었다.

비행기는 나에게 있어서 해방의 상징이었다. 얽히고설킨 지상의 구속을 벗어날 수 있는 방편이었다. 그걸 타고 먼 미지의 세계로 날아가고 싶었다. 피부와 언어가 다른 사람들이 살고 있다는 신기한 세상을 구경하면서 그들과 사귀어 보고 싶었으나 그것은 상상일 뿐 현실로 나타나지 않았다. 나는 아무 능력이 없는 나약한 시골 소년이었다. 이발소의 액자에는 〈뜻이 있으면 길이 있다〉고 하였는데 나의 뜻은 아직 능력과 추진력을 갖추지 못한 상태였다.

"어서 가보장께."

되풀이되는 아버지의 목소리에는 초조함이 더해가고 있었다. 의사는 치매 증상이라고 했다. 같은 말을 되풀이하고 겪었던 일을 금방 잊어버리기 일쑤였는데, 그런 가운데서도 변하지 않고 있는 것은 고향에 대한 집념이었다.

"집 놔두고 어디를 가자고 그러세요?"

견딜 수가 없어 퉁명스레 대꾸해 주었다. 아들의 언사에 무참함을 느낀 아버지의 얼굴이 거칠게 실룩거렸다. 아버지의 턱 앞에 펼쳐진 여백 속을 날고 있던 비행기는 어느새 사라져버리고 멍석만 한 구름 한 덩이가 그 자리를 메우고 있었다.

"너는 고향도 모르냐?"

반격이었다.

"알고 있어요. 하지만 조금만 참으세요."

"언제까지……?"

"곧 모시고 간다니까요."

기약 없는 약속이었다. 애초부터 기대하지 않았을 테지만 만족스러운 대답을 얻지 못한 아버지의 표정은 더욱 굳어져 갔다. 눈꺼풀을 내렸다. 체념의 표시였다.

소통되지 않은 우리의 대화는 여러 날째 되풀이되고 있었다. 아버지의 말에는 진정이 담겨 있었지만 나는 김빠진 대답을 통해 상대를 절망시키고 있었다. 그럴수록 아버지는 더욱 초조해지고 이편은 짜증을 키우고 있었다. 그런데 내가 아버지의 소원을 이렇게 묵살하고 있는 것은 성의가 없어서가 아니었다. 아버지를 실망시키고 싶지 않기 때문이었다. 고향은 이제 아버지의 머릿속에 담겨 있는 아름다운 땅이 아니라, 일그러지고 망가진 상처투성이의 괴물이었다. 막상 돌아가서 그 꼴을 볼 양이면 기절초풍할 것이고 실낱같이 이어온 삶에 대한 희망의 끄나풀을 놓쳐버릴 수도 있었다.

벌써 여러 해 전 그날, 십 년 전 고향을 찾아갔을 때 나는 맨 먼저 마을 앞 시내로 달려갔다. 어렸을 적의 추억을 되살리고 싶었기 때문이었다. 둑을 타고 내려가 양말을 벗어놓고 찰박찰박 물속으로 걸어 들어갔다. 아직 이른 봄날이라 발이 시리긴 했지만 그걸 느끼지 못할 정도로 나의 마음이 흥분되어 있었다. 물속을 거닐다가 둑 위로 올라가 벗어놓은 양말을 신고 있는데 발목이 따끔했다. 동행했던 친구 성수에게 물었다.

"왜 발이 따끔거리지?"

"고향을 배신하고 달아난 놈이라 벌을 주는 것이겠지."

"누가……?"

"누구겠어. 서낭님네지. 아니면 조상님들이고."

"맞아. 고향을 너무 멀리하고 있었으니 그럴 만도 하다."

성수의 말대로 죄인이 된 기분이었다. 머릿속에는 어렸을 적에 들었던 어른들의 말이 고스란히 자리 잡고 있었다. 부모에게 불효한 놈, 선영 불고하는 놈, 조강지처 버린 놈치고 잘되는 것

못 보았다는 말뿐 아니라, 고향 배신한 놈도 끼어 있었다. 갑자기 마음이 숙연해졌다.

버드나무 아래 서서 구불구불 기어가고 있는 제방의 향방을 더듬어보았다. 병풍처럼 늘어선 야트막한 산골짜기에서 발원한 계곡들은 좁은 들판을 흘러가다가 확 트인 방목들을 거쳐 영산강으로 합류되어 갔다. 평소에는 마시고 싶을 정도로 맑고 깨끗한 물이 졸졸졸 흘러내리는 평화로운 하천이었다. 그러다가도 홍수가 지면 갖가지 재앙을 몰고 왔는데 성난 괴물처럼 둑을 뚫고 터져 나와 볏논을 삼켜버리거나 냇가에 있는 집들을 휩쓸어 버렸다.

사람들은 시내 중간에 보를 쌓아 논으로 물을 끌어대고 있었는데 그곳에는 평평한 공터가 있어서 아낙네들이 빨래를 이고 모여들었다. 그녀들은 그곳에서 밤사이에 일어난 마을의 소식들을 물고 와서 재잘거렸는데 아무개 마누라는 아들을 낳았고 어떤 과부 방에는 어기데데한 그림자가 드나든다는 등 별의별 정보가 교환되었다. 그러다가 잘못되면 그 말이 화근이 되어 대판 싸움이 벌어져 온 동네를 떠들썩하게 만들기도 하였다. 시내는 또 우리들의 좋은 놀이터요 피서지였다.

그해 여름은 유독 가뭄이 혹심했었다. 평시에는 저수량이 풍부했던 봇물이 말라붙게 되자 마을 사람들은 냇바닥에 웅덩이를 파고 거기 고인 물을 퍼 올리기 시작했는데 웅덩이는 샘이 좋아서 푸고 나면 금방 맑은 물이 솟아 고여 올라오곤 하였다. 하루종일 들판과 숲속을 뛰어다니던 우리는 밤이 되면 그곳으로 몰려나와 미역을 감으면서 더위를 식혔는데 그날도 술래잡기를 하다가 땀에 흠뻑 젖게 되자 옷을 홀랑홀랑 벗어 던지고 웅덩이 속으로 뛰어들었었다.

웅덩이는 봇물과는 달리 꽤 수심이 깊었다. 그걸 모르고 발을 들여놓자 모래가 허물어지면서 자꾸만 깊은 곳으로 밀려들어갔다. 처음에는 별일이야 있겠나 싶어 예사롭게 생각하였는데 물이 배꼽을 넘었는가 했더니 아뿔싸, 젖가슴을 넘어 목까지 밀고 올라왔다. 그때 가서야 겁에 질려 팔을 휘저으며 허우적거려 보았지만 헤엄칠 줄을 몰랐던 나는 점점 깊은 곳으로 끌려 들어가고 있었다. 소리를 질렀으나 아무도 다가오는 사람이 없었다. 머리가 물속으로 잠겨 들자 이제는 죽는구나 했을 때 그제야 비명을 듣고 달려온 육촌 형이 팔을 잡고 끌어당겨 주어 목숨을 건졌는데 하마터면 세상을 하직할 뻔했었다.

그런 아슬아슬한 일을 당하고 나서도 나는 단념하지 않고 틈만 나면 시냇가로 달려 나갔다. 나중에야 그 사실을 알게 된 어머니로부터 호된 꾸중을 들었지만 나의 발길을 멈추게 하지는 못하였다. 어디 목욕뿐이랴. 물고기를 잡는 일은 그에 못잖은 즐거움이었다. 손으로 버드나무 밑이나 줄풀 사이를 더듬어 가면 붕어, 메기 같은 고기가 손에 잡혀 나왔고 쪽대라는 손 그물을 들이대면 피라미와 날치까지 건져 올릴 수가 있었다. 고기를 잡는 흥겨움에 빠져 해가 지는 줄도 모르고 있다가 어둠이 깔린 속에 찾아나온 어머니의 손에 이끌리어 돌아가곤 했었다.

자연을 순응하는 소박한 삶이었다. 그러다가 국민학교에 들어

갈 무렵 나는 차츰 이 세상에 지게와 괭이 달구지와는 색다른 것들이 존재하고 있다는 것을 알기 시작하였다. 맨 먼저 내 앞에 등장한 것은 자전거였다. 두 개의 바퀴가 굴러가며 사람을 싣고 갈 수 있는 신기한 기계는 나의 마음을 사로잡기에 충분하였다. 쭉쭉 밀고 가다가 홀떡 안장 위로 올라앉아 페달을 밟으면 미끄러지듯 한길을 달려가는 모양은 신기하고 놀라운 현상이었다. 한참 달리다가 찌르릉찌르릉 벨을 울리면 길을 가던 사람들이 치일세라 겁을 먹고 허둥지둥 멈춰 섰는데 그들이 당황하는 꼴이란 우스꽝스럽고 신이 나는 일이었다. 목적지에 이르거나 멈춰야 할 일이 생기면 핸들 밑에 붙은 브레이크 레버를 잡아 쥐면 되는 것이었다.

나는 그런 자전거가 얼마나 타고 싶었는지 몰랐다. 어느 날인가는 결심하고 그 집에 자전거가 있는 성수를 찾아가 윽박지르듯 졸라댔다.

"성수야, 느그 자전거 한번 타보자."

"탈 줄도 모르면서 뭔 소리다냐."

"그런께 한 번 연습을 해보잔 말이다."

"울 아버지가 알면 혼난디야?"

"돌아오시기 전에 한 번만 타보자. 나도 울 아버지가 자전거 사면 타게 해줄게."

"그럼 꼭 한 번만 타보그라이."

"염려하지 말어."

성수는 마지못해 헛간으로 들어가 자전거를 끌고 나왔다. 그

러나 한 번도 다루어 본 적이 없는 내가 당황하여 어찌할 바를 모르고 있자,

"요러코롬 옆으로 발을 밀어 넣고 밟아 봐."

라고 일러주었다. 나는 그가 시키는 대로 발을 밀어 넣고 페달을 밟아 보았다. 바퀴가 돌면서 자전거가 움직이기 시작하자 왼발을 올려 이쪽 페달을 밟아 보려 했지만 균형을 잡지 못해 쓰러져버렸다.

"그렇게 하면 안 된당께. 이렇게 좀 해보란 말이여."

성수는 미련한 놈 보았다는 듯 나무라며 열심히 가르치려 했지만 생각보다 쉬운 일이 아니었다. 마음 같아서는 당장이었지만 실제로는 그렇지 않았다. 틈만 나면 나는 다음 날도 그다음 날도 성수네 집 근처를 서성거리다가 그의 아버지가 밖으로 나가는 기미가 있으면 살짝 성수를 불러내어 사정하였다.

"야, 성수야. 한 번만 더 타보자."

"안돼. 아버지가 고장 난다고 절대 빌려주지 말라고 했어."

"하지만 아버지가 없을 때 살짝 타보면 어떻게 알어. 어서 끌고 나와."

나의 정신은 오로지 자전거에 빠져 있었다. 꿈에도 자전거였다. 홀떡 안장 위로 뛰어올라 페달을 밟으면 바람을 가르며 달려가는 쾌감이란 무엇과도 비교할 수 없는 것이었다. 옆으로 타기가 익숙해지자 위에서 타는 연습을 하기 시작했다.

"내가 잡고 있을게 올라가 봐."

안장 위로 올라앉자 성수는 뒤에서 자전거를 붙잡고 있다가

세차게 떠밀면서 손을 놓아버렸다. 흔들리는 핸들을 붙잡고 죽어라 페달을 밟자 놀랍게도 자전거는 울타리 쪽을 향해 질주해 갔다. 꿈이 비로소 실현된 것이다. 그러나 곧 균형을 잃은 자전거는 비틀거리다가 두엄자리 위에 쓰러지고 말았다.

시일이 흐르면서 어느 정도 익숙해지긴 했지만 시련의 연속이었다. 자전거가 넘어지는 통에 얼굴과 팔에 상처를 입었고 아슬아슬한 낭떠러지로 떨어져 목숨을 잃을 뻔한 일도 있었다. 부상을 입고 집으로 돌아갔다가 아버지로부터 심한 꾸중을 들었지만 자전거에 대한 집착은 버릴 수가 없었다.

이런 어려운 과정을 통해 나는 제법 자전거를 다룰 수 있게 되었는데, 그것보다 빠르고 큰 자동차라는 것이 있다는 것을 알게 된 것은 몇 년이 흐른 다음의 일이었다. 트럭이라는 자동차는 동네 머슴들이 등에 질 수 있는 무게의 열 배 스무 배나 되는 짐을 싣고도 자전거보다 빨리 달릴 수가 있었다. 우리는 트럭의 엄청난 힘과 속도에 놀라 비상한 관심을 가졌고 꽁무니에서 뿜어내는 가스를 좋아했었다. 어쩌다가 한길에서 트럭을 만나게 되면 뒤를 쫓아가며 가스를 들이마셨는데 냄새가 어찌나 고소하던지 아우성을 치면서 코를 들이댔었다.

폭신한 방석 위에 사람을 앉히고 달리는 택시를 본 것은 그 보다 일 년 후의 일이었다. 시집가는 이웃 누나의 신랑이 타고 온 택시가 마을 앞에 멈추자 아이들은 그것을 구경하려고 모여들어 법석을 떨었다. 만지고 쓰다듬고 두드리다가 동네 어른들로부터 야단을 맞기도 하였지만 막무가내였다. 다닥다닥 달라붙어 떨어지지 않는 통에 택시 운전사는 마을을 빠져나가느라 진땀을 뺐다. 그러나 뭐니 뭐니해도 가장 큰 놀라움을 안겨준 것은 비행기였다. 전쟁 시기에는 폭탄을 던져 사람을 죽인다고 해서 공포의 대상이었지만 하늘 위를 유유히 날아가는 여객기는 나에게 새로운 미지의 세계에 대한 호기심과 희망을 안겨 주었다.

아버지는 여전히 동상처럼 창가에 붙어 서서 상념에 잠겨 있었다. 관악은 고향의 뒷산을 닮아 아버지가 좋아하는 산이어서 날씨만 좋으면 문을 열어놓고 관망하는 것을 낙으로 삼고 있었다. 그러다가 아버지는 겨울이 돌아오면 관망하는 일을 포기하고 스며드는 찬 기운을 막으려고 창을 굳게 닫고 비닐을 씌운 다음 커튼을 내렸다. 철이 바뀌어 물기를 머금은 빛이 보얗게 창을 물들이게 되면 아버지는 재빨리 봄을 감지하고 커튼을 젖힌 다음 덧씌워 놓은 비닐을 벗겨내고 창문을 열었다. 해마다 그 일을 맡는 것은 언제나 아버지였다. 올봄에도 학교에 나갔다가 돌아와 보니 창을 가리고 있던 커튼이 걷히고 따습고 환한 빛이 방안에 가득 차 있었다. 그때 가서야 나는 비로소 계절이 바뀐 것을 실감하였는데 그러다가도 창을 비치는 햇볕이 쇠잔해지면 아버지는 나보다 먼저 겨울을 감지하고 문을 닫고 물러나 동면과도 같은 생활로 접어들었다. 자연의 변화와 계절의 리듬에 맞추어 호흡하는 삶이었다.

관악의 나무들이 연초록으로 물들기 시작하면 얼굴에 화색이 돌기 시작하고 낙엽이 진 다음 찬 바람이 불게 되면 침울해지는 아버지의 삶이 벌써 몇 해째 계속되고 있었다. 웬만하면 노인당에라도 찾아가 소일을 하면 좋으련만, 아버지는 한사코 낯선 사람들과의 만남을 기피하고 있었다. 어느 날인가는 아파트의 노인 회장이 찾아와,

"영감님, 우리 노인당에 오셔서 같이 시간을 보냅시다. 바둑도 있고 화투도 있고 장기도 있습니다."

하고 권유하였지만 그저 고맙다는 한마디로 화답하고 거절해버렸다.

벌레의 색깔이 계절에 따라 변하듯이 환경에 맞추어 사람의 마음도 변화하기 마련인 것은, 회색의 건물만 보고 사는 사람은 마음까지 어두워지고 숲을 보고 사는 사람의 가슴은 환하게 되는 것인데, 관악이 아니었다면 어떠했을까. 아버지는 아마도 삶을 지탱할 수 있는 의지와 기력을 잃고 식어가는 잿불처럼 쓰러져버렸을 것이다. 아버지는 고향 대신 오로지 관악에 의존해서 고독한 삶을 이어가고 있었다.

그 후 몇 년 만에 다시 고향을 찾은 날, 나는 엄청난 산천의 변화에 놀라고 말았다. 그토록 맑던 시냇물이 구정물이었다. 고기는커녕 개구리 한 마리 보이지 않았다. 버들가지에는 비닐 조각이 유령의 치마처럼 걸려 있고 냇둑에는 갈색 농약병이 뒹굴고 있었다. 구리고 매캐한 냄새가 코를 찔러오자 속이 메스꺼워 아침에 먹은 음식이 밀고 올라왔다

"성수야, 왜 이렇게 되어버렸지?"

"먹고 살려고들 몸부림치다 보니 그리되었지 뭔가."

대수롭지 않다는 표정이었다.

"도대체 이유가 뭐야?"

"손가 돼진가를 키우는 축사에서 흘러나오고 있어. 장어 양식장도 있고……"

"그럼 똥오줌을 내보내지 못하게 해야지."

"어떻게……? 다 먹고 살자고 하는 짓인데……"

"하천이 죽으면 사람도 못살게 된다는 것을 알아야 해."

"그래도 아직까지 이렇게 살아 있지 않는가."

"살려고 하는 일 같지만 모두를 죽이는 일이야."

"자네 말 모르지 않지만 어쩔 수가 없어."

"막도록 해야 써. 같이 가서 따지도록 하세."

"나는 못 가. 뻔히 아는 처지에 무어라고 말을 하겠어. 잘못했다가는 칼 맞어"

"그렇다면 나 혼자 가겠어. 도대체 누구야?"

"윗뜸에 사는 김상길이라고……"

"그리고 또 있지?"

"이웃마을 박막동이가 있고 장어를 기르는 사람은 외지에서 온 사람이라 이름도 몰라."

성수와 헤어진 다음 나는 상길이의 축사를 찾아 올라갔다. 밖으로 나갈 판인지 오토바이를 손보고 있던 상길이가 반가이 맞아 주었다.

"이게 누구야? 이형 아닌가?"

"상길이 자네 오랜만이네. 이렇게 가다간 친구들 얼굴도 잊어 버리겠어."

"나는 자네가 고향을 버린 줄 알았어. 출세했다고 해서 그러면 안되네."

"한 방 맞았네그려. 왜 내가 고향을 잊겠나. 그러지 않았으니까 오늘도 이렇게 찾아온 게 아닌가."

"하여튼 고마워."

"그런데 자네한테 사정할 일이 있어."

"뭔데, 정치라도 해볼 셈인가?"

"정치는 무슨…… 방금 하천엘 내려가 보고 오는 길인데 물이 말이 아니게 오염되어 있더군. 어떻게 옛날처럼 만들 수 없을까?"

"그거야 농사를 안 짓는다면 몰라도 농약을 못 쓰게 할 수는 없지 않은가."

"농약도 농약이지만 축산폐수와 양어장이 더 큰 원인인 것 같아."

"하지만 우리는 소 몇 마리 길러서 식구들 먹여 살리고 있는 사람인데, 그만둘 수는 없는 일 아니겠어?"

"그만두라는 말이 아니라, 폐수처리 장치를 만들면 되지."

"그것이 아니라도 본전 빼기가 어려운데 그런 것 저런 것 갖추자면 거덜나게 되어 있어. 그러니 그런 소리는 하지 말게."

"하지만 환경을 지키는 일은 너무 중요한 일이야. 그렇게 하지 않으면 모두가 멸망하는 거야."

"아무리 그렇더라도 그에 앞서 내가 미리 죽는 걸 어떻게 하겠어. 하는 대로 해보긴 하겠지만 어려운 일이야."

"어려운 줄은 알아. 하지만 노력해 보세."

"알았어. 하지만……"

건성으로 내뱉은 대답에는 가시가 숨어 있었다. 내친김에 이웃 동네 박막둥이를 찾아가 보기로 했다.

"누구시더라……?"

어려서 같은 반에서 공부한 적이 있는 처지였지만 헤어진 지워낙 오래되어 기억하지 못하는 모양이었다.

"나를 모르겠어? 이동섭이야."

"오! 동섭이. 여기는 웬일인가?"

"고생이 많겠네. 요새는 농촌 살기가 어렵다고들 하니 말이야."

"그래도 보기와는 달라. 해볼 만해."

"그렇다면 다행이군. 그런데 말이야. 방금 상길이 만나고 오는 길인데……"

"그 사람이야 나보다 짐이 적어서 편한 사람이지."

"같이 잘해 보자고 말하고 왔어."

"무얼……?"

"하천을 지키는 일 말이야."

"농약들이 탈이지."

"농약도 있지만 축산도 큰 문제야."

"축산이라고? 자네도 군청에서 나온 놈하고 똑같은 소리를 하는군. 괜히 사람 사는 꼴 못 보아 하는 소리들이야. 하천은 이미우리가 아니라도 뒈져버렸어. 영산강에 성한 고기 한 마리 있는 줄 알어? 모두 잘 묵고 잘사는 도시 놈들 탓이라고.”

농약 핑계를 대다가 도시 사람들에게 화살을 돌렸다.

“도시 사람들이 할 일은 그 사람들이 하더라도 농촌은 농촌대로 노력을 해봐야 할 것 아닌가. 물을 살려내기 위해서는 자네 같은 사람들의 협조가 필요해.”

“이 사람이 나를 걸고넘어지려고 하네. 자네 환경청에서 나온 사람인가?”

“아니지만 우리 모두를 위해서 환경을 살려내자는 것인데……”

“미안하지만 우리 축산업자들 잡으려는 그런 소리는 듣기 거북하니까 돌아가 주게.”

“알았어. 하여튼 부탁하네.”

결론은 나지 않았다. 목전의 이익만 생각하는 사람에게 환경이란 말 따위는 쇠귀에 경 읽기였다.

다음해에 성묘를 갔더니 이게 또 무슨 변인가. 마을 앞이 온통 파헤쳐져 있었다. 레져타운인가를 짓기 위해서 선산을 옮기게 되었다는 것이었다. 동네 이장을 하고 있는 집안 아저씨를 찾아가 따졌다.

“도대체 뉘 동의를 받고 이런 짓을 하고 있답니까?”

“나도 반대했지만 소용이 없었네.”

“소용이 없다니요? 이장이나 마을 사람들이 거부했는데 강행을 했단 말씀입니까?”

“우리에게 무슨 힘이 있는가? 업자들이 관청을 업고 밀어붙이

는데다가 사람들이 한 다발씩 얻어 묵고 도장을 찍어뿌리는디 어
쩔 것인가."

"그럼 아저씨도 동의해 주셨군요."

"그거야 뭐, 모두 그러니까 별수가 없었지. 그래도 중에선 젤
재미를 본 것은 자네 친구인 상길이와 막동이일 것이네. 장어를
기르는 사람도 손해를 면하게 되고."

"왜요?"

"그렇지 않아도 사업을 접을 판인데 보상을 몽땅 받아냈어."

"우리 선산은 어떻게 된 겁니까? 문중 사람들이 다 찬성했습
니까?"

"돈을 준다니까 아무도 반대하는 사람이 없었어."

"술과 돈다발에 녹아버렸군요."

"자네 조부모 묘소도 서운치 않게 보상을 해줄 것이네. 자리는
다른 곳으로 옮기면 될 것이고."

이렇게 산천이 망가지고 선산이 파헤쳐지게 되어버리는 통에
나는 어쩔 수 없이 조부모의 산소를 옮기지 않을 수 없었다. 이전
같으면 나에게 알리지도 않고 당신이 다 처리했을 터이지만 이장
을 하는 날 나는 아버지에게 사실을 고하지도 않았다. 일찌감치
내려온다고 했지만 열한 시가 되어 마을로 들어서는데 뜬금없이
한 무리의 젊은 남녀들이 플래카드를 앞세우고 길을 가로막고 있
었다. 〈군사기지 웬말이냐! 환경파괴 절대반대!〉 피켓을 든 사람
들과 합세하여 구호를 외쳤다. 나는 차에서 내려 그들에게 다가
가 물었다.

"왜들 이러고 있소?"

"미군이 만드는 군사기지를 반대하고 있는 겁니다."

"레저시설이라고 했는데 왜 군사기지란 말이오?"

"그놈들이 국민을 속인 겁니다."

"군사시설을 건설하면서 레저시설이라고 했단 말이오?"

"그렇습니다. 군사기밀이라고 해서 거짓말을 한 거지요."

"하지만 이렇게까지 진척되었는데 쉽게 중단할 것 같소?"

"중단하도록 만들어야지요."

한 젊은이가 불거져 나와 당찬 목소리로 대답하였다.

조부모의 유골을 수습하여 2킬로쯤 떨어진 새 자리에 옮기고 있는데 울컥 뜨거운 눈물이 솟아 올라왔다. 일을 마치고 돌아오는 도중 내내 마음이 아팠다.

"가 봐야 해여. 쿨룩쿨룩."

아버지는 장승처럼 서서 되뇌고 있었다. 하루종일 버티고 있을 모양이었다. 나는 오후에 있을 학교의 강의를 위해 교재를 챙긴 가방을 들고 일어섰다.

"아버지, 추워지면 감기 걸리신께 빨리 문 닫으세요."

미리 닫아버리고 싶었지만 아버지가 젖어 있는 분위기를 깨트리고 싶지 않았다. 그런데 강의를 마치고 돌아와 보니 아버지의 모습이 보이지 않았다.

"웬일일까?"

비어있는 방과 화장실 문을 열어보고 나서 엘리베이터를 타고 내려가 아파트 주위를 살펴보았다. 거동이 불편한 분이라 멀리 가지는 못하였을 텐데 아파트 경내에는 계시는 것 같지 않았다. 혹시 길이 엇갈렸나 싶어 층계를 통해 다시 올라가 방안을 둘러본 다음 파출소로 전화를 걸었다.

"예, 예. 팔십 세입니다. 얼굴이 갸름하고요, 고혈압으로 좌측이 불편하고 정신도 맑지 못합니다. 키요? 일 미터 삼십 센티쯤 되실 것입니다."

신고를 하고 나니 먼저 알려야 할 곳을 빠트렸다는 것을 깨닫고 경비실을 불렀지만 답변이 없었다. 밖으로 나가 확인해 보고 돌아서는데 순시를 마치고 돌아오는 경비원과 마주쳤다.

"우리 아버지 보지 못했어요?"

"할아버지요? 지팡이를 짚고 저쪽으로 나가셨는데요."

"몇 시쯤이었는가요?"

"그러니까, 두 시쯤 되었을 것입니다."

거리로 나가 이 골목 저 골목을 기웃거리다가 파출소로 들어갔다.

"수배로 해놓았으니까, 신고가 들어오면 연락해 드리겠습니다."

"잘 부탁합니다."

인사를 하고 나오다가 다시 파출소로 되돌아갔다.

"아까 핸드폰 번호를 알려드리지 않았네요."

"그렇습니까. 불러주세요."

번호를 일러주고 아파트로 돌아와 책상 앞에 놓인 수화기를 들었다. 대상이 떠오르지 않아 한참 생각하다가 부산에 있는 아내의 핸드폰 번호를 눌렀다.

"아버님이요?"

"학교에서 돌아와 보니 어디로 나가셨는지 흔적조차 없어요."

"혹시……"

"혹시라니……?"

"고향엘 가시지 않았을까요?"

"그런 몸으로 어떻게……?"

"그러고요. 주민등록증 가지고 나가셨는지 확인해 보세요. 그것 있으면 어디선가 연락이 올 거예요."

다급할 때는 여자의 직감이 빠르다더니 그걸 살피지 않았구나 싶어 옷장을 열고 저고리 호주머니를 뒤져 보았으나 발견되지 않았다. 성수에게 전화를 걸었다.

"혹시 말이야. 우리 아버지 거기 가실지도 모르니까. 오시면 즉시 연락해 줘."

"몸이 불편하시다면서 어떻게 오신다는 거지?"

"요사이 고향엘 가고 싶어 하셨는데 바빠서 못 모시고 갔거든. 그런데 참지 못하고 가셔버렸는지도 몰라. 즉시 연락해 줘."

통화를 막 끊었는데 이어서 뚜 뚜 핸드폰이 울렸다. 긴장된 마음으로 열었다.

"이동섭입니다."

"암, 그렇게 신고를 해야지. 너 오늘 밤 좀 벌을 서야 하겠어."

철주의 목소리였다.

"무슨 일인데⋯⋯?"

"범수랑 종국이가 와서 너랑 한잔 하자는 거야."

"나 오늘은 못 나가겠어."

"왜 그래? 그렇게 핑계를 댄다고 될 것 같냐?"

"그래. 어쩔 수 없이 배신해야겠어. 다음 날 만나."

"안돼. 용서할 수 없어."

막무가내였다. 참지 못하고 전화를 끊어버렸다. 사이를 두지 않고 다시 신호가 울렸다. 이번에는 범수의 목소리였다.

"사람이 마음 변하면 죽는다는 말 못 들었냐? 이제는 친구도 몰라보는구나."

"그게 아니라 부득이한 사정이 생겼어."

"그럼 지금 있는 곳이 어디야?"

"우리 집이야. 방금 돌아왔어."

아버지에 대한 일을 알려버릴까 하고 생각했지만 도움도 되지 않을 일을 가지고 친구들에게 걱정을 나누어주고 싶지 않았다. 밖으로 나가 찾아본들 뾰족한 수가 없을 것 같아서 방안에 앉아 연락을 기다리기로 하였다. 장문을 열고 위스키를 꺼내어 한 모금 마시고 비스켓을 씹었다. 이 세상에 술처럼 좋은 것은 없다. 이럴 때 한잔하면 초조하고 불안한 마음을 어느 정도 덜 수가 있는 것이다. 따르릉⋯⋯ 전화가 걸려왔다. 아내로부터였다.

"어찌 되었어요?"

"아직 소식이 없어. 파출소뿐 아니라 성수에게도 연락을 해놓았으니까 곧 기별이 올 거요."

다시 위스키 한 잔을 부었다.

"역시 술이야."

초조한 감정이 무디어지면서 마음이 어느 정도 진정되었다. 시계는 일곱 시를 가리키고 있었다. 핸드폰을 유선 전화기 옆에 나란히 놓고 마시다 남은 잔을 들어 올렸다. 닫힌 창문에 가려 아버지가 마음을 의지해온 관악은 보이지 않았다. 그렇지 않더라도 이 시각이면 어둠과 매연에 묻혀가고 있을 테지만 닫힌 문은 바깥 세계와 나를 더욱 견고하게 차단하고 있었다. 차라리 마음이 차분했다. 그때 딩동댕, 부저가 울렸다. 수화기를 들자 사람들의 영상이 잡혔다. 범수 일행이었다. 빌어먹을 놈들. 이런 우환 중에 왜 몰려오나.

"흥, 너 혼자 마시고 있구나. 보기 좋다."

철주가 빈정거렸다.

"그런데 너 무슨 일이 있냐? 걱정이 되어 왔다. 혼자 술잔을 놓고 있는 걸 보니 아무래도 이상하다."

범수는 평소에도 생각이 깊은 친구다.

"있긴 있어. 하지만 늬네들은 모르는 게 더 좋아."

"마누라가 다른 놈하고 짝지은 것은 아닐 게고……"

"차라리 그런 일이라면 좋겠다."

"그보다 더 중요한 일이라……"

범수의 표정이 심각해졌다. 잠시동안 침묵이 흘렀다. 뚜. 뚜. 핸드폰 신호가 울렸다.

"성수구나. 소식 있어?"

"동섭아, 너 놀라지 마라."

"알았으니까, 어서 말해 봐."

"돌아가셨어."

"돌아가시다니, 도대체 누가 어쨌다는 거야?"

"공사장 덤프트럭이 다가오는데 그만 아버님께서……"

나의 거동을 지켜보며 어리둥절한 표정으로 서 있는 친구들을 방안에 버려둔 채 허둥지둥 밖으로 뛰어나와 승용차의 핸들을 잡고 시동을 걸었다.

고향이 남아 있기에 마음을 의탁하고 살아오셨는데 그것이 무참하게 무너져버린 것을 목격하자 그만 결심을 하신 것이리라. 결심이 아니라 서낭님과 조상들이 모시고 가버린 것이다.

1931년   8월 19일, 전남 나주시 봉황면 유곡리 909번지 낙동마을에
서 아버지 이창신, 어머니 김순애 사이에서 1남 2녀 중 장
남으로 출생.

1956년   농민문학가 오유권을 만나 문학에 뜻을 두게 됨.

1967년   조선대학교 법정대 법학과 졸업.

1969년   이영권 이해동 송규호 등과 광주에서 〈청탑〉 동인 활동.

1973년   한승원 주동후 김신운 이계홍 작가 등과 광주에서 〈소설
문학동인회〉 활동. 동인지 『소설문학』 제1집에 단편 「효녀
무」 발표. 이후 문순태 송기숙 설재록 이지흔 작가 등과 함
께 『소설문학』 동인지 2, 3집에 참여. 광주 조대부고(야간
부) 국어교사로 10년간 재직. 광주 동명동에서 한약방 '묘
향원'(훗날, 남인당─ 한림원한약방) 운영.

1975년   『월간문학』(4월호) 제15회 신인상에 단편소설 「월혼가」 당
선으로 등단.

1979년   7월, 조태일 시인의 편집으로 첫 소설집 『효녀무孝女舞』(시
인사) 출간.

1983년   '한국문인협회' 전남지부장(~1984).

1984년   제1회 '현산문화상' 수상.

1986년	'전라남도문화상' 수상.
1987년	9월, '민족문학작가회의'(현, '한국작가회의') 창립. 송기숙 소설가, 문병란 시인과 함께 '광주전남민족문학인협의회'(현, '광주전남작가회의') 초대 공동의장(~1993). 이강재 등과 함께 '광주민학회' 창립회원으로 활동.
1989년	'전남일보' 창간1주년 기념 1천만원 고료 현상공모에 장편 「산화」 당선. 이후 1989년 5월부터 2년간 전남일보에 연재.
1990년	재일조선인 강제징용 육필수기 번역서 『아버지가 걷는 바다』(광주) 출간.
1992년	3월, '광주전남소설문학회'(현, '광주전남소설가협회') 초대 회장.
1994년	1월, 조선 중기의 천재시인 백호 '임제'의 일대기를 형상화한 장편 『달뜨면 가오리다』(전 2권, 열린세상) 출간. 5월, 문병란 시인과 함께 '광주전남민족문학인협의회' 초대 공동 대표(~1996).
1995년	『금호문화』 11월호부터 1996년 4월호까지 '소설가 이명한의 몽골 방랑기' 연재.
1997년	'민족문학작가회의'(현, 한국작가회의) 자문위원(~2002). 『월간예향』 1월호부터 4월호까지 '뿌리찾기 중국기행' 연재.
1998년	'광주MBC칼럼' 칼럼리스트로 활동. '광주민예총' 제2대 회장(~2002).
1999년	'광주비엔날레' 이사(~2000). 11월부터 2년간 대하역사소

설 「춘추전국시대」를 광주매일신문에 연재.

2000년   6·15공동위원회 남측 공동대표.

2001년   6월, 금강산에서 개최된 '6·15공동선언발표 1돌기념 민족통
          일대토론회'에 참가. 8월, 두번째 소설집 『황톳빛 추억』(작
          가) 출간.

2002년   '평화통일연대' 상임대표. '동방문화연구소' 설립.

2004년   '전주이씨 완풍대군파 양도공종회' 광주종친회장.

2005년   7월, 평양과 백두산 등지에서 개최된 '6·15공동선언 실천
          을 위한 민족작가대회'의 남측(민족문학작가회의) 대표단
          일원으로 참가.

2006년   12월, 일본 도쿄 와세다대학에서 개최된 '2006도쿄 평화문
          학축전' 참가.

2010년   조선대학교 총동창회 자문위원으로 활동.

2012년   7월, 산수傘壽 기념 시집 『새벽, 백두 정상에서』(문학들) 출
          간. '나주학생독립운동유족회' 회장. '6·15공동위원회' 광주
          전남본부 상임고문.

2013년   '한국문학평화포럼' 회장. '나주학생독립운동기념사업회'
          이사장. 광주광역시교육청의 '광주교육발전자문위원회' 자
          문위원으로 활동.

2014년   제1회 '백호임제문학상' 수상. '나주학생독립운동기념관' 관
          장.

2017년   '한국독립동지회' 부회장.

2019년   8월 15일, 정부에 의해 '독립유공자'로 추서된 '고故 이창

신' 선생의 유족으로 '대통령 표창장'을 전수받음. 제25회 '나주시민의 날'에 '시민의 상'(충효도의 부문) 수상.

2021년   문병란시인기념사업회 회장.

2022년   5월, 나주학생독립운동기념관·나주학생독립운동기념사업회·문병란시인기념사업회 공동주최로 '한일국제심포지엄' 〈조선 저항시인과 탈식민주의〉 개최.

현재 '광주전남작가회의' 고문, '문병란시인기념사업회' 회장, '나주학생독립운동기념사업회' 이사장, '나주학생독립운동기념관' 관장.

이명한 작가의

삶과

그 문학적 생애

이승철

이명한 작가의 삶과 그 문학적 생애_ 이승철

이명한 작가의 삶과 그 문학적 생애

이승철_ 시인·한국문학사 연구가

1. 들어가는 말– 이명한 작가의 약전

이명한李明翰 작가는 '광주전남 문단'을 대표하는 원로문인 중한 사람이다. 1975년 『월간문학』을 통해 등단한 후 작품활동을 전개했고, 1983년 '한국문인협회' 전남지부장으로 취임해 광주전남 문단을 이끌었다. 1987년 9월, '자유실천문인협의회'가 '민족문학작가회의'로 개편될 때 이명한은 문병란 시인, 송기숙 소설가와 함께 '광주전남민족문학인협의회'(현, 광주전남작가회의)를 결성해 공동대표로 활동했다. 그 후 '민족문학작가회의 자문위원, '한국민족예술인총연합' 광주지회장, '광주비엔날레' 이사, '한국문학평화포럼' 회장, '6·15공동위원회' 남측 공동대표를 역임했다. 현재 '광주전남작가회의' 고문, '나주학생독립운동기념관' 관장으로 활동하고 있다.

작가로서 이명한의 미덕은 '골방'에서 글만 쓰는 작가로 머물지 않았다는 점이다. 1980년 5·18 광주민주화운동 이후 이명한 작가는 군사독재 타파와 우리사회의 민주화를 위한 문학적 실천과 사회적 행동을 병행해 왔다. 분단체제에 살고 있는 일국의 작가로서 통일문제와 민족동질성 회복에 남다른 관심을 갖고 사회적 실천을 멈추지 않았다. 그는 시대적 조류에 휩쓸리지 않았고, 특정 정치권력에 기대어 자신의 영달을 추구하지 않았다. 말하자면 줏대와 자존을 지켜낸 한국문단의 원로이자 지역사회의 어른으로서, 후생들로부터 존경을 받아왔다.

작가 이명한의 문학적 생애와 업적을 본격적으로 조명하기에 앞서 그의 부친, 이창신李昌信 선생에 대해 살펴보려고 한다.

이명한 작가의 부친 이창신은 1914년 5월 27일, 전남 나주군 봉황면 유곡리 909번지(현, 전남 나주시 낙동길 77-2) 낙동마을에서 출생했다. 나주공립보통학교를 졸업한 후 나주공립농업보습학교 2학년생이었던 이창신은 열다섯 살의 나이로 '나주학생만세시위'(나주학생독립운동)에 주도적으로 참여했다. 1929년 11월 27일, 나주장날을 기해 수천 장의 격문을 살포하면서 만세시위를 벌인 이 사건은 '광주학생독립운동'의 파장이 계속된 가운데 발생했기에 일제는 극도로 긴장했다. 당시 신문 보도에 따르면 일경日警 다섯 5명이 부상당할 정도로 나주의 만세시위는 격렬했다.

1929년 11월 3일에 발생한 '광주학생시위'(광주학생독립운동)의 발단은 조선인 학생과 일본인 학생 간의 충돌이 발생하자 일제경찰이 일방적으로 일본인 학생들을 옹호하면서 편파적인 수사를 진행했기 때문이다. 광주학생독립운동은 3·1만세운동 이후 최대

규모의 항일투쟁으로 전국 212개교에서 6만여 명이 시위에 참가하는 등 반제국주의운동, 민족해방투쟁으로 번져나갔다. 광주학생만세시위의 도화선이 된 조선인과 일본인 통학생들이 모두 나주에 거주했기에 '나주'는 사실상 이 사건의 중심지였다. 광주학생만세시위에 동조하여 1929년 11월 27일에 발생한 '나주만세시위사건'(나주학생독립운동)의 주모자로 신간회 나주지회 박공근(30세) 서기장, 나주농업보습학교 유찬옥(18세), 홍민후(22세) 학생 등 5명이 구속, 수감되었다.

이때 이창신은 나주만세시위의 최초의 모의과정부터 참여한 핵심 주모자였고, 경찰에 체포되어 가혹한 수사를 받았다. 허나 그는 주모자 중 최연소 미성년자인 관계로 구속을 면할 수 있었다. 당시 〈조선일보〉, 〈동아일보〉, 〈중외일보〉는 나주사건에 대한 수사 및 재판 상황을 연이어 보도할 만큼 세간의 관심이 집중되었다. 나주사건에 대한 1심 재판은 광주지방법원에서 진행될 예정이었다. 그런데 1심 첫 재판(1930.2.26)을 앞둔 1930년 2월 10일, 이창신의 주도하에 나주농업학교생과 나주보통학교생이 연대하여 또다시 만세시위가 발생한 것이다. 경찰은 이창신 등 제2차 나주만세시위사건의 주동자로 수십 명을 체포했으나, 이들을 또다시 구속할 때 발생할 후폭풍을 두려워하여 관련자들을 조사한 후 훈방 조치했다. 하지만 이창신 등 주모자들은 농업학교에서 무기정학과 퇴학 조치를 당해 학교에서 쫓겨나야 했다. 이처럼 이창신은 청소년 시절부터 민족의식이 남달랐던 선각자였다.

나주농업학교에서 쫓겨난 이창신은 각종 사상서와 문예지를 독파하면서 작가가 되기 위해 창작에 매진했다. 1934년 〈동아일보〉의 자매지인 월간 『신동아』는 창간 2주년을 기념하여 장편(당시 기준으로 원고지 200매 이상 300매 이하) 및 단편소설, 희곡과 시, 실화 및 논문 장르에 걸쳐 '신진작가'를 발굴하고자 문예작품을 현상공모했다. 그때 이창신은 '이석성李石城'이라는 필명으로 장편소설 「제방공사」를 응모하여 가작으로 입선했는데. 그의 나이 약관 스무 살이었다.

그해 1934년 『신동아』 10월호에 이석성의 장편 「제방공사」 1회분이 게재되었다. 그런데 이석성의 작품은 조선총독부의 검열 조치로 1회분은 물론이거니와 『신동아』 11월호의 2회분 곳곳에 몇 행씩이 삭제되거나 혹은 내용을 전혀 알아볼 수 없도록 '복자'伏字로 처리되었다. 총독부의 검열로 인해 연재 3회분이 게재된 1934년 12월호의 경우 이 잡지의 목차는 물론 소설이 게재된 지면에서 작가 '이석성'의 이름과 소설 제목 「제방공사」, 그리고 소설 내용을 단 한 대목도 판독할 수 없게끔 완벽하게 복자로 처리되었다. 조선총독부의 악랄한 '표현의 자유 침해' 조치로 이석성 작가의 소설은 연재 3회분부터 사실상 중단되고 말았던 것이다.

이석성은 조선총독부의 이같은 악랄한 탄압에도 굴하지 않고, 1935년 1월의 〈동아일보〉 신춘문예에 단편소설 「홍수전후洪水前後」를 투고했다. 동아일보 1935년 1월 10일자의 신춘문예 심사평을 읽어보면 이석성의 이 작품은 최종심에 올랐고, 사실상 '당선작'과 맞먹는 평가를 받았다. 심사평에는 "그 중 「홍수전후」만은 도저히 조선에서는 발견하기가 어려운 작품이어서 두 번이나 읽다가 하는 수 없이 버리었다."라고 언급돼 있다. 이는 이석성의 단편 「홍수전후」가 당선작과 최종까지 경합을 벌인 작품이었음을 의미한다. 그렇다면 심사위원이 언급한 '도저히 조선에서는 발견하기가 어려운 작품'이라는 말은 무엇을 뜻하는가. 작가로서 이석성의 탁월한 역량을 높이 평가하지만, 총독부의 가혹한 '검열' 조치로 동아일보 지면에 '게재'하기가 어려운 작품임을 우회적으로 언급한 것이다. 심사위원들은 이석성의 이 작품에 대해 극찬하면서도 총독부의 가혹한 검열로 『신동아』의 「제방공사」처럼 동아일보 지면에 게재할 수 없을 거라고 판단한 듯싶다. 다시 말해서 「홍수전후」를 '당선작'으로 선정했을 경우 지면에 온전히 게재될 수 없음을 간파한 신문사 측이 이석성의 당선을 보류했던 것이다.

'이석성'에 대한 작가적 평판은 1934년 『신동아』 현상공모에 가작으로 입선될 때부터 이미 '조선문단'에 알려졌을 것으로 생각된다. 지금도 그렇지만 신춘문예 심사는 당대의 명망 있는 작가들이 참여한다. 그리고 최종심에 오른 작품의 경우 심사위원들끼리 윤독하면서 최종 당선작을 결정하게 된다. 이때 신문사의 편집주간과 문화부 기자들이 동석하여 심사결과를 지켜보게 된다.

1931년과 1934년, 카프(KAPF, 조선프롤레타리아예술가동맹) 동맹원들에 대한 일제의 대대적인 1, 2차 검거사건으로 이 조직은 와해 직전의 상황으로 내몰렸다. 1934년 5월, 카프의 연극단체인 '신건설사 사건'을 빌미로 일경은 이기영 한설야 송영 등 카프의 핵심 동맹원 23명을 체포, 구속했다. '신건설사 사건' 1심 재판에서 박영희 이기영 한설야 윤기정 4인은 실형을 선고받았다. 제2심 항소심 판결로 카프 맹원들이 모두 석방되긴 했지만 일제는 카프 성향의 작품을 지면에서 퇴출하고자 대대적인 언론탄압을 자행했다. 특히 출판물에서 카프 성향의 작품을 퇴출하고자 잡지와 신문에 가혹한 검열을 실시했다. 그런 까닭에 노동자, 농민들의 각성을 촉구하는 문예작품은 지면에서 철저히 배제되었다.

이석성은 신진작가였기에 '카프' 조직에 가입하지 않았지만 「제방공사」에서 일제의 가혹한 수탈과 조선인 노동자들의 처절한 삶을 형상화하여 심사위원들의 주목을 받았다. 허나 이석성의 작품은 조선총독부의 검열로 초유의 '연재중단 사태'를 겪었다. 동아일보 측과 신춘문예 심사위원들은 이석성의 작품 「홍수전후」도 「제방공사」처럼 총독부의 가혹한 '검열'을 통과할 수 없다고 판단한 결과 "두 번이나 읽다가 하는 수 없이" 이 작품(「홍수전후」)을 당선작에서 탈락시켰을 것이다.

광주전남 지역에서 목포 출신의 박화성 소설가 이후 '이석성'은 혜성처럼 등장했으나, 일제 식민통치의 가혹한 검열로 그 뜻을 펼쳐보지 못한 불우한 작가였다. 말하자면 식민지 시기 민족해방의식을 지닌 가장 강력한 '저항작가'의 출현이 좌절된 셈이다. 만약 우리가 일제 식민지 침탈이라는 역사를 겪지 않았더라면, 나주 출신의 이석성 소설가는 '조선문단의 샛별'로 그 존재감을 마음껏 드러냈을 것이다. 만약 이석성 작가의 이 두 소설이 보존돼 전승되었더라면, 식민통치 시기 항일민족문학의 실체를 파악하는 데 큰 도움이 되었을 것이다. 참으로 안타까운 일이다. 1930년대 중반 이석성 작가의 출현은 '한국문학사'를 다시 써야 할 정도로 중대한 의미를 지니고 있다고 생각한다.

작가로서의 진로가 가로막히자, 이창신은 1937년경 일본으로 건너갔다. 자신의 정치적 신념인 '아나키스트' 운동을 전개하면서 항일 비밀결사체를 조직하려고 했다. 이런 사실을 간파한 일경은 체포령을 내렸고, 나주에 살고 있는 가족들을 위협했다. 일제의 강압으로 나주로 되돌아온 이창신은 비밀리에 지하 독립운동에 참여하다가 1945년 8·15 광복을 맞이했다. 해방 후 이창신은 여운형 선생이 주도한 '조선건국준비위원회'(약칭: 건준)의 '나주건준'과 '나주인민위원회'의 일원으로 참여하다가 진보적 정당의 나주군당 선전부장으로 활동했다. 그는 민족주의 노선을 견지하면서 남한만의 단독정부 수립에 반대하는 등 새로운 세상을 만들고자 했다. 그런 와중에 '나주 봉황지서 습격사건'이 발생했다. 경찰과 우익세력은 '이창신'을 이 사건의 배후조종자로 지목해 체포령을 내렸다. 이창신은 경찰과 우익들에게 체포돼 끌려갔고, 일체의 재판 과정도 없이 1949년 5월 23일 향년 35세의 나이로 이승을 떠나고 말았다. 분단조국이 불러온 좌우 이데올로기의 희생양으로 이창신은 삶을 마감한 것이다.

이명한(주민등록상 한자 이름은 李明漢, 필명은 李明翰)은 1931년 8월 19일(양력, 주민등록상은 1932년 8월 19일) 전남 나주군 봉황면 유곡리 909번지, 낙동마을에서 아버지 전주이씨 이창신과 어머니 광산

124

김씨 김순애金順愛 사이에 장남으로 태어났다. 이명한의 부모님은 1930년 10월에 혼인했고, 슬하에 1남 2녀(혜자, 정이)를 두었다.

이명한은 고향마을에서 서당을 다녔고 나주봉황남국민학교를 졸업했다. 해방 후 나주군민들에 의해 설립된 '민립民立' 나주중학교에 입학했다가 시국사건에 휘말려 전학을 갔고, 정광중학교를 졸업(제1회) 한 후 고교를 거쳐 서라벌예대와 정치대학(건국대 전신)을 잠시 다니다가 1967년 2월, 조선대학교 법정대 법학과를 졸업했다.

이명한은 젊은 날 폐결핵을 앓아 각혈을 하는 등 15년 간 투병 생활을 했다. 1948년 11월경에는 아픈 몸을 치유하고자 전남 함평읍 석성리 주포, 속칭 '수랑개'라고 불리던 포구마을에서 요양생활을 했다. 군대에 입대했지만 1955년 '폐결핵'으로 의병제대를 했다. 20대 중반인 1956년, 이명한은 광주 황금동의 어느 다방에서 소설가 오유권吳有權을 우연히 만나 교류하게 되고, 문학에 뜻을 두게 된다. 오유권은 나주 영산포 엄동에서 농사를 지으며 창작에 매진하고 있었다. 오유권 작가는 등단 이후 농촌과 농민의 삶을 담아낸 수많은 작품을 발표했고, 광주전남 지역의 문학적 후생들을 길러냈다. 한승원 문순태 이명한 등이 훗날 등단하여 작가의 길을 걷게 된다.

청년 이명한은 신병 치료를 위해 한의학에 몰두하게 되고, 할아버지와 아버지의 뒤를 이어 한의업에 종사하게 된다. 그런 가운데 이영권 송규호 이해동 등 나주의 친구들과 광주에서 〈청탑 靑塔〉 동인을 결성해 시작과 소설 창작을 병행했다. 신춘문예에 도 응모했지만 낙선의 아픔을 겪자 문학의 길을 포기하려고 했 다. 그러나 가슴속에 남아있는 문학적 혼불을 꺼버릴 수 없어 다 시 소설 창작에 몰두했다.

1970년대 초반 주동후 한승원 작가의 노력으로 광주에서 〈소 설문학동인회〉가 결성되고, 이명한은 동인으로 참가하면서 본 격적인 문학수업을 하게 된다. 1973년 3월에 창간호를 펴내고 본격적인 활동을 전개한 〈소설문학동인회〉에 김만옥 김신운 김 제복 이계홍 이명한 주길순 주동후 한승원 작가가 참가했다. 비 록 광주전남의 지역출신으로 한정된 동인이었지만, '소설 동인' 은 드물었기에 문단의 주목을 받았다. 〈소설문학동인회〉는 창간 호의 '동인의 말'에서 "우리에게는 '서울문단'은 있지만 '한국문단' 은 없습니다. 그렇기 때문에 우리는 감히 여기 피 흘려 농사를 벌 입니다."라고 당찬 포부를 밝혔다. 〈소설문학동인회〉는 제2집 (1974.7)과 제3집(1979.3)에 문순태 강순식 송기숙 설재록 이지 흔 정청일 작가를 영입함으로써 광주전남 소설문단의 구심체 역 할을 수행했다.

1973년 광주에서 '묘향원'이라는 한약방을 운영하면서 〈소설 문학동인회〉 제1집에 단편소설 「효녀무」를 발표한 이명한은 '한 국문인협회 전남지부' 회원으로도 가입해 활동했다. 그런 후 『소 설문학』 제1집에 발표한 이 작품을 개작한 소설 「월혼가月魂歌」를

『월간문학』제15회 '신인상' 공모에 투고해 당선되었다. 말하자면 이명한은『월간문학』1975년 4월호에 단편「월혼가」를 발표함으로써 '45세'의 늦깎이로 중앙문단에 처음 얼굴을 내밀었다. 제15회『월간문학』신인상의 심사를 맡은 정한숙 곽학송 작가는 심사평에서 "오랜 문학수업의 결정이다. 이명한의 소설은 차분한 문장과 정확한 표현, 능히 기성의 수준에 이른 작품이다. 결점도 없는 것은 아니지만 어느 산촌의 자그마한 상황을 이처럼 아름답게 꾸민 솜씨는 범상치 않다."고 평가했다.

그 후 이명한은 서울의『월간문학』,『현대문학』,『소설문학』,『신동아』,『한국소설』,『문학과경계』등의 문예지와 광주의『전남문단』,『금호문화』,『월간예향』『나주문학』,『함께 가는 문학』,『광주전남 작가』등에 작품을 발표하며, 활발한 작품활동을 전개했다. 등단 4년 만인 1979년 7월에 이명한은 첫 소설집『효녀무』를 조태일 시인이 운영하던 '시인사'에서 출간했다. 문학평론가 구창환은 이 소설집의 표제작에 대해 "「효녀무」는 세련된 문장으로 격조 높은 전통의 세계를 다룬 수작이다. 이 작품이 뿜어내는 향기와 주인공인 '선녀'가 주는 감동은 오랫동안 독자의 가슴에서 지워지지 않을 것이다."라고 평한 바 있다.

1989년〈전남일보〉창간 1주년 기념 1천만원 현상공모에 장편소설「산화山火」가 당선된 이명한 작가는 그해 5월 1일부터 약 2년 간 이 소설을 신문에 연재했다. 이어 1990년에는 태평양전쟁(1941) 당시 일제에 의해 강제 징용된 재일조선인의 육필수기로 일본에서 출간된『아버지가 걷는 바다』(광주 간)를 번역 출간하여 독자들의 눈길을 끌었다. 이어 1994년 1월에는 조선 중기의 천재 시인 백호 임제(1549~1587)의 일대기를 형상화한 장편『달뜨면 가오리다』(열린세상 간)를 전2권으로 간행했다. 이 소설은 광주의 종합지『금호문화』(1992년 1월호~1993년 12월호)에 연재한 작품이다. 이명한은 1999년 11월부터 2년 간 〈광주매일신문〉에 대하역사소설「춘추전국시대」를 연재했고, 2001년 8월에는 두 번째 소설집 『황톳빛 추억』(작가 간)을 출간했다.

2012년 7월에 이명한은 80세 생일, 산수傘壽를 맞아 첫 시집 『새벽, 백두 정상에서』(문학들 간)를 출간했다. 팔순의 작가가 시심 詩心을 간직한 채 남몰래 써온 시들을 한 권의 시집으로 묶어냈기에 적잖은 화제가 되었다. 이명한은 '작가의 말'에서 첫 시집을 펴내는 소회를 다음과 같이 밝혔다.

"시에 있어서 아름다움은 아픔이다. (……) 소설을 쓰면서도 시라는 것을 가슴 한구석에 종양처럼 간직하고 살아온 노정이 짧지 않았다. 지니고 살기가 버거워 한 점씩 떼어내어 꽃잎 뿌리듯 여기저기 던져 놓은 것들이 있어서 한데 모아보려고 했으나 모래밭 속의 바늘이었다. 그렇기로 일단 마음먹은 일을 중단할 수 없어서 달리는 버스 속이나 가로수 아래, 더러는 먼지 자욱한 길거리에 서서 한 수씩 수첩 위에 새겨오다 보니 백여 수가 되어버렸다. 비유해서 팔십년 동안 쌓아올린 노적가리를 불태워버리고 나서 잿더미 속에서 건져 올린 몇 개의 벼 알이라고 할까."

이 첫 시집의 발문(「로맨티스트 이명한의 시」)에서 '5월의 시인' 김준태는 축하의 덕담을 아끼지 않았다.

"소설가 이명한은 이제 소설을 잠시 접고 작년 한 해 동안에 무려 100여 편의 시를 쏟아낸다. 서사(이야기)가 아니라 노래(시)를 쏟아 내놓고 때로는 어린 소년처럼 눈망울을 굴린다. 순결한, 그의 어머니가 영산강 물소리로 그를 잠재우던 그 순결함으로 시를 쏟아낸다. 보라, 천의무봉의 순결한 마음이 영산강 강물에 닿아 반짝거리는 것이 한없이 눈물겹다."

1970년대 중반부터 10년 동안 조대부고 국어교사로 재직한 이명한은 문예반 지도교사로도 활동했다. 당시 문예반 학생이던 이영진(〈5월시〉 동인, '자유실천문인협의회' 사무국장 역임)이 무단결석으로 퇴학 위기에 처했을 때, 제자의 문학적 재능을 아까워하며 학교당국과 가족을 설득하여 무사히 졸업할 수 있게 해주었다. 이명한 작가는 자신의 문학관을 다음과 같이 밝힌 바 있다.

"일제 강점기와 한국전쟁, 군부독재 시절을 거쳐 오면서 격렬한 시대적 상황과 직면했다. 그때 나는 죽을 고비를 넘기면서 어쩜 내 생명은 아무것도 아니라는 생각으로 문학의 외길을 걸어왔다. 우리가 이 사회와 역사 속에서 삶을 이어가고 있는데, 문학이 결코 당대 현실을 외면해서는 안 된다고 생각한다. 문학은 결코 허공에서 나오는 것이 아니다."

이명한 작가의 가족사에서 두드러진 점은 한국문학사에서 보기 드문 '문학적 3대代'를 형성하고 있다는 점이다. 이명한의 장남인 이철영李哲寧은 조선대 국문과 재학시절『민주조선』필화사건으로 고초를 겪었고, 대학 졸업 후 문화운동과 사회운동에 투신했다. 이철영은 광주민예총 정책위원, 광주참여자치21 대외협력위원장, 시민문화회의 정책위원, 5·18기념재단 소식지『〈주먹밥』편집위원, 씨엔티경담문화재보존연구소 대표로 활동해 왔다. 그는 광주의 대표적인 '답사여행 작가'로 활동했고, 문화재 보존작업에 10년 간 열정을 쏟아 부었다. 특히 전라도의 맛과 멋, 역사와 풍물을 알리기 위한 글쓰기를 계속했다.

지난 2007년 12월에 출간된『이철영의 전라도기행』(화남 간)은 남도의 풍경과 사찰, 역사인물과 역사 유적지, 남도 장인의 손맛을 맛깔나게 담아낸 책으로 독자들로부터 사랑을 받았다. 5년 동안 〈에스오일 S-Oil〉 사보와 〈오마이뉴스〉에 동시 연재한 글을 펴낸 책으로, 이철영은 서문에서 다음과 같이 소감을 밝혔다.

"전라도를 훑고 기록하는 일은 즐겁다. 그것이 역사든, 사람이든, 풍경이든 간에 거기에는 늘 오늘의 삶을 반성케 하는 숨은 뜻이 담겨있게 마련이었다. 종국에는 역사와 사람과 풍경의 구분이 의미 없다는 깨달음까지 얻은 듯싶다. 토양에서 인문이 싹트고, 크게 자란 인문이 다시 토양을 경작하는 것 아니겠는가. 한편으로는 슬프다. 패배와 한숨의 시절이 팔 할이었던 게 전라도인 까닭이다. 물론 그 팔할이 오늘에 이르러 내세우고 두루 새길 수 있는 긍지로 열매를 맺었다는 사실을 모르는 바는 아니다. 그렇더라도 당대를 살아간 이들이 현실로서 맞닥뜨렸을 감정의 복받침을 생각할 양이면 슬픔뿐인 것이다."

〈오마이뉴스〉 오연호 대표기자는 『이철영의 전라도기행』에 대해 다음과 같이 평가했다.

"전라도를 주제로 글을 쓰는 이는 많다. 하지만 전라도의 역사와 문화를 제대로 울궈내는 글은 많지 않다. 그런 점에서 이철영의 『이철영의 전라도기행』은 새삼 전라도를 다시 들여다보게 하는 미덕이 있다. 「이철영의 전라도기행」은 오랜 기간 〈오마이뉴스〉에 연재되면서 많은 독자들의 사랑을 받아왔다. 그만큼 나름의 향기가 있다는 의미일 게다. 그의 향기 나는 전라도기행이 계속되기를 기원한다."

'이석성-이명한-이철영'으로 이어지는 '문학적 3대'는 남도의 저항정신과 예술혼, 그리고 시대의 아픔에 동참하고자 하는 '작가정신'을 보여주었다. 임헌영 평론가가 언급한 것처럼, 21세기에 쓰는 문학사는 20세기의 문학, 식민지와 분단의 상처로 얼룩진 세기를 총체적으로 분석·평가하면서 새로운 세기의 미학관을 창출하는 역할을 맡아야 한다.

이번 『이명한 중단편 전집』 출간을 맞아 이명한 작가의 삶과 문학적 생애를 천천히 되짚어보면서, 이명한 문학이 21세기를 사는 우리에게 무엇을 남겨주었는지 그 족적을 살펴보려고 한다.

2. 이명한 작가의 가문 내력 – 전주이씨 양도공파

이명한 작가의 선대 조상들이 전남 나주시 봉황면 유곡리 낙동마을에 정착한 시기는 조선 중기 때로 약 400년 전이다. 이명한 작가는 전주이씨全州李氏 완풍대군파完豊大君派 양도공襄度公 20대손으로 태어났다. 세칭 '전주이씨 양도공파'로 불리는데, 한때 이명한 작가는 '전주이씨 양도공파 광주광역시 종회'의 회장을 맡기도 했다. 전주이씨 양도공파의 가문의 내력은 충절과 대의, 형제간의 우애 측면에서 적잖은 시사점을 안겨주고 있어 이를 살펴보려고 한다.

조선을 건국한 태조 이성계의 아버지, 환조 이자춘은 첫부인 한산이씨와 사이에 장남 이원계(훗날, 완풍대군), 둘째부인 최씨와의 사이에 차남 이성계(훗날, 태조), 셋째부인과의 사이에 막내 이화(훗날, 의안대군)를 두었다. 이자춘의 배다른 3형제는 어렸을 때부터 우애가 돈독했고, 성년이 되어서도 고락을 함께 했다. 이자춘의 큰아들 이원계李元桂는 고려 공민왕 때 문과에 급제함은 물론, 중국 명나라의 문과에도 합격할 정도로 고려 조정에서 촉망

받던 인물이었다. 이원계의 조강지처는 중국에서 '목화'를 들여온 문익점의 딸로 남평 문씨였고, 둘째부인은 김용의 딸 경주 김씨였다. 이원계는 슬하에 4남 4녀를 두었는데 양우- 천우- 조-백온이 그의 아들이다. 고려 공민왕 10년(1361) 10월, 홍건적의 2차 침입 때 이원계는 이복동생 이성계와 함께 출전하여 10만 명의 홍건적을 격퇴하는 공을 세웠다. 수도 개경을 수복한 공로로 이성계는 1등공신, 이원계는 2등공신에 책록되었다.

고려 우왕 3년(1377), 왜구가 강화도를 침범해오자 이원계는 이들을 격파하여 또다시 공훈을 세웠고, 우왕 6년(1380)에는 전라도의 광주와 화순-능성(능주)에 왜구들이 다시 침범하자 '원수' 직책으로 최공철 정지 등과 함께 이들을 격퇴했다. 1380년 8월, 왜적은 500척의 배를 이끌고 금강 하구로 침입해 양광도(충청도), 경상도, 전라도 인근 바닷가에서 노략질을 자행했다. 이에 맞선 고려의 병사들은 화포로 왜구들의 선박을 불태웠다. 퇴로가 막힌 왜구들은 최후의 발악으로 민가에 침입하여 살육과 분탕질을 일삼았다. 그때 이원계 장군은 '양광도순검사'라는 직책으로 '3도도순찰사'로 파견된 이성계 장군과 함께 대대적인 왜구 토벌에 나섰다. 1380년 9월, 전라도 남원 운봉에서 벌어진 '황산대첩'에서 고려군은 왜장 '아지발도'를 척살하는 등 왜적들을 격퇴했다. 이원계의 둘째아들 이천우는 17세의 나이로 이성계 휘하에서 전투에 참여했고, 부상을 입은 채 결사적으로 싸워 '소년장수'라는 칭호를 얻었다. 황산대첩으로 치명타를 입은 왜구들은 고려 땅에서 물러났다.

전주이씨(全州李氏) 완풍대군파
(完豊大君派) 양도공(襄度公)의
시조 이천우 장군 영정.

고려 우왕 14년(1388) 4월, '문하시랑평장사' 이원계는 '팔도도통사' 최영 장군의 조전원수가 되어 요동성을 정벌하고자 출전했다. 그해 5월경 우군도통사 이성계, 좌군도통사 조민수가 이끄는 5만의 병력이 합류했다. 이성계 장군은 압록강 하류의 '위화도'에 진을 쳤다. 그런데 장마철로 폭우가 몰아쳤고, 도강하여 요동성을 공격할 수 없다고 판단한 이성계는 임금에게 '요동정벌'의 부당성을 담아 '사불가론四不可論'이라는 상소문을 올렸다. 허나 우왕과 최영 장군은 '사불가론'을 수락하지 않았다. 이에 이성계와 조민수 장군은 1388년 (무진년) 5월 22일(음력), 말머리를 개경으로 돌리는 '위화도 회군'을 단행했다. 이원계 장군은 처음엔 신하의 도리를 내세워 반대하다가 대세를 거스를 수 없다고 판단, 회군에 동조했다.

'위화도 회군'으로 개경을 함락한 이성계는 최영의 군대와 접전하여 승리했다. 최영을 고봉현에 유배시킨 이성계는 우왕을 폐위해 강화도로 보냈다. 1388년 8월, 아홉 살짜리 우왕의 아들 창왕이 왕위에 올랐다. 창왕은 허수아비 왕으로 전락했고, 고려 조정은 이성계 일파가 장악했다. 이원계 장군은 고려왕조를 배신하느냐, 이성계와의 형제애를 배반하느냐 사이에서 번민했다. 이원계는 이성계가 즉위하기 4년 전, '충신불사이군忠臣不事二君'이라는 명분과 이성계와의 우애 사이에서 고뇌를 거듭하다, 슬하의 네 아들에게 유언을 남겼다.

"나는 고려의 은혜를 입은 신하로서 고려왕조가 멸망하게되었으니, 죽을 수밖에 없다. 그러나 너희들은 나 때문에 세상을 피하지 말고, 천명을 좇아서 숙부(이성계)를 도와 충효를 다하라. 내가 죽거든 묘비석에 관직을 쓰되, '고려시중 휘원계 자 원계의 묘'라고 써라."

이원계는 아래의 「절명시絶命詩」를 남기고 1388년 10월 23일, 함경도 화주和州에서 음독으로 자결했다.

三韓故國身何在(이 나라 삼한 땅에 이 몸 둘 곳이 어디인가)
地下願從伯仲遊(죽어 지하에서 태백, 중옹과 놀고 싶구나)
同處休云裁處異(같은 처지에 처신함이 다르다 말하지 마오)
荊蠻不必海桴浮(형만 땅에는 바다에 뗏목 띄울 일 없어라)

이 절명시는 '충절'이라는 신념과 형제간의 '우애' 사이에서 그의 처지와 고뇌를 토로하고 있다. 주나라 태왕 고공단보가 장남 태백이 아닌 동생 계륵에게 왕권을 넘기려 하자, 계승자 자리를 포기하고 형만 땅으로 도주한 장남 '태백'과 그의 동생 '중옹'을 언급하면서 형만 땅에서는 바다에 뗏목을 띄워 서로 권력다툼

하지 않는다는 것을 비유적으로 풍자한 것이다. 문하시중 이원계가 타계하자, 이성계는 '양평襄平'이라는 시호를 내렸다. '전쟁에 노고가 많았음'을 양襄이라 하고, '일을 집행함에 법도가 있음'을 평平이라고 한 시법諡法에 따른 것이다. 전주이씨 완풍대군파 종회의 책자에 따르면, 이원계 장군이 타계한 후 최후의 위계는 종1품 '삼중대광三重大匡'으로 증시되었다고 기록돼 있다. 이원계의 생전 작위는 홍건적과 왜구를 격퇴한 공로로 '척산군陟山君'에 봉해졌고, 타계한 후에는 '삼중대광 완산군完山君'에 올랐다. 조선초기에는 '회군回軍공신', '완산백完山伯'으로 책록되었다가 1872년(고종 9년) 12월 3일, '완풍대군完豊大君'으로 칭해졌다.

완풍대군의 둘째아들 양도공 이천우 장군은 고려 말과 조선의 개국과정에서 수많은 공훈을 세웠다. 고려 우왕 때 숙부인 이성계의 휘하에서 종사관으로 참전하여 남원 운봉의 '황산대첩'에서 공을 세웠고, 1392년 7월에 태조 이성계를 부축하여 용상에 모셨다는 일화가 『태조실록』에 전해진다. 이천우 장군은 1393년(태조 2년) '개국원종공신'에 봉해졌다. 1398년 정안대군 이방원(태종)을 도와 '정도전'을 제거한 이천우는 친형 이양우와 함께 '정사공신 2등'에 봉해졌다. 1400년 정월, '제2차 왕자의 난(방간의 난)'이 발생하자 다시 이방원을 도왔고, '좌명공신 2등'에 봉해졌다.

태종17년 (1417년) 4월 25일, 이천우 장군이 별세하자 태종은 시호를 '양도襄度'라고 명명했다. 양도공襄度公의 유해는 현재 경기고양시 성석동 웃감내 산 20번지에 안장되었다. 1616년(광해군 8년), 전남 영광 땅에 양도공의 영당影堂이 건립돼 영정影幀과 이응도二鷹圖을 봉안했다. 양도공의 부조묘, 종가(전남 영광군 묘량면 영양리의 이규헌 가옥, 전남 민속문화재 제22호), 영정, 회맹축, 이응도 목판은 전라남도 무형문화재 제146호로 지정되었다.

앞에서 살펴본 것처럼 태조 이성계의 이복형님, 완풍대군 이원계는 홍건적과 왜구를 토벌하면서 도탄에 빠진 국가를 보위했고, 위기에 처한 백성을 구한 충신이었다. 이복동생 이성계가 '위화도 회군'을 단행하자 형제간의 우애를 저버릴 수 없어 동조했으나, 훗날 '역성혁명'의 조짐이 보이자 '충신불사이군'이라는 대의를 지키고자 스스로 자결한 충절의 인물이다.

그러나 조선왕조가 새로이 건국되자 창업군주 이성계에 대한 미화 작업을 추진했던 태종 이방원과 그의 심복 하륜은 '이원계'에 대한 적장자의 위상을 박탈했다. 이복형제 '이화'와 함께 『태조실록』에 '서얼'로 신분을 조작하는 우를 범했다. 이원계의 의로운 순절殉節은 조선왕조 500년 동안 기휘의 대상이었기에 제대로 조명 받지 못하다가 고종 9년, 1872년에 '완풍대군'으로 그 명예를 회복할 수 있었다.

3. 이창신과 광주- 나주 학생독립운동 전개과정

이명한 작가는 현재 '나주시 죽림길 26'에 자리한 '나주학생독립운동기념관'의 관장을 맡고 있다. 부친 이창신李昌信이 '나주학생독립운동'의 유공자로 인정되어 그 유족으로 활동하고 있는바

아버지의 행적을 자세히 살펴보려고 한다.

이창신은 1914년 5월 27일, 전남 나주군 봉황면 유곡리 909번지, 낙동마을에서 아버지 이유섭李有燮과 어머니 김도천金道川 사이에 외아들로 태어났다. 다섯 살 때 부친이 타계하여 종조부와 숙부 이장섭李長燮의 보살핌 아래 성장했다.

전주이씨全州李氏 완풍대군파完豊大君派 완산부원군完山府院君 양도공襄度公 이천우李天祐 장군의 19대손으로 태어난 이창신은 1930년 10월 5일, 한학자인 김용석의 둘째딸 광산김씨 김순애金順愛와 결혼했다. 열여덟 되던 해인 1931년 8월 19일 장남 이명한이 태어났고, 그 아래로 장녀 혜자(1938년생), 차녀 정이(1944년생)가 출생했다.

1922년 10월, 4년제 나주봉황공립보통학교를 입학한 이창신은 1925년 3월 이 학교를 마쳤다. 이어 같은 해 4월에 6년제 나주공립보통학교(현, 나주초등학교) 5학년에 편입해 1928년 3월에 졸업했다. 이창신의 초등학교 6학년 때 학업성적을 보면 이과와 지리, 조선어, 일본어 과목에 좋은 평가를 받았으며, 우수한 성적으로 졸업했다. 광주고보로 진학할 수 있는 충분한 실력을 지녔으나 장자로서 살림을 돌보아야 한다는 종조부 등 집안어른들의 뜻에 따라 1928년(소화 3년) 4월에 2년제 나주공립농업보습학교(약칭; 나주농업학교)에 진학했다.

나주실업기성회와 나주군민들의 주도로 1926년 10월에 개교한 나주농업학교는 나주에 설립된 유일한 중등교육기관이었다. 실습 위주의 실업학교로서 나주보통학교 졸업생과 남평과 고막

원, 영산포 지역의 보통학교 학생들이 입학했다. 1, 2학년 학생수는 70여 명이었고, 교사는 대부분 일본인으로 구성되었다. 나주농업학교 교장은 나주보통학교의 일본인 교장이 겸임했다.

1920년대 후반 나주에서 광주로 통학하던 학생은 일본인이 30명 정도였고, 조선인은 그보다 많았다. 당시 나주역에서 광주역으로 향하는 통학 열차는 아침 7시경 등교열차와 오후 4시 45분경 광주역에서 나주역로

이창신의 나주공립농업보습학교 학적부.

향하는 하교열차가 있었다. 통학 열차에는 조선인 학생과 일본인 학생이 각기 다른 열차 칸을 이용했으나 가끔 섞여 타는 경우도 있었다. 당시 나주 통학생들은 광주고보나 광주여고보 등 광주에 있는 중학교를 다녔다. 통학생 가운데 10여 명은 비밀 학생조직인 '독서회'에 가입해 활동했고, 사회과학 서적을 읽으며 항일정신을 길러 나갔다.

일제가 1919년 3·1만세운동을 가혹하게 탄압했음에도 불구하고, 1926년 6·10만세운동이 일어났다. 이듬해 1927년 2월, 독립운동 진영은 좌우 합작으로 '신간회'를 결성해 활동했다. 1929년 1월, 원산에서 발생한 동맹파업은 일제의 가혹한 탄압에도 3개월간 지속될 정도로 항일의식이 고양되고 있었다.

젊은 날의 이창신.

1929년 10월 30일 오후 4시 45분경, 광주역을 출발한 통학열차가 오후 5시 35분경 나주역에 도착하자 통학생 등 30여 명의 승객들이 하차했다. 이때 나주역 출찰구를 나오면서 광주중학교 4학년생 후쿠다 슈조福田修三, 스메요시 가쓰오末吉克己, 다나까田中 등 일본인 남학생 3명이 광주여자고등보통학교 3학년생 박기옥朴己玉, 이광춘李光春을 향해 '센징'이라며 박기옥의 댕기머리를 잡아끌었다. 이때 나주역에서 같이 내린 광주고보 1학년생 박준채는 사촌누님 박기옥이 희롱당하는 것을 목격하고 분노를 느꼈다. 박준채는 나주역 광장에서 후꾸다를 불러세웠다. "후꾸다, 너는 명색이 중학생인 녀석이 야비하게 여학생을 희롱하냐!"고 질타했다. 그 말에 후쿠다는 "뭐라고? 센징鮮人 놈이 뭐라고 까불어!"라고 대꾸했다. 박준채는 조선인을 비하하는 '센징'이라는 말을 듣자 후꾸다의 면상을 후려쳤다. 이어 박준채와 후꾸다 일행 사이에 패싸움이 벌어졌다. 이때 나주역전 파출소의 일본인 순사 모리타 마쓰사부로森田松三郎가 다가와 자초지종을 듣더니, 박준채의 뺨을 후려쳤다. 박준채가 모리타 순사에게 항의하자 그는 재차 뺨을 때렸다. 박준채가 일본인 순사에게 일방적으로 뺨을 맞은 사실이 알려지자 조선인 학생들은 공분을 느꼈다. 나주역에서 발생한 그 사건이 도화선이 되어 광주지역 조선인 학생들은 들끓기 시작했다. 어찌 보면 사건의 발단은 사소한 것이었으나, 그동안 쌓인 민족적 울분이 일시에 폭발한 것이다.

1929년 11월 3일, 조선인 광주고보생들과 일본인 광주중학교 학생들이 집단으로 충돌하는 대규모 사태가 벌어졌다. 11월 3일은 일본의 국경일인 메이지절明治節이면서 조선의 음력으로 개천절開天節이기도 했다. 광주 사직공원의 신사神社를 참배하고 오던 일본인 광주중학생과 조선인 광주고보생 간에 격렬한 싸움이 벌어졌다. 조선인 학생들은 일본인이 운영하던 '광주일보사'를 급습해 편파보도에 항의하면서 신문사 윤전기에 모래를 뿌렸다. 싸움은 삽시간에 광주 전체로 확산되었다. 광주 시내 남녀 학생들과 교사들이 쌍방으로 갈려 패싸움 양상으로 치달았다. 일본인을 응징하기 위한 조직적인 항일투쟁으로 비화된 것이다. 이에 당황한 일경은 임시 휴교조치를 내렸고, 조선인 학생들을 대거 체포했다. 1929년 11월 12일에 2차 학생시위가 발생했고, 파장은 더욱 확산되었다. 일경日警은 조선인 학생 255명을 구속했고, 40명을 기소하여 재판에 넘겼다.

광주 인근의 조선인 학생들은 11월과 12월에 '동조시위'를 벌이며 만세시위를 벌였다. 11월 17일, 목포상업학교 학생들이 동조시위를 했고, 11월 27일에는 나주 학생들의 대대적인 동조시위가 있었다. 12월 초에는 서울 등 조선인 학생들이 백지동맹과 가두시위를 전개했다. "구금된 학생 석방!", "식민지 노예교육 철폐!", "언론·집회·결사·출판의 자유보장!" 등의 구호는 "일본제국주의 타도!" "피압박민족 해방만세!" 등으로 바뀌면서 식민지 조선의 해방의지를 보여주었다.

일경은 광주학생독립시위가 전국적으로 확산될 조짐을 보이자 대대적인 언론검열을 실시했다. 시위 관련 기사에 대한 삭제, 경고, 압수 조치를 했고, 이러한 조치는 1930년 2월 20일자까지 약 4개월간 지속되었다. 그럼에도 불구하고 서울의 공사립학교가 동조했고, 광주학생시위사건의 전말을 알리는 격문이 연이어 살포되었다. 경성고보, 휘문고보, 배제고보, 보성고보, 이화여고, 동덕여고 등에서 가두시위와 동맹휴학이 일어났다.

학생시위는 평양, 함흥, 개성, 청주, 춘천, 부산 등지로 확산되어 3·1운동 이후 가장 강력한 항일운동으로 발전했다. 조선 전체 학생의 절반이 넘는 6만여 명이 시위에 동참했고, 212개교가 참가했다. 이 과정에서 퇴학된 조선인 학생은 582명, 무기정학 2,330명, 검거된 조선인 학생과 교사는 1,642명이었다. 이 사건에 연루되어 조병옥 이관용 정수태 홍명희 등 〈신간회〉의 간부 44명과 근우회와 청년연맹, 노총 관계자 91명이 경찰에 체포되기도 했다.

1929년 11월 3일에 촉발된 학생독립운동은 3·1운동과 6·10만세운동과 함께 일제강점기 시절 국내에서 전개된 3대 독립운동으로 평가된다. 독립운동의 규모 면에서 3·1운동 이후 가장 강력하고 광범위하게 전국으로 확산된 대중운동이었다. 학생들은 학내문제에 국한하지 않고 식민지교육 및 통치문제, 민족의 독립과 해방을 향한 총체적인 민족운동으로 이끌었다. 학생독립운동의 정신은 1960년의 4·19학생혁명, 1980년의 5·18광주민중항쟁, 1987년의 6월 민주항쟁으로 이어지는 등 한국 민주화운동에 큰 영향을 끼쳤다.

3·1운동 이후 최대의 독립투쟁인 '학생독립운동'은 '나주'에 사는 조선인 학생들에 의해 도화선이 당겨졌다. 나주에서 발화되어 전국으로 들불처럼 번져 나갔던 것이다. 사건 당사자인 일본인 학생과 조선인 학생이 나주에 거주한 관계로 11·3광주학생 시위 사건은 곧바로 나주 전역에 소문이 났다. 그리하여 나주농업학교와 나주보통학교 학생들이 집단행동에 나서게 된다.

광주학생운동을 촉발시킨 당사자 박준채(朴準埰, 1914~2001, 조선대 교수 역임)는 나주보통학교를 졸업하고 1929년 이창신 김성남 이채후 등과 함께 나주농업보습학교에 입학했으나, 이후 다시 시험을 쳐서 광주고등보통학교에 입학했다. 그는 나주의 대지주 박정업의 아들이자, 나주에서 독립운동의 기틀을 마련한 박준삼(朴準三, 1898~1976)의 넷째 아우였다. 박준삼은 서울 중앙고보 시절 3·1만세운동에 가담하여 옥고를 치른 후 일본 도쿄의 릿쿄대立敎大 영문과를 졸업하고, 나주에서 일련의 독립운동을 전개했다. 1926년 11월 〈나주청년동맹〉을 조직해 집행위원장으로 활동했고, 1927년 9월 〈신간회〉 나주지회를 결성하는 등 나주지역 항일 청년운동의 대표적 인물이다.

박준채의 고종사촌인 유찬옥(柳賛玉, 18세)은 나주농업학교 2학년생으로 박준채의 집에서 함께 기거하고 있었다. 박준채를 통해 광주 학생들의 투쟁소식을 접한 유찬옥은 동조시위를 계획했다.

1929년 11월 11일, 유찬옥은 나주청년동맹 간부이자 신간회 나주지회 서기장을 겸하던 〈내외일보〉 박공근朴恭根 기자를 만나 시위를 계획하고 있다고 말했다. 격문(선전삐라) 살포와 가두시위를 계획 중인데, 자신은 나이가 어려 동지들 규합이 어려우니, 이 운동을 지도해줄 것을 부탁했다. 박공근은 박준채와 친척 간이었고, 박준채의 형인 박준삼과는 〈신간회〉 활동을 함께 한 동지였다.

1929년 11월 13일 낮, 박공근은 신간회 사무실에서 〈나주청년동맹〉 박동희(25세) 지부장, 양영택(24세) 집행위원과 광주에서 벌어진 학생시위 상황에 이야기를 나누었고 나주학생 시위에 동참하기로 결의했다. 13일 밤, 박준삼이 운영하는 정미소에서 박공근 박동희 양영택 유찬옥이 회동했다. 그 후 유찬옥은 농업학교 2학년생 홍민후(22세)와 이창신 이채후 김성남 등과 만나 시위계획을 상의했다. 농업학교 학생들의 숫자가 많지 않으므로 나주보통학교 5, 6학년생들과 연합하여 시위하자고 결의했다. 거사를 앞둔 25일 밤, 박공근의 집에서 최종 점검회의가 있었고, 이성환 원복준 등 나주보통학교 학생도 동참해 거사계획을 짰다. 시위는 11월 27일, 사람들이 많이 모이는 나주 장날에 거행하기로 했다. 격문의 초안은 유찬옥이 작성하되, 광주와 목포 시위의 격문을 참고하기로 했다. 11월 26일 밤, 박공근의 집에서 최종회합이 있었다. 유찬옥은 격문 초안을 준비해왔고, 이창신은 인쇄물 제작에 필요한 가리방 도구를 농업학교 사무실에서 가져왔다. 박공근은 유찬옥의 격문 초안을 검토해 가필 수정했고, 행동

강령으로 5개항의 '격檄'을 추가했다.

그리하여 11월 27일 정오의 휴식 시간을 이용해 만세시위에 나서기로 결의한 다음, 〈대중아! 학생제군아! 아느냐? 우리들이 얼마나 강압과 폭압을 받고 있는가를〉이라는 제목으로 2천 장의 격문을 서로 협력하여 인쇄했다. 홍민후는 농업학교 학생 최봉춘에게 격문을 건네주며 시위 날에 배포하도록 했고, 보통학교 학생들에게도 나눠주도록 조치했다.

보라. 광주학생충돌사건을. 저들의 편협한 행동과 추악한 행동이 얼마나 많은가. 사태가 학생사건이므로 학교 당국에 맡겨 해결하는 것이 당연함에도 불구하고, 사법관이 출동하고 경찰관이 출동한 것은 무슨 망동인가. 특히 우리 학생들만 다수 구속함은 얼마나 통분할 일인가. 우리들도 인간으로서 자유가 있다. 오늘 무엇 때문에 이러한 압박을 받아야 하는가. 우리들은 힘으로써 우리 학생들의 석방을 요구함과 동시에 시위로써 대중의 각성을 촉구하자. 조선학생 대중 만세! 피압박민족 해방만세!

〈격〉
- 식민지 탄압정치에 절대 반대 반항하라
- 언론 집회 출판 결사의 자유권 획득
- 관료적 교관의 배격
- 조선인 본위의 교육제도 실시

마침내 1929년 11월 27일 아침부터 이창신 이채후 김성남 등은 나주농업보습학교 학생들의 시위동참을 이끌어내기 위해 행동을 개시했다. 이성환 원복준 등은 나주보통학교 학생들을 불러 모았다. 정오를 기해 농업보습학교 학생 47명과 보통학교 학생 130여 명은 각각 교문을 나선 후 합류하여 대열을 형성했다. 시내 중심가에서 격문을 살포하기로 했고, 홍민후와 이창신은 시위 대열의 선두에 섰다. 농업학교 학생들이 앞서고, 그 뒤로 보통학교생들이 뒤따랐다. 2열종대의 시위대는 나주 남문정으로 향했다. 그곳에서 2개조로 나누어 본정과 구본정으로 행진했고, 본정의 나주협동상회 앞에서 합류한 시위대는 나주군청을 지나 나주시장 쪽으로 몰려갔다.

학생들은 거리의 나주면민들과 장꾼들에게 격문을 나눠주면서 "조선학생 만세! 조선민중 만세!"라는 구호를 목청껏 외쳤다. 시위는 면민과 장꾼들이 합세하여 삽시간에 확산되었다. 일경은 황급히 현장에 출동했으나 시위대는 해산하지 않았다. 시위 와중에 일경 5명과 농업학교 학생들이 부상을 입었다.

지난 2009년 10월 30일, 나주시가 개최한 〈11·3학생독립운동 80주년 학술심포지엄〉에서 '국가보훈처'의 김성민 연구관은 「광주학생운동과 나주지역 학생들의 활동」이라는 논문을 통해 나주 학생운동의 특이사항 다섯 가지를 아래와 같이 발표했다.

첫째, 시위운동을 계획한 시점이 가장 앞섰다는 점이다. 나주시위 논의가 11월 11일로 광주학생의 2차 시위운동이 전 개된 11월 12일보다 하루 앞선 것은 나주학생들이 광주학생시 위의 진원지로서 책임감을 통감했음을 의미한다.

둘째, 12일의 2차 광주학생시위가 장재성 장석천 등 사회 운동 인사들에 의해 계획된 것과 달리 나주학생시위는 신간 회 간부들의 도움을 받긴 했으나, 나주농업보습학교의 유찬 옥 홍민후 등 학생들에 의해 운동방향이 설정되었고, 시위 방 향도 격문살포와 거리시위로 추진한 점이다.

셋째, 시위구호가 '조선학생 대중만세', '조선민중 만세'만 이 아니라 '피압박 민족해방 만세' 등의 구호를 외친 점, 식민 지 당국의 부당한 압박에 항의하여 "힘으로써 자유을 획득하 자"고 주장한 것은 나주시위가 학생운동에서 민족운동으로 전화한 양상을 보였다는 점이다.

넷째, 운동이 치밀하게 계획되어 이후 전국적으로 확산된 시위운동의 전형을 보였다는 점이다. 농업학교생과 보통학교 생이 연합한 장날 시위, 시가지와 장터 시위로 대중적 확산을 도모한 점은 전국 시위운동의 가장 성공적인 운동 형태를 보 였다.

다섯째, 나주시위는 광주학생운동의 확산과정에서 나타나 는 최초의 보통학교 학생시위로 전개되었다는 점이다. 보통 학교 학생들의 전국적인 시위 참여가 1930년 1월말경이라는 점을 감안한다면 11월 27일의 나주시위와 11월 29일의 나주 영산포보통학교 학생들의 맹휴 전개는 매우 선진적인 활동이 었음을 의미한다.

4. '나주학생독립운동' 관련 보도기사 내용

1929년 11월 27일, 나주농업보습학교와 나주보통학교 학생들은 2천 장의 격문을 살포하면서 대규모 만세시위를 벌였다. 하지만 조선총독부는 '광주학생시위사건'이 발생한 후 학생들의 시위 상황을 전면 보도 통제했기 때문에 '나주학생시위사건'은 사건발생 한 달 후인 1929년 12월 28일자에 처음 보도되었다. 당시 보도된 신문기사의 전문을 살펴보면 다음과 같다(*보도된 신문기사의 내용은 부분적으로 현재의 맞춤법으로 바꿔 인용했음).

나주실업 시위중 경관 5명 부상 - 사회단체 간부검거

 - 〈조선일보〉 1928. 12. 28 호외 기사 전문

나주羅州에서는 광주사건에 극도로 분개하여 11월 27일에 나주실업학교羅州實業學校 생도가 일대시위 운동을 하다가 경관과 충돌하여 경관 측에 부상자 다섯 명이 났는데 그 학생들 속에는 나주보통학교 오륙학년생도 들어 있었다. 그러자 나주경찰은 극도로 흥분되어 나주신간지회, 나주청년동맹 등 각 사회단체 간부와 학생들 다수를 검거하여 취조한 후 그 중

羅州實業示威中
警官五名負傷

社會團體의 幹部檢擧

그중의구명은검사국으로

라주（羅州）에서는광주사건여파로 돌들도있섯다 그리자 라주경찰
도로분개하야 십일월 이십구일로 은 군도로 출동되여라주신간지
여라주실（羅州）고보（羅州實業學校）회、라주청년동맹농사회단체대
생도가 일대시위운동을 하다가 의간부와 학생을 다 수를것거하
경관이 출동되여 경관측여부상 야 취조한후그중의구명을검사국
자다 첫날이 낫는데 그학생측에 으로송치하엿다
에는 라주보통학교 오류학년생

이창신 등이 주도한 1929년 11월, 제1차 나주학생
만세시위를 보도한 〈조선일보〉 1929년 12월 28
일자 기사.

의 9명을 검사국으로 송치하였다.

뒤이어 1930년 1월 4일자의 〈조선일보〉는 이 사건의 수사 과
정에 대해 보도했다.

나주 격문檄文사건 5명을 예심에 – 그 나머지는 모두 석방, 광주

법원 검사국에서

– 〈조선일보〉 1930. 1. 4 기사 전문

광주학생사건의 여파로 나주실업학교와 보교생 합 500여

명이 지난 11월 27일 나주 장날을 기회로 하여 수천 매의 격문檄文을 전 시가에 뿌리며 만세를 고창하고 시위운동을 하여 일시 공기가 매우 험악하였는데 무장경관이 다수 출동하였으나 경관도 어찌 할 줄 모르고 수수방관하다가 마침내 신간회 나주지회장 김창용金昌容, 동 서기장 박공근朴恭根, 동 선전부장 윤영진尹榮振 등 3씨를 검속하고 이어서 주모 학생 50여 명을 검속하여 취조를 거듭하더니 청년동맹 나주집행위원장 박동희朴東熙, 신간지회 상무집행위원 송상기宋相基 양영택梁永澤 서유채徐有采 등 제씨를 또 검속하여 취조한 결과 격문에 서명한 유찬옥柳粲玉 박공근 양영택 홍민후가 주모자로 인정되어 그 외는 전부 석방되고 12월 11일에 일건 서류와 함께 광주지방법원 검사국으로 넘기었는데 박공근 외 다섯 사람은 동 지방법원 예심에 회부되었다더라.

나주 학생사건 6인은 송국送局 – 대부분은 사회단체 관계자

– 〈동아일보〉 1930. 1. 5 기사 전문

광주학생사건光州學生事件으로 일어난 나주공립보통학교와 실업학교 생도 오백여 명이 지난 십일월 이십칠일 나주 장날을 기회로 과격한 격문 수천 장을 뿌리며 만세를 고창하여 일대 시위운동을 한 사건으로 그 관계자 십여 명이 나주경찰서에서 취조를 받고 있던 지난 31일 광주지방법원 검사국으로 넘기었다는데 그 사람들은 아래와 같으며 김창용 씨 외 세명

은 무사 석방되었다더라.

▲신간회지국 서무부장 박공근 ▲동 상무 양영택 ▲청맹
지부장 박동희

▲보교생 유찬옥 ▲동 홍민후 ▲청맹위원 김형호

나주 학생시위로 5명 공판에 회부 – 청맹 집행위원장은 나와

– 〈조선일보〉 1930. 2. 11 기사 전문

광주학생사건의 여파로 나주 신간지회 서기장 박공근 등
상무 집행위원 양영택 나주청맹집행위원장 김형호 동 부집행
위원장 박동희 씨는 나주실업학교, 보통학교 학생시위운동
주모자로 인정되어 광주지방법원 검사국 취조를 마치고 동
법원 예심에 회부되어 오십여 일 동안 취조를 받다가 지난 7
일에 예심이 종결되어 박공근 양영택 박동희, 학생 유찬옥 홍
민후는 보안출판법 위반으로 공판에 회부되고 청맹집행위원
장 김형호 씨는 예심 면소가 되어 지난 8일 오후 세시 반에 석
방되었다더라.

위 기사를 종합해보면 '나주학생시위사건'은 나주농업보습학
교(나주실업학교)와 나주보통학교 학생들과 나주면민 등 500여
명이 1929년 11월 27일, 나주 장날을 기해 수천 장의 격문(유인물)
을 뿌리고 만세를 부른, 일대사건이었음을 알 수 있다. 시위 진압
과정에서 출동한 일경日警 5명이 부상당했다는 것은 시위가 그만

1930년 2월, 이창신 등이 주도한 제2차 나주학생
만세시위를 보도한 〈조선일보〉 기사.

큼 격렬하여 경찰병력으로 통제 불능의 상태에 빠질 정도로 나주
면민들 다수가 이 시위에 동참했음을 시사한다.

나주사건이 발생하자 경찰은 사회단체 간부와 학생 50여명을
체포하여 고강도 수사를 진행했다. 수사 과정에서 핵심 주모자로
파악된 나주신간회 간부 박공근 양영택과 나주청년동맹 간부 박
동희 김형호 그리고 나주농업학교생 유찬옥 홍민후 등 6명이 구
속되어 광주지방법원 검사국(검찰)에 송치되었다. 그들은 50일 동
안 예심 조사를 받았다. 그 후 후지모토 가후지藤本香藤 판사는 예
심을 종결한 후 1930년 2월 7일, 이 사건을 광주법원 1심 공판에
회부하는 과정에서 청년동맹 김형호 집행위원장은 면소조치로 2
월 8일 오후에 석방되었다. 그러므로 나주만세시위사건으로 구속
수감돼 재판에 처해진 사람은 모두 5인으로 최종 확정되었다.

이창신 등이 주도한 제2차 나주학생 만세시위를
보도한 〈조선일보〉 1930년 2월 13일자 기사.

조선총독부의 후지모토 판사가 1930년(소화5년) 2월 8일에
작성한 〈나주시위사건 예심종결서〉를 보면 이 사건의 모의단계
에서부터 참여한 나주농업학교 2학년생 이창신은 경찰에 체포
되어 취조를 받았으나, 핵심 주모자 중 최연소자(1914년생, 만15
세)이자 미성년자에 해당되어 검찰에 송치되지 않았다. 이 사건
의 예심을 담당한 조선총독부의 후지모토 판사의 〈예심종결서〉
의 전문은 조선일보 1930년 2월 16일자의 7면에 5단 박스기사로
상세히 보도되었다.

나주시위사건 예심종결서 – 그 전문은 아래와 같다

– 〈조선일보〉 1930. 2. 16 기사 전문

• 예심종결 결정

– 본적 전라남도 나주군 나주남면 북정/박공근 중외일보 기자, 당30세

– 본적 전남 나주군 나주면 북문정 농회/양영택, 당24세

– 본적 전남 나주군 나주면 남문정/박동희, 당25세

– 본적 전남 나주군 공산면 동촌리/나주실업보습학교 유찬옥, 당18세

– 본적 전남 나주군 봉황면 죽석리/나주실업보습학교 홍민후, 당22세

– 본적 전남 나주군 나주면 북문정/중외일보 기자 김형호, 당27세

이들에 대한 보안법 위반, 출판법 위반 피고에 대하여 예심을 결정함은 아래와 같다.

주문

아래 사유에 의하여 피고인 박공근 양영택 박동희 유찬옥 홍민후는 광주지방법원 합의부 공판에 회부함. 피고인 김형호는 면소함.

1930년 2월 16일, 〈조선일보〉에 실린 나주만세시위사건의 예심 종결서.

이유

　피고인 박공근 양영택 박동희는 각 신간회 나주지회 회원으로서 나주실업보습학교 생도인 피고인 유찬옥 홍민후와 공히 민족의식이 농후한 자인바 피고인들은 소화4년(1929년) 11월 3일 광주에서 광주고등보통학교 대 광주중학교 생도의 투쟁과 고등보통학교 생도의 시위운동사건에 대하여 조선인 학생 다수가 검거 수감된 일에 관하여 조선 각지에서 여러 종류의 운동이 행함을 발견하고 이 사건은 나주기차 통학생의 갈등에 비롯된 일임을 사유하고 나주에 있는 피고인 등도 이를 차마 묵시할 수 없다, 하여 수감학생들을 석방시킬 수단으로 나주에 있는 조선인 학교인 농업보습학교와 보통학교 생도를 선동하여 시위운동을 감행하기로 기도하고 동월 13일과 14일 양일 밤에 피고인 5명은 피고인 박동희의 숙소인 나주면 북문정 박준삼朴準三의 정미소에서 비밀회합하고 동월 17일의 장날을 기하여 앞의 양 학교 생도를 선동하여 11월 3일 사건에 대한 당국의 조치를 비방하고 수감생도의 석방을 강요하는 뜻의 선전삐라를 살포하고 나주읍내 잘 보이는 길가에서 시위 운동케 하기를 협의하였으나 서로 다른 일이 있어서 이것을 연기하고 다시 동월 25일 야밤에 5명은 농업보습학교 생도 이창신李昌信 김성남金成男과 보통학교 6년생인 이성환李成煥 원복준元福準 등의 유지를 피고인 박공근 방에 소집하고 동월 27일 장날 정오에 학교의 휴식시간을 기하여 양교 생도들을 선동 규합하여 선전삐라를 살포하고 조선민중과 학생

만세를 고창高唱하고 나주읍내를 시위운동 하도록 교사하고, 다음날 26일 밤에 피고인 5명은 이창신 이채후李采厚와 같이 박공근 방에 회합하여 피고인 유찬옥 박공근의 창안에 의하여 "대중아, 학생제군아 아느냐 아등이 ××××과 ××을 수受하고 있는가"라는 표제表題하에 "보라 광주학생충돌사건을 피등彼等의" (중략) 라는 불온문구를 나열한 선전삐라 원고를 작성하여 이창신이가 비밀히 농업보습학교 사무실에서 가져온 등사판… 위 피고인 등의 소위 정치에 관한 불온 언론동작을 하고 또는 타인을 선동 교사한 점은 보안법 제7조에, 안녕질서를 방해하는 문서를 출판한 점은 출판법 제11조 제1항 제3항에 각 해당하여 공판에 회부하기에 충분한 범죄사실이 있으므로 형사소송법 제320조 의하여 공판에 회부하는 것이며 피고인 김형호가 다른 피고인 등의 앞에 제시한 범행에 공모 가담하였다는 점은 공판에 회부하기에 족한 범죄사실 혐의가 없으므로 동법 제313에 의하여 면소免訴의 언도言渡를 할 것이므로 주문과 같이 결정함.

1930년(소화5년) 2월 8일, 조선총독부 후지모토 판사는 〈나주 시위사건 예심종결서〉를 작성했다. 이 사건에 대한 본격적인 공판이 있기 전에 1차 시위의 주모자 중 한 사람인 이창신의 주도로 또다시 2차 시위가 발생했다. 이창신은 최봉춘 원복준 서상록 등과 함께 1차시위 때처럼 농업보습학교와 보통학교 학생들의 연합으로 '나주학생 제2차 만세시위' 사건을 주도했다(이 관련 기사는

〈중외일보〉1930년 2월 12일, 14일, 19일자 석간에도 보도되었다).

1930년 2월 10일, 음력 대보름 명절을 앞둔 나주장날을 기해 낮 12시경, 나주농업보습학교와 나주보통학교 학생 300여 명은 "조선학생 만세!", "광주학생 동정 만세!" 등을 연호하며 시위를 벌였고, 경찰은 이들을 포위하여 50여 명을 체포해 경찰서로 끌고 갔다. 나주경찰은 2차시위사건의 배후에도 사회단체가 개입해 있지 않나 주목했다. 경찰은 사건이 발생한 2월 10일 밤부터 철야로 비상활동에 들어가 대대적인 체포 작전을 실시했고, 주모자들을 심문했다. 그 결과 이 사건의 주모자인 이창신 원복준 박춘근 최봉춘 최동균 등 7명에 대해 '엄중한 취조'를 행하고 있다는 사실이 〈조선일보〉, 〈동아일보〉, 〈중외일보〉 신문의 1930년 2월 12일자부터 23일자까지 연이어 보도되었다.

2차 나주만세시위사건이 발생하자 경찰은 체포된 학생들이 대부분 나주보통학교 6학년생들이어서 어찌 처리할지 고민했다. 사건 초기에 경찰은 "비록 나이어린 아이들일지라도 사건만은 동일하게 취급하겠다."는 방침을 기자들에게 밝혔다. 그러고는 체포된 학생들 중에서 이창신 등 7명에 대해서만 조사를 계속하고, 나머지 학생들은 훈방 조치했다.

사건 발생 1주일 후 경찰은 이창신 등 체포된 학생 7명을 또다시 구속했을 경우 민심이반과 후유증을 우려하여 모두 석방하기로 결정했다. 경찰은 주모자 학생의 학부형들을 경찰서로 불러들여 철저히 주의감독을 시킨 후 2월 17일 오후 5시경, 나주학생만세시위 2차사건의 주모자들을 모두 석방했다는 기사가 보도

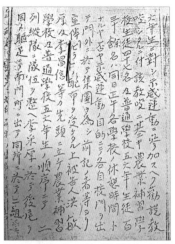

1930년 3월 5일, 광주지방법원의 나주사
건 판결문에 언급된 이창신의 행적.

되었다.

　그런데 '2차 만세시위사건'의 주모자들이 모두 석방된 후 1930
년 2월 19일, 나주농업보습학교의 일본인 교장 나수那須가 주모
자 15명에게 무기정학과 유기정학 처분을 하여, 학부모들이 크게
분개했다는 사실이 보도되었다.

나주실업교생 15명에 근신명령 – 무기정학 풀기 전에 처분, 학부

형은 대분개

　– 〈조선일보〉 1930. 3. 4 기사 전문

　2월 19일 나주실업보습학교 나수那須 교장이 동교 2학년
생 최봉춘 이창신 박춘근 3명에게 무기정학無期停學 처분을

한 후 아직 해제하기도 전에 27일에는 또 2학년생 11명, 1학년생 4명 도합 15명에게 2월 28일부터 3월 2일까지 근신명령謹慎命令을 하였다는데, 그 이유는 아마 만일을 염려함인 듯하다 하며 학부형 측에서는 대분개大憤慨한다더라.

5. '나주학생독립운동'과 이창신의 역할

나주만세시위사건(나주학생독립운동)에 대한 첫 공판이 1930년 2월 26일 오후 1시부터 광주지방법원 제1호 법정에서 개정되었다. 이날 재판은 조선총독부 주임판사 기무라木村 재판장과 이 사건에 대한 공소를 담당한 사카이酒井 검사의 입회하에 박공근, 유찬옥, 박동희, 양영택, 홍민후 피고 5인에 대한 심리가 진행되었다. 피고인 가족들과 우인들이 광주지방법원 형사부 법정의 방청석을 가득 채웠다. 그날의 재판 심리내용은 〈조선일보〉 1930년 2월 28일자, 2면의 우측 하단에 박스기사로 게재되었는데, 그 내용은 다음과 같다.

광주지법 형사부 기무라 재판장은 "피고 박공근 유찬옥 박동희 양영택 홍민후의 순서로 심문하겠으며, 박공근과 사실이 동일하니 박공근의 진술을 잘 듣고 다른 소리를 하지 말도록 하라."고 주의를 준 후에 그에 대한 심문을 시작했다.

그날 재판장과 검사가 진행한 나주사건 주모자들에 대한 심리를 살펴보면 〈중외일보〉 기자이자 나주청년동맹 회원인 박공근은 박동희 양영택과 함께 〈신간회〉 회원으로 활동하고 있었다. 또 다른 주모자인 나주농업보습학교 학생 유찬옥과는 친척지간이라 진즉부터 잘 알고 지냈으며, 홍민후와는 이 사건으로 처음 만난 사이였다. 일본인 기무라木村 재판장은 1929년 10월 30일 오후 5시경 나주역 출찰구에서 박준삼의 아우 박준채가 일본인 광주중학생과 싸움을 하였고, 결국 그것이 원인이 되어 1929년 11월 3일 광주고등

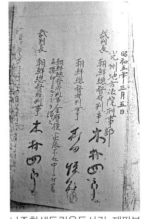

나주학생독립운동사건 재판부 판결문, 조선총독부 기무라 판사의 서명.

보통학교 학생과 광주중학생 사이에 광주역 부근에서 싸움이 벌어지게 된 점, 그 결과 고보생들의 집단 시위 행렬이 있었고, 그것 때문에 각 중등학교 학생들이 다수 검속되었다는 사실을 박공근에게 지적하면서 심문을 계속했다.

당시 〈중외일보〉 나주 주재기자로 민족의식이 강했던 박공근(1901년생)은 나주시위 과정에 동참하게 된 배경에 대해 설명했다. 주모자들과 처음엔 11월 17일에 시위하기로 결정했으나 농업보습학교가 농번기 휴업에 들어가 학생들을 끌어 모으기가 어려워지자 그는 시위 날짜를 연기하기로 결정하고 10일 후 나주장날인 1929년 11월 27일 정오에 시위를 결행하기로 했다. 주모자들은 광주와 목포에서 시위했을 때 격문을 살포했으니 나주에서도 격문을 뿌리는 게 좋겠다고 의견을 모았다. 원고 작성은 유찬옥이

광주와 목포의 학생시위 때 뿌려진 삐라(격문)를 참고해 만들었고, 박공근은 유찬옥이 써온 원고 제목과 내용을 가필, 수정하여 최종 격문을 완성했다. 11월 25일 밤에 참석한 주모자들은 일사불란하게 움직였다. 격문을 제작하기 위해 유찬옥이 등사판에 쓸 원지原紙와 잉크를 사왔고, 이창신은 농업보습학교 교무실에 있는 '등사판(가리방)'을 가져왔다. 그날 모인 나주시위 주모자들은 서로 협력하여 2천 장의 유인물을 등사했다. 등사된 격문은 농업학교와 가장 가까운 홍민후의 하숙집에 보관해 두었다.

재판정에서 박공근은 11월 27일 당일 시위 때 참가하지 않았다고 밝혔다. 학생들이 주도한 일이기에 자신은 참석하지 않았다고 했다. 심문의 말미에 재판장은 박공근에게 "시위가 나쁜 일인 줄 몰랐는가. 변호사 등으로 하여금 합법적으로 운동할 일이지 어찌하여 그런 짓을 했느냐?"고 윽박지르며 심문하자, 박공근은 "그때 생각으로 그렇게 하는 외에 다른 도리가 없는 것 같아 그리 했다."고 답변했다.

시위 당일 나주농업보습학교 학생 주모자들은 정오 휴식시간을 이용하여 학생들에게 격문을 나눠주면서 시위의 정당성을 설파했다. 학생들이 운집하자 시위대열의 선두는 홍민후와 이창신이 이끌었고, 후미는 이채후 김성남 등이 담당했다. 농업보습학교 학생 50여 명과 보통학교 5, 6학년생 130여 명 등 약 200여 명의 시위대열은 2열종대로 모여 교문 밖으로 진출한 사실이 재판과정의 심문을 통해 소상히 밝혀졌다.

재판장의 심문이 끝나고 나서 사카이酒井 검사는 "피고들은 모두 청년운동과 그 외의 운동에 가맹한 자들이니 단순한 학생운동과도 성질이 다르므로 중죄의 처벌을 원한다."고 구형 이유를 밝혔다. 그러면서 '보안출판법 위반'을 적용해 중외일보 기자 박공근(30세)에게 징역 1년, 나주농보생 유찬옥(18세)과 신간회 나주지회 회원 박동희(25세) 양영택(24세)에게 각각 징역 10개월, 나주 농보생 홍민후(22세)에게 징역 8개월을 구형求刑했다.

검사의 구형이 있고 나서 유복영 송화식 변호사가 피고인들을 옹호하는 변론을 열정적으로 했다. 기무라 재판장은 소화5년(1930년) 3월 5일에 판결 언도를 한다고 선언한 후 폐정되었다. 이날 유복영 변호사의 변론에 대해 조선인은 물론 일본인 방청객들도 합리적인 변론이라고 칭송을 아끼지 않았다. 1930년 2월 26일, 나주시위사건에 대한 1차 공판이 끝난 후 나주지역 유지들의 주최로 관동여관에서 '변호사 위로연'이 열렸다.

1930년 3월 5일, 오전 10시 30분경 나주사건에 대한 2차 공판이 있었다. 그날도 나주에서 온 피고인 가족들과 우인들 다수가 방청석을 메운 가운데 기무라 재판장은 피고인들의 범죄 사실을 논고한 후 검사의 구형과 동일한 형량으로 언도를 내리면서 미결 구류 50일씩을 통산한다고 말했다.

그리하여 이 사건으로 가장 많은 형량을 받은 박공근 기자는 1931년 1월 20일 오전 8시경 광주형무소에서 형기를 마치고 출소했다. 그는 사회운동 관계자 30명으로부터 출소환영을 받았고, 광주청년동맹회관(YMCA)에서 여러 동지들과 환담을 나눈 후 오전 11시경 고향 나주를 향했다.

1 나주농업보습학교 학적부   2 나주농업보습학교 졸업생 명단에
누락된 이창신.

　징역 10월형을 선고받은 나주농업학교 2학년생 유찬옥은 대
구형무소로 이감되어 형을 살았다. 그곳에서 '조선은행 대구지점
폭파사건'의 주모자 장진홍 열사가 사형을 선고받고 옥중에서 자
결, 순국하자 교도소 당국에 강력히 항의하다가 징역 8월형을 추
가로 선고받아 1931년 8월 20일에 출옥한 유찬옥은 이듬해부터
나주에서 노동조합운동에 참여했다. 그는 노조운동으로 11월에
검거되어 기소유예 조치로 풀려 나왔다. 1946년에 타계한 그에
게 정부는 2001년 건국훈장 애족장을 추서했다.

　한편 1930년 2월 19일, 나주시위 2차 사건으로 나주농업보습
학교 나수那須 교장으로부터 무기정학을 받은 2학년생 이창신은
끝내 복학조치를 받지 못해 학적을 박탈당했다. 나주시위에 함께
했던 김성남 이채후는 이 학교를 무사히 졸업할 수 있었다.

6. 이석성(이창신의 필명)의 시,
「우리들의 선구자 말라테스타를 애도한다」

1929년 11월 27일의 제1차 나주학생만세시위와 1930년 2월 10일의 제2차 만세시위를 주도했던 이창신은 강제 퇴학을 당한 후 집안 어른들의 권유로 김순애와 혼인했다. 집안의 대를 이어야 할 종손이자, 독자였기에 열일곱 나이에 결혼을 한 것이다.

이창신은 그즈음 아나키즘(무정부주의)과 마르크스 경제학 관련 일본어판 서적을 접하면서 자신의 사상적 토대를 구축하고자 했다. 표트르 알렉세예비치 크로포킨(1842~1921), 미하일 알렉산드로비치 바쿠닌(1814~1876), 코토쿠 슈스이(幸德秋水, 1871~1911) 오스기 사카에(大杉榮, 1885~1923) 등 러시아와 일본의 아나키스트들의 저서와 일본의 저명한 마르크스 경제학자인 카와카미 하지메(河上肇, 1879~1946)의 책을 읽으면서 자신의 사상적 체계를 세워나갔다. 그 결과 이창신은 독립운동가로서 '아나키즘'을 선택했다.

일제 식민지 시절 단재 신채호, 우당 이회영, 유자명 등이 독립운동의 한 방편으로 아나키스트가 된 까닭은 조선의 독립을 실현하고자 하는 생각과 그 방책이 사상적 견지에서 무정부주의자들이 주장과 일맥상통한 바가 있었기 때문이다. 국가를 비롯한 모든 종류의 억압과 지배를 반대하고 사회혁명을 통해 개인의 절대적 자유를 추구한 아나키즘은 공산주의처럼 프롤레타리아 독재에 함몰되지 않고, 국가와 민족 간에 '민족자결'의 원칙이 선

국가체제를 지향했다. 정치구조에 있어 아나키즘은 권력의 집중을 피하여 지방분권의 지자체 연합으로 중앙정치를 선호했다.

"만인이 평등하다"는 원리에 따른 자유와 평등의 사상은 일제에 강력히 저항하려는 이창신의 이념적 토대가 되었다. 아나키즘에 심취한 그는 시와 소설 창작에도 매진했다. 문청시

문학청년 시절의 이석성

절엔 보통 시 창작을 먼저 하다가 소설 창작의 길을 걷듯이 문청 文靑 이창신은 스무 살도 채 안된 1932년 무렵에 왕성하게 시를 썼던 것 같다.

그때부터 이창신은 '석성石城'이라는 아호를 필명으로 썼고, 창작에 정진했다. 이창신의 장남 이명한 작가는 아버지의 유품 속에서 일본어로 쓴 한 편의 시를 발견했다. 이 작품은 전남과학대 김정훈 교수에게 전해져 세상에 빛을 보게 된다. 김정훈 교수는 일본 간세이카쿠인대학關西學院大學에서 일본의 근대작가인 '나쓰메 소세키夏目漱石' 연구로 문학박사 학위를 받은 일본 근대문학의 연구자로 그동안 한일 간 문학교류에 앞장서 왔다. 그는 2020년 8월 14일, 이명한 작가의 집필실에서 독립운동가 이창신이 '이석성李石城'이라는 필명으로 1932년에 쓴 「우리들의 선구자 말라테스타를 애도한다」라는 시를 건네받았다. 김정훈 교수는 "처음 이 시를 읽은 순간 뜨거운 감정이 복받쳐 올라 견딜 수가 없었

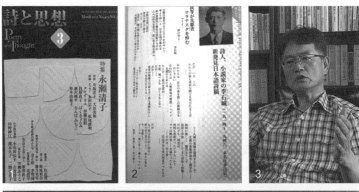

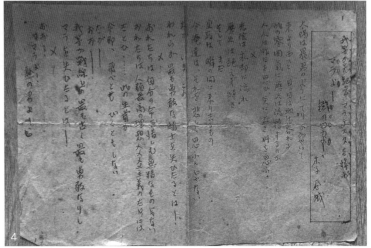

1 전남과학대 김정훈 교수에 의해 이석성의 시가 소개된 일본 시전문지 『시와사상』 2021년 3월호.　2 이석성의 시 「우리들의 선구자 말라테스타를 애도한다」를 소개한 『시와사상』 2021년 3월호 본문.　3 '이석성 문학' 연구자로 활동중인 전남과학대 김정훈 교수.　4 이석성의 일본어 육필시

다.”고 회고했다.

　이명한 작가는 김정훈 교수에게 “아버지의 친필 시가 일본어로 써진 것이니, 이왕이면 일본 잡지에 발표했으면 좋겠다.”는 뜻을 전했다. 김 교수는 일본의 '토요미술사출판판매'에서 펴내는

월간 시 전문지 『시와사상』 2021년 3월호의 〈손을 잡는 세계의 시인들〉 코너에 이석성의 시 원문과 이명한 작가의 '아버지 이석성에 대한 사부곡', 그리고 자신의 소개 글을 발표했다.

이석성 작가의 시가 일본의 시 전문지 『시와사상』에 소개되자마자, 언론에 일제히 보도되었다. 즉 2001년 3월 1일자부터 연합뉴스(이세원 기자), 한겨레(정대하 기자) 신문을 비롯해 광주의 광남일보(고선주 기자), 광주일보(박성천 기자), 남도일보(김명식 기자), 광주매일신문(김다이 기자) 등에 해당 기사가 보도되었다.

모두 8연, 64행, A4용지 3장 분량으로 창작된 이석성의 시 「우리들의 선구자 말라테스타를 애도한다」는 이탈리아의 아나키스트(무정부주의자) 에리코 말라테스타(Errico Malatesta, 1853. 12. 14~1932. 7. 22)의 서거 소식을 접하고 쓴 추모시이다. 이석성 작가가 1932년 7월 22일에 타계한 말라테스타의 부음을 듣고, 얼마 되지 않아 곧바로 시를 창작했다는 것은 그가 엄혹한 식민지 시대 상황 속에서 금기시된 아나키즘을 남몰래 사숙하고 있었으며, 아나키스트들의 동향을 예의주시하고 있었음을 반증해 준다. 말하자면 스무 살도 채 안된 청년임에도 불구하고 이석성은 아나키즘의 실체를 확실하게 파악하고 있었으며, 그것을 일본어 시로 유창하게 창작할 정도로 남다른 언어구사 실력을 갖고 있음을 보여준다.

또한 이 시의 원고 말미에 "1932년 8월 '퇴고堆稿' 중에서"라는 말이 부연돼 있는 걸 보면 이석성은 여러 편의 시를 창작했음을 알 수 있다.

이 시에 등장하는 이탈리아의 대표적 무정부주의자인 말라테스타는 자신의 혁명이념을 보급시키는 최선의 방법으로 '무장봉기'를 주장했다. 십대 때 제1인터내셔널에 가입해 정치활동을 시작했던 그는 연설가이자 선동가로서 아나키스트의 기수가 되어 루마니아, 이탈리아, 이집트, 스페인, 아르헨티나, 아메리카 등지에서 혁명단체를 조직했다. 70년 생애를 살면서 12년간 옥고를 치렀고, 3차례 사형언도를 받았으며, 35년 동안 망명생활을 했다. 러시아의 무정부주의자인 표트르 크로포킨과도 제휴했지만 정치적 목표달성을 위해 혁명세력을 규합하고 노동자들을 조직화하는 것이 무엇보다 중요하다고 생각했던 사람이다. 이에 따라 그는 프랑스, 벨기에, 스위스 등지에서 노동자대회를 결성해 무장봉기를 획책한 이유로 여러 번 추방되기도 했다. 1900년 이후에는 이탈리아 혁명(1913~1914)을 준비하고자 런던에 체류했으며, 1919년 사면되어 영구 귀국했다. 1922년 파시스트 세력이 이탈리아의 권력을 장악할 때까지 활발한 정치활동을 전개했다.

말라테스타의 이같은 생의 이력을 알고 있던 이석성 작가는 아나키즘에 헌신한 선구자로 그를 추모하면서, 그의 사상적 정신 계승을 선언하고 있다.

"삶과 죽음은 순식간에 왔다 사라지는 것/지금 우리는 그
걸 슬퍼하는 게 아니다/(중략)/우리는 인류 최고의 이상 ××
××주의를 위해서는/설령…… 이 생모가지가/당장, 날아갈

지라도 꿈쩍도 하지 않는다./(중략) 동지의 70여 년 투쟁은/-
인류의 낙원을 건설하려고/정의의 검은 깃발 치켜 올린 투쟁
은-/얼마나 격렬하고 통렬했던가/추방과 감옥! 그리고 빈곤
과 병마……/허나 동지는/언제나 용감하지 않았는가?/말라는
열정의 사나이- 태양 같았던 대상/-모든 걸 사랑하는/자유
평등한 사랑의 명성明星-"

이석성은 말라테스타가 추방과 감옥, 빈곤과 병마 속에서 아
나키즘을 수호하고자 용감하게 싸워온 생의 이력을 회고하면서
그가 추구한 길이 '자유 평등한 사랑의 명성明星(금성= 샛별)'이었
다고 회고한다. 아울러 이석성은 "지배계급에 대해 모두가 증오
의 마음으로/희망에 빛나는 자유 코뮌"의 '고귀한 검은 깃발을 단
단히 끌어안고 있는" 말라테스타에게 경의를 표하면서 그의 죽음
을 통해 자신의 신념을 더욱 확고히 하고 있다.

"나 지금, 동지의 죽음과 함께/굳은 신념 더욱 강해져/자
유를 위해 행복을 위해/목숨을 바치리라 맹세한다!/(중략) 말
라테스타의 장렬한 죽음의 길을 뒤따라/일어서자!/자유 코뮌
건설을 위해-/자유·평등·박애의 수호를 위해-/그리고 안락
한 사회…… 만인의 행복이 성취될 그날을 맞자!"

또한 말라테스타가 타계한 2년 후인 1934년 10월호의『신동
아』현상공모에 입선한 이석성의 소설「제방공사」를 읽어보면 그

가 아나키즘에 의거하여 노동자들의 단결과 투쟁을 문학적으로 형상화하고 있음을 알 수 있다.

말하자면 이석성 작가는 아나키즘에 입각하여 창작활동을 모색하다가 일제의 가혹한 검열에 의해 작품 발표가 결국 좌절되자 1930년대 후반 비밀리에 일본으로 건너가 아나키스트로서 독립운동을 모색한 것도 이 같은 사상적 기반에 의한 것임을 알 수 있다. 김정훈 교수의 번역본을 참조하여 이석성의 시 「우리들의 선구자 말라테스타를 애도한다」의 전문을 살펴보면 다음과 같다.

우리들의 선구자 말라테스타를 애도한다*
– 말라여! 철의 사나이여!

이석성李石城

태양은 폭군처럼 눈부시게 빛나고
동에서 서로 날이 새고 해가 진다
이런 분위기에 역사는 유전流轉하는 것인가
사람들은 어제를 생각하고, 또한 젊은 날을 생각한다.

×

광음光陰은 영원히 흐르고

역사는 끊어지지 않은 채 연이어지고

그리고 또

삶과 죽음은 순식간에 왔다 사라지는 것

지금 우리는 그걸 슬퍼하는 게 아니다

헌데 지금 이처럼

우리가 가장 용감한 투사를 잃을 줄이야!

×

우리는 자신의 목숨을 아끼는 무정無精**한 무리가 아니

다

우리는 인류 최고의 이상, ××××주의***를 위해서는

설령…… 이 생모가지가

지금 당장, 날아갈지라도 꿈쩍도 하지 않는다.

하지만—

아아!

우리의 전선에서 가장 오래 싸웠고 가장 용감한

말라를 잃을 줄이야!

×

아아!

"말라여!

뜨거운 사나이여!"

동지의 70여 년 투쟁은

-인류의 낙원을 건설하려고
정의의 검은 깃발 치켜 올린 투쟁은-
얼마나 격렬하고 통렬했던가
추방과 감옥! 그리고 빈곤과 병마……
허나 동지는
언제나 용감하지 않았는가?
말라는 뜨거운 사나이- 태양 같았던 사나이
-모든 걸 사랑하는
자유 평등한 사랑의 샛별이던 사나이-

×

허나!
이제 그는 이 세상에 머물지 않는다
강철 같은 의지의 인간! 열정을 불태우던 사내는
지금 목숨이 끊어져
로마의 한구석에 오랫동안 누워있다

아아! 이지理智로 빛나는 투사
말라테스타는 세상을 떠나고 말았다.

×

나는 말라를 본 적이 없다, 또 알지 못한다,
허나 나는 알고 있다,

그의 혼은 지금
더욱더 강하게
― 지배계급에 대한 똑같은 증오의 마음으로―
― 희망에 빛나는 자유 코뮌―
고귀한 검은 깃발을
단단히 끌어안고 있는 것이다.

×

아아!
"말라여! 철의 사나이여!"
동지의 가슴에 타오르는
고귀한 이상은 어찌하여
두 번 다시 돌아올 수 없는 길을 걷는가?
나 지금, 동지의 죽음과 함께
굳은 신념 더욱 강해져
자유를 위해, 행복을 위해
목숨을 바치리라 맹세한다!

×

아아! 동지들이여!
― 열렬한 의지를 품은 전 세계의 동지들이여!
그대들은……
말라테스타의 장렬한 죽음의 뒤를 뒤따라

일어서자!

자유 코뮌 건설을 위해-

자유·평등·박애의 수호를 위해-

그리고 안락한 사회…… 만인의 행복이 성취될 그날을 맞

자!

1932년 8월-

퇴고推敲 중에서

글쓴이 주 :
* 이석성이 일본어로 쓴 이 시는 전남과학대 김정훈 교수에 의해 한
국어로 번역돼 2021년 3월, 신문지상에 최초로 공개되었다. 김정
훈이 번역한 이 시를 중심으로 하되, 세종사이버대학 겸임교수 한
성례(시인)의 감수를 거쳐 최종 번역본으로 확정한 것임.
** 시 원문의 한자는 無精으로 표기돼 있으나 '無情'으로 추정.
*** 시 원문은 XXXX主義로 표기되어 있으나, '아나키즘'으로 추측됨.
당시 일제는 '아나키즘'(무정부주의) 자체를 금기시한바 이석성은
만일의 경우를 대비해 X 표시를 한 것으로 추측됨. 이석성의 또
다른 시 원고를 보면 '아나키즈-음'이라고 표기되어 있음.

이석성의 이 시를 일본잡지『시와사상』에 소개한 김정훈 교수
는 이와 관련한 논문「조선남부의 저항작가 이석성을 읽는다- 발
굴의 의미를 담아」를 이 잡지의 4, 5월호에 연이어 소개했다. "이
창신(이석성)이 말라테스타를 자유 평등한 사랑의 명성明星으로
규정했는데, 이는 조선 독립의 메타포적인 표현이며, 형식상 말
라테스타의 죽음을 애도한 것이지만, 실질적으로는 조선독립에
대한 열망을 비유적으로 드러낸 것이다."고 해석했다.

또한 세종사이버대 교수이자 번역가로서 한일 문학교류에 왕성한 활동을 하고 있는 한성례 시인은 다음과 같이 이석성의 시를 평가한 바 있다.

"이석성 선생이 「우리들의 선구자 말라테스타를 애도한다」라는 시를 열아홉 나이에 썼다는 게 도무지 믿기지 않을 정도로 문학적 완성도가 높다. 그 당시에 발표된 일본의 '나프'나 조선의 '카프' 계열의 작품과 비교해 봐도 손색이 없을 정도로 매우 뛰어난 시이다. 아나키즘을 이해하는 독자라면 이 시를 읽고 감동하지 않을 수 없을 것이다."

아울러 이 시 외에 또 다른 친필시가 발굴되기도 했다. 이명한 작가가 2022년 8월, 광주광역시 남구 방림동의 자택 서재에서 우연히 발견한 이석성의 또다른 친필시는 2연 21행으로 구성되어 있는데(제목은 오랜 세월이 흐른 탓에 알아볼 수 없게끔 퇴색돼 있음), 1연의 마지막 행에 "우리의 강렬한 이상 발견했네/그것은 아나키즘(중략)" 그리고 마지막 행에 "그 이름은 무엇인가? 자유를 위한 투쟁이네/아나키즘이라는/나는 모든 지배계급과 사생결단 투쟁을 계속하리라"는 내용으로 되어 있다. 그런데 이 시는 시적 완성도 측면과 또 「우리들의 선구자 말라테스타를 애도한다」의 말미에 '퇴고推稿 중에서'라는 말이 표기된 것으로 보아 이석성이 초고로 쓴 '아나키즘' 찬가讚歌인 듯하다. 그렇다면 이 시의 창작시기는 1932년 8월 이전에 쓴 것으로 추정된다.

7. 『신동아』 공모에 입선한 이석성 소설 「제방공사」

1934년 〈동아일보〉의 자매지인 월간 『신동아』는 창간(1931. 11.1) 2주년을 기념하여 1933년 11월호의 사고社告를 통해 논문, 장편소설, 단편소설, 희곡, 콩트, 시, 실화 등 7개 장르에 걸쳐 대대적인 현상 공모를 실시했다. 특히 장편의 경우 원고지 200 매 이상 300매 이하 분량(현재의 기준으로 중편)으로 1등 1인, 2 등 1인, 가작(등외) 약간 명을 모집했는데, 상금은 1등 100원, 2 등 30원, 가작 5원이었다. 당시 5원은 쌀 1말에 해당하는 값이었으니, 결코 적은 액수는 아니었다. 응모기한은 1933년 12월 31일 까지였다. 『신동아』는 원고 마감 전 이 잡지에 2페이지 분량의 현상모집 광고를 게재했다. "숨은 천품天品을 발휘하라! 누구나 다 응모하자! 금년 말일까지 신동아사로"라는 슬로건을 내걸고 대대적인 현상모집 광고를 했다.

그리하여 『신동아』 1934년 2월호에 현상공모 당선자가 발표되었다. 장편소설 부문 당선자 및 입선자 명단을 살펴보면, 소설 「모범 경작생」으로 1934년 조선일보 신춘문예로 등단한 이력의 박영준 작가가 소설 「1년」을 투고하여 1등으로 다시 당선되었고, 2등은 「와룡동」을 투고한 서정덕이었다. 이때 이창신李昌信은 「제방공사堤防工事」라는 장편을 투고해 가작佳作으로 입선했다. 현상모집 결과가 발표될 때는 '이창신'이라는 본명으로 표기되었는데, 1934년 10월호에 이창신의 소설 첫 회분이 연재될 때는 필명筆名 '이석성李石城'을 사용하였다. 또한 1934년 단편 「황소」로 동아

『신동아』 1934년 2월호에 실린 현상모집 당선자 발표. 장편소설 부문 이창신(필명: 이석성) 가작 입선.

일보 신춘문예로 등단한 최인준 작가는 소설 「암류暗流」를 투고해 역시 가작으로 입선되었다. 말하자면 박영준과 최인준은 1934년 1월의 신춘문예를 통해 이미 등단한 작가였고, 이석성은 쟁쟁한 작가들과 경쟁하여 입선하는 영예를 안았던 것이다. 그때 박영준은 24세, 최인준은 23세 그리고 이석성은 21세의 나이였다. 월간 『신동아』는 1등 당선작과 2등 및 가작 입선작을 모두 이 잡지에 연재할 예정이었다.

‘이석성’ 작가의 「제방공사」가 『신동아』에 1회분의 연재를 시작했던 1934년 10월호를 살펴보면, 박영준의 소설 「1년」은 5회째, 최인준의 소설 「암류」는 2회째 연재중이었다.

1934년 『신동아』 10월호에 이석성의 장편 「제방공사」 1회분이 게재되었다. 이 작품의 내용은 그 당시 영산강의 잦은 홍수피해

이석성의 장편 「제방공사」 1회분이 게재된 『신동아』 1934년 10월호 표지와 본문

를 막기 위해 진행되고 있던 제방공사를 소재로 한 것으로써 일본인 감독과 그들에게 빌붙은 조선인 십장들이 조선인 노동자에 가한 인권유린과 비인간적 노동현실을 폭로한 것이었다. 소설이 전개되는 내용으로 보아 장차 주인공은 열악한 노동조건을 타개하기 위해 동료 노동자들과 함께 파업을 이끌 듯했다.

그런데 이석성의 이 작품은 조선총독부의 검열조치로 1회분은 물론이거니와 『신동아』 11월호의 2회분 곳곳이 몇 행씩 삭제되거나 혹은 소설의 내용을 전혀 판독할 수 없도록 여러 부분이 '복자伏字'로 처리되었다. 이석성의 소설은 조선인 노동자들의 강렬한 저항정신을 내포한 작품이었기에 조선총독부의 검열로 인해 3회분부터 사실상 연재가 중단되었다. 이석성의 소설 3회분은 『신동아』 1934년 12월호에 3쪽 분량으로 게재될 예정이었으나 총독부

이석성의 장편 「제방공사」 2회분이 게재된 『신동아』 1934년 11월호 표지와 본문.

의 악랄한 검열 조치로 이 잡지의 목차뿐만 아니라 본문 내용에서도 작가명과 소설 제목을 알아볼 수 없게 만들었다. 잡지 본문에는 소설이 게재된 첫 장만 실려 있는데, 놀랍게도 작가 이름 이석성과 소설 제목 「제방공사」, 그리고 소설 내용을 독자들이 단한 글자도 판독할 수 없게끔 완벽하게 복자로 처리했다. 말하자면 이석성 소설은 총독부의 검열로 연재 3회분부터 사실상 중단된 것이다.

또한 「제방공사」 1회분 앞부분부터 연이어 자주 표기된 ×표시는 마을과 강 등 특정 지역, 숫자나 사람이름 등으로 추정되는데 독자들이 알아볼 수 없도록 검열과정에서 삭제되었다. 이석성 작가의 고향인 나주 영산강 지역의 제방공사가 행해지는 어느 마을의 지명으로 추측할 수 있다.

그렇다면 이석성의 장편 「제방공사」 1~2회분이 게재된 『신동아』 1934년 10월호와 11월호의 소설이 과연 무슨 내용을 담고 있는지 그 작품을 인용해 보면 다음과 같다(※ 글쓴이 주; 소설은 가급적 요즘의 한글 맞춤법으로 표기했다).

[창간 기념현상] 가작장편 연재 1회분

(월간 『신동아』 1934년 10월호, 217쪽~221쪽)

제방공사堤坊工事

1.

십이월- 겨울날은 몹시도 추웠다.

이 땅에도 남방에 속타는 ×군의 ×강에 가설하는 인도교와 제방공사에- 그렇지 않아도 다소간 번화를 자랑하는 하항河港인- 선창거리와 공사지는 날마다 흥성흥성하게 번잡하였다.

아침부터 하늘은 겨울날에 흔히 볼 수 있는 으스컴컴한 회색빛을 띤 채 못마땅해 하는 사람의 낯같이 찌푸리고 있고 태양은 넋빠진 사람의 눈깔같이 흐린 빛으로 산과 들의 그늘진 곳에 하얗게 녹다 남은 눈덩이와 널따란 들판에 골을 지어 푸릇푸릇 춤을 추고 있는 보리를 그래도 아름답게 비추고 있다.

때때로 하얀 눈송이는 검푸른 하늘에서 퍼붓듯이 내려오며 기러기와 물오리는 강물의 적당한 곳을 찾는 듯이 떼를 지어 내려가고 모진 서북풍에 앵앵거리는 전신주가 늘어선 거리에 유리창 같은 빙판이 져서 손가락을 불며 물 긷는 아낙네들의 호원이 그치지 않았다.

이 ××는 ×읍의 남쪽 ×강 안에 기다랗게 늘어선 그다지 크지 않은 항구이나 ×평야를 등지고 ×조선의 저 간선도로의 중심지며 접하여 ××유일의 토출구인 ×의 상류이므로 물화의 집중과 차마의 교통이 번잡하고 일상 수십 척의 범선과 3척의 발동선이 머무르고 있었다.

그러나 종래 이 ×강은 홍수가 범람하기 쉬운 강이어서 내리는 임우가 3~4일만 계속하면 그만 우도열두골 물이 기세를 돕고 달려들어 ×평야는 바다로 화해버리고 ×강에 가설한 목교 같은 것은 도저히 이 억센 물을 당해낼 재주가 없어 그만 교통이 두절되고 마는 것이다.

그래서 금번 정부에서 단행한 인플레션 정책과 또 불경기 때문에 더욱 생활이 절박해졌다. 빈민구제라는 미명하에 일상 말썽이 많던 이 ×강에 아주 그들의 영화를 자랑할 만한 만년불패의 완고한 철근콘크리트 인도교와 터가 좁은 ×시를 확장하기 위하여 커다란 제방공사를 합계 ×십만 원이라는 엄청날 만한 금액으로 구축하기로 한 것이다.

이 다리는 예전 목교보단 한 삼 배나 높은 것이어서 구 선창에서 대안인 ××창 부근까지 약 삼정町 가량 연속하려는 것으로 제방은 상류 산기슭에서 하류인 ×××××× 부근까지 약 칠팔 정 되는 곳을 쌓아올리는 것이었다.

선창거리는 다리 선창 터돋음으로 응급도로를 만들었다. 볏섬과 장작과 소금과 고기와 또는 재목, 철제를 실은 차마가 열을 지어 삐삐작거리며 덜컥덜컥 삐닥삐닥 하는 소리들ㅡ. 이 모든 폭음 가운데 섞여 우마의 가느다란 쌕쌕이는 소리, 사람들의 거리는 소리 경적만 연해 울리는 자동차 자전차 소리ㅡ 이 모든 잡다한 소리가 사람의 귀와 번잡한 거리를 스쳐 공중에 표랑하고 그에 섞여 기름 부은 듯 얼음 섞어 흘러가는 강 가운데는 범선의 돛이 바람이 퍼덕퍼덕거리는 소리와 닻 감는 바그덕거리는 소리, 오색기를 꽂은 젓배에서 젓을 흥성하느라 수선대는 소리, 하얀 기를 꽂은 소금배에서 소금을 운반하는 인부들의 등줄기에 부쳐 맨 소금섬의 무게로 코가 땅에 깨질 듯이 몸을 구부리는 모양과 거기서 새어나오는 탄식하는 소리, 간혹 선체에 부딪혀서 와르릉 하고 부서지는 얼음장소리, 찰닥찰닥 쌀쌀하게 뱃바닥을 스쳐 때리는 물결소리, 이러한 물결 위에서 일어나는 소리도 육상에서 일어나는 소리와 조화되어 먼 공중에 표랑하고 있다.

공사지에서는 더욱이 까만 궤도 위로 내달리는 흙 실은 도로꼬의 굴러가는 이음향이 몇 미터 지옥으로 내닫는 길같이 사람의 마음을 산란케 한다. 인부들의 왕왕 지껄이는 소리, 날카롭게 콰당 하고 철판이 땅에 내려지는 소리, 삽과 삽의 맞부딪치는 소리, 괭이가 돌에 박쳐 캉하는 소리가 3박三拍 4박四拍을 쳐서 더욱이 요란히 고요한 공기를 흔들며 더럽히고 있다 가다가는 으르릉하고 먼 하늘에까지 반향을 일으키며 돌덩이 공사지의 다이너마이트가 폭발할까 그럴 때마다 날개 치며 내려가는 떼까마귀의 가욱거리는 소리까지 끊임없이 물려갔다 물려왔다 하고 있다.

이러한 잡다한 음향은 문명을 자랑하며 만물지영장이라 자칭하는 인간들로 말미암아 생긴 것으로, 지금 요란스럽게 율동적 동작과 음향을 내고 있는 다리발 박는 데 물 뿜는 발동기의 소리나 까맣게 칠해진 앙상한 철판 철봉 등의 철재나 또는 우뚝한 모양을 며칠 사이에 내려낸 저 하얀 다리발이다. 구렁이처럼 가느다랗게 구부리고 있는 도로꼬 래루나 또는 때때로 우렁찬 기적을 굉장히 울리면서 씩씩여 달려오는 거대한 기차가 다 이 개아미 같은 인간들이 만들어낸 것이다.

　　지금 이 공사지에서 심혈을 다하여 노동하는, 아니 그 노동의 결과를 팔아서라도 자기와 몇 가족의 목구멍이나마 실컷 채워보지 못하는 가련한 수많은 사람들의 한 갈래 두 갈래 놀림에 의하여 산더미 같은 제방은 차차 완성의 역에 달하고 있으며 저장 위에 괴물 같이 웅크리고 있는 것들도 무슨 기적이 아니라 서너 달 전부터 사람– 이러한 노동자– 의 손에 의하여 철봉을 뼈다귀 삼고 시멘트로 살을 삼은 다리발과 새카만 쇳물로 얽어맨 교량이 성립된 것이다.

　　(검열에 의해 이하 1행부터 7행의 중간 부분까지 복자 처리) 잡다하게 일어나는 모든 음향과 괴성은 모두 다 이러한 춤배아틀 많은 더러운 세상의 한 표현의 흐르는 소리에 지나지 못하는 것이다. 장차 얼마나 아프고 얼마나 비참한 일이 생기려는가? 또 장차 이렇게 타기할 만한 생활이 며칠이나 계속되려는가?

2.

동수는 오후 네 시쯤 해서 할 수 없이 일터에서 돌아와 하숙집 넓은 방에 쓰러졌다.

그는 때 묻은 광목 저고리에 검정조끼를 덮어 입고 고루덴 당꼬즈봉을 날사게 입은 끝에는 지까다비를 추켜 신었다.

머리는 터북터북한 채 며칠째나 가러올리지 않은 것 같았으나 까만 머리는 기름이 잘잘 흐르고 넓은 이마, 일자로 난 몽친 눈썹 아래 반짝이는 날쌘 눈망울, 날카로운 콧대, 꼭 다문 입이 모든 것이 까맣게 타고 버짐이 되어 붙어서 굵다란 뼈다귀가 툭툭 불거지고 더러운 얼굴에서도 뚜렷이 빛나고 있었다. 더욱이 그 새카맣게 여윈 얼굴에서 샛별 같이 반짝이는 눈망울이 이상히 반짝이고 있었다.

그는 오늘도 ×강 왼편 상류지의 돌들이 남포질하는 데서 제방 공사지로 도로꼬에 조각돌을 실어 날랐다. 며칠을 두고 앓던 감기가 밤사이에 더쳐서 기분이 좋지 않고 몸이 무겁고 고달팠으나 자기가 하루만 쉬면 그만치 그리운 처자의 굶주릴 것과 또 만날 날이 멀어질 것을 생각함에 남유달리 자제력과 인내성이 생겨 이를 뿌드득 갈며 '노동벌이 해먹는 놈이 몸이 좀 고되기로 쉬고 있담.' 혼잣말로 이렇게 중얼거리고 부실부실 내리는 하얀 눈을 맞아가며 남에게 뒤떨어지지 않으려고 죽도록 무거운 다리를 끌면서 도로꼬를 밀고 다녔다.

서북편에서 쏴― 쏴― 불어오는 모진 폭풍은 흰눈을 사정없이 몰아친다. 그렇지 않아도 으슥으슥한 한기에 시달리는 동수의 몸뚱이를 휘감고 달아난다. 동수는 그럴 때마다 정신이 어질어질 하여겨서 까만 두 줄기 철로가 아롱아롱이 뻗대여 높고 낮음과 완곡이 마치 구렁이가 꾸물거리고 뛰노는 것 같기도 하고 깊고 깊은 구렁으로 쓰러져가는 것 같았다.

도로꼬가 느릿한 경사지를 다 올라오고 급한 경사지를 내려가게 되었을 때 그는 턱에 찬 숨을 후유 내쉬며 '아! 내 몸이 이렇게 약하지는 않았건만.' 이렇게 중얼거리며 다다다 목탁 치는 입을 꽉 악물고 덜덜 떨리는 손을 들어 도로꼬 푸대에 작대기를 잡은 채 쏜살같이 내려갔다.

도로꼬가 위에서 내려오는 경사지와 올라가는 경사지 사이에 임시 가설한 빠라크 다리를 지나올 때 그는 정신이 휘휘 돌며 눈이 아득함을 깨달았다. 그래서 하마터면 전복될 뻔하였으나 간신히 정신을 차려서 그나저나 흐느적거리는 다리를 무사히 건넜다.

맨 먼첨 앞선 골마치영감은 후유 한숨을 내쉬며 "이 놈의 다리 건너올 땐 간장이 다 녹드라!" 하고 손바닥으로 이마의 식은땀을 씻고는 휙 뛰어내려서 속력이 줄은 도로꼬를 밀기 시작하였다.

독박섹이 막봉이는 악을 버럭 쓰며 "오라잇, 다리 건네다 시키할 놈들, 이렇게 위험한데다 빌어처먹게 다리도 놓고." 하고 또 뛰어내려서는 지껄이며 밀기 시작한다. 군일이는 뒤를 돌아보며 동수를 보고 "자네도 실수 안했나." 하고 쾌활히 웃었다. 동수는 고개를 끄덕끄덕하며

"우리, 이 다리를 다시 놓아달라고 해보세." 하고 말을 걸었다.

군일이는 헐턱헐턱 밀어가면서

"놓아달라면 놔주겠나?"

하고 흘려버리니까 막봉이가 씩쌕이는 소리로 "그럼 이렇게 다 니다 한 놈의 다리라도 분질러야 할 텐가! 안되네. 고쳐달라고 떼를 써보세."

하고 다시 힘껏 밀고 달아난다.

동수는 힘없는 몸뚱이를 이리 기웃 저리 기웃거려서 남의 꽁무니에 안 떨어지려고 버티며 그나저나 공사지까지 밀고 왔다.

××십장이 앞선 골마치영감의 실어온 돌을 물끄러미 보더니 그 새카맣게 청기진 얼굴에 반짝이는 독사 같은 눈을 부릅뜨고 꼬부라진 매코등을 찡그리며 으레 하는 버릇처럼 골마치영감의 위아래를 훑어보고는 "왜 이리 돌을 조금 싣고 다녀?"

하고 소리를 꽥 지른다. 골마치영감은 고양이 앞에 쥐 어리듯이 사그러가는 목소리로 "예이, 늙은것이라 그리 되었소. 이 뒤에는 많이 실으리다."

하고 허리를 딱 구부린다.

소야십장은 마치 개나 도야지나 내려보듯이 "무엇, 늙은이더러 일 나오렸나?"

하며 손에 든 매를 들어 골마치영감의 ××을 ××고는 전표 한 장을 찢어주며

"또 그렇게 하면 안 준다." 하고는 군일이의 도로꼬를 흘겨보고

"더 많이 실어 해라."

하고 전표 한 장을 쭉 찢어주었다.

동수는 자기 차례가 될 때에 본능적으로 자기 도로꼬에 실은

돌과 다른 도로꼬에 실은 돌을 비교하여 보고 깊이 한숨을 쉬었다. 아무리 힘을 썼으나 병든 몸은 성한 몸 같지는 않아 행여나 하던 것이 또 지옥 관문에 걸린 것이다.

××십장은 어슬렁어슬렁 도로꼬를 밀고 오는 동수의 위아래를 한 번 훑어보고는 표강한 빛이 떠도는 눈을 번쩍이며

(검열에 의해 2행 생략)

하고 소리를 빽 지른다.

동수는 골여대는 위엄에 허리를 굽실하려다가 가슴에서 불끈 일어나는 반항심에 고개를 번쩍 쳐들고 추위에 덜덜 떨리는 목소리로 "몸이 아파서 제 힘껏 한다는 것이 그렇게 되었습니다." 하고 대답하였다.

(검열에 의해 이하 9행 생략)

동수는 귀가 윙하고 머리통이 휭휭함을 깨달았다. 그는 사내답고 남에게 지지 않으려는 무엇이 가슴에서 뭉클 일어나서 곧 상대편을 후려갈길 생각이 가슴에 번쩍 타올랐다. 그는 벌벌 떠는 주먹을 한참 바라보다가 후유 한숨을 내쉬며 맥없이 주먹을 풀었다.

'아아! 얼마나 모순된 일인고! 몸의 괴로움으로 말미암아 능력을 발휘치 못한 것을, 더욱이 낮추고 학대하는 이 모순된 현실이여! 뛰는 가슴을 스스로 누르는 그 마음의 내부에 불타는 숨은 격노야 오죽 하랴!'

그는 비록 고달프고 무거운 몸이나 다른 사람에게 질 심사는 없었다. 그리하여 그는 곧 날뛰는 격노에 주먹을 굳게 쥐었으나

그러나 그 격노는 곧 한순간 뒤에는 연약한 무엇에 쫓겨 사라지고 만 것이다.

'아아! 이 자와 싸우면 이 일터에서 곧 쫓겨 나가고 만다. 그러면 집에서 굶주리는 처자는 어찌 한단 말이냐? 참자! 참자! 내 창자에 채우려는 빵조각은 둘째 문제로 하더라도 죄 없이 굶주리는 사랑하는 아내, 귀여운 자식을 위하여 흔적 없이 꿀떡 참자!'

이 비통한 결심이 그의 전신을 다시 찔러 전류를 통하듯 돌아갔기 때문이다. 그래서 그의 태도는 그 순간에 맹호의 뽐냄에서 어린 양의 연약한 태도로 작변하여 버렸던 것이다.

그리하여 동수는 다시 ××십장의 앞에 가서 굽실하고 전표 주기를 기다렸다.

××십장은 동수의 뺨을 후려갈긴 뒤에도 동수가 이 일판 노동자 중에도 성정 바르고 힘세기로 유명함을 잘 알기에 눈치만 슬슬 보고 있다가 이렇게 유순히 구는 것을 보고는 무슨 큰 승리나 한 것처럼 호기스럽게 전표 한 장을 딱 채서 떼어주며

"에익! 건방진 놈. 또 그렇게 나쁜 짓만 하면 물던마 표지 안 준다."

하고는 획 돌아서 가버렸다.

옆에서 이 광경을 물끄러미, 그러나 힘없이 보고 있던 골마치 영감과 군일이는 동수를 위로하면서

"저 자식은 언제까지나 십장질만 해쳐먹을 양인고." 하고 어정어정 걸어가는 ××십장에게 밉살스러운 눈살을 던지고 욕을 하고 있다. 동수는 두 뺨과 허벅 정강이를 한참 문지르고 있다가 얼

마 뒤에야 손바닥에 쥐어진 전표를 물끄러미 바라보고는 펄썩 땅바닥에 주저앉으며

"흥! 이것이 나를 맞게 한 것인'가. 빌어먹을 것. 아아! 나는 바보다! 병신이다. 나는 병신이다!' 하고 부르짖었다.

그는 마치 고기를 노리는 독수리 같이 어기적거리며 걸어가는 소야십장의 뒷모양을 물끄러미 보고 있다가 무슨 진리나 발견한 것처럼

(검열에 의해 이하 5행 생략)

그 순간 그는 아까까지 가슴속에 깊이깊이 참으려던 분기가 다시 타오름을 억제치 못하였다. 그러나 그 분기는 아까와 같이 사사스런 분기가 아니라 더 한 걸음 나아가서 자기의 동료들에 대한 의분심과 사회조직의 모순에 대한 공분심이 섞인 불길이었다.

'에이, 이제까지 주저하여 오던 것을 단행하자! 물론 나의 처자는 굶주릴 것이다. 나의 몸은 쓰라린 고초에 부닥칠 것이다. 그러나 동수라는 이름을 가진 나로서는 이 모든 현실을 눈감고 그저 내 몸이니 아내니 하고 있을 수 없지 않은가? 그렇다, 더 좀 큰마음으로 더 좀 안계眼界를 넓혀서 굳세게 나아가 보자!'

이러한 마음의 싹이 그 가슴 한 구석에서 움 돋치기 시작하여 삽시간에 그의 전신을 휩싸고 말았다. 이제까지 맛보지 못한 형용할 수 없는 감격이 쪄들은 그의 전신을 돌아갔다. 마치 무서운 일에 직면한 사람이 떨고 있는 것과 같은 전율도 아니요 환희도 아닌 무엇이 그의 마음에 깊이깊이 머무르기 시작한 것이다. 옆에서 담배에 불을 붙이고 있던 군일이가 그 갸름한 낯과 까만 눈동자에

190

웃음을 띠며 "여보게 동수, 자네 무엇을 그리 생각하고 있는가. 아마 와이프가 그리워 그런 게지."

"저 녀석이 보통학교나 졸업한 덕택으로 와이프란 말을 다 안다."

담뱃불 붙이러 오던 말괄량이 돌방구로 이름 있는 인부 성철이가 놀려댔다.

"망할 자식, 나는 그런 소리 못한다더냐."

하고 군일이는 픽 웃고 담뱃불을 나눠주었다.

동수가 갑자기 숙인 머리를 번쩍 들면서 "여보게 군일이, 자네가 어째서 이 일터에 와서 갖은 고생을 다하고 또 내가 어째서 오늘 뚜들겨 맞은 줄 아나." 하고 눈알을 깜박거리며 물었다.

군일이는 의외의 물음에 농담을 꺼내면서

"어째 그래! 밥먹고 술먹고 담배먹고 일하고 자고 놀려고 왔지. 예전 우리 보통학교 다닐 때 학교 선생님이 그러지 않던가. 사람은 부모에게 효도하고 임금에게 충성하고 어른을 공경하고 약한 사람을 사랑해야 한다고."

"흥, 그럴 거야? 말만 하라면 다 잘 하지. 그러나 그 소리 하던 김 선생님도 어디 그 한 가지나 지키던가! 우선 나 때린 ××십장아 그 녀석이 약한 녀석을 어떻게 사랑하든가? 아마도 그 자는 약한 사람 치고 학대하는 것이 사랑인 거야!"

"응. 그러기는 그래." 하고 군일이는 고개를 끄덕이며 맞장구를 친다.

동수는 맞장구를 치는 바람에 더욱 신이 나서 몸의 고달픔도

잊고

"그래. 나는 생각해 보았다네! 예전부터 곰곰 생각해 보니까 우리가 이렇게 일하고 있는 것이 살아가려고 덤벼드는 게야! 그래서 그놈의 목구멍 하나도 간신히 풀칠해 가면서 뼈가 녹는 일을 하는 것이 살기 위함이 아니고 무엇이겠는가." 하고 머리를 문지르며 기침을 한다. 이때까지 담뱃대만 길게 뽑고 있던 성철이가 나서며

"그래. 나도 생각해 보았지. 사람이란 참으면서 그렇게 살려고 갖은 고생을 해가며 사는가 모르겠어."

이때 ××십장이 어정어정 걸어오며 어서 가라고 재촉을 하였다. 그래서 그들은 이야기를 중지하고는 각기 자기의 도로꼬에 엉겨 붙었다.

동수도 부스스 일어나서 무거운 머리를 붙들고 도로에 엉겨 붙으려 하였으나 피로와 병고와 흥분에 시달리던 그는 더욱이 정강이뼈가 아프고 얼음 녹듯이 사지가 탁 풀려서 그 자리에 펄썩 주저앉았다. 그래서 그는 하루 채울 것을 단념하고 힘없는 발걸음을 옮겨가면서 하숙집으로 돌아갔다.

연재 2회분(월간 『신동아』 1934년 11월호. 214쪽~218쪽)

3.

눈보라와 앙상한 바람이 밤새도록 불어새이는 동지섣달의 긴 긴 밤도 다 가고 장승 같이 우뚝하니 앞길을 가로막은 산그림자가

으스름하게 윤곽을 나타내자 이 공사지 부근에 쭉 늘어앉은 노동자 하숙소에서는 두선두선하는 소리와 함께 반딧불 같은 등불을 부엌에 내걸고 가느다란 연기를 공중에 표랑시키며 노동인부들의 해장감과 밥짓기에 적막한 새벽공기를 깨뜨리기 시작하였다. 그들은 전기회사를 옆에 두고도 요금미납 때문에 개등 중지를 당하여 할 수 없이 석유 불을 켜는 집이 많았다.

시계는 쉬지 않고 똑딱똑딱 돌아가서 여섯 점을 땡하고 친다. 이어서 우편소에서 울려 나오는 사이렌이 그 우렁찬 소리를 길게 뽑으며 적막한 새벽공기를 멀리 산골짜기에까지 흔들어놓는다. 이집 저집에 좀궤 밀리듯 웅크리고서 죽은 듯이 잠에 취한 그들은 마치 무서운 독사꼬리를 밟은 것 같이 벌떡벌떡 기겁해 일어나서 잠이 가득 찬 두 눈을 부비고 있는 것이다. 그들은 거의 다 타관 노동이다. 대대로 흙내 나는 아버지와 아들들이 봄이면 소를 몰아 논밭을 갈고 가을이 되면 적으나 많으나 자기 곡식을 뜯어 들이던 농부거나 또는 간신히 남의 소작 마지기나 해가며 굶기를 밥 먹기보다 더 잘 하던 사람들이다.

그들은 모두 급박해가는 농촌에서 배기다배기다 못하여 늙은 부모 젊은 처자를 남기고 하다못해 몇십 전 벌이라도 하여보려고 이 공사지로 모여든 것이다. 대대로 신물 켜온 원수 같은 노동에 또 매달을 양으로—

그들은 모두 그 영양 부족의 희푸른 입술과 되는 대로 눌러쓴 캡 밑에 번쩍이는 몽롱한 눈에 닥쳐오는 오늘 하루의 일을 어찌 끝낼까 하고 근심에 가득 차 있는 것이다.

×

　이러한 노동자를 상대로 하숙 영업을 하는 복순이집. 그들은 주인아씨의 딸 이름을 따서 이렇게 불렀다. 이 공사 중에 가장 위험한 상류지에 있는 산에서 다이너마이트로 쪼아낸 돌을 도로꼬로 실어내리는 동수와 그와 같은 타관 노동자가 한 이십 명 묵고 있었다.

　그들은 아직도 어제의 피로가 온몸에 딱 엉겨 붙어서 등짝을 죽석자리에 댄 채 이 추운 삼동이건만 변변히 이불이라 할 만한 것을 덮지도 못하고 고양이 같이 옹크리고 자는 사람, 코 고는 사람, 활갯짓 하는 사람, 쇠다리 같은 다리를 함부로 남의 옆구리에 얹는 사람ー 그들은 모두 볕에 새까맣게 탄 얼굴, 시름없이 감긴 눈, 입버텅을 드러내고 노란 이가 툭툭 불거진 턱, 그 위에는 마치 도야지 털같이 꼿꼿이 선 길어나는 수염, 이런 것이 모두 앙상하게 형형색색으로 드러났다. 그들은 마치 수마전睡魔殿에 갇힌 사람 모양으로 넋을 놓고 늘어져 자고 있다.

　그렇다! 노동지옥에서 고혈을 빨리는 그들에게 새로이 체력과 정력을 회복케 하여 내일 또다시 ××적 노동장에 나아가게 하는 것은 오직 이 한 가지밖에 없으니까ー

　사이렌과 함께 아침밥과 해장감이 다 된다. 흰 저고리에 검정 치마를 입은 복순어머니는 언 손을 흑흑 불면서 노동자들이 숙박하는 방문을 슬며시 열고 방안을 휘휘 한 번 둘러보더니 맨 아랫목에 손수건으로 머리를 동여매고 쓰러져 있는 동수의 골격찬 얼굴을 들여다보고 방긋이 웃으며

－ "좀 더 나은 모양이로군"－

하고 골마치영감 배에 얹은 막봉의 쇠다리 같은 다리를 치우고
는 날카로운 소리로 "여보시요들, 진지 지어 놓았습니다. 어서들
일어나시요! 여보 동수, 여보 막봉이, 준걸강달이, 얼른들 일어나
시오! 어서어서, 늦으면 감독한테 또 벼락 맞으리라."

이 날카로운 소리가 십 촉 전등에 으스름히 비치는 노래진 신
문지와 칠팔 년 전에 열렸던 무슨 박람회, 무슨 술 광고 등이 줄줄
이 붙은 벽에 울려 상하 간 넓은 방을 힝 돌고 멀리 튕겨 나간다.
밤인지 낮인지도 모르고 곯아떨어져 자던 모든 노동자들은 마치
금방 감독에게 덜미를 잡혀 매나 맞은 듯이 기겁해 번적번적 일어
났다.

문 옆에 누운 고슴도치같이 머리털이 앙상하게 돋고 통통한 몸
집과 얼굴이 새까맣고 더구나 빡빡 얽은 막봉이는 그 뚝배기 같은
소리를 쾍 지르며

"에이, 추워. 어떤 개알자식이 문 열었어. 얼른 안 닫을 테야－
에이, 그놈의 문바람 고약하다."

하고 그 커다란 충혈된 눈을 부비며 입 아궁이가 찢어질 듯이
선하품을 연해하고 일어난다.

"저 자식은 가진 소리 하는군. 넌 기 아랫목에서 자지 않았니.
나는 밤새도록 윗목에서 혼나게 얼어서 고드름똥 싸겠다."

갸름한 권 있게 생긴 얼굴에 옥양목 겹옷을 날씬하게 껴입고
언사 좋기로 이름난 성철이가 대꾸를 하였다.

복순어머니는 막봉이가 내지르는 바람에 무안한 듯이 서 있다

가 막 일어나 앉은 동수의 등을 탁 치며

"왜 그리 막봉이는 독한지 몰라! 독하기만 않으면 꼭 좋겠는데."

하고 하얗고 갸름한 얼굴에 눈웃음을 살짝 치며 사내들의 간을 녹게 한다. 그러고는 또 동수를 돌아보며

"자고 나서 좀 더 부드럽소! 난 동수오빠 아프다기에 정신이 없어서……."

하고는 다시 막봉이를 쳐다보며

"여보, 막봉오빠. 난 오빠가 독하기만 안했으면 꼭 마음에 들드만."

하고 아양을 부리며 나간다. 막봉이는

"내가 뭘 독하기는." 하며 자기 딴에는 수나 생긴 듯이 금시에 기운이 나서

"어서들 세수하고 밥 먹어— 공연히 감독한테 못매 맞을 테여."
소리를 빠락 질렀다.

군일이는 뒷간에 갔다 돌아오며 "이 애야, 귀창 터지겠다."

"그런데 얼른 세수들 해." 하고 동수가 일어서서 밖으로 나갔다. 아랫목에 일어나 앉은 골마치영감은 주름 잡힌 얼굴에 싸늘한 웃음을 띠고 노란 수염을 문지르며 나는 다 살았다는 듯이 "앤, 나는 세수하기 싫어. 추워 할 수가 있어야지. 이젠 낫살이나 먹으니깐 아침에는 밖에 나가기도 싫어서—"

"핸 영감님도! 낯 안 씻으면 정신없어 어떻게 하시고."

막봉이는 공치사를 하고 밖으로 뛰어나가서는 집 앞 시내로 세

수하러 달려갔다. 다른 사람들도 손에 수건을 들어매고 기지개를
한 바탕씩 켜고는 어정어정 나갔다.

그들은 다 앞 시내의 맑은 물에 손과 얼굴을 씻어서 노둔해진
정신과 신경을 자극시켜서 깨우려 하였다. 그리하여 그들이 다시
방으로 들어올 때에는 모진 바람에 얼굴은 빨갛게 상기되고 얼음
덩이같이 차디찬 손가락을 아랫목에 대곤 하였다.

복순어머니는 분주히 밥을 차리다, 국을 뜨다, 술을 데우다가
겨우 방에다 밥상과 술독을 들이기 시작하였다.

돌방구 성철이는 얼른 재치 있게 상을 받아가지고 젓가락으로
상을 치며 노래가락을 늘이다가 국을 엎어서 여러 사람을 웃기고
소동을 일으켰다.

독박섹이 막봉이는

"어서들 밥이나 먹어. 늦게 가면 공연히 감독에게 뼈 부러질라
구."

코를 씩 불며 복순어미가 가져오는 부실부실 떨어지는 조밥그
릇을 난삽히 나누어주며 한 손에 든 숟가락으로 볼이 터져라 하고
퍼 넣는다. 그 꼴이 어찌나 우스웠던지 온 방안이 한바탕 웃음소
리에 자지러졌다. 막봉이도 무슨 영문인지 모르고 같이 펴놓고 웃
었다.

동수는 그 바람에 숙였던 얼굴을 번쩍 들고 앞으로 다가왔으며
밥그릇과 반찬 접시를 자기 앞으로 다가서 놓고는 먹기 시작하였
다.

복순어매는 탁배기 동이를 들여오면서

"국이 맛없이 되었어요."

하고 살살 녹는 눈웃음을 간드러지게 피고는 국자로 술을 휘−둘러서 술잔에 가득히 부어가지고 동수를 슬쩍 쳐다보고

"동수오빠, 이 술 한 잔 반주로 받으세요. 어제 그렇게 앓던 감기도 다 달아나리다." 하고 아양을 떤다. 동수는 주는 것이 고마워서 빙그레 웃으며 "어디 권주가 없이 어떻게 술 마실 수 있나. 권주가나 한 곡조 하면 먹지−"

"그렇지만 권주가는 부끄러워 어디 하겠소. 어서 받으세요." 하고 동수 앞에다 나붓이 갖다놓는다.

성철이는 어깨춤을 나실나실 추며 "어, 동수 수 났구나! 한 턱 내게. 나도 아씨가 저렇게 한 번 해주면." 하고 부러운 듯이 말한다. 복순어미는 또 방긋이 살짝 웃으며 손쉽게 한 잔을 남실히 부어가지고 "옜소, 성철이 오빠. 그러면 이 술 받으시구려! 이 술 한 잔 받으시고 천년만년 사시구려!"

"에이, 마지못해 그러니 어디 맛이 있어야지." 하며 '허허허' 웃어젖힌다. 그러고는 이도령 흥을 낸다고 옷고름에 술을 묻혀가지고 휘휘 뿌리기 시작하였다.

동수는 성철이를 보고

"장난은 그만들 하고 어서 밥이나 먹세." 하며 술을 들이켜 마셨다.

이리하여 그들은 모두 허천병 난 사람 같이 그 노란 조밥을 장에다 비비여서 감탄스럽게 들어 삼킨다. 그 누구라서 이 장면에 당하여 백만장자의 고량진미의 아름다움을 자랑할 수 있으랴? 가

난한 이들의 생명선인 이 조밥덩이야말로 오늘날의 이 공사를 마칠 것이며 이 세상에 커다란 자취를 남기는 힘의 원동력이다.

그들이 웬만치 배가 부르고 술이 두어 잔씩 돌아갔을 때 막코토막을 각기 피어 물고 각반으로 바지가랭이를 단속하고는 줄달음을 쳐가며 공사지로 달려가는 것이다.

4.

동수가 술바람에 고달픈 것도 잊고 발길을 돌이켜서 달음질을 치려는데 복순어미가 손목을 잡아당기며

"동수오빠, 오늘 하루 쉬시고 내일 가서 일 하시지. 아프신 몸이 더치면 어찌 하시려고 그렇게 고집만 부리시우." 하고 근심해 하는 듯이 눈살을 찌푸린다.

동수는 속으로 '계집애의 정도 받아볼 만한 것이로구나.' 하며

"그렇지만 집에서는 지금 눈이 빠지게 내가 돈푼이나 벌어가지고 올 것을 기다리는데 어디 몸 좀 아프다고 놀고 있겠소."

하고 남의 뒤를 따라 빠른 걸음을 낸다. 속으로는 내가 벌이한 담손 치고 하루 품삯이 40전 가량인데 그나마도 날이 궂으면 공일이 되고 4, 50전 번댔자 밥값이 25전, 술값 담뱃값을 제하고 나면 몇 푼이 남지 못하는데— 그리고 또 올 그믐이 김 주사에게서 얻어 쓴 돈 사십원 기한인데 무슨 택이 있어야지. 그 돈을 갚지 못하면 설도 편히 못 쉴 것인데— 하고 한숨을 길게 쉬었다. 모처럼 탁배기 바람에 쾌활해진 마음을 또 살림이라는 진흙구렁으로 끌고 간 것이다.

공사지에는 벌써 수다한 인부들이 혹은 쇼배루라는 새 괭이나 저마다 같은 연장을 들고 불어 새는 바람에 앙상히 서 있었다.

그들은 손에다 입김을 불거나 또는 비비면서 얼른 감독과 십장이 와서 일 장소를 지정해 주기를 기다렸다. 얼마동안 그들은 각기 떼를 지어 수군거리고 있다가 혹독한 추위를 참기 어려운 듯이 나무개비를 모아 모닥불을 피우기 시작한다.

"아이쿠, 추워. 제기, 왜 아니 오는 셈인고. 자기들은 옷 따숩게 입고 밥 따숩게 먹고는 추우니까 오도 않는구먼—"

"그래, 일찍 오면 늦게 온다고 야단을 때리면서도 자기들은 늘 실늠실 늦게만 오구."

"뭐, 아까 오면서 보니까 감독 십장들이 모두 증천집 갈보들하고 장난하딘 걸. 배려먹을 것. 우리 ××을 ×라서 술과 계집만 아는 것들!"

"여보게, 그렇게 함부로 말 말게. 혹시 누가 찌르면 자네 밥통 떨어지리."

"하긴 그래! 우리 같은 것은 성명이 없으니깐. 그렇지만 그러는 것을 어째! 나는 그 소야십장의 독사눈 하고 노란 금맥칠한 입버텅 하고 보기 싫어 구역 나오드라! 아마 그 자 같이 귀따귀 잘 치는 자는 그리 없을 걸—"

"그놈뿐인가! 난 권 십장인지 무언지 그 녀석도 그놈의 파랗게 청기질이고 날캄한 콧대가 징해서……. 난 그 녀석한테 채인 정강이가 아직까지 아프이……."

이제까지 묵묵히 듣고만 섰던 군일이가

"그자들은 으레껏 그러는 걸, 탄하면 무엇 하나." 그러고는 동수 있는 모닥불로 와서는

"여보게, 동수. 아무도 안 오니 어제 이야기나 결판내세 그려." 하고 말머리를 끄집어낸다.

"그래, 사람이 살려고 한다면 잘 살아야 쓸 것인데 어째서 우리가 이렇게 못 사는 줄 아느냐고?…… 어제 말했지."

"그야, 사회주의자 말 아니라도, 빼앗기니까 못 살지 어째." 이것은 돌방구 성철의 대답이다.

골마치영감은 머리를 흔들며

"아니야, 복 없으니까 못 살지. 빼앗긴 누가 빼앗아 가. 나부터라도 복이 없으니까 좋은 살림 오리려먹고 이 지경이지ー"

막봉이는

"그래, 사람이란 복이 있어야 해." 하고 소리를 지른다. 동수는 빙그레 웃으며

"그래, 자네 말대로 복이 있다 하더라도 말을 따지고 보면 복 있는 사람이란 남의 것 잘 빼앗아가는 재주 있는 사람이란 말일세……." 하고는 다시 말머리를 돌리여서

(검열에 의해 이하 17행 복자 처리)

"자네 이야기도 들었네마는, 나도 좀 이야기나 해볼 테니 들어들 보게. 참, 나는 이제까지 내 신세타령이라고 한 적이 없네. 하여봤자 쓰잘 데 없는 신세타령을 하면 무얼 하나. 그러나 오늘은

왜 그런지 한 번 풀어보고 싶으네 그려."

그는 그 늙어서 쪼그라진 얼굴에 눈물을 안 짜려고 갖은 노력을 하다가 기어이 눈물을 뚝뚝 흘리며 말을 계속한다.

"내가 지금 신세가 이렇게 되었으니까 그렇지, 나도 어려서는 백만장자의 둘도 없는 외아들이드라네. 그러나 지금은 그다지 상관없지만 그때만 해도 반상 차별이 심하지 않았는가. 우리 집은 그래, 간단히 말하자면 돈은 있어도 상놈축에 끼는 집이드라네."

"그래서 나도 어려서부터 참 못 당할 꼴도 많이 당하다가 이 지경이 되었네 마는, 나는 어려서 소위 관가나 양반들이 우리 집 돈양 있는 것을 울궈먹으려고 우리 아버지를 잡아다가 매질하고 꿇리고 나중에는 매로 타사까지 시킨 것을 보았네."

여기까지 말하고는 닥쳐 오르는 감정을 억제치 못하는 듯이

"우리 부친이 살아계실 때에 그 상놈 한 번 면해서 살아보기가 평생소원이라고 날마다 나를 앉혀놓고 '도련님 덕분에 양반 한 번 됩시다.' 하고 몇 번 나에게 절을 한지 모르겠네! 자기가 받는 천대와 압제를 한 번 면해보려고. 그래 나는 일곱 살부터 이웃마을 한문서당에 다녔었네! 그러나 거기서도 나는 상놈의 자식이라고 학대가 자심하대마는 나는 아버지 말씀이 귓가에 역력히 박혀서 정성껏 공부를 하였네. 그래서 그나저나 사람들이 말하기를 상놈치고는 문자나 들었다고들 하게 되었네! 그래서 우리 선친께서는 내가 열아홉 살 먹었을 때 어디 마땅한 혼처가 있다 해서 스물세 살 먹은 처녀에게로 장가를 가게 되었네. 그래서 나도 한 1년은 잘살았지."

202

여러 사람들은 이야기에 끌려서 귀를 종그리고 있다. 영감은 이어서

"그런데 아주 집안 망할 일이 생기려고, 어느 날 아버지가 무슨 할 일이 있어서 내 방에를 들어가셨드라네(그때 나는 서당에 가고 없는 판인데). 그런데 그때 마침 사령들이 선친께 돈타작이나 하려고 오다가 이것을 보고 자부를 간통했다구 잡아다가 죽게 태벌을 썼지— 그러나 우리 선친은 절대로 그럴 리는 아니란 말일세. 비록 배운 것은 없었을망정 본심이 절대로 그럴 양반은 아니란 말이야. 그래서 억울하다고 불복을 하겠지. 그랬더니 소위 관가에서는 돈 만냥만 가지고 오면 죄백방 해주마고 하네 그려! 우리 선친이란 사람은 평생 돈을 자기 몸보다 더 귀히 알던 처지인데, 돈 만 냥이면 살림이 다 망하는 셈이니 어찌 승낙을 하시겠는가. 그러나 내가 자식의 도리로 승낙을 하고 전답이며 세간기구를 모조리 팔아서 우만냥을 출변하여 주었겠지. 그래서 우리 부친은 무죄로 놓이기는 놓였으나 모진 태형과 화가 폭발해서 고만 출옥한 지 닷새 만에 돌아가시고, 내 처자 되는 사람도 태형으로 역시 한 달 만에 죽어버렸네 그려. 그래서 다 없어진 살림살이에 두 장례를 치르고 나니 무엇이 남겠나. 나는 그만 홧김에 집을 뛰어나와 지금 육십 평생에 아직 고향에 가지 않았네. 이것이 도시 운수가 아니고 무엇이겠나."

그는 이야기를 마치고는 추연히 추운 줄도 모르고 눈물을 흘리고 있다.

막봉이는 눈물을 따라 흘리며

"참, 망할 세상도 있지." 한다.

동수도 한 줄기 동정의 눈물이 저절로 솟아나오며 이어서 자기가 지나온 소년시절의 일이 슬며시 풀리듯 마치 활동사진 같이 떠돌았다.

지방 토호로서의 자기 집이며 엄격하던 부친의 일이며 시대의 변천으로 몰락된 자기 가정이며 이어서 미두에 살림을 다 바치고 화병으로 돌아가신 큰아버지의 일이며 서당에 다닐 때의 자기 모양과 아버지와 싸우며 기어이 학교로 달려가던 광경과 부친이 작고하신 뒤에 그나마도 파산해버리고……, 이 모든 것이 차례차례로 꼬리를 맞물고 떠올랐다.

그러고는 다시 지금 자기의 처지와 또 자기가 마음먹고 있는 일이 얼마나 중대한 일이며 얼마나 갖은 수난을 겪어야 할 일임을 생각하고 혼자서 빙그레 자부의 웃음과 공포의 웃음이 서로 섞인 특이한 종류의 웃음을 웃었다.

그러나 여기저기에 소근거리던 소리가 뚝- 끊기며 고루덴 우와기, 오바도 아니요 쓰매에리 우와기도 아닌 것-에 당꼬 즈봉을 입은 감독과 십장패가 몰려오면서

"혼도니 사무- 고자이마스네-(주; 정말 굉장히 춥군요)"

"교- 모 유기가 후루가시라.(주; 오늘도 눈이 내릴까요)"

"에- 노모 덴기모요가 와루고자이 마스가라- (주; 음~ 어쩐

지 날씨 상태가 안 좋으니까요)"

그들은 이렇게 지껄이며 올라온다.

여기저기 모닥불가에 웅크리고 앉아서 그들의 흉을 보던 인부들은 시치미를 딱 떼고 번쩍 일어나서는 일제히 고개를 숙이고

"감독상- 오하요.(주; 감독님, 안녕하시오)"

"감독상- 오하요 고자이마스.(주; 감독님, 안녕하십니까)"

"십장 진지 자셨소-"

"××십장상 오하요-"

이렇게 그들은 최상급의 경례를 한다.

그러면 감독이나 십장들은 술에 얼큰히 취하여 가지고- 도구이의 웃음을 입가에 띠며 자기네가 무슨 훌륭한 인격자거나 절대 권력자인 것처럼 눈을 좀 내려 뜨고 코대답을 남긴 채 거만하게 지나간다.

그러고는 자기네가 늦게 온 것은 예삿일이요, 인부들이 수선대는 것만 잘못인 것처럼 나무라고 일을 독촉한다.

이리하여 다시 인간의 피를 말리는 공사가 시작된다. 도로꼬의 들들 탁탁 하는 소리가 일어나기 시작한다.

곡괭이의 맞다 치는 소리, 사람의 지껄이는 소리, 그러다가 또

조금 뒤에는 천지를 진동케 하는 다이너마이트의 폭발성이 먼 하늘에까지 반향을 일으킨다.

연재 3회분(월간 『신동아』 1934년 12월호. 202~204쪽)

* 글쓴이 주 『신동아』 1934년 12월호의 목차를 살펴보면 이석성 소설의 연재 3회분은 3페이지 분량으로 게재될 예정이었으나 조선총독부의 검열 조치로 인해 소설이 실린 첫 페이지만 실려 있을 뿐이다. 그런데 목차는 물론이거니와 본문의 작품 제목, 작가 이름, 소설 내용을 단 한 글자도 판독할 수 없게끔 완벽하게 복자로 처리되어 있었다.

조선총독부에 의한 악랄한 '표현의 자유 침해행위'로 이석성 작가의 장편소설은 연재 3회분부터 사실상 중단되었다. 『신동아』는 매달 발간될 때마다 〈동아일보〉의 하단 지면에 5단통 규모로 전면광고를 게재했는데, 이석성 소설의 첫회분이 게재된 1934년 10월호 광고의 경우 〈현상작품〉, 분야의 첫 순서로 작품명과 작가명을 게재했고, 11월호 광고의 경우 두 번째로 실렸다. 그런데 연재 3회분에는 광고에서조차 작품명과 작가명이 누락돼 있음을 확인할 수 있다. 또한 이석성 작가보다 먼저 『신동아』에 연재된 박영준의 단편 「1년」(1934년 3월호~4월호)의 경우도 작가명, 작품제목, 소설의 여러 대목이 삭제돼 게재될 정도로 일제의 가혹한 검열조치는 1934년경에 매우 노골화되고 있었다.

〈동아일보〉 1934년 10월 9일자 조간에 게재된 『신동아』 책 광고. 좌측 현상작품 첫부분 이석성의 장편 「제방공사」

1 이석성의 장편 「제방공사」 3회분이 게재된 『신동아』 1934년12월호 표지.   2 조선총독부는 『신동아』 1934년 12월호 「제방공사」 3회분이 실린 목차에 이석성 작가명과 소설제목마저 복자 처리했다.   3 조선총독부 검열로 이석성의 장편 「제방공사」 3회분이 전면 복자 처리된 『신동아』 1934년 12월호 본문.

조선총독부의 탄압으로 이석성의 장편소설은 끝내 그 결말을 보지 못하고 『신동아』 지면에서 퇴출되어야 했으니, 참으로 애석한 일이 아닐 수 없다. 『신동아』에 게재된 이석성의 소설 「제방공사」 1~2회분을 읽어보노라면 이 작가의 문장력이 예사롭지 않음을 알 수 있다. 상황에 대한 날카롭고 끈질긴 묘사와 시적인 서술, 우리말에 대한 깊은 천착과 자연스러운 언어구사는 독자들의 관심을 끌고 있으며, 등장인물에 대해 심리적 접근 또한 예사롭지 않다. 또한 이석성 작가는 긴장감을 유발하는 스토리 전개와 함께 비인간적 노동현실을 꿰뚫고 투쟁의 길목에 나서려는 노동자들의 자기각성의 순간을 포착해내는 등 작가적 역량을 십분 발휘하고 있다.

8. 〈동아일보〉 1935년도 신춘문예 최종심에 오른 이석성 작가의 문학사적 의미

이석성 작가는 첫 소설이 연재도중 중단되는 사태를 겪었지만 좌절하지 않고 창작을 계속했다. 그리하여 『신동아』 연재 중단사태 이후 1935년도 〈동아일보〉 신춘문예에 단편 「홍수전후洪水前後」를 투고한 것으로 밝혀졌다.

1934년 7월의 신문기사를 보면 삼남지방에는 7월초까지 극심한 가뭄으로 농지가 타들어가다가 하순경 전국을 강타한 엄청난 홍수로 큰 피해를 입었다. 이석성 작가의 고향인 나주는 물론이

거니와 광주, 구례 지역도 피해가 컸다. 호남지방에서 가장 큰 피해가 발생한 곳은 나주 영산포 지역이었다. 영산강의 범람으로 나주 인근의 대부분의 가옥이 침수돼 8천명의 이재민이 속출했고, 유례없는 수재水災로 당시 금액으로 114만 원 이상의 피해를 입은 것으로 집계되었다. 또한 사망자와 부상자도 다수 발생했고, 가옥 유실과 파괴된 가옥이 550동, 전답과 도로 유실도 상당했다. 그 때문에 생활의 터전을 잃어버린 350여 명은 고향을 등지고 만주와 평남 강서군의 동양척식회사 개간지로 이주하는 상황도 벌어졌다. 미증유의 홍수피해를 극복하고자 동아일보와 조선일보는 대대적인 수재의연금과 구호물품을 모집했다.

당시 '조선 문단'을 대표하는 여성작가 박화성은 나주 영산포 지역을 직접 답사하여 「홍수전후洪水前後」라는 단편소설을 잡지 『신가정新家庭』 1934년 9월호에 발표한 적이 있었다. 이 소설을 통해 박화성 작가는 천재지변에 휩싸인 농민들의 참담한 삶을 보여주면서, 소작제도가 갖는 불합리성에 대한 비판적 시각을 담아냈다. 박화성 문학의 초기 대표작 중의 하나인 「홍수전후」에 대해 문학평론가 권영민은 다음과 같이 평가한 바 있다.

"일곱 식구가 그대로 홍수에 휩쓸리는 참변을 당하자 가난마저 팔자소관으로 믿던 송서방은 마침내 모순적인 현실에 눈뜨고 당시 농민운동의 기본문제였던 소작쟁의에 참여하게 된다. 작가는 홍수를 겪는 송서방 일가의 모습을 작품 전편에 걸쳐서 자세히 묘사하고 있다. 그리고 송서방 일가의 수난을

통해서 홍수의 위력 앞에 무기력한 인간의 모습과 홍수가 남
긴 참상을 면밀하게 그리고 있다. 자연재해를 소재로 하고 있
다는 점, 이를 통해 점차 사회현실과 모순을 각성해 가는 주
인공을 다루고 있다는 점, 그리고 모순의 해결에 대한 전망이
경향소설과 동일한 맥락을 가지고 있다는 점에서, 이 작품은
「한귀」와 더불어 당시 박화성의 소설적 특성을 가장 상징적으
로 보여주고 있는 소설로 평가된다."

이석성 작가가 박화성의 소설 「홍수전후」를 읽고, 동일제목으
로 자신의 소설을 창작했는지 여부는 알 수 없다. 허나 이석성은
박화성과 달리 현장을 직접 체험한 작가로서 강렬한 리얼리티를
갖고 이 소설을 창작했을 거라고 추측해 볼 수 있다.

〈동아일보〉 1935년 1월 10일자의 신춘문예 단편소설 부문 심
사평을 읽어보면 이석성이 투고한 작품은 최종심에 올랐고, '당
선작'에 버금가는 평가를 받았음을 확인할 수 있다. 이석성 작가
는 1935년도 〈동아일보〉 신춘문예에서 김경운의 「격랑」, 김정혁
의 「이민열차」와 경합하여 최종심에 오른 작가 3인 중의 한 사람
이었다. 1935년도 동아일보 신춘문예 소설부문에 응모된 소설은
무려 400여 편에 달했다. 〈동아일보〉는 1935년도 1월 1일자에
당선자 발표를 한 후 1935년 1월 10일자(석간)에 신춘문예 심사
위원選者의 '독후감'(심사평)을 게재했는데, 그 내용을 인용하면 다
음과 같다.

"400여 편의 작품을 통독하는 중 내가 발견한 특이성은 몇 가지를 들까 한다. 내가 예기豫期한 것과 같이 400여 편 중 300여 편이 수재水災, 한재旱災, 풍재風災로 인해 생존의 위대한 권리까지 빼앗긴 농어촌의 실생활에서 취재한 점이다. 작년도의 타기惰氣 만만한 기성작가, 중앙 문단을 비웃는 듯이 모여든 신인들은 ××되어가는 농촌을 그리고 사선死線에 선 어민을 그리고 있다. 이러한 경향은 연래年來로 있어 왔다. 그러나 금년에는 그들의 생활을 그리고 그들의 생존권을 옹호하면서도 작자가 조금도 생생한 맑스 학설을 작품 속에 집어넣으려고 하지 않은 점이다. 그저 보는 대로 그리고, 그저 보는 대로 말을 시킨다. 그리고 '막음'에 천박한 '혹'을 붙이지 않았다. 이 점은 확실히 고가高價로 사줄 만하다. 더욱이 중앙문단의 작가들에게 커다란 교훈을 주고 있다. (중략) 우선 비교적 소질과 장래를 보이는 작품의 이름을 들면 이러하다.

「이민열차」-심천혁인(김정혁)

「실화」- 정덕인

「황금과 농부」- 김유정

「인간」- 주경은

「새끼미의 그들」- 유봉조

「쫓겨가는 사람들」- 조봉령

「누나」- 최금동

「홍수전후洪水前後」- 이석성

「물 지나간 뒤」 – 최달희

이것은 5선五選에까지 들어왔던 작품인데 그 중 「홍수전
후」만은 도저히 조선에서는 발견하기가 어려운 작품이어서 두
번이나 읽다가 하는 수 없이 버리었다."

선자選者는 심사평에서 이석성의 소설에 대해 극찬에 가까운
평가를 하고 있다. 즉 이석성의 작품은 400여 편에 달하는 투고
작품 중에서 3선(총 24편 선정)을 통과하고, 5선(총 10편 선정)
을 거쳐 최종심 3편에 올라 당선작인 김경운의 「격랑」과 선외(가
작) 김정혁의 「이민열차」와 막바지까지 치열한 경합을 했다. 그렇
다면 심사위원이 언급한 "도저히 조선에서는 발견하기가 어려운
작품"이라는 평가는 무엇을 의미하는가. 작가로서 이석성의 '탁
월한 역량'을 높이 평가하지만 일제 총독부의 가혹한 '검열'로 인
해 동아일보 지면에 사실상 '게재'하기가 어려운 작품(그 때문에 그
당시 '도저히 조선에서는 발견하기가 어려운 작품')이라는 것을 우회적으
로 언급한 것이 아닐까.

1930년대 중반 무렵 『신동아』지에 재직했던 고형곤 기자는
"조선총독부의 검열은 우리말에 능한 '니시무라'라는 일본인이 맡
고 있었는데, 그는 부부 사이가 좋지 않아 마누라의 바가지가 있
는 날에는 이 잡지에 수많은 검열 자국을 남겼다."고 회고한 바
있다.

'이석성'에 대한 작가적 평판은 1934년 『신동아』 현상공모에

〈동아일보〉 1935년 1월 10일자 석간에 실린 신춘문예 소설부문 심사
평에서 언급된 이석성의 소설 「홍수전후」 관련 부문.

'가작'으로 입선될 때부터 이미 '조선문단'에 잘 알려졌을 거라고
추측해본다.

1931년과 1934년 카프(KAPF, 조선프롤레타리아예술가동맹) 동맹
원들에 대한 일제의 대대적인 1, 2차 검거사건으로 카프 조직은
와해 직전의 상황으로 내몰렸다. 1934년 5월, 카프의 연극단체
인 '신건설사 사건'을 빌미로 일경은 이기영 한설야 송영 등 카프
의 핵심 동맹원 23명을 체포, 구속했다. '신건설사 사건' 1심 재
판에서 박영희 이기영 한설야 윤기정 4인은 실형을 선고받았고,
2심 항소심 판결에서 모두 석방되긴 했지만 일제는 카프 성향의
작품을 지면에서 철저히 퇴출하고자 대대적인 지면검열, 언론탄
압을 자행했다. 특히 잡지와 신문 등 출판물에서 카프 성향의 작
품을 퇴출하고자 가혹한 검열을 마구잡이로 실시했다. 그 때문에

노동자, 농민들의 각성을 촉구하거나 일제치하의 암울한 현실을 리얼하게 묘사한 문학작품은 지면에서 철저히 퇴출되고 있었다.

이석성은 신진 작가였기에 '카프' 조직에 가입하지 않았지만 이미 「제방공사」에서 1930년대 일제의 가혹한 수탈과 조선인 노동자들의 비루한 일상을 형상화하여 심사위원들의 주목을 받은 경력이 있다. 그의 소설은 총독부의 가혹한 검열로 '연재중단 사태'마저 겪었다. 동아일보 측과 신춘문예 심사위원들은 이석성의 작품 「홍수전후」라는 작품도 그 이전의 「제방공사」처럼 총독부의 '검열'을 통과할 수 없다고 판단했을 것이다. 그런 까닭에 심사위원들은 "두 번이나 읽다가 하는 수 없이" 이 작품을 당선작에서 탈락시켰을 거라고 생각하지 않을 수 없다.

광주전남 지역에서 목포 출신의 박화성 소설가가 등장한 이후 이석성은 혜성처럼 등장한 작가였으나, 일제식민통치의 가혹한 검열로 그 뜻을 펼쳐보지 못한 불우한 작가가 되어야 했다. 말하자면 식민지 시기 민족해방의식을 지닌 가장 강력한 '저항작가'의 출현이 좌절된 셈이다.

만약 우리가 일제 식민지 침탈이라는 역사를 겪지 않았더라면, 나주 출신의 이석성 소설가는 '조선문단의 샛별'로 그 존재감을 맘껏 드러낼 수 있었을 것이다. 또한 이석성 작가의 작품들이 보존돼 전승되었더라면, 식민통치 시기 항일민족문학의 실체를 파악하는 데 큰 도움이 되었을 것이다. 참으로 애석하고, 안타까운 일이다.

1934년경부터 일제는 카프 문학 혹은 카프 성향의 문학 작품에 대해 철저한 검열조치를 실시했기 때문에 노동자의 각성을 촉구한 이석성의 작품은 지면에서 배제되고 퇴출당해야 했다. 또한 이석성은 독립운동의 일환으로 아나키즘을 지향하고 비밀활동을 했기에 일경의 표적수사로 나주 봉황면 유곡리 자택은 수시로 압수수색을 당했던 터라 그 어떤 원고라도 제대로 보관할 수 있는 상황과 처지가 못 되었다. 이석성 작가의 아들 이명한의 기억에 따르면, 아버지가 즐겨보던 책들과 육필 원고가 상당수 있었지만 아버지가 돌연 타계한 후 6·25라는 동족상잔을 겪고 이사를 다니는 통에 유실되었다고 한다. 이 점에 대해 이명한 작가는 지금도 아쉬움을 금치 못하고 있다. 또한 이창신의 나이 14세 무렵 나주 봉황면 유곡리 낙동마을에서 정자를 건립할 때 상량문으로 '개국開國'이라는 붓글씨를 썼는데, 이 또한 사라져버린 것을 못내 안타까워했다.

1930년대 중반 이석성 작가의 존재에 대해 광주대 문창과 교수를 역임한 신덕룡 평론가는 지난 2001년 3월 〈남도일보〉 김선기 기자와의 인터뷰에서, "영랑 김윤식과 용아 박용철로만 대변돼오던 1930년대 광주전남의 문학사에서 프롤레타리아 문학을 지향했던 나주 출신 이석성 작가의 발굴은 대단한 의미를 지니고 있다. 그가 비록 많은 작품을 남기진 못했지만 학계에서 지속적인 자료 수집과 작품 「제방공사」에 나타난 문학성에 대해 어떠한 방법으로든 연구작업이 뒤따라야 할 것이다."고 역설한 바 있다.

또한 광주여대 문창과 교수를 역임한 채희윤(전, 광주전남작가회의 회장) 소설가는 "1930년대 활동했던 호남지역 문인들 가운데 유일하게 프롤레타리아 문학 성향을 지녔다고 해서 이석성을 단순히 '카프 경향'에서만 볼 것이 아니라 '포스트 콜로니즘', 다시 말해서 탈식민주의적 관점에서 재해석해야 한다."고 주장한 바 있다. 이처럼 1930년대 이석성 작가의 출현과 발견은 '한국문학사'에서 반드시 한번은 언급해야 할 정도로 중대한 의미를 지녔다고 생각한다.

일제 강점기 시절, 1930년대 광주전남 문단의 대표적인 문인으로는 조운 시조시인, 〈시문학파〉의 김영랑 박용철 김현구 시인과 다형 김현승 시인, 박화성 소설가 등이 거론되고 있다. 최초의 근현대 여성작가로 평가되는 목포 출신 박화성의 경우 '한국문단의 대모'라고 일컬어질 정도로 높은 평가를 받고 있으나, 나주 출신의 '이석성李石城' 소설가의 경우 그 이름이 지워진 상태였다. '한국문학사'를 살펴보면 1930년대 광주전남 출신의 소설가로 '박화성' 외에는 찾아볼 수가 없다. 『신동아』 '장편 현상공모'의 당선작인 박영준의 「1년」은 『신동아』 지면에 7회 연재로 완료되었고, 이석성과 함께 '가작'으로 입선한 최인준의 「암류」는 4회 연재로 완료된 바 있다. 이를 토대로 이석성의 소설의 전개과정을 추측해보면 최소 5회 정도 연재될 수 있었을 것이다.

또한 앞에서 자세히 언급한 것처럼 이석성 작가의 존재감은 1935년도 〈동아일보〉 신춘문예의 당선작 선정을 앞두고 김경운의 「격랑」, 김정혁의 「이민열차」와 경합하여 최종심에 오른 작가 3인 중의 한 사람이었다는 사실에서 더욱 확인된다. 동아일보 신춘문예 심사위원은 이석성의 소설에 극찬에 가까운 평가를 했음에도 불구하고 한국문학사의 뒤안길에 머물고 만 것은 한국 근대 문학의 큰 손실이 아닐 수 없다.

독립유공자 이창신 선생은 '나주학생독립운동'의 주역으로 일제 경찰에 의해 2번이나 체포, 구속될 정도로 '민족의식'이 남달랐던 선각자였다. 그러한 그가 일제의 가혹한 탄압으로 자신의 작품을 발표할 수조차 없을 정도로 철저한 '작가정신'의 소유자였다는 것을 이번에 확인할 수 있었던 것은 큰 수확이라고 자부해 본다. 즉, '이석성 작가'의 출현은 '한국문학사'를 다시 써야 할 정도로 중대한 의미를 지니고 있다고 평가하지 않을 수 없다.

9. 좌우 이데올로기에 희생된 독립유공자 이창신

작가로서의 작품 발표의 길이 가로막히자, 이창신은 나주에서 가산을 마련하여 1930년대 중반, 광주 금남로 오성빌딩 자리에 인쇄소를 차렸다. 이때 나주에 식구들을 놔두고 객지생활을 해야 할 처지여서 오갈 데 없는 친구 부부를 끌어들인 적이 있었다. 그런데 그 친구가 배은망덕하게 사기를 치는 통에 인쇄소를 강탈당하고 말았다.

그 후 이창신은 항일 조직사건에 연루되어 일경의 체포를 피하려고 중국으로 도피 준비를 하던 중, 때마침 일본으로 가는 선편이 있어 1937년경 밀항했다. 일본에 도착한 이창신은 도쿄에 있는 와세다대학의 통신교육생으로 법률과 문학을 공부했다. 한

편 그는 아나키스트 운동을 하면서 항일 비밀결사체를 조직하려고 했으나 조직원 중 일부가 체포되어 피신 생활을 했다. 그러던 어느 날 경찰의 체포 위기에 직면했지만, 일본어를 유창하게 하는 통에 붙잡히지 않았다. 1943년 무렵 그는 일본 현지에서 배급시대가 되자 끼니를 해결할 수 없는 지경에 처했다.

그즈음 고향 나주 봉황면 유곡리 낙동마을 집에는 일경이 날마다 찾아와 이창신의 행적을 조사하면서 가족들을 위협했으며, 귀국하면 어떤 직장이라도 구해줄 거라고 가족들을 회유했다. 일본 생활을 청산하고 몇 년 만에 고향으로 되돌아온 이창신은 일경이 마련해준 직장을 다니는 척하면서 지하 독립운동에 참여했다. 이창신은 감시경찰로 파견되어 온 장흥 출신의 고유찬 형사를 포섭하였고 또다른 경찰인 곽영주를 설득하여 독립운동에 가담케 했다. 이 두 경찰관은 해방이 되자 진보적인 정당에 가입해 활동했고 해방공간에서 유격대원으로 활동하다가 희생되기도 했다. 이창신은 그 무렵 주변의 뜻있는 동료들에게 "곧 조선이 해방된다, 조선민족은 반드시 독립이 되니, 이를 준비하고 있어야 한다."라고 강조했다. 마침내 조선은 1945년 8월 15일, 해방을 맞이했다.

해방을 맞은 이창신은 여운형 선생의 '조선건국준비위원회'(건준)와 '나주 건준', '나주군 인민위원회'에 참여했다. 이후 진보적 정당의 나주군당 선전부장으로 활동하면서 남한만의 '단독정부 수립'에 반대하는 제반 활동을 전개했다. 그런 와중에 1948년 5월, 유격대원들에 의해 '나주 봉황지서 습격사건'이 발생했고, 경찰과 경찰가족들 다수가 희생되었다. 미군정과 경찰은 1946년 후반기부터 진보적 정당의 활동을 불법시하던 중 '봉황지서 습격사건'이 발생했고, 이 사건의 배후로 지목했다.

이명한의 부친 이창신은 1948년 5월 어느 날, 봉황면 유곡리 낙동마을의 자택을 찾아 모친에게 "어머니, 제가 이 길로 가면 혹시 돌아오지 못할지도 모르겠습니다."라고 비장한 말씀을 건넸다. 이에 깜짝 놀란 모친이 "그것이 무슨 소리냐?"라고 묻자, 이창신은 부엌에서 뒷문으로 들어와 18세 된 장남 이명한을 돌아보며 "명한이가 있으니까, 내 뒤를 이어서 어머니를 받들 겁니다. 내가 명한이한테 모든 걸 맡기고 떠납니다."라는 말을 남기고 홀연히 집을 나섰다. 얼마 후 나주가 낳은 독립운동가 이창신 선생은 1948년 5월 23일 새벽 5시경, 향년 35세의 나이로 이승을 떠나게 된다. 이창신은 해방공간에서 좌우 이데올로기의 희생양으로 자신의 생을 마감해야 했다. 나주가 낳은 독립지사, 민족지도자 이창신의 부고訃告를 들은 나주사람들은 한동안 깊은 슬픔과 통곡에 휩싸였다. 이웃마을에까지 조문객들의 구슬픈 통곡소리가 골목 가득 울려 퍼졌다.

지난 2004년 10월, '고故 석성石城 이창신李昌信 탄생 90주년'을 맞아 전남 나주시 봉황면 송현리 산 114-2번지의 선영에 새로운 묘지석이 세워졌다. 석성의 아들 이명한 작가의 심운心韻을 빌어 김준태 시인은 다음과 같은 비문碑文을 썼다.

배꽃보다 더 맑디맑은 얼굴로 예 찾아온 자손들아

오늘 너희 가는 길은 석성 할아버님이 닦은 길이어라
금성산 휘돌아 흐르는 영산강인 듯 이 땅을 감싸시던
배움과 옳을 義, 하늘 뜻 크게 실천하신 너희 할아버님
칠흑 같은 어둠 당신 몸 촛불로 태워 조국을 밝혔느니
보라, 정든 산 언덕너머 향기 그윽한 찔레꽃 자손들아
서른다섯 짧은 일생 대추나무로 살다 가신 할아버님
이 산하에 기인 발자취 남기어 오늘 참말 드높으시다
달이 뜨고 해가 진들 오순도순 번성할 봉황 자손들아
쉼 없이 흐르는 영산강 할아버님의 덕행 고이 받들어
형제우애, 이웃과 나라사랑에 큰 빛줄기 더할지어다!

정부는 지난 2019년 8월 15일, 제74주년 광복절을 앞두고 '나주학생독립운동'의 유공자인 '고故 이창신' 선생에게 '대통령 표창'을 수여하기로 결정했다. 2019년은 '나주학생독립운동'이 90주년을 맞이한 해여서 그 의미가 각별했다. 국가보훈처는 이창신 선생의 유족인 이명한 작가에게 다음과 같은 공문을 보냈다.

"정부는 일제의 국권침탈에 항거하여 민족자존의 기치를 높이 세우신 이창신 선생의 독립운동의 위업을 기리어 '대통령 표창'에 포상하기로 결정하였습니다. 일신의 안위를 버리고 조국광복을 위해 헌신하신 선생의 희생정신과 애국심은 대한민국의 발전에 밑거름이 되었으며, 귀감으로서 후세에 영원히 기억될 것입니다."

1 2019년 8월 15일, 정부에 의해 '독립유공자'로 추서된 '고 이창신' 선생의 유족. 이명한 작가가 광주보훈청 하유성 청장으로부터 '대통령 표창장'을 전수받고 있다. 2 '고 이창신' 선생이 나주학생독립운동의 공로로 추서받은 '대통령 표창장'

　　그런데 보훈처는 포상 전수를 통지한 지 하루 만에 느닷없이 "이창신 선생과 신청인(이명한)과의 유족 관계가 확인되지 않아 포상전수가 어려운 상황이오니, 이점 깊은 양해해 주시기 부탁드리며, 포상자 이창신 선생의 인적사항(본적, 주소 및 생몰연도)이 확인되는 활동 당시의 객관적인 자료를 보완되어야 함을 안내해 드립니다."라는 공문을 보내왔다. 즉, 나주농업보습학교 학적부와 제적등본상 '주소'를 비교, 확인하기가 어려워 유족과의 연결고리가 부족하다는 사유로 포상을 번복하여 논란이 일었다.

　　앞에서 언급한 바 있지만 이창신 선생은 '나주학생독립운동'을 2차례나 주도하여 1930년 2월 19일, '나주농업보습학교'에서 무기정학 처분을 당했고, 이후 일본인 교장이 복학조치를 해주지 않아 학교에서 사실상 퇴학조치를 당했기 때문에 나주농업학교의 입학생 명단에는 있지만, 졸업생 명단에는 그 이름이 누락되어 있음을 확인할 수 있다.

광주MBC와 연합뉴스TV, 광주일보 등은 '독립유공자 포상 번복 사실'을 크게 보도했고, 유족은 보훈처의 그러한 처사에 대해 분통을 터뜨렸다. 이명한 작가는 언론 인터뷰에서 "부친(이창신)에 대해 70년 넘게 제사를 모시고, 20년 넘게 선양사업을 해왔는데 보훈처의 말대로라면 다른 사람의 아버지를 모셨다는 얘기밖에 되지 않는다. 나주에 와서 한두 명만 인터뷰해 보면 알 수 있는 일인데 보훈처가 현장 실사 한번 없이 유족관계가 없다고 결론을 내린 것은 굉장히 실망스럽고 섭섭하다."고 서운한 감정을 표출했다. 유족은 이창신 선생과 가족 관계를 입증하기 위해 나주공립보통학교(현, 나주초등학교) 학적부와 '나주학생독립운동'을 했다는 내용이 담긴 족보 등의 기록에서 '주소'를 찾아 보훈처에 보강자료를 제출함으로써 이 논란은 종식되었다.

2019년 8월 22일, 광주지방보훈청 하유성 청장은 '나주학생독립운동기념관' 관장으로 재직하고 있는 유족 이명한 작가를 찾아 정중히 사과했고, '독립유공자 대통령 표창'을 전수했다. 하유성 청장은 "독립유공자 발굴에 최선을 다해 독립유공자의 숭고한 애국정신이 후대에 이어질 수 있도록 하겠다."고 밝혔다. 이명한 작가는 "아버지의 뜻을 이어받아 앞으로도 독립정신을 바로 세우고 청소년의 역사의식과 사회 참여의식을 고취하는 데 최선을 다

2002년 5월, 나주학생독립운동기념관에서 열린 한일국제심포지엄-「조선의 저항시인과 탈식민주의」 행사를 마친 후 주요 참석자들과.

하겠다."고 소감을 밝혔다.

일제치하 항일독립운동에 나선 독립유공자 중에서 그 후손들이 확인되지 않은 '무후선열無後先烈'이 지금도 상당수에 이르고 있다. 국가보훈처는 매년 광복절이 오면 서울 동작동 국립묘지에서 '무후선열추모제無後先烈追慕祭'를 지내고 있고, 매년 11월 17일에는 '독립운동선열추모제'를 지낸다. 2019년 8월 현재, 정부 수립 이후 '독립유공자'로 포상 받은 전라도 출신의 유공자는 2,107명이며, 그 중에서 '무후선열'은 23%인 493명이다. 2019년 8월, 이창신 선생의 '유족 입증 논란'에서 본 것처럼 보훈처는 '행정 편의주의'에서 벗어나 보다 적극적으로 '무후선열'을 찾아나서야 함을 시사해주었다.

지난 2022년 5월 14일, 8·15광복절 77주년을 앞두고 〈나주학생독립운동기념관〉과 〈문병란시인기념사업회〉는 「조선 저항시

인과 탈식민주의」라는 주제로 '한일국제심포지엄'을 가졌다. '한
일국제심포지엄'은 동신대 김춘식 교수의 사회, 야규 마코토 원
광대 교수의 통역으로 진행되었다. 일본 다이토분카대학大東文化
大学 와타나베 스미코 명예교수가 「식민지시대 조선에서의 국민
문학」, 경북대 김주현 교수가 「신채호의 혁명문예론」, 가메다 히
로시 일본역사학자가 「조선 식민지시기의 아나키즘 독립운동」,
전남과학대 김정훈 교수가 「독립정신 추구한 나주지역 시인- 문
학과 의의」에 대해 각각 발제문을 발표했다. 이날 행사의 사회를
본 김춘식 교수는 "한일 양국의 학자들이 제국주의 일본의 압제
로부터 해방과 자유세계를 향한 조선 시인들의 강렬한 저항의 역
사를 조명한 것은 특별한 의미가 있다."고 평가했다.

일본의 역사학자 가메다 후로시는 「조선 식민지기의 아나키
즘 독립운동」이라는 발제를 통해 "1919년 조선의 3·1운동과 중국
의 5·4운동을 거치면서 동아시아에서는 제국주의 열강의 지배로
부터 독립을 쟁취하기 위해 민족주의적 결집이 당면한 목표였다.
그 때문에 조선의 대표적 아나키스트로 의열단과 신채호, 그리
고 일본에서 활약한 박열과 일본인 배우자 가네코 후미코, 김종
진 등 1920년대 조선 아나키스트들도 민족주의자들과 연대투쟁
을 했다."고 강조했다.

'한일국제심포지엄'을 맞아 전남과학대 김정훈 교수는 '나주학
생독립운동'의 주역 이창신(필명; 이석성)의 시 「우리들의 선구자
말라테스타를 애도한다」(1932. 8월 창작)와 '광주학생독립운동' 주
역인 두 사람, 광주고보 정우채 시인의 「단결하자」(1927년 〈조선일

보〉 학생문단에 발표), 「병자년」(1936
년 〈호남평론〉에 발표), 박준채 시인
의 「암투」(1935년 일본 도쿄 와세다대
학 유학중 창작) 등을 비롯한 일제치
하 나주출신의 저항시를 소개하
면서 '탈식민주의'를 추구한 조선
의 지항시인에 대한 본격적인 논
의가 필요함을 알렸다.

한일국제심포지엄 포스터

　이날 이명한 나주학생독립운
동기념관장은 '한일국제심포지엄'을 개최하는 의미에 대해 "일제
의 권력에 맞선 시인들을 조명하는 자체가 역사교육 및 민주정신
함양에 중요한 의미가 있는 만큼 널리 공유하면 좋겠다."고 밝혔
다.

10. 이석성 작가의 장남, 이명한의 청소년 시절

　'나주학생만세시위'를 두 번이나 주도하고, '나주공립농업보
습학교'에서 사실상 퇴학조치를 당한 이창신은 집안의 장손이어
서 어른들은 혼사를 서둘렀다. 그리하여 1930년 10월 5일, 열일
곱 살의 신랑 이창신은 나주 봉황면 옥산리 출신 열아홉 살의 신
부 김순애와 혼례를 치렀다. 반듯한 교육자 집안의 신부를 아내
로 맞이한 이창신은 슬하에 1남 2녀를 두게 된다.

전남 나주시 봉황면 유곡리 낙동마을 생가 앞에서 이명한 작가(2021. 2).

이창신의 장남 이명한은 1931년(주민등록상은 1932년생) 8월 19일(양력) 나주 봉황면 유곡리 909번지, 낙동마을에서 태어났다. 50마지기의 농토를 지닌 중농이었고, 집안 대대로 한의업을 병행했기에 경제적으로 큰 어려움은 없었다. 열댓 명의 대식구들이 모여 살았고, 어린 시절부터 사랑과 관심을 받고 자랐다. 취학 적령기에 접어들자 이명한은 고향마을 인근의 나주 봉황면 죽석리의 '봉황남국민학교'를 다니다가 나주 읍내에서 초등학교를 마쳤다.

일제는 1937년 '중일전쟁'을 일으킨 후 1941년 12월, 미국 진주만을 공격하여 '태평양전쟁'이 발발하는 등 침략전쟁이 본격화되었으며 식민지 조선은 1930년대 후반부터 일제가 강요한 '전시동원체제'에 휩싸였다. 일제는 '총후봉공銃後奉公'이라는 슬로건으로 내걸고 조선인들을 전쟁의 사지死地로 내몰았고, 수십만 명의 꽃다운 조선 젊은이들이 징병과 징용, 정신대로 강제 동원되었다. 초등학생의 경우도 예외가 아니었다. 산에서 소나무 송진을 캐거나 모 심기, 벼 베기, 마초 베기, 목탄 만들기 등 '근로동원'으로 학교수업은 뒷전이었다.

이명한 작가의 모친,
김순애 여사(1912~1995)

당대 지식인으로 대중적 영향력을 지닌 다수의 문학인들은 총독부의 강요에 의해서 혹은 자발적으로 친일 대열에 합류했다. 수많은 조선 문인들이 1939년 10월에 결성된 〈조선문인회〉(회장: 춘원 이광수)와 1943년 4월에 결성된 〈조선문인보국회〉에 가입하여 반민족적 '친일문학'의 대열에 합류했다. 서정주 임화 김동환 김안서 노천명 모윤숙 주요한 최남선 등의 시인과 이광수 김동인 유진오 이무영 정비석 채만식 최정희 등의 소설가, 곽종원 김기진 박영희 백철 이헌구 조연현 최재서 등의 평론가들은 '내선일체'를 부르짖었고, 일제의 침략전쟁을 '성전聖戰'으로 미화, 찬양하는 등 '친일문학 핵폭탄'을 터뜨렸다.

참으로 다행스러운 것은 광주, 전남지역의 문인들은 식민통치의 논리를 거부하고 '친일문학'에 동참하지 않았다는 점이다. 조운 김영랑 김현구 김현승 시인과 박화성 이석성 소설가 등은 항일운동의 차원에서 절필絶筆했고, 혹은 독립운동 혐의로 일경에 체포, 구속되기도 했다. 민족적 자존을 지켜내고, 자신의 이름자를 훼절시키지 않았던 그분들의 이름을 기억하지 않을 수 없다.

이석성 작가의 장남 이명한은 아버지를 닮아서 틈만 나면 열심히 책을 읽었다. 일찍이 조선말을 깨쳤고, 초등학교 3학년 때부터 일본어에도 능숙했다. 총독부 발간의 한글판 〈매일신보〉나 일본어판 〈아사히신문朝日新聞〉 등을 읽고 세상 돌아가는 일에 관심을 갖기 시작했다. 또한 일본어로 된 『요넨구라푸幼年俱樂部』, 『쇼넨구라푸少年俱樂部』 같은 월간지나 어른들이 즐겨보던 『킹구(KING)』라는 잡지에 실린 소설을 읽으면서 점차 문학에 눈을 뜨기 시작했다. 특히 『킹구』 잡지에는 순정소설이 게재돼 있어 소년 이명한의 가슴을 울렁거리게 했다. 또한 그 잡지엔 '중일전쟁'을 소재로 쓴 시편詩篇도 실려 있었는데, 황막한 북중국의 들판에서 야영하는 일본군의 모습이 담겨 있었다. 그 당시 이명한은 세상의 모든 시를 '노래가사'로 생각하여 시를 읽고 나면 자기 식대로 곡을 붙여 흥얼거리곤 했다. 시에 곡을 붙인 노래, 말하자면 아무도 아는 사람이 없는 자기만의 노래를 남몰래 부르던 어느 날 작은 '사건'이 일어났다.

초등학교 2학년 때의 담임은 가토 기요꼬加藤淸子라는 일본인 여선생이었다. 미모의 얼굴이었지만 몸에서 이상야릇한 여우냄새(狐臭= 액취)가 풍기던 그 선생님은 수업 중에 "노래를 부르고 싶은 사람은 손을 들라"고 했다. 몇몇 아이들이 손을 들었고, 이명한은 『킹구』 잡지에서 본 그 시를 외운 탓에 반사적으로 손을 번쩍 들었다. 곧바로 후회가 들어 얼른 손을 내렸지만, 담임선생은 여러 학생들 중 유독 이명한을 호명했다. 한사코 사양했지만 선생님은 기어이 앞으로 나오라고 했다. 어쩔수없이 어슬렁어슬렁 교단 위로 올라가 노래를 부르기 시작했다. '중일전쟁'을 소재로 한 시에 이명한 소년이 멋대로 곡을 붙인 노래였다.

황막한 대지에 해가 저물자
쓸쓸한 야영지에 어둠이 깔린다
멀리서 들려오는 포성소리는
고달픈 병사들의 꿈을 설친다
……

노래를 부르자 담임선생님이 질문을 했다. "메이깐 상, 소레 난노 우다나노?(명한아, 그게 무슨 노래냐?)" 다른 아이들처럼 동요나 군가를 부를 줄 알았는데, 생전 처음 들어본 노래를 듣자 여선생님은 고개를 갸웃거리며 물었다. 하지만 이명한은 들은 척도 않으면서 꽤 긴 장시를 속창으로 불러 넘겼다. 노래가 끝나고 가수가 무대에서 물러나오듯 이명한은 유유히 걸어 내려왔고, 낯선 노래를 들은 선생님은 어리둥절한 표정으로 입을 벌린 채 이명한의 얼굴을 빤히 바라보았다.

가사와 시를 구별하지는 못했지만 이명한 소년은 글을 좋아했고, 가끔 엉뚱한 작문을 써서 선생님을 놀라게 했다. 3학년 때 '김도환'이라는 6학년 담임선생님은 이명한이 쓴 글을 학생들에게 읽어주면서, "좋은 글이니 본을 받으라"고 말했다는 것을 전해 듣기도 했다.

초등학교 2학년 때는 이런 일도 있었다. 이명한에게 노래를 시켰던 그 가토 선생님은 어느 날 파격적인 조치를 실시했다. 학생들의 좌석을 배정하면서 남녀를 짝지어 앉혀 버린 것이다. 남녀칠세부동석男女七歲不同席이라는 봉건적 관습 때문에 어렸을 적부터 남녀가 함께 어울리는 것을 마치 큰 범죄처럼 여기던 시절이었다. 나주 봉황면 고향마을은 비산비야非山非野 지대였지만, 봉건적 뿌리가 깊은 곳이기도 했다. 봉황면 유곡리 집에서 학교까지는 십리 길이어서 학교를 오가다 보면 남녀 학생이 서로 얼굴을 맞부딪치는 경우도 있었지만 어린 학생들은 좀처럼 서로 어울리지 않았다. 여선생님은 그처럼 소원하게 지내는 남녀 학생 사이를 좁혀 보려는 의도에서 좌석 배치를 그리 한 것이지만 당시로선 퍽이나 이례적인 사건이었다.

이명한의 옆자리는 하루꼬春子라는 여학생이 앉게 되었는데 반에서 제일 예쁘고 인기가 좋은 아이였다. 그런데 선생님 의도와 달리 기름과 물처럼 어울리지 못했고, 옆에 앉은 하루꼬가 말을 걸면 쏘아붙이거나 타시락거리기 일쑤였다. 하루꼬는 언제나 상냥하고 다정한 미소를 보여주면서 지우개나 연필 같은 것이 없을 때 슬그머니 옆으로 밀어주는 등 다정하게 굴었다. 서로 몸이 닿아도 불쾌한 표정을 짓기보다는 침묵을 지키며 참아주던 하루꼬였다. 짝꿍 하루꼬에게 고마움을 느꼈지만 소년 이명한은 같은 반 아이들 눈치를 보느라 고맙다는 말도 못하고 있었다. 그러던 어느 날 하루꼬에게 관심을 갖고 있던 이웃 반의 덩치 큰 아이들이 이명한과 하루꼬가 그렇고 그런 사이라고 놀려대면서 한 턱을 내라고 했다. 억울하기 짝이 없었던 이명한은 펄쩍 뛰며 부인만 했을 뿐 명쾌하게 허물을 벗는 길을 찾지 못하고 있었다. 그러다가 3학년으로 진학하여 반이 서로 바뀌는 통에 하루꼬와 헤어지게 되었다. 여러 날 동안 하루꼬의 모습이 보이지 않아 물어보니, 그녀는 전북 군산으로 이사를 갔다는 거였다. 이명한의 실속 없는 첫사랑은 그렇게 막을 내리고 말았다.

이명한은 3학년 때부터 줄곧 급장(반장)을 맡았다. 당시 급장은 학생들이 직접 뽑아 선출했는데 당선이 되면 아이들을 함부로 대했다. "야, 너 이놈 이리와 봐! 야 이새끼, 느그 집 가서 뭐 좀 가지고 와라!" 등등 욕을 하거나 뺨을 때리기도 했다. 그러나 이명한은 학생들을 위압적으로 대한 적이 없어 급우들은 그를 따르며 좋아했다.

해방이 되기 두 해 전인 1943년 신학기 때 이명한은 나주봉황남국민학교 4학년 급장에 다시 당선되었다. 그런데 담임선생님은 한마디로 비교육자였다. 이명한의 외숙들과 사이가 좋지 않아서인지 유달리 이명한을 미워했다. 어느 날 이명한에게 느닷없이 "너 급장을 그만 두라!"고 강요했다. 담임이 편애하던 어떤 학생을 반장으로 만들기 위해서였다. 이명한은 미련 없이 반장을 그만두었다. 반장을 다시 선출할 때 담임은 "명한이는 반장을 그만둔다고 했으니, 다른 사람을 뽑아야 한다."고 학생들에게 말했다. 그러나 학생들 80%가 담임선생님의 말을 듣지 않고, 오히려 이명한을 압도적으로 지지하여 다시 반장에 선출된 일도 있었다. 그뿐 아니라 작문시간에 글을 써서 제출하면 "글이 되어먹지 않

앗다", 혹은 "남의 글을 표절했다."고 핀잔을 주었다. 어느 날 이
명한은 '편백나무'를 소재로 하여 시를 쓴 적이 있었다.

> 교실 앞 화단 위의 푸른 편백
> 겨울이 돌아와도 시들지 않는 나무
> 그 누가 심었는지 오랜 세월
> 바람이 불어와도 쓰러지지 않았고
> 언제나 그 자리 싱싱한 모습
> 젊음을 잃지 않고 서 있기에
> 속절없는 세월이 시기를 하고
> 나이든 노인들이 선망하는 나무.

담임은 그 시를 보더니 다짜고짜 "이건 네가 쓴 것 아니지."라
고 하면서 다른 사람의 시를 베꼈다고 의심을 하더니, 학기말 성
적표의 작문 성적에 을乙을 주었다. 당시 학생들의 성적은 갑,
을, 병, 정甲乙丙丁 네 단계로 평가했는데, 여타의 과목은 모두 '갑'
이었는데, 유일하게 작문 과목만 '을'을 받은 것이다. 이에 이명한
은 자만하지 말라는 뜻에서 그리 했을 수도 있었을 거라고 생각
하면서 대수롭게 여겼다. 그런데 이명한의 성적표를 본 아버지는
담담한 표정으로 혼잣말을 했다. "하필이면 작문이 을이로구나."
이명한은 언짢은 마음이었지만 아무런 변명을 하지 않았다.
어렸을 때 이명한의 부친은 상당히 교육적으로 아들을 대했
다. 어느 날 부친이 수염으로 얼굴을 비벼대자, 이명한이 "엣, 구

소!(일본말로 '똥지경이'이나, '싫다'는 뜻의 관용어임)"라고 버릇없이 말했을 때도 "함부로 말을 해선 안 된다. 늘 말을 조심하라!"고 타일렀다. 어느날인가는 아버지께서 잘못한 일이 있어 할머니가 매를 들고 아버지에게 "종아리를 걷어 올려라!" 할 때 아들이 보는 앞에서 체면 따위를 아랑곳하지 않고 "잘못한 일이 있으면 맞아야지요."라고 순순히 응했다. 그런 다음 아들에게 무엇을 잘못해 매를 맞았는지 설명해주곤 했다. 또한 부친은 농업의 중요성을 설파하면서도 '한의학'을 공부해야함을 강조했다. 해방 후 위안부로 끌려갔다온 여성들을 학대해서는 안 된다고 주변사람들께 역설하기도 했다.

이명한이 기억하는 부친은 휴머니티한 분이었고, 민족의식이 투철했다. '나주학생만세시위' 사건이 일어나기 두해 전인 1927년경, 동네에서 정자亭子를 세울 때 마을 사람들이 "상량문은 이창신이 써야 한다."고 입을 모았다. 다섯 살 때부터 서당을 다녔기에 붓글씨를 곧잘 썼지만 당시 이창신은 초등학교에 다닐 때였다. 그런데 이창신은 정자의 상량문을 쓸 때 일본의 연호를 쓰지 않고, 조선의 개국開國 연호를 썼다.

'鳳無 開國五百三十六年 丁卯 二月 二十日 立柱 珞龜'

훗날 치안을 담당하던 일제 순사가 마을 순찰을 돌다가 잠시 정자에서 쉬고 있을 때 그 상량문을 보고 깜짝 놀라 마을사람들에게 물었다. "저 글씨는 어떤 놈이 썼느냐!" 일본 천황의 연호인 쇼와[昭和]를 쓰지 않고 조선왕조의 건립 연호인 개국開國을 쓴 것을 문제시한 것이다. 그런데 글씨를 쓴 당사자가 열네살의 소년이었기에 벌줄 수 없었고, 마을 이장만을 크게 나무라고 돌아가 버렸다.

1937년 중일전쟁 이후 일제는 '황국신민화皇國臣民化' 정책을 강행했다. 조선인들과 일본인들은 '하나'라는 '내선일체內鮮一體' 사상을 주입시키더니, 학생은 물론 조선인 모두에게 일본 천황이 사는 궁궐을 향해 아침마다 절을 하는, 이른바 '궁성요배宮城遙拜'를 하도록 강권했다. 천황에 대한 충성맹세인 '황국신민서사皇國臣民誓詞'를 암기하도록 했고, 조선 이름을 일본식으로 바꾸는 '창씨개명創氏改名'에도 혈안이 되었다. 전국에 신사神社를 세워 참배토록 하는 등 민족말살정책은 극에 달하고 있었다. 아침마다 학교에선 애국조회를 했으나 이명한은 애국조회 시간에 거의 참석하지 않았다. 다만 반장으로서 선생님을 향해 "일어서 차렷, 기레쓰 데이(기립 절)"만은 했다. 8·15가 가까워지자 미 공군의 공습 소식으로 학교는 뒤숭숭했다. 학생들은 언제 공습을 당할지 모르니 산골로 피난하거나 제각 같은 곳에서 공부를 했다.

그러던 어느날 갑자기 전쟁이 끝나고 우리나라가 '해방' 되었다고 사람들이 거리로 뛰어나와 "만세! 만세!"를 외쳤다. 이명한도 친구들과 만세를 부르며 환호했다. 조선인 학생들이 큰소리로 환호성을 지르자 일본 학생들은 맥이 풀린 소리로 "너희들은 참좋겠다."며 부러워했다. 이명한은 일본 학생들에게 "앞으로 너희나라로 돌아가서 다시 공부하면 잘살게 될 것이다. 실망하지 말고, 열심히 살아라."고 위로를 해주었다.

일제는 내선일체內鮮一體를 강조하면서 학교 한쪽에 '아마테라

노 오오카미天照大神라는 일본의 '국조신'과 일본 명치明治 왕을 모신 신사神社 모형의 사당을 설치해 놓았다. 학교당국은 학생들에게 매일 그곳에서 절을 하도록 강요했지만 이명한은 한 번도 절을 하지 않았다. 해방이 되자 이명한은 '가미다나(일본의 국조와 메이지 천황의 신주)'를 들고 뒷산으로 가서 불태우며, "잘 가라. 어쨌든 우리 곁에 있었던 물건이니까, 내가 널 밟아버리고 싶지는 않다."며 식민지 시대와 작별을 고하는 의식을 치렀다.

11. 8·15광복과 '나주 건국준비위원회'

1945년 8·15 무렵까지 7년간 중국 충칭重慶에서 임시정부를 이끌던 김구 주석은 중국 산시성 시안西安에 갔다가 그곳에서 우연히 일제가 항복한다는 소식을 처음 전해 듣고는 기쁨 속에서 통탄해 마지않았다. 그날의 심경에 대해 『백범일지』는 다음과 같이 기록하고 있다.

"아! 왜적의 항복, 이 소식은 내게 희소식이라기보다는 하늘이 무너지고 땅이 꺼지는 일이었다. 수년 동안 애를 써서 참전을 준비한 것도 모두 허사로 돌아가고 말았다. 서안훈련소와 부양훈련소에서 훈련받은 우리 청년들은 조직적, 계획적으로 각종 비밀무기와 전기電器를 휴대시켜 산동반도에서 미국 잠수함에 태워 본국으로 침입하게 하여 국내 요소에서 각종 공작을 개시하여 인심을 선동하게 하고, 전신으로 통지하여 무기를 비행기로 운반하여 사용할 것을 미국 육군성과 긴밀히 합작하였다. 그런데 그러한 계획을 한번 실시해보지도 못하고 왜적이 항복하였으니, 지금까지 들인 정성이 아깝고 다가올 일이 걱정되었다. (중략) 우리 광복군은 계획하였던 자기임무를 달성치 못하고 전쟁이 끝나 실망낙담하는 분위기에 잠기었고, 반면 미국 교관과 군인들은 매우 기뻐서 질서가 문란한 것도 깨닫지 못할 정도였다."

백범 김구 주석이 청천벽력 같은 일제의 항복 소식에 실망을 금치 못한 것은 우리 자신의 무장투쟁으로 일제를 한반도에서 몰아내지 못하고 타인의 손으로 항복을 받아냈기 때문이었다. 조선의 마지막 총독인 아베 노부유키阿部信行는 8월 14일 밤, 본국으로부터 일왕 '히로히토裕仁'의 항복문서를 받아들고 정무총감 엔도 류사쿠遠藤柳作에게 지시했다. 이에 엔도는 서둘러 몽양夢陽 여운형呂運亨을 만났다. 당시 몽양은 조선 사람들로부터 가장 큰 존경과 지지를 받고 있었던 지도자였기 때문에 조선총독부는 몽양에게 조선의 치안권과 행정권을 맡긴 후 일본인들의 생명과 재산을 보호 받기 위한 저의를 갖고 있었다.

1945년 8월부터 해방공간의 광주전남의 현대사를 기록한 『광주전남현대사』(전 2권, 1991, 실천문학사 간)를 살펴보면 그 당시 정치적 상황이 언급돼 있다. 1945년 8월 15일 아침 8시경, 조선총독부 정무총감 엔도는 관저에서 몽양 여운형과 긴급회담을 진행했다. 그날 엔도는 몽양에게 "일본은 이제 패전하였다. 오늘이나 내일로 곧 발표될 것이다. 몽양 선생이 치안을 맡아주면 좋겠다. 이제부터 우리의 생명보전은 당신에게 달렸다."라고 말하자, 몽양은 치안권과 행정권을 맡는 조건으로 5개항을 제시했다.

① 전 조선의 정치범과 경제범을 즉시 석방할 것.
② 8, 9, 10 - 3개월간의 식량을 보장해 줄 것.
③ 치안유지와 건국운동을 위한 정치운동에 간섭하거나 방해하지 말 것.
④ 학생과 청년을 훈련·조직하는 일에 간섭하지 말 것.
⑤ 노동자와 농민을 건국사업에 동원·조직하는 일에 간섭하지 말 것.

엔도 정무총감은 몽양이 제시한 5개항의 조건을 수용했다. 몽양은 해방 전에 조직한 〈조선건국동맹〉 회원들을 주축으로 〈건국준비위원회(약칭: 건준)〉의 결성작업에 착수했다. 8월 15일 오후에 조직의 기본 틀을 마련했고, 8월 17일에 여운형 위원장과 안재홍 부위원장을 중심으로 '건준'을 결성했다. 이어 8월 26일, 건국사업의 방향을 담은 선언과 강령을 발표했다. "건국준비위원회는 한민족을 진정한 민주주의적 정권으로 재조직하기 위한 준비 기관이자, 모든 진보적 민주주의 세력을 결집하기 위해 각 계층의 인민에게 완전히 개방된 기관으로 반동적 반민주세력과 투쟁하여 민주주의정권을 수립하지 않으면 안된다."라고 선언했다.

'건준'은 강령으로 "첫째, 우리는 완전한 독립국가의 건설을 기한다. 둘째, 우리는 전 민족의 정치적, 사회적 기본요구를 실현할 수 있는 민주주의정권의 수립을 기한다. 셋째, 우리는 일시적 과도기에 있어서 국내질서를 자주적으로 유지하여 대중생활의 확보를 기한다."고 천명했다.

그리하여 서울의 '중앙건준'은 미군이 진주하기 하루 전인 1945년 9월 6일, '인민공화국' 체제로 변경했고, 여운형 의장, 허헌 부의장 등 55명의 인민위원과 20명의 고문을 선임했다. 이후 '중앙건준'은 '조선인민공화국'이라는 국호를 선포했다. 중앙건준이 인민공화국으로 개편된 후 전국의 '지방건준'은 '인민위원회'로 개편되었다. 그런데 중앙건준은 개편대회를 거치면서 조선공산당 세력이 장악하게 되고, 미군정의 탄압으로 분열의 길을 걷게 된다. 건준을 주도했던 몽양은 수차례 피습되다가, 1947년 7월 19일 백주대낮에 혜화동로터리에서 괴한의 권총에 피격되어 62세를 일기로 생을 마감하게 된다.

태평양 미육군총사령관 맥아더 장군은 1945년 9월 7일에 발표한 포고령 제1호에서 미군이 38도선 이남의 조선지역을 점령함은 물론 군정을 실시하며, 모든 행정권은 당분간 자신의 권한하에 시행한다고 밝혔다. 일제가 물러가자 미국이 '점령군'이라는 이름으로 몰려온 것이다.

해방 직후 남한 민중들의 강력한 정치적 요구로 한반도 전역에 '인민위원회'가 결성되었다. 전남에서는 광산 나주 무안 해남 함평 영광 강진 제주 등의 15개 군과 광주시, 목포시 등에 인민위원회가 결성돼 각 지역의 통치기능을 실제로 행사했다. 인민위원회는 지방에 뿌리를 둔 자생적 정치조직으로서 한반도에 자주적 정부를 수립할 수 있는 토대이자 지방행정기관의 역할을 수행했다.

'전남건준'의 1차 결성식은 1945년 8월 17일, 광주극장에서 개최돼 최흥종을 위원장으로 선출했다. 8월 25일, 전남건준의 주최로 광주서중학교에서 '광주시민 해방축하대회'가 열렸다. 이어 8월 30일, '광주건준'이 결성되었다. 9월 8일, 전남건준은 광주의 '제국관'이라는 극장에서 각시군 대표 수백 명이 모였다. 그날 위원장에 박준규, 부위원장에 국기열 강석봉, 조직부장에 장재성, 선전부장에 조운曺雲 시인을 선출해 활동에 들어갔다. 1945년 10월 27일, 미군정 전남도지사가 군정실시를 선포할 때까지 전남건준은 실질적으로 행정기능을 갖고 있었다.

1945년 8·15 해방 당시 나주는 17개면에 약 20만 명이 거주하고 있었다. 전남의 다른 지역과 마찬가지로 나주 또한 새로운 민족국가의 건설에 부풀어 있었다. 광주학생독립운동의 진원지이자, '나주학생만세시위'가 두 차례나 일어날 정도로 항일의식이 견고했던 나주는 항일운동에 앞장선 독립운동가를 중심으로 '나주건준'을 결성했다. 해방 직후 '나주건준'의 초대위원장은 박준삼이 맡았고, 독립운동으로 감옥에 있던 김창용이 석방된 후 그가 2대 위원장을 맡았다. 1945년 9월 20일경에 공식 결성된 '나주건준'은 위원장에 김창용, 부위원장에 박준삼, 치안대장에 박공근, 치안부대장에 임우택이 맡았다. 실제로는 나주 '군 건준'과 '읍 건준'으로 나뉘어, 군 건준은 김창용, 읍 건준은 박준삼이 주도했다.

'나주건준'을 이끈 김창용 박준삼 박공근 유찬옥 등은 〈신간회 나주지회〉와 '나주학생독립운동'을 주도한 세력이었다. '나주건준'이 '나주군 인민위원회'로 개편될 때 김창용은 위원장으로 활동했고, 주민들의 옹립으로 나주군수를 맡기도 했으나 미군정은 일본인의 적산敵産 처리문제를 빌미 삼아 그를 체포, 구속했다. 나주건준 부위원장 박준삼은 8·15 해방 당시 맨처음 태극기를 들고 거리로 뛰쳐나온 사람으로 그 집안은 나주의 대부호, 3천석지기였다. 신간회 나주지회 결성과 '나주협동상회' 2대 상무이사를 지냈고, 민립 나주중학교 건립에 적극 참여한 인물이었다. '광주학생운동'의 주역 중 하나인 박준채가 그의 넷째 아우였다.

나주건준 치안대장 박공근은 〈중외일보〉 기자로 '나주학생독립운동'을 주도하여 1년간의 옥고를 치른 인물로 신간회와 청년회, 노동조합, 효종단 등 항일결사체에 적극 참여했다. 1945년 11월, 서울에서 개최된 '전국인민대표자회의'에서 나주 대표 3인 중의 한 사람으로 참여한 유찬옥은 '나주학생독립운동'으로 옥고를 치른 인물로 '나주농업보습학교' 출신이었다.

그밖에도 이창신 김종섭 이태기 등이 나주건준과 나주인민위원회에서 활동했다. 나주건준 사람들은 대부분 '민족주의 노선'을 견지했다. 나주 인민위원회 주축 세력은 1946년 10월 31일과 11월 1일, 1만5천명이 참여한 이른바 '10월 추수봉기'에 적극 가담해 활동하게 된다.

12. 찬탁 – 반탁의 갈림길, 이창신과 이명한의 선택

8·15해방 이후 나주지역 항일 독립지사들의 발기로 '민립民立' 중학교 건립운동이 일어났다. 일제 식민지 시절, 나주에는 실업과정의 '나주공립보습학교'만 있고, 인문과정의 중학교가 없었다. 보통학교를 졸업한 후 진학하려면 광주나 목포, 서울로 가야 했다. 해방이 되자 '나주만세시위사건'을 주도했던 민족주의자들은 2세 교육을 위해 민립으로 중학교를 세우자는 운동을 적극 전개했다.

박준삼('나주건준' 초대위원장) 김창용('나주건준' 2대 위원장), 최남구 김형호 등이 나주중학교를 설립하고자 '나주 교육협회'를 결성했다. 이 교육협회에 김창용 위원장, 최남구 상무, 박준삼 김창호 김형호 양장주 이창수 최일숙 위원 등이 참여했다. 이들은 설립 발기인 조직과 학교부지 및 시설물 마련, 교사 확보와 학교 운영에 필요한 것을 준비했다. 나주에서 소주공장을 했던 이창수, 광주에서 벽돌공장을 운영하여 큰돈을 번 최일숙이 중학교 설립자금을 위해 사재를 쾌척했다. 민족운동가인 최일숙은 광주 백운동에서 벽돌공장을 운영하여 큰돈을 벌었다. 그는 일제말 '조선공산당' 총비서 박헌영을 '김성삼'이란 가명으로 공장에 은신시켰고, 상해임시정부와 항일 독립투사들에게 군자금을 댔던 사람이었다.

나주중학교는 1945년 9월에 첫 신입생들을 모집했고, 마침내 10월 30일에 개교할 수 있었다. 해방 후 불과 2개월 보름 만에 전국 최초로 민립 중학교를 설립할 수 있었던 것은 서울 중앙고보 출신인 박준삼이 중앙고보(현, 중앙고) 설립자인 인촌 김성수, 교장인 고하 송진우와 일제 때부터 교분을 가졌고, 학교 설립에 필요한 제반 사항을 잘 준비해왔기에 가능했다.

이명한의 부친 이창신도 나주중학교 설립에 적극 앞장섰다. 이창신은 아들에게 "너는 당연히 민립 중학교에 가야 하지만, 광주 서중학교로 진학하도록 해라. 내년 초에 서중 시험을 칠 것이다."고 말했다. 이명한은 아버지의 뜻을 받들어 광주 서중 진학을 목표로 공부했다. 그런데 민립 중학교의 입시일이 다가오자 부친은, "네 실력이 어느 정도인지 연습한다 치고 민립 중학교 시험을 한번 쳐보라."고 했다. 이명한은 마감일에 입시원서를 접수했다. 모집 정원은 2학급, 120명이었는데, 전국에서 1,200여 명의 수험생이 대거 몰려왔다. 10대 1의 치열한 경쟁률이었다. 나주 민립 중학교 설립자로 나선 최일숙은 후진양성을 위해 등록금을 거의 받지 않고, 학생들을 모집했다. 이런 사실이 신문에 보도되자 전국 각지에서 머리 좋은 수재들이 몰려왔던 것이다.

해방 직후라서 우리말을 잘 모르는 학생들이 태반이어서 수험생들은 대부분 일본어로 답안지를 써냈다. 그러나 이명한은 우리말로 답안지를 써냈고, 특히 논문 과목에 애국적인 내용을 강조했다. 이명한은 전체 입학생 120명 중 15등이라는 좋은 성적으로 합격하였다. 그러나 실력을 테스트하기 위해 시험을 쳐본 것이기에 등록을 하지 않았다. 이 소식을 들은 아버지 친구들이 적극적으로 나서서 이명한의 입학을 종용했다. 이에 부친은 나주중학교 입학을 결정했다. 당시 이명한은 초등학교 6학년생이었는데, 미처 졸업도 하기 전에 나주중학교 제1회 신입생이 된 것이다.

민립 나주중학교 교장은 '조선공산당'에서 노동부장을 했던 최희숙(나주중학교 연혁에는 최규탁이라고 명기됨)이라는 분이었고, 국어 선생은 조선공산당 군당위원장인 이순채였다. 그분들 외에도 일제하에서 독립운동을 했거나 항일운동에 참여한 교사들이 해방 조국의 후진양생을 위해 교사로 부임했다. 학교 분위기와 신입생들의 자부심은 대단했다.

그즈음 1945년 12월 16일부터 25일까지 소련의 모스크바에서 미국·영국·소련의 3개국 외무장관이 제2차 세계대전의 전후 문제 처리를 협의하기 위해 외상外相(외무장관) 회의가 열렸다. 한반도의 '신탁통치' 문제 등 7개 분야의 의제를 토의하기 위한 이른바 '모스크바 3상회의'였다. 이에 대한 내막은 『다시 쓰는 한국현대사』(1988, 돌베개, 박세길 지음)에 자세한 언급되어 있다. 그것을 정리해 보면 다음과 같다.

참으로 놀랍게도 한반도 신탁통치 문제는 미국의 루스벨트 대통령에 의해 최초로 구상된 것이었다. 루즈벨트는 테헤란과 얄타 회담 등 연합국 수뇌들이 참석한 자리에서 조선에 대해 '최고 30년간 신탁통치 실시'를 제안했다. 미국의 이러한 구상은 소련과 영국 그리고 중국 등 4개국에 의한 신탁통치를 실현함으로써 한반도를 자신들의 수중에 넣으려는 구상이었다. 영국과 중국은 미국 동맹국이었는데, 영국은 동아시아에 별다른 관심이 없었고, 당시 중국은 미국에 예속돼 있어 결국 소련이 반대한다고 해도 숫적으로 신탁통치 주도권이 미국에 돌아갈 거라고 생각했기 때문이었다.

1945년 12월 16일, 모스크바에서 개최된 3상회의에서 미국은 이러한 기대를 여지없이 드러냈다. 즉 '모스크바 3상회의'를 통해 미국은 본격적인 신탁통치 체제가 수립될 때까지 미국과 소련의 양국 군 사령관을 최고통치자로 하는 단일정부를 설치할 것을 제안했다. 이 제안에 의하면 조선인은 단지 행정관, 고문관, 조언자의 자격으로만 참여하고, 단일 민족정부를 수립한다는 조항은 존재하지 않았다. 소련의 입장은 매우 전향적이었다. 소련은 조선 민중의 공통된 열망을 충족하기 위해 '임시조선 민주주의 정부'를 수립하는 것이 긴급하다고 주장했고, 가능한 빨리 일제의 오랜 식민통치가 가져온 참담한 결과를 청산할 것을 요구하는 문안을 이 협정의 최종안에 삽입해야 한다고 미국 측에 압력을 가했다. 신탁통치 기간에 대해서 미국과 소련의 입장은 달랐다. 미국은 미소영중 4개국 대표로 구성된 행정부가 신탁통치 기간에 입법, 사법, 행정에서 전권을 행사하여야 하며, 그 기간은 5년으로 하되 10년으로 연장할 수 있도록 하자고 주장했다. 소련은 이에 대해 이 기간 중에도 '임시 조선정부'가 주권을 행사토록 하며, 4개국은 단지 조선의 독립과 민주적 발전을 위한 제반 원조를 하는 '후견적 위치'에 머물러야 하며, 기간은 5년 이내로 한정해야 한다고 주장했다. 아울러 후견제 실시 여부도 임시정부와 미소 공동위원회의 협의를 거쳐 최종적으로 결정할 것을 요구했다.

모스크바 3상회의 결과는 소련의 주장을 기본으로 하여 채택

되었다. 이 결정의 핵심적 내용은 각 계층의 모든 민주주의 세력이 참여하는 '임시조선 민주주의 정부'를 수립하고, 이 임시정부와 협의 하에 최고 5년간의 4개국에 의한 후견제를 실시 여부를 결정하되, 후견 기간에는 전적으로 조선인이 '임시정부'를 통해 스스로 통치할 수 있도록 한다는 것이었다.

우리 민족의 운명을 결정짓는 가장 중요한 사항이 우리의 대표가 아닌 강대국들의 손에 의해 결정되는 사태가 발생한 것이다. 이것은 누가 봐도 우리 민족의 '자주권'에 대한 중대한 침해였다. 그러나 '모스크바 3상회의' 결정은 미국과 소련, 두 강대국이 한반도를 분할 점령하고 있는 상황 속에서 분단 상태를 해소하고, 통일 독립국가를 수립할 수 있는 현실적 방안이기도 했다. 임시정부를 통해 조선 민중의 주권행사가 가능하도록 제도적으로 밑받침하고 있고, 어떠한 형태의 제국주의적 침탈의 불허, 강대국에 의한 독점적 지배가 배제되었기 때문이다.

미국은 3상회의 결정이 자신들의 의도와 다르게 결정되자 곤란한 상태에 빠졌다. 제국주의의 식민지배를 꿈꾼 미국은 임시정부 수립을 통해 조선인들에게 통치권을 부여한 결정이 미국의 이해와 전면적으로 배치되자 당황했다. 미국의 냉전주의자들은 몹시 못마땅하게 생각했던 것이다. 그런 탓에 '모스크바 3상 결정'에 참여한 미국 번즈 국무장관을 소련과 내통한 불순분자로 음해하고, 음모 작전을 진행했다. 미국 냉전주의자들과 국내 친일파 세력, 특히 친일 지주들이 대거 참여한 한국민주당(한민당)은 모스크바 3상회의 소식이 국내에 전달되는 과정에서 심각한 은폐와 왜곡을 자행했다.

'모스크바 협정' 관련 뉴스를 국내에 처음 전한 것은 '위싱턴 발 합동통신'이었는데, 그 합동통신은 신탁통치안이 곧바로 결정된 것처럼 보도했다. 이어 1945년 12월 27일자의 동아일보와 조선일보는 1면의 톱기사와 사설을 통해 "소련은 신탁통치 주장-미국은 즉시 독립주장"이라고 사실과 전혀 다른 가짜뉴스를 보도했다. 1946년 1월 10일, 한민당은 자신들의 기관지를 통해 "소련은 신탁통치를 강조하였고, 미국은 독립을 옹호하였다."고 잘못된 거짓선전을 늘어놓았고, 이승만 휘하의 '독립촉성국민회의' 본부는 미군정 당국자들이 참석한 자리에서 한민당과 동일한 내용의 결의문을 채택하였다. 그리고 남한 곳곳에서는 소련의 단독지배 하에 5년간의 신탁통치를 강행하려고 소련군이 곧 진주한다는 흑색선전이 난무했다. 이러한 극단적인 날조행위와 함께 이승만과 김성수 등 친일파 세력은 미군정 당국의 보호와 지원 아래 모스크바 협정에 반대하는 시위를 조장했다. 초기에 이 협정의 내용을 정확히 파악하지 못한 조선 민중들은 조속한 독립에 대한 열망으로 이승만 일파가 주도하는 시위에 휩쓸려 갔다. 이승만은 남한의 단독정부 구상이라는 미국의 이해에 발맞춰 협력하기 시작했다.

동아와 조선 등 조선의 유력 언론은 가짜뉴스를 바탕으로 김구 이승만과 한통속이 되었다. "전민족이 투쟁하자!", "신탁통치 절대배격, 한사코 독립 전취戰取", "탁치託治 지지는 독립 부인否認"이라고 주장하면서 날마다 선동보도를 일삼았다. "3천만의 이름으로 신탁통치 절대반대", "조선은 오직 독립이 있을 뿐- 굴욕적 신탁통치 절대반대"라는 톱기사를 연일 보도했다. 김구를 중심으로 한 임정 세력과 우익 진영은 '탁치정국託治政局'을 주도하면서 반탁운동에 사활을 걸고 투쟁했다. 이때 반탁 진영은 "찬탁= 친소련= 공산당= 매국노"라고 주장했고, "반탁= 반소련= 반공= 애국자"라는 등식으로 국민들을 선동했다.

초기에 좌익 진영은 '3상회의' 결과의 내용과 소련 측의 정확한 의도를 파악하지 못했다. 그 때문에 좌파 진영에서도 일부가 반탁 대열에 가담했다. '조선공산당'은 1946년 1월 3일에야 뒤늦게 성명을 발표했다. 대중들의 '반탁' 정서를 의식하여 '찬탁'이라는 말 대신에 '3상회의 결정 지지'라는 표현을 썼다. 그들은 '탁치'는 식민지화를 의미하는 것이 아니라, 독립을 위한 것이라고 주장했다. 비록 즉시 독립이 승인되지 못했지만, 식민지화의 위험이 제거되고 자주독립이 성립될 수 있는 보장을 얻었기에 큰 진전이라고 주장했다. 그런 후 반탁운동을 '민족통일전선' 결성 운동으로 전환하자고 제안하였다. 우익은 조선공산당의 방향 전환에 대해 "좌익은 국론통일의 교란자"라고 비판했고, 미군정은 조선공산당의 입장 선회를 '소련의 앞잡이'로 몰아가는 공작마저 진행하고 있었다. 미군정 당국과 친일파들은 반탁운동을 반소련 운동으로 포장해 나갔다. 반탁은 반소련과 동일한 의미를 갖도록 대중들을 세뇌시키면서 모스크바 협정을 지지하는 것을 '조국을 소련에 팔아먹는 행위'로 매도하고자 혈안이 되었다. 이 과정에서 미군정은 '모스크바 협정지지 세력'인 좌파진영을 탄압했다.

"신탁통치 절대반대"와 "3상결정 절대지지"라는 이른바 '탁치분쟁'은 해방정국에서 숨죽이고 있던 친일파들에게 살길을 열어주었다. 그들이 '반공애국'의 탈을 쓰고 부활할 수 있도록 계기를 제공해준 것이다. 친일파들은 자신들의 원죄를 털어내고자 반탁운동을 통해 어느덧 반공애국자로 행세했다. 우익 진영은 자신들이 주도하던 반탁운동을 통해 해방직후 형성된 항일민족세력과 친일반민족세력의 대립구도를 '좌익'과 '우익'의 이념적 대립구도로 재편케 만들었다. 그 결과 친일파가 다시 득세할 수 있는 공간을 마련해준 것이다. 백범 김구가 이러한 정치적 대립구도를 의도하진 않았지만, 결과적으로 그리 되었던 것이다.

남과 북의 민족주의 세력과 자각된 민중들은 모스크바 협정이 미소 양국의 분할점령 하에서 외세의 지배와 민족의 분열을 막고 통일국가를 수립하는 현실적인 방안이라고 평가하기 시작했다. 그리하여 모스크바 협정을 전국적으로 지지하는 운동을 펼쳐나갔다. 1946년 1월 23일, 서울에서 200여 단체, 30만 시민이 참석한 가운데 모스크바 협정의 즉각적인 실현을 촉구하는 대규모 집회가 개최되었다. 이어 1월 26일, 미소 공동위원회 소련측 대표인 스티코프 중장은 남한에서 벌어지는 반탁-찬탁 사태의 배경이 된 그 진실에 대해 기자회견을 자청했다. 모스크바 회담의 전말을 공개함으로써 미군정과 우익 진영의 음모를 폭로하여 큰 파장을 불러일으켰다.

소련의 스티코프 중장은 "처음 신탁통치를 주장한 것은 미국이며, 미국의 주장에 의해 신탁통치는 10년까지 계속될 수도 있었다, 미국은 신탁통치 실시에 앞서서 한국전체의 통일정부 수립에 아무런 관심이 없었다."고 폭로하여 언론의 주장과 달리 소련이야말로 조선인의 이익의 진실한 옹호자임을 밝혔다. 이렇게 하여 반탁운동의 기만성은 여지없이 폭로되었고, 1947년 3월 1일 남산에서 벌어진 반탁운동을 마지막으로 그 정당성은 상실되었다. 그러자 반탁 세력은 모스크바 협정의 실현을 촉구하는 세력에 대해 반동적 테러를 시작했다.

모스크바 협정지지 대열은 그 세력이 확장되었고, 김규식 등 중도파 인사들도 임시정부 수립을 적극 촉구했다. 1947년 하반기부터 미국과 이승만 일파가 모스크바 협정 실현을 방해하고 나선 주된 이유가 단독정부 수립에 있다는 것이 본격적으로 드러나면서 모스크바 협정의 정당성은 확고해졌다. 그때 임시정부 김구 주석이 협정을 반대한 동기는 미국과 이승만의 의도와는 근본적으로 성격을 달리했다. 그러나 민족제일주의자 김구는 지나치게 조급했고, 당시 국내외 조건을 냉철히 분석하지 않는 상태에서 즉각적이고, 무조건적인 독립만을 주창한 것은 오판이었다. 김구 주석이 반탁운동에 전적으로 투신한 것은 그 기대와 달리 민족주의 진영의 분열에 기여했고, 결과적으로 김구의 판단은 미국과 이승만 세력의 식민지 예속화와 민족분열을 초래하고 말았다. 그런 의미에서 통일운동가 백기완의 다음과 같은 말은 의미심장하다.

"백범이 반탁의 입장을 취함으로써 그의 애국적 자의식 속에는 탁치 반대 의사가 외세의 간섭에 대한 저항으로 느껴졌

겠으나 외세를 배척하는 또 하나의 전략으로 외세를 이용하는 전략을 잃어버림으로써 탁치안을 놓고 백범이 담당해야 할 과제- 즉 탁치안을 앞에 둔 모든 항일세력의 단합을 도모할 지반을 스스로 파괴한 결과를 가져오고 있었다."

이명한이 제1회 신입생으로 다녔던 그곳, '민립' 나주중학교 학생들도 긴박하게 소용돌이치던 해방정국의 정치사회적인 분위기에 휘말릴 수밖에 없었다. 1946년 초부터 신탁통치 지지냐, 반대냐 하는 문제로 첨예한 대립이 시작되자 처음에는 신탁통치 반대 기류가 압도적이었다. 그러던 중 일제 때 독립운동에 나섰던 많은 분들이 나주 건국준비위원회와 인민위원회에 참여했고, 그분들 중 상당수가 '3상회의 결정지지'에 찬동함으로써 상황이 뒤바뀌었다.

1946년 2월 1일과 2일, '임시정부' 주요 인사들과 우파진영 중 김구 이승만 김규식 등 28명의 참여로 '비상국민회의'가 소집되었다. 그 후 주한미군사령관 하지 장군의 자문기관으로 '대한국민 대표민주의원'이 설치되었다. 그에 맞서 좌파진영은 1946년 2월 15일, 5개 정당(조선공산당 조선인민당 조선신민당 민족혁명당 청우당) 및 사회단체가 집결하여 과도정부 수립을 위한 '민주주의민족전선'(약칭: 민전)을 결성하였고, 여운형 박헌영 허헌 김원봉 등으로 공동의장단을 구성했다. '대표민주의원'과 '민전'이 결성되자, 신탁통치 문제를 놓고 좌우익 진영의 대립은 한층 더 격화되었다.

1946년 2월, 미군정청 장관 아놀드 하지 소장의 후원으로 이승만은 전국 순회강연을 했다. 이승만이 나주에 도착하자 나주지역 학생들은 이승만 반대시위를 벌였고, 미군정은 시위 진압에 나섰다. 이 과정에서 2명의 학생이 영산강에서 익사하는 일이 벌어졌다. 사태는 매우 험악해져 한때 청년학생들이 시가지를 장악하기도 했다. 1946년 4월에 '민전'의 강력한 우군으로 전국 각지에서 '민주청년동맹(민청)'이 결성되었다. 나주에서도 '나주민주청년동맹(나주민청)'과 '민주학생동맹'이 조직되었다. 나주중학교 학생 90% 이상이 '민주학생동맹'에 참여했다. '민주학생동맹'은 '3상회의 결정 지지'라는 슬로건에 동참했고, 학생들은 조직을 확대하여 '나주군 학생공동투쟁위원회'를 결성했다. 이때 이명한은 16세의 나이로 이 조직의 선전부장으로 활동하게 된다.

1946년 3월 20일, 서울 덕수궁에서 모스크바 협정을 논의하기 위한 '미소 공동위원회' 개최되었다. 미소 양측은 개최되자마자 심각한 이견을 표출했다. 소련측 대표는 반탁운동에 참여한 단체와 개인은 임시정부 협의대상에서 제외할 것을 주장했고, 미국은 '표현의 자유'에 해당하는 사안이므로 소련 측의 주장에 반대했다. 이견을 좁히지 못한 가운데 미소 공동위원회가 결렬된 것은 조선의 통일정부 수립보다는 미소 양국이 자국의 이익에 부합하는 정권을 수립하고자 했기 때문이다. 미국은 모스크바 협정에 명시된 '일제통치 잔재의 조속한 청산'이라는 원칙에서 벗어나 친일파들을 옹호했다. 미국은 결국 소련의 협조로 자신들에게 유리한 통일정부를 수립할 수 없다고 생각하고 남한만의 단독정부 수립의 길로 나아갔다. 미군정청 하지 장군은 공산주의자 참여

없는 남조선 과도정권 수립 가능성을 시사했고, 이승만과 은밀한 대화를 나누었다. 그런 후 이승만의 지방여행을 권고했던 것이다. 미소 공동위원회가 진행되던 1946년 4월 6일, 미국의 AP통신은 "미군정 당국은 남조선만의 단독정부 수립에 착수했다."고 보도했다.

한편 1946년 5월 15일, 미군정청은 '조선정판사사건'을 발표하면서 '조선공산당'에 의해 지폐위조가 발생했다고 주장했다. 박헌영 이관술 등은 진보적인 민주세력 탄압하기 위한 미군정의 의도적인 조작사건으로 주장했다. 미군정은 9월 7일, 조선공산당을 불법화시키고 박헌영 이승엽 이주하 등에 대해 체포령을 내렸다. 미국의 의도대로 공산주의자 참여 없는 남한 단독정부를 구성하고자 좌파 진영에 대한 미군정과 경찰의 탄압공세가 강화되었다. '민전' 산하의 사회단체나 학생 조직의 활동이 위축될 수밖에 없었다. 미군정 경찰의 탄압이 거세어지자 '나주군 학생공동투쟁위원회' 조직은 수배령을 피해 산속에서 회합을 갖기도 했다.

해방정국의 소용돌이 속에서 이명한의 부친 이창신은 새로운 나라 건설을 위해 나서게 된다. 8·15 직후 여운형이 주도한 '건국준비위원회'에 큰 관심을 갖고, 나주지역 항일 독립지사들과 '나주건준'과 '나주인민위원회'에서 활동했다. '나주건준'과 '나주군인민위원회'는 일제하 항일투쟁에 참여한 민족주의자들이 주축을 이루었고, 애국애족의 성향이 강했다.

'나주건준' 시절의 초대 치안대장(경찰서장)은 〈중외일보〉 기자

출신으로 1929년 11월의 제1차 나주학생만세시위 사건의 주도자인 박공근이었다. 그는 일제 때 신간회와 청년회는 물론, 항일 비밀조직인 '효종단'의 일원으로 활동하여 나주사람들에게 존경과 신망을 받았다. 그런데 미군정은 일제의 '적산敵産' 처리 문제를 빌미삼아 나주의 민족주의 세력을 도외시하기 시작했다. 1946년 2월 초, 미군정은 '나주건준'의 김창용 인민위원장, 박공근 치안대장 등을 체포했고, 김창용의 후임으로 보수인사 남계룡에게 군행정을 맡겼다. 그리고 나주경찰서장의 후임으로 박형배를 발탁했다. 박형배는 '나주건준' 사람들과 친분이 있었다. 그러다가 당시 전남경찰청의 부청장인 김의택에 의해 일제 친일경찰들이 대거 재취업했다. 1946년경 조선공산당과 남로당 인사들은 미군정 경찰과 우익의 탄압으로 대부분 지하로 잠적하게 된다.

미군정에 의해 '인민위원회'의 주축 세력들이 체포, 구속되자 나주 사람들은 일제와 다름없는 미군정의 행정체계에 분노했다. 그런 상황에서 미군정의 미곡정책으로 쌀값이 폭등하고, 소작인들에 대한 강압적인 식량 공출에 반발하여 1946년 가을, 대구를 시작으로 인민항쟁이 발생했다. 전국적으로 '추수봉기'가 일어나 무려 300만 명이라는 인민이 대거 참여했다. 그러나 미군정과 일제 친일파 성향의 경찰의 진압으로 사망자 300명, 행불자 3,600명, 부상자 2만6천명, 체포인원 1만5천명이라는 엄청난 인명 손실이 발생했다.

1946년 11월 1일, 나주군민 약 8천명이 대거 참여한 가운데 '나주 추수봉기'가 발생했다. 미군정은 이를 '준반란'으로 규정하고, 나주와 목포 일원에 계엄령을 선포했다. 그런 다음 대대적인 진압작전에 들어갔다. 미군정은 미군 정찰조 10명과 보병 1개 소총부대, L5정찰기 1대와 C45 수송기 4대 등 막강한 군사력을 동원했고, 국방경비대 군인 80명과 250명의 경찰 그리고 우익세력의 연대로 추수봉기에 참여한 사람들을 진압하기 시작했다. 추수봉기에 참여한 나주농민들이 가진 무기는 죽창, 곤봉, 칼과 낫이 전부였고, 대부분 맨손투쟁이었다. 강력한 화력을 지닌 미군정의 진압군을 당해낼 수가 없었다. 결국 민간인 사망자 30명, 부상자 36명, 다수의 행불자 발생으로 추수봉기가 진압된 후 인민위원회, 민전, 농민조합 등이 대부분 붕괴되었다.

1947년 초에 '진보적 정당' 나주군당의 선전부장으로 일했던 이창신 등 민족주의 세력은 미군정과 친일경찰, 그리고 우파세력에 의해 대대적인 탄압국면을 맞고 있었다. 특히 '반대장'이라 불린 반석근(35세) 일당은 나주경찰서의 비호 아래 좌익 색출이라는 명분으로 마을 곳곳을 돌아다니면서 온갖 악행을 저질렀다. 페인트공 출신의 반석근은 1947년에 '나주애국청년회'라는 우익 조직을 결성한 후 나주읍 금성동의 잠사공장(현, 나주나빌레라문화센터) 지하실에 사설 감옥을 차려놓고 무수한 양민들을 '좌익'으로 몰아 감금, 살해함은 물론 그들의 금품을 갈취했다. 이른바 나주를 공포의 도가니로 몰아넣은 '반석근 사건'이었다. 전남경찰 수뇌부인 김의택에 의해 친일경찰들이 대거 경찰로 복귀하자, 그들의 비호 아래 반석근 일당이 좌파 사람들을 때려잡는 데 혈안이된 것이다.

그들은 '반탁학련'이라는 테러리스트들과도 연계되어 활동했다. '반탁학련' 세력은 '3상회의 결정지지'를 주장하는 학생들을 무조건 몽둥이로 구타한 후 부상당하거나 반죽음된 육신을 반석근 일당에게 넘겨주었다. 그 때문에 영산강 모래밭에 수많은 사람들이 암매장되었다는 흉흉한 소문이 나돌았다. 그런 와중에 이념 문제보다는 사적인 보복으로 당한 사람들도 무수히 많았다. 반석근 일당은 죽창을 든 채 집안으로 쳐들어가 무조건 사람들을 두들겨 팼고, 심지어 임산부를 구타하기도 했다. 무고한 양민으로 끌려갔다가 상당한 금품을 제공한 후에 간신히 석방되는 사람도 여럿 있었다. 이에 미군정에서도 도저히 용서할 수 없다고 판단했는지 반석근 일당을 체포했다. 온갖 악행을 일삼던 반석근은 1949년 6월, 사형선고를 받고 형장의 이슬로 사라졌다.

젊은 날부터 이창신은 사리분별이 분명했다. 못 가지고 못 배운 자들을 무시하지 않았고, 자신과 이념이 다른 사람일지라도 대화와 설득으로 해결해 나가야지 생명을 위협하는 일이 있어서 안된다고 주장하여 좌우 양 진영 사람들로부터 존경을 받았다.

그런데 '단독정부 수립반대 투쟁'의 와중에서 이창신 선생은 희생당한 것이다.

13. 예비검속과 민간인 학살현장에서 살아남은 이명한

열여덟 나이에 '천붕天崩'이라는 아픔을 겪은 이명한에게 불운

이 연이어 찾아왔다. 나주중학교 2학년 때 '나주군 학생공동투쟁위원회' 선전부장으로 활동하면서 "3상 결정지지" 운동에 열정적으로 참여한 것이 문제가 되어 나주중학교에서 퇴학당한 이명한은 갓 설립된 정광중학교로 전학을 갈 수 있었다. 그런데 어느 날부터 피로감이 몰려왔고, 가슴 통증이 계속되었다. 엄청난 각혈이 계속되어 진찰해 보니 '폐결핵'이었다. 어쨌든 몸을 치료해야 했기에 1948년 11월경, 전남 함평읍 석성리의 주포, '수랑개'라고 불리는 포구마을에서 신병 치료를 위해 요양생활을 시작했다. 주포어업조합에서 임시 서기로 있으면서 몸을 추스르고자 노력했다. 1949년 1월, 정광중학교 제1회 졸업생으로 학교를 가까스로 마친 그는 1950년 5월경, 나주 봉황면 유곡리 집으로 돌아왔다.

1950년 6월 25일, 전쟁이 발발할 당시 집에 머물던 이명한은 경찰의 예비검속 조치로 체포돼 끌려갔다. 경찰은 남로당 군당위원장의 동생 등 좌파 성향의 사람들과 일가족 등 여러 사람들을 체포해 나주경찰서로 끌고 갔다. 경찰에 붙잡혀온 사람들 중에서 여자들과 나이 많은 노인들은 석방되었고, 젊고 위험성 있는 사람들은 유치장에 가둬 두었다.

이명한이 나주경찰서에 끌려갔다는 소식을 들은 고모할머니는 큰일 났다고 생각했다. 친정 조카(이창신)가 이미 죽었는데, 만약 손자(이명한)마저 세상을 떠난다면 '친정 문을 닫는다.'고 생각한 고모할머니는 나주경찰서 사찰주임(정보과장)으로 있는 '제갈독수'라는 사람을 찾아갔다. 사찰주임은 붙잡혀온 사람들을 처형하거나 살릴 수 있는 '생사여탈권'을 쥐고 있었다. 고모할머니의 아들은 제갈독수라는 사찰주임과 같은 모임의 '멤버'로 경찰에 재직하고 있어 비교적 친한 사이였다. 사찰주임을 만난 고모할머니는 "이명한마저 죽으면 우리 친정 문 닫는다. 학생이 무슨 죄가 있느냐, 석방을 해줘야 한다."고 간절하게 사정했고, 그런 하소연이 통했는지 석방 보증서에 도장을 찍어주었다. 고모할머니의 구명운동으로 이명한은 구사일생으로 살아날 수 있었지만 그와 함께 예비검속 되었거나 '보도연맹'에 가입된 사람들은 대부분 처형당하고 말았다.

예비검속된 사람들과 보련(보도연맹) 사람들은 나주 '운수골'이라는 곳에서 집단학살을 당했다. 나주 봉황면 철천리 철야마을 주민 35명을 비롯한 나주지역 주민 60여 명은 1950년 10월부터 이듬해 6월까지 나주 경찰의 수복작전 및 수복 이후 부역혐의자 색출과정에서 빨치산, 부역혐의자, 입산자 가족이라는 이유로 '동박굴재' 등지에서 즉결처분으로 처형당하거나 어디론가 끌려가 행불자가 되었다. 이명한은 한국전쟁의 와중인 1952~1953년 초에 산으로 갔다.

나주 봉황면의 '민간인 학살사건'이 발생한 지 50년이 지난 2001년 8월, 봉황리 민간인 학살 피해자들로 구성된 '봉황 유족회'가 결성되었다. 2002년 3월에 유족들과 나주시민 1천여 명이 참석한 가운데 〈봉황 양민학살 희생자 위령비〉가 세워졌다. 철야마을에 세워진 위령비에는 철천리 마을의 희생자뿐만 아니라 보도연맹 관련 희생자, 빨치산에 의한 희생자 명단까지 새겨져 있다.

1952년 3월, 공보처 통계국이 발행한 『6·25사변과 피살자 명부』라는 책자를 보면 한국전쟁으로 목숨을 잃은 한국군은 14만여 명, 유엔군은 6만여 명, 중국군은 15만여 명, 북한 인민군은 52만여 명으로 추산된다고 밝히고 있다. 이 가운데 인민군이나 남한의 좌익들에 의해 사망한 비무장 민간인은 6만여 명에 달하고, 군인과 미군에 의해 학살된 민간인은 13만여 명에 이른다. 보도연맹원 학살 등 한국전쟁 당시 전남 함평과 충남 태안 등 전국 각지에서 민간인이 희생된 것을 알 수 있다.

한국전쟁의 후유증은 참혹했다. 동족상잔의 피비린내가 진동한 가운데 이명한의 폐결핵 증세는 더욱 악화되었다. 정광고에 입학한 후 다른 곳에서 고교를 마친 이명한은 서울로 가서 대학에 진학하고자 도서관을 다녔다. 서라벌예술대학이 이제 막 설립된 초기에 이 학교에 응시하여 별다른 시험과목 없이 「괴물들의 질주」라는 콩트 한 편으로 합격되었다. 고향을 버리고 서울로 올라온 청년이 밤을 맞이하여 교차하는 헤드라이트 불빛을 바라보면서 어리둥절한 가운데 새로운 삶을 모색한다는 내용이었다.

그러나 잠시 다니다가 학교를 그만둔 후 1954년경 주변의 권유로 서울 낙원동에 자리한 '정치대학'(건국대학교의 전신)의 법학과에 들어갔지만 1955년 군대에 입대하는 바람에 학업을 중단하고 말았다. 폐결핵을 앓고 있던 이명한에게 군대 소집 영장이 나왔던 것이다. 당시 군대는 부유층 자녀들에겐 돈을 받고 면제를 해주고, 부족한 인원을 충당하고자 아픈 사람에게도 영장이 나오곤 했다. 신병훈련 후 자대배치를 받아 복무했지만 다시금 폐결핵이

악화되는 바람에 1956년 4월 13일, 이명한은 제2육군 정양병원에서 이등병으로 '의병' 제대를 하게 된다.

14. 오유권 작가를 만나 문학의 길에 들어선 이명한

군 제대 후에 나주와 광주를 오르내리며 요양생활을 하던 1956년 여름날, 이명한은 광주시내 황금동의 다방에서 우연히 오유권(吳有權, 1928. 8. 18~1999. 3. 14)이라는 작가를 만나게 된다. 당시 오유권 작가는 나주 영산포의 엄동이란 곳에서 살고 있었는데, 한 해 전인 1955년 단편소설 「두 나그네」, 「참외」가 『현대문학』지에 추천되어 등단한 신진작가였다. 훗날 오유권 작가는 영산강 주변 농민들의 비극적 삶과 농촌사회의 문제점을 형상화한 다수의 작품을 발표함으로써 농민문학의 대표작가가 되었다.

오유권 작가와 문학청년 이명한은 '동향同鄉'이라는 공감대가 있었기에 서로 흉허물 없이 교분을 쌓아갔다. 두 사람은 만나면 으레 막걸리부터 마셨다. 이명한은 밤잠을 설쳐가며 작품 창작에 여념이 없는 오유권 작가를 보면서 큰 감동을 받게 된다. 오유권 작가는 주로 1950년대 농민들의 실상과 농촌현실의 본질적 모순에 접근하는 수많은 농민소설을 발표했는데, 그의 문학적 열정은 대단했다. 1955년에 등단하고 이후 40년 동안 작가 생활을 하면서 250여 편(장편 8, 중편 10, 단편 230)의 소설을 써낼 정도로 그는 '다산성의 작가'였다. 오유권 작가는 끊임없이 글을 써대는

1948년 11월경 폐결핵 투병시 이명한(왼쪽 두번째). 전남 함평 주포 포구의 선상에서 고향 친구들과 함께.

문학적 근면성, 세부 묘사의 진실성, 체화된 농민정서, 질펀한 토속성, 민중적 리얼리티를 구현하는 작가정신을 보여주었다. 그런 오유권을 통해 이명한은 많은 것을 깨닫게 된다.

이명한은 한의학에 몰두하면서 점차 그 세계에 깊숙이 빠져들었다. 할아버지와 아버지 때부터 한의업에 종사했고, 부친이 타계하자 집안 숙부가 한약방을 이어받아 운영하고 있었다. 이명한은 나주중학교에 다닐 때부터 한의학과 관련된 여러 책들을 섭렵했다. 어느 날은 숙부가 자리를 비웠을 때 마을사람들이 약을 지으러 왔다. 어른들이 안 계신다고 하자 중학생인 이명한한테 약을 지어달라고 사정했다. 할수없이 이명한은 책을 참고하여 약을 지어주곤 했는데 그럴 때마다 "아이고 싹 나아 부렀다."고 고마워했다. 이명한의 나이 열대여섯 살부터 마을 어른들이 신뢰를 보냈던 것이다. 이명한은 한방 관련 책들을 읽기 시작했다.

그러다가 폐결핵에 걸리자 자신의 신병을 치료하고자 본격적으로 한의학을 공부했다. 20대 때 이명한은 심하게 각혈을 했다. 피를 토하며 기침을 했는데, 누워 있어도 폐에서 피가 흘러나와 아무것도 먹을 수 없을 정도였다. 이틀이나 사흘 밤낮을 고통 속에 지새는 날들이 많았다. 그런 아픔이 15년 동안 지속된 후 비로소 폐결핵을 완치할 수 있었다. 순전히 이명한 자신의 처방으로 극복한 것이다.

이명한은 1960년 4·19혁명을 나주 고향에서 맞았다. 3·15부정선거에 항의하여 광주고를 시작으로 광주공고, 광주농고, 광주상고 학생들이 광주 금남로에 진출하여 "부정선거 다시 하라!", "정의는 살아 있다!" "광주학생 만세!" 등의 구호를 외치며 시위를 전개했다. 경찰의 발포로 전국에서 186명이 사망했고, 광주에서도 8명이 희생됨은 물론 전국적으로 부상자는 6천여 명에 이르렀다. 1960년 4월 26일, 마침내 독재자 이승만이 돌연 하야함으로써 '4월혁명'은 승리로 귀결되었다. 이승만이 하야했다는 소식을 들은 이명한은 너무나 감격스러워 광주로 갔다. 한때 나주에서 같이 학생운동을 했던 '김선옥'이라는 친구를 만나 4·19에 대한 감회를 토로했다.

"야, 그동안 얼마나 많은 사람들이 희생되었냐. 살아남아 있다는 것이 부끄럽구나. 그렇게 해서 이만큼이라도 좋은 날을 맞이했지만 난 부끄럼이 앞선다."

이명한이 친구에게 자신의 소회를 밝히자 그 친구는 뜻밖에도 "뭣이 부끄러워? 난 오져 죽것다. 이제까지 살아서 오져 죽것네. 부끄러울 것 하나도 없네."라고 말했다. 이명한은 그 친구의 매정한 소리에 당황했다. 그 친구의 형님도 4·19로 희생되었기에 위로의 말을 했는데, 오히려 친구는 조그마한 미안함도 갖고 있지 않아 깜짝 놀랄 정도였다.

4월혁명이 있고 나서 1960년 7월 29일, 제5대 총선이 치러졌다. 5대 총선을 맞아 이명한은 '사회대중당' 후보로 출마한 염동호 변호사의 요청으로 선거운동에 뛰어들었다.

'사회대중당'은 4·19혁명 후 1960년 5월 13일 발기인 모임을 갖고 구 진보당계, 민주혁신당계, 민족자주연맹, 민주사회당계 등 혁신계열이 총결집해 창당된 신당이었다. "4월 민주혁명은 명실상부한 참다운 민주혁명이어야 한다. 이 민주혁명을 통하여 국민의 주권은 튼튼히 확립되어야 하고, 민주적 자유와 인권은 완전히 보장, 실현되어야 하며, 이 혁명을 계기로 하여 참다운 민주적 복지사회에로의 거대한 전진이 이룩되지 않으면 안 된다."는 발기취지문을 발표했다. 이승만 정권의 탄압으로 자유로운 정치활동을 못했던 혁신정치 세력은 4·19혁명 이후 사회 전면에 나오게 된 것이다. 6월 17일, 사회대중당은 집단지도체제인 총무위원회를 두고, 대표총무위원에 서상일, 간사장에 윤길중을 선출한 후 7·29총선에 민의원에 129명, 참의원에 6명의 후보를 공천했다. 선거결과 민의원에 4명, 참의원에 1명이 당선되었다.

나주에서 사회대중당에 출마한 염동호 후보는 이명한에게 사

문학청년 시절의 이명한 작가(우측 첫번째).
고향친구들과 함께.

회대중당에 입당할 것과 봉황면 지역의 선거조직 책임자로 활동
해 줄 것을 요청했다. 이에 이명한은 입당은 할 수 없으나 선거운
동을 도와주겠다고 했다.

4·19 직후에 치러진 총선은 민주당에게 매우 유리한 분위기였
다. 민주당 구파 출신과 자유당 간판으로 선거를 치를 수 없다고
생각한 자유당 사람들이 대거 무소속으로 출마한 가운데 총선이
치러졌다. 이명한은 봉황면 지역을 샅샅이 누비면서 적극적으로
운동을 했다. 학교 운동장에 사람들을 모아놓고 열정적인 찬조연
설을 하는 등 마치 자기 선거를 치르듯 열심히 했다. 제5대 총선
결과는 민주당이 전체 의석 233석 중 75%를 점유한 175석을 독
점했고, 사회대중당이 4석, 자유당 2석, 한국사회당 1석, 무소속
49석으로 귀결되었다. 염동호 후보는 2등으로 낙선했으나, 봉황
면 지역에서는 압도적으로 많은 표가 나왔다. 선거가 끝나자 염

동호 후보는 낙선했음에도 불구하고 이명한의 노력으로 선전한 사실에 감동하여 이명한에게 상당한 액수의 돈을 보내왔다. 낙선한 후보가 사례금을 보내온 것은 전례가 없는 일이었다. 이명한은 선거 운동원들과 용돈으로 나눠 썼다.

그런데 5·16군사쿠데타가 발생한 이후 1961년 5월 22일, '국가재건최고회의의 포고' 제6호에 의하여 '사회대중당'은 혁신정치세력이라는 이유로 해산되었다. 이명한은 사회대중당 후보를 도왔다는 이유로 경찰에 붙잡혀 갔다. 경찰서로 끌려간 이명한은 며칠간 조사를 받았다. "왜 사회대중당 운동을 했냐? 혁신정당의 당원이 아닌가?" 하고 물었다. 그러나 이명한은 사회대중당에 입당 자체를 안했기 때문에 그 문제에서 빠져 나올 수 있었다. 이명한은 "염동호 후보가 사법고시를 합격해서 변호사를 하고 있는 존경하는 사람이고, 협조해 달라고 부탁해서 나도 고시를 목적으로 하고 있어 단순히 도와주었을 뿐이다. 인간적인 것이지 이데올로기적인 것은 아니다."라고 잡아떼어 얼마간 조사 받다가 무사히 석방될 수 있었다.

그 일이 있은 후, 이명한은 영산포정미소에서 일하고 있는 '허현'이라는 친구와 배를 한 척 사서 일본으로 밀항하려고 준비했다. 배를 구할 수는 있었으나 이를 몰고 갈 선장을 구할 수 없어 고모할머니 아들인 5촌형제 '박승환'을 만났다. 그를 만난 이명한은 "우리는 일본에 내려주고 배는 당신이 가져부려라."고 청했으나 그가 단칼에 거절한 바람에 결국 배를 끌고 갈 사공을 못 구해 밀항을 포기한 일도 있었다.

15. 농민문학가 오유권 소설의 특징과 〈청탑〉 동인 활동

문청 시절인 1956년 이명한은 광주 황금동의 다방에서 우연히 오유권 작가와 만난 후 교류를 계속했다.

그즈음 장흥 회진에서 농사를 지으며 소설과 시를 창작하던 문학청년 한승원은 신춘문예나 잡지에 몇 번 투고했으나 등단하지 못하자 어찌해야 할지 고민을 거듭하며 누군가 자신의 길을 잡아주면 좋겠다고 생각하던 중 『현대문학』지에 실린 오유권의 「문학 수업기」라는 글을 읽었다. 1958년 어느 날 한승원은 나주 영산포에 사는 오유권 작가를 만나러 길을 나섰다. 장흥면 회진면 '덕도'라는 섬에 살던 그는 광주를 경유해 영산포로 갔다. 오유권 작가의 집을 마을 사람들에게 묻고 또 물었다. 작가라면 그럴듯한 집에 살 거라고 생각한 한승원의 기대는 점차 무너지고 있었다. 그때의 회상기를 한승원은 자신의 산문집 『허무의 바다에 외로운 등불 하나』라는 책에서 다음과 같이 서술한 적이 있다.

"가파른 골목길을 더듬어 오르기에 다리가 팍팍했다. 선생의 집 사립에 들어서면서 나는 아무래도 집을 잘못 찾아온 듯싶었다. 집은 흙담을 쌓고 그 위에 지붕을 올린 것으로 콧구멍만한 부엌 하나에 엎드려 불불 기어 들어가야 머리를 부딪히지 않을 만큼 낮고 조그마한 죽창살 문 달린 방이 둘이었다. 마루는 없었고, 황토를 다진 위에 댓돌을 얹고, 그 안쪽에 대로 엮어 만든 평상을 놓아두었다. (중략) 이때 선생의 나이 서른 한 살이었다. (중략) 선생의 타고난 가난, 당신의 할아버지, 아버지로부터 물려받은 그 가난은 집 모양, 살림살이의 이 모습 저 모습이 모두 말해주고 있었다. 내가 느끼기로 선생이나 선생의 양친께서는 가난에 쪼들리고 들볶이며 사는 게 아니고, 가난 그 자체를 육신의 일부분처럼 가령, 손가락이나 발가락이나 귀나 눈처럼 거느리고 가꾸어 가며 살고 있는 듯했다. 별로 탐탁스럽지도 않은 원고료만 들여다보고 앉아 글을 쓰는 아들의 수입에 기댈 수 없었던지, 선생의 아버지와 어머니께서는 큰 사람의 엉덩짝만한 밭뙈기 하나를 농사라고 짓는 한편, 오래전부터 해오던 기름 장사나 간장 장사를 그대로 하고 있었다."

1928년 나주 영산포읍 세지면 골모실 마을에서 가난한 농민의 아들로 태어난 오유권은 유년시절 외조부에게서 『천자문千字文』을 뗐고, 서당에 들어가 『사자소학四字小學』, 『명심보감明心寶鑑』, 『연주시聯珠詩』 등을 배웠다. 일제 말기인 1943년 영산포남보통학교를 졸업한 후 인근 영산포서보통학교에서 급사로 일하다가 체신리양성소에서 전화과를 수료했다. 해방 전 영산포우체국에서 근무하다가 8·15를 맞았다.

1947년 우연히 서점에서 노자영의 『인생안내』라는 책을 읽고 문학에 눈을 뜬 오유권은 작가가 되기 위해 창작에 몰두했다. 1949년 『문예』지에 소설 「역풍」을 투고했으나 낙선한다. 김동리 작가로부터 소설 중에 과도하게 등장하는 사투리 문제를 해결하는 게 급선무이니, 표준어 습득에 힘을 쓰라는 충고로 한글학회에서 나온 『우리말 큰사전』을 두 번이나 베꼈다고 한다. 1951년 해병대에 입대하여 진해에서 근무할 때 부산에서 피난살이를 하던 김동리를 만나 본격적인 문학수업을 받고 여러 문인들을 소개받았다. 전쟁이 끝나고 서울의 김동리 작가 집을 드나들던 오유권은 김동리 부인의 중매로 김순희와 결혼을 하게 된다. 맏동서 김동리에서 황순원 소설가로 문학적 스승을 바꾼 오유권은 부지런히 습작을 계속하여 등단 전에 쓴 작품이 무려 200여 편에 달했다고 한다. 1955년 오유권은 황순원의 추천으로 『현대문학』에 단편 「두 나그네」, 「참외」를 발표하여 등단한다.

오유권의 소설은 주로 농촌이 배경이기에 한국의 대표적인 '농민작가'로 알려져 있기도 하지만 워낙 다작이기에 도시 변두리의 장사꾼이나 소시민들을 주인공으로 한 작품들도 있다.

오 작가의 첫 부인은 가난을 견디지 못하고 젖먹이와 떠나갔고, 고향 영산포를 떠나 서울의 흑석동과 신도림동의 허름한 집에서 딸 하나와 아들 둘을 데리고 살았던 오유권 작가는 가난 앞에서도 결코 좌절하지 않았다. 한때 뇌졸중으로 쓰러졌지만 끈질긴 집념으로 창작을 이어나갔고, 1999년 3월에 타계할 때까지 발표한 작품이 무려 250여 편에 달했다. 230편의 단편, 10편의 중편, 8편의 장편을 써낸 다산성의 작가였다. 대표적인 단편으로 「소문」, 「가을길」, 「두 나그네」, 「가난한 형제」, 「바람맞은 골목」 등과 중편 「일가의 몰락」, 「어촌」, 장편 「방앗골 혁명」, 「여기수」, 「황토의 아침」 등이 있다.

오유권은 농촌사회의 소박한 풍속과 따스한 인정을 보여주며, 한국 근대화 과정 속에 소외당한 농민들의 아픔과 농촌의 실상을 작품에 잘 담아냈다. 오유권 소설의 핵심은 농촌체험의 진실한 반영에 있었다. 역사적, 사회적 변화에 초점을 두고 농촌하층민의 삶을 민중적 관점에서 재현했다. 농촌하층민들의 참담한 궁핍상과 그들의 강인한 생명력은 최서해의 「탈출기」처럼 '빈궁소설'의 한 전형으로 평가되기도 한다. 오유권의 초기 대표작으로 1963년 『사상계』에 발표한 「가난한 형제」는 농촌 분해과정의 실상과 임금노동자의 의식적 각성, 주체적 저항을 형상화하여 전후 농촌문학의 문제작으로 일컬어진다. 오유권은 전후 농민문학을 새롭게 복원하고, 리얼리즘 문학의 가능성을 재현했다는 점에서 한국문학사에서 새롭게 재조명되어야 할 작가이기도 하다.

이명한은 오유권이라는 동향의 선배작가와 너나들이하면서 본격적으로 문학에 뜻을 둔다. 끈질긴 집념으로 자기만의 문학세계를 구축하려고 안간힘을 썼던 오유권을 통해 이명한은 작가정신의 치열함을 배웠다. 어쨌든 창작에 게을리하지 않으려 애쓴 것은 오유권 작가로부터 체득한 것이다.

이명한은 문청시절에 시와 소설을 병행하며 「실업 피해자」라는 소설을 한국일보 신춘문예에 투고하기도 했으나, 등단의 길은 그리 쉬운 게 아니었다. 낙선의 아픔 속에서 한때 글 쓰는 것을 포기할까도 생각했지만 심기일전하여 1960년대 중후반에 이영권(시인), 이해동(시인), 송규호(수필가) 등과 함께 광주에서 문학을 공부했다. 그들과 〈청탑〉 동인을 결성해 3권의 동인지를 펴냈다.

한편 오유권 작가의 집을 드나들던 한승원은 1966년 〈신아일보〉 신춘문예에 주동후와 함께 입선하고 1968년 〈대한일보〉 신춘문예로 등단한다. 1970년대 초반 이명한은 낮에는 광주 동명동에서 한약방을 운영했으나 기본 생활비를 벌고자 하는 것일 뿐 본격적으로 벌어놓은 것은 아니었다. 밤에는 조대부고 야간부 교사로 일하면서 문학의 길을 가고 있던 여러 사람들과 만나게 된다.

16. 1973년, 『소설문학』 동인으로 참여한 이명한

'주동후'(1942~2003)라는 사람이 있었다. 전남 광양에서 태어나 성균관대 법대를 졸업한 후 전남일보 신춘문예에 시가 당선되고 1966년 신아일보 신춘문예 소설 부문에 입선한 그는 문단의 마당발로 통했다. 호기롭게 술 마시기를 좋아했으며 격식을 거부하고 친화력이 있었다. 조대부고에서 임시 국어교사로 있을 때 조대부고 학생이던 김준태 송기원 등과 사제지간이라기보다 친구처럼 지냈던, 광주에서 글깨나 쓰는 사람들을 모두 꿰고 있던 사람이었다.

1960년대 후반 주동후는 광주의 〈삼남교육신문〉 기자로 일하던 백시종을 만났다. 경남 남해 출신인 백시종은 1966년 대한일보 신춘문예에 소설 「나룻배」로 입선하여 등단한 후 광주에서 머물고 있었다. 주동후는 백시종과 만난 자리에서 광주에서 '소설'을 쓰는 사람들끼리 '동인'을 한번 결성해보자고 의기투합했다.

주동후는 동인에 합류시킬 사람들을 물색했다. 광양중학교 교사로 있던 한승원과는 신아일보 신춘문예 시상식장에서 만난 인연이 있었고, 〈전남일보〉 기자로 일하던 이계홍과 조대부고 학생 시절부터 이름을 날린 김만옥도 만났다. 김만옥은 조대부고 학생 시절부터 김준태 김성빈과 형제처럼 지내던 사이로 스물두 살 때 『사상계』 신인문학상으로 등단한 광주문단의 기린아였다. 또한 교사로 있던 황방현과 서희석, 송정리에서 우체국장을 하던 이항렬이 소설동인 모임에 합류했다. 동인 명칭을 〈남도소설南道小說〉이라 정하고, 전남도청 인근 '전남매일신문사' 지하 '무진다실'에서 매달 만나 합평회를 했다. 그러나 혈기방장한 시절이라 만나면 술타령이었고 2년 동안 모임을 가졌지만, 동인지에 수록할 작품을 미처 수합하지 못해 흐지부지되고 말았다.

1996년 '문학의 해'를 맞아 광주전남의 문단사를 『월간예향』에 연재하던 주동후(당시 광주MBC 근무)는, 동인지 출간은 못했지만 한 가지 성공한 것은 광양중 교사로 있던 한승원을 춘태여고 교사로 '광주 입성'에 성공시킨 것이라고 회고한 바 있다.

1960년대 〈남도소설〉이 밑알이 되어 1973년, 광주에서 새롭게 출범한 것이 〈소설문학동인회〉이다. 『소설문학小說文學』 동인지는 1973년 3월에 제1집을 출간하고 1974년 7월에 제2집, 그리고 1979년 3월에 제3집을 내고 막을 내렸지만, 광주전남 소설문단의 구심체 역할을 수행했다.

문학사적으로 살펴볼 때 시 동인은 허다하게 출현했지만 산문(소설) 동인은 매우 드물었다. 1962년 김현(평론가) 김승옥(소설

가) 최하림(시인) 3인이 의기투합하여 출범한 〈산문시대〉 동인은 강호무 김치수 염무웅 곽광수 서정인 등이 합류해 1964년 10월까지 모두 5호를 발간했다. 〈산문시대〉 동인지는 시와 소설, 평론 등을 게재하는 등 1960년대 4 ·19세대의 새로운 문학적 출발을 알렸다. 훗날 한국문학의 명망가들로 자리잡게 되는 〈산문시대〉 동인도 그 첫출발은 미미했다.

1970년대 초반 광주에서 출범한 〈소설문학동인회〉는 '순수소설'만을 게재한 동인지로는 그 유례가 없는 일이었다. 그 당시 광주전남 문단에서 소설가는 상대적으로 숫자가 적었고, 두세 사람 외에 중앙문단에 거의 이름조차 알려지지 않은 상태였다.

『소설문학小說文學』 동인지 제1집은 1973년 3월초, 광주의 '홍룡출판사'라는 곳에서 출간되었다. 표지 장정은 장지환이 했고, '200원'이라는 정가를 붙여 출간했지만, 자비自費 출판으로, 출간 후 동인들이 필요에 따라 몇십 부씩 혹은 백여 부씩 나눠가졌고, 광주시내 서점에도 배포한 것으로 보아 최소 1천 부 이상은 발간한 듯하다. 전국 서점에 깔지는 못했지만 동인들과 안면 있는 전국의 문인들에게 최대한 배포하여 동인 출범 사실을 알렸다. 제1집이 출간되고 나서 전남일보(현, 광주일보) 문화면에 특집 좌담이 보도되는 등『소설문학』동인지 출간은 한동안 광주에서 화제가 되었다.

〈소설문학동인회〉 제1집은 8명의 작가가 참여했다. 그 중 절반만이 등단했고 나머지는 미등단 상태로 동인에 합류했다. 동인들 중 김제복은 한승원의 추천으로 합류했고, 김신운은 1972

이명한은 1973년 『소설문학』 제1집에 작품을 발표하면서 본격적인 창작활동을 시작했다.

년 전남일보 신춘문예에 당선된 경력으로, 조선부고 국어교사인 이명한과 조선대 교수 주길순이 합류했다. 주동후는 〈남도소설〉처럼 실패하지 않고자 작품을 챙겼고, 책 출간에 따른 경비도 독려했다.

동인들은 지역문단을 인정하지 않는 풍토에 맞장을 뜨기 위해 멋진 동인지를 펴내자고 결의를 다졌다. 그 결과 소설만으로는 최초의 동인지라고 할 수 있는 『소설문학小說文學』 창간호가 마침내 출간되었다. 책을 받아본 동인들의 감회는 남달랐으며, 창간호 앞장에 실린 '동인 8인의 선언'엔 어떤 호기와 함께 당찬 포부가 느껴진다.

우리는 적어도 껄쩍지근하게, 거침없이, 하고많은 사람들이 못다한 이야기를 할 수 있도록 선택된 사람들이라는 자부심을 가지고 있습니다.

씨름은 이제 시작되었습니다. 원래 씨름판에서는 아이들의 씨름을 먼저 붙였다가 끝내고, 달이 중천에 떴을 때 어른들의 웃씨름을 붙여서 새벽의 온누리를 함성으로 채우는 법입니다.

우리에게는 '서울문단'은 있지만 '한국문단'은 없습니다. 그렇기 때문에 우리는 감히 여기 피 흘려 농사를 벌입니다.

흔히들 '문학동인'은 정치사회 현실에 대한 진단과 함께 문학의 지향점, 문학운동의 목표를 제시하며 자기선언을 하기 마련이다. 그러면서 동인 특유의 '에꼴'을 형성하게 된다. 『소설문학』동인지는 논리적인 지향점 대신에 변방에서 변죽을 울려 서울이라는 문단, 한국문단을 흔들어보겠다는 야심찬 포부를 밝히고 있다. "못다한 이야기들을 할 수 있도록 선택된 사람들"이라고 스스로 자존을 내세우면서, '피 흘려' 글을 쓰겠다는 결의를 밝혔다. 작품 수록은 가나다순으로, 김만옥 김신운 김제복 이계홍 이명한 주길순 주동후 한승원 순으로 게재했다.

동인선언과 목차를 싣고, 곧장 작품이 등장한다. 작품명 아래 작가 이름과 간략한 약력을 게재했다. 이를 살펴보면 1946년 전남 완도 출신으로 『사상계』 신인문학상과 〈대한일보〉 신춘문예에 당선된 김만옥의 「모자일 종물腫物」, 1944년 전남 화순 출신으로 장편소설 「백령도」를 쓴 김신운의 「산지기」, 1942년 전남 장성 출신으로 동신여중 교사 김제복의 「외출에서 고기잡이」, 1946년 전남 무안 출신으로 이계홍의 「끝의 시작」, 1932년 전남 나주 출신으로 '묘향원'을 경영하는 이명한의 「효녀무孝女舞」, 1933년 전북 남원 출신으로 경향신문 신춘문예, 『주길순창작집』을 출간한 조대사대 교수 주길순의 「개백정 공수」, 1942년 전남 광양 출신으로 신아일보 신춘문예 「여름파려」 입선, 광주문화방송PD 주동후의 「제5계절」, 1939년 전남 장흥 출신으로 대한일보 신춘문예 당선—『한승원창작집』 등을 출간한 동신중 교사 한승원의 「장송葬送」이 실려 있다. 참여한 작가들의 면모를 살펴보면 최고령 이명한부터 1946년생 김만옥에 이르기까지 15살의 나이 편차가 있다. 동인지에 작품이 게재될 당시 김신운 김제복 이계홍 이명한 4인은 미등단 상태였다. 훗날 김신운은 1975년 〈서울신문〉 신춘문예로, 이계홍은 1974년 『월간문학』 신인상으로, 이명한은 1975년 『월간문학』 신인상으로 각각 등단하게 된다.

〈소설문학동인회〉의 두 번째 작품집은 1974년 7월, '8인 작품집'이라는 부제를 달고 서울의 조태일 시인이 편집과 장정을 맡아 출간했다. 그런데 2집에는 1집에 참여한 김만옥 주길순 작가가 참여하지 못했다. 김만옥은 29세의 젊은 나이에 자결한 탓에, 주길순은 동인들과 의견이 맞지 않아서였다. 두 사람이 빠진 대신에 문순태(1941년 담양 출생, 1974년 『한국문학』 신인상 당선) 강순식(1943년 송정리 출생, 1971년 전남일보 신춘문예 소설 당선)이 합류했다.

『소설문학』 동인지 제3집은 제2집 출간 후 무려 5년 만인 1979년 3월, '12인 작품집'이라는 부제를 달고 서울의 미래산업사에서 상업 출판되었다. 설재록(1947년 전남 담양 출생, 1973년 전남일보 신춘문예 소설 당선), 송기숙(1935년 장흥 출생, 1965년 『현대문학』 평론 추천, 이후 소설로 전향) 이지흔(1943년 광주 출생, 1978년 조선일보 신춘문예 소설 당선) 정청일(1935년 전남 장성 출생, 1973년 『월간문학』 신인상 당선) 작가가 새롭게 합류함으로써 광주에서 소설가로 이름 있는 대부분의 작가들이 참여했다. 문순태의 중편 「깨어 있는 낮잠」과 주동후의 중편 「혼의 소리」가 실려 있고, 나머지 작품은 모두 단편작품이다. 강순식의

1977년 6월 25일, 광주 가톨릭회관 강당에서 열린 소설가 한승원의 창작집 『앞산도 첩첩하고』 출판기념회에서 〈소설문학동인회〉의 기념패를 증정하고 있는 이명한 작가.

「단독비행」, 김신운의 「보袱의 소리」, 김제복의 「끝패암」, 설재록의 「중국 빵집과 일본 여자」, 송기숙의 「청개구리」, 이계홍의 「이틀분의 남자」, 이명한의 「세 번째 태어난 사나이」, 이지흔의 「가방 속의 반란」, 정청일의 「황소」, 한승원의 「내 딸 미선이」가 실려 있다. 1979년 3월 30일자 동아일보는 신간안내를 통해 『소설문학』 제3집 출간사실을 보도했다.

"시 동인 활동만 두드러진 우리 문단 풍토에서 『소설문학』이 꾸준히 이어져 오는 것은 일면 소설동인지의 가능성을 보여주는 것이기도 하다. 소설 동인지로서 유일하게 남아 있는 『소설문학』은 1973년 광주에서 태동 1집을 내고, 1974년에 2집을 낸 뒤 5년 만에 3집을 간행한 것. 동인들의 가난한 호주머니를 털어 230페이지의 아담한 책으로 꾸며낸 데에는 남다

른 의미도 있어 보인다. 이 동인회의 성격은 자기의 삶과 주
변의 사회, 태어난 땅의 역사에 대해 진지하게 생각하고 고민
하는 데서 자기의 존재를 확인한다는 것."

〈소설문학동인회〉는 1980년 5월항쟁을 겪고 나서 참담한 슬
픔 때문에 앞으로 나아갈 역동성을 찾지 못했다. 동인 중 송기숙
작가는 5·18 항쟁 수습위원으로 참여하다가 구속되어 옥고를 겪
었으며, 그해 5월에 살아남은 동인들은 극심한 굴욕감과 죄책감,
자괴감 속에서 한동안 글을 쓰지 못했다.

제3집을 끝으로 『소설문학』 동인은 순명順命했지만, 1970년대
광주전남 소설문단의 구심체로서 역할을 수행했으며, 아울러 광
주전남의 후배 작가들을 견인하는 등 '광주전남 문학사'에서 존재
적 가치를 입증했다.

17. 『월간문학』 신인상 등단과 첫 소설집 『효녀무』 출간

1973년 광주에서 '묘향원'이라는 한약방을 운영하면서 〈소설
문학동인회〉 제1집에 단편소설 「효녀무」를 발표한 이명한은 〈한
국문인협회〉 전남지부 회원으로 가입해 문단활동을 시작했다.
그 후 「효녀무孝女舞」를 개작하여 제목을 「월혼가月魂歌」로 바꿔
『월간문학』 제15회 '신인상'에 투고해 당선되었다.

이명한은 『월간문학』 1975년 4월호에 단편 「월혼가」를 발표함

으로써 '45세'라는 늦깎이로 중앙문단에 얼굴을 내밀었다. 제15회 『월간문학』 신인상의 심사를 맡은 정한숙 곽학송 소설가는 심사평에서 "오랜 문학수업의 결정結晶이다. 이명한의 소설은 차분한 문장과 정확한 표현, 능히 기성의 수준에 이른 작품이다. 결점도 없는 것은 아니지만 어느 산촌의 자그마한 상황을 이처럼 아름답게 꾸민 솜씨는 범상치 않다. 정진을 빈다."고 평했다.

이명한이 『월간문학』 신인상으로 뒤늦게나마 등단할 수 있었던 계기는 무엇보다도 〈소설문학동인회〉 활동이 밑거름이 되었다. 이명한뿐만 아니라 『소설문학』 동인지에 발표했던 작품들로 이계홍 김신운이 앞서거니 뒤서거니 등단하게 된다. 함께 모여 동인활동을 하다 보니 경쟁심리가 작동하여 상대방보다 더 좋은 작품을 쓰겠다는 자세가 '등단'에 유리하게 작용했을 것이다.

이명한 작가가 『월간문학』에 등단하기 직전, 한국문단에는 커다란 지각변동이 일어났다. 1974년 11월 18일, 〈자유실천문인협의회(약칭: 자실)〉가 출범함으로써 한국문단의 큰 줄기는 두 갈래로 나뉘게 된다. '한국문인협회' 소속 문인들 중 '유신체제'에 반대하는 민주화운동과 각종 필화 사건을 겪은 문인들이 중심이 되어 반독재 민족문학운동을 전개하기 시작했다.

유신 치하의 엄혹한 정치현실을 더 이상 침묵할 수 없다고 판단한 문인들은 서울 광화문 의사회관(현, 교보빌딩 자리) 앞에서 〈자유실천문인협의회 101인 신인〉을 발표하면서 박정희 정권에게 민주주의와 유신헌법 개정을 요구했다. 이날 현장에 참여한 '자실' 소속 문인 30여 명은 "시인 석방하라", "우리는 중단하지 않는다"라는 구호가 적힌 현수막을 펼쳐 들었다. '자실' 대표간사 고은 시인은 기습적으로 〈자실 101인 선언〉을 낭독했다.

유신헌법 개정 논의를 금지하는 '대통령 긴급조치'가 발동된 엄혹한 상황임에도 불구하고, 광화문 네거리에 모인 문인들은 구속을 각오하고 시국을 성토했다.

1. 시인 김지하 씨를 비롯한 긴급조치로 구속된 지식인·종교인 및 학생들은 즉각 석방되어야 한다.
2. 언론·출판·집회·결사 및 신앙의 자유는 여하한 이유로도 제한될 수 없으며 교수·언론인·종교인·예술가를 비롯한 모든 지식인은 이 자유의 수호에 앞장서야 한다.
3. 서민대중의 기본적 생존권을 보장하기 위한 획기적인 조치가 있어야 하며 현행 노동 제법은 민주적인 방향으로 개정되어야 한다.
4. 이상과 같은 사항들이 원천적으로 해결되기 위해서는 자유민주주의 정신과 절차에 따른 새로운 헌법이 마련되어야 한다.
5. 이러한 우리의 주장은 어떠한 형태의 당리당략에도 이용되어서는 안될 문학자적 순수성의 발로이며, 또한 어떠한 탄압 속에서도 계속될 인간 본연의 진실한 외침이다.

선언문 낭독중에 경찰의 긴급출동으로 집회가 해산되고 고은 이문구 박태순 이시영 등 7명의 문인들이 종로경찰서로 연행되

1, 2 〈자유실천문인협의회〉 출범식 날. 경찰이 현장을 급습하여 이를 제지하고 있다. 선언문을 읽는 고은 시인과 임정남 염무웅 박태순 윤흥길 송기원 황석영 조세희 등 문인들의 얼굴이 보인다. 3, 4 〈자유실천문인협의회〉의 선언문. 이 선언문 뒷면에는 문인 101인의 명단이 실려 있다.

었다. 연행된 문인들은 다음날 오후 방면되었고, 그 후 〈자실〉은 반독재 민주화투쟁을 치열하게 전개했다. 유신체제의 억압적 정치현실을 뚫고 전국 규모의 문인조직으로 새로이 출범한 '자실'은 감시와 연행, 구속과 투옥 등 모진 수난을 자초하면서 활동을 펼쳤다. 광주전남 지역에 거주하던 문인들 중에서 송기숙 황석영 한승원 작가 등과 문병란 양성우 김준태 김남주 시인 등이 '자실 101인 선언'에 참여한다. 아울러 광주전남 출신으로 서울에서 활동하던 박봉우 조태일 최하림 이시영 시인 등과 박화성 천승세 이청준 송영 송기원 소설가 등이 뜻을 함께 했다.

1974년 11월 당시 이명한은 공식적으로 등단한 상태는 아니었지만 『소설문학』 동인지에 작품이 발표된 것을 인정받아 '한국문인협회' 산하 전남지부(지부장: 허연) 회원으로 활동하게 된다. 당시 전남지부에는, 시분과에 김만옥 김준태 김현곤 문병란 문순태 박홍원 범대순 양성우 오명규 이영권 이수복 이해동 장효문 정현웅 주기운 진헌성 차의섭 허연 등 33명, 시조분과에 김종문 도채 송선영 이한성 정소파 등 8명, 수필분과에 김남중 송규호 이삼교 등 8명, 소설분과에 강무창 김신운 김제복 설재록 송기숙 이명한 정청일 주길순 주동후 한승원 등 16명, 아동문학분과에 김삼진 문삼석 전원범 등 13명, 희곡분과에 김봉호 한옥근 함수남 등 6명, 평론분과에 구창환 백완기 등 4명, 모두 78명이 문협의 광주전남지부 회원으로 활동했다. 이 당시 광주전남 지역에 거주하던 소설가는 16명에 불과했다.

1975년 『월간문학』으로 등단한 이명한 작가는 낮에는 한약방을 운영했고, 저녁에는 '정교사' 자격증을 취득하여 조선대학교부속고등학교(조대부고) 야간부 국어교사로 재직했다.

1970년대 중후반은 박정희 대통령의 '유신시대'였기 때문에 교사들의 교권이 크게 위축되고 있었다. 고교는 물론 대학교수들도 시국 관련 문제 학생들의 동향을 파악해서 보고해야 했다 1975년 5월에 '대통령 긴급조치' 제9호가 발동된 뒤 대학은 물론 고등학교에서도 학도호국단제와 군사교육의 강화로 인해 학교는 병영화했고, 비교육적 풍토 속에서 신음하고 있었다.

이명한이 교사로 재직하던 조대부고도 예외는 아니었다. 학교장의 지시를 받은 학생과 직원은 민주화운동에 교회가 가담하는 등 꿈틀거리자, "기독교 학생들 명단을 적어내라"고 지침을 내렸다. 분명 경찰과 중앙정보부의 지시를 받은 게 분명했다. 교무실에서 이 말을 들은 이명한은 "교사가 가르치기는커녕 밀대 노릇을 하란 말이냐. 선생이 학생들 밀대 노릇을 하라니, 어허 참… 나 학교 그만둬도 그런 짓거리는 못한다!"라며 버럭 목청을 높였다. 이 말에 젊은 교사 한 사람이 "옳은 말씀이오!"라며 동조했고 이명한은 학생들 명단 제출을 모면할 수 있었다. 그러던 어느 날, 학교당국은 교사들에게 '시국관'을 적어내라고 했다. 일종의 사상 검증이었다. 기독교 학생 명단 제출은 거부했지만 전 직원이 시국 관련 글을 반드시 제출해야 한다고 했다. 이명한은 고민하지 않을 수 없었다. 이는 분명히 문교부 당국의 지시였고 교사들에게 유신체제 지지를 유도하기 위함이었다. 박정희 유신시대에는 그런 비교육적 일이 다반사로 있었다.

이명한은 할수없이 자신의 시국관을 우회적으로 언급했다. "이건 본연의 길이 아니다. 이 나라가 지향하는 것이 민주주의가 되고 통일이 되어야 하는데 이런 현상은 일시적인 기현상이다." 그런 내용으로 문찬식 교장에게 제출했다. 교장은 이명한 작가의 반골적 성격을 잘 알기에 상부에 제출하지 못한 듯했다.

유신체제 하에서 경찰은 대학캠퍼스 안에서 공공연히 학생들의 동태를 감시했다. '지도교수제'라는 것을 실시하여 운동권 학생들의 동향을 학교당국에 보고해야 했으며, 만약 지시를 이행하지 않으면 박정희 정권은 '교수 재임용제'를 악용해 반체제 성향의 교수들을 대학에서 쫓아냈다. 정권에 밉보여 쫓겨난 전국의 대학 교수 400여 명은 '해직교수협의회'(회장: 성래운 전 연대 교수)를 결성하여 민주화운동에 나섰다. 전남대 국문과 교수로 재직중인 송기숙(1935~2021) 작가는 박정희 정권이 학생들에게 암기하도록 강요하던 '국민교육헌장'의 문제점을 깊이 고민했다. 일제의 '황국신민서사'를 차용한 '국민교육헌장'에는 국민들을 정치권력의 뜻대로 길들이기 위한 고도의 정치적 술수와 음모가 깔려 있었다.

1978년 6월초 서울대 해직교수 백낙청(문학평론가)과 전남대 교수 송기숙은 '국민교육헌장'의 문제점을 비판한 『우리의 교육지표」 선언문'을 극비리에 작성했다. '해직교수협의회' 성래운(훗날, 광주대 학장) 회장은 선언문 지지서명을 전국의 대학교수들로부터 받을 예정이었다. 그런데 서울의 각 대학 교수 56명이 서명했으나 성명서 발표는 차일피일 연기되었다. 성래운 회장은 성명서 발표를 더 이상 늦출 수 없다고 판단, 송기숙 교수가 서명 받은 전남대 교수 12명(명노근 안진오 이석연 이홍길 등)의 이름이 기재된 「우리의 교육지표」 성명서를 1978년 6월 25일, 일본 〈아사히신문〉과 미국의 AP통신 등 외신기자들에게 배포했다. 당시 국내 언론은 긴급조치 9호 때문에 보도자료를 배포해도 일절 보도하지 않았다. 6월 27일, 외신을 통해 전남대 교수들의 「우리의 교육지표」 선언 사실에 알려지게 되자 정보당국은 깜짝 놀라 선언문에 서명한 전남대 교수 12명을 일제히 중앙정보부 전남분실로 연행하였다.

「우리의 교육지표」 선언으로 교수들이 연행되었다는 소식을 들은 전남대 학생들은 동요하기 시작했고, 1978년 6월 28일 오후 1시반경 전대 도서관 앞에서 연행된 교수들을 위한 기도회를 가졌다. 이어 저녁에는 광주시내 YWCA 강당에서 전남대 교수들과 학원민주화를 위한 기도회가 열렸다. 다음날인 1978년 6월 29일, 정보부에 연행된 교수들이 여전히 석방되지 않자 전대생 700여 명은 노준현 학생의 주도로 대대적인 항의시위를 전개했다. 이른바 '전대 6·29 시위'가 발생한 것이다. 학생들은 〈6·27 양심교수 연행에 대한 전남대 민주학생선언문〉을 낭독한 후 "민주교육선언 교수를 석방하라! 학원사찰 중지하고 기관원은 물러가라!"는 구호를 외치며 교수들이 석방될 때까지 도서관에서 농성을 전개했다. 경찰은 최루탄을 쏘며 교내에 난입하여 농성중인 학생들을 연행하기 시작했다. 그러나 전대생들은 이에 굴하지 않고 6월 30일과 7월 1일에는 광주시내 한복판까지 진출하여 격렬한 가두시위를 감행했다. 경찰은 시위를 무자비하게 진압했고 이

과정에서 부상을 입은 학생들이 수십 명에 달했다. 7월 3일에는 조대생들이 대학 강당에서 동조시위를 했다. 경찰은 시위 주모자들을 일제히 체포, 연행하기 시작했다. 전대생 김선출 김윤기 노준현 박몽구 안길정 등과 조대생 박형중 양희승 등 18명, 시위 관련 유인물을 제작해준 YWCA 김경천 간사 등 20명을 긴급조치 9호 위반으로 구속했다. 아울러 전대생 박기순 등 10여 명에 대해 무기정학 처분을 내렸다.

「우리의 교육지표」 선언에 참가한 전남대 교수들 중 송기숙 교수를 제외한 11명의 교수들은 정보부에서 풀려났지만 이후 교수직에서 강제로 해직되었다. 송기숙 교수는 1978년 7월 4일, 긴급조치 9호 위반혐의로 구속되었다. 이 사건에 대한 재판이 진행되었고 유신치하의 사법부는 송기숙 교수에게 징역 4년, 자격정지 4년형을 선고했다. 광주교도소에 복역중인 송기숙 교수는 교도소 측의 차별대우에 항의하여 단식투쟁을 했고, 청주교도소로 이감돼 복역생활을 계속했다. 「우리의 교육지표」 사건은 광주 시민사회에 신선한 충격을 안겨주었다. 교수들이 신분상의 불이익을 감수하면서 서명에 동참한 사실이 알려지자, 민심이 꿈틀거리기 시작했다. 아울러 소설가인 송기숙 교수가 구속되었다는 소식을 접한 동료 문인들은 재판정에 방청을 가거나 영치금을 넣어주는 등 연대의 마음을 보여주었다.

이명한 작가는 등단 후 『월간문학』, 『신동아』 등의 지면에 소설을 발표했고 『새전남』이라는 월간잡지에 '이명한 칼럼'을 연재하는 등 꾸준히 창작 활동을 전개했다.

1976년도 『새전남』에 연재한 칼럼을 살펴보면 「언어의 우중성愚衆性」, 「휴머니즘의 과제」, 「술과 인생」, 「차두가단 차발불가단此頭可斷 此髮不可斷」 등의 제목으로 글이 실려 있는데, 이명한 작가의 폭넓은 인문적 지식과 함께 시국현실을 우회적으로 비판하는 작가정신을 엿볼 수 있다. 그 중 도연명의 시 「귀거래사歸去來辭」와 같은 제목으로 쓴 『새전남』 1976년 8월호의 칼럼을 보면 이명한 작가의 현실인식과 권력층을 바라보는 날카로운 인식을 읽을 수 있다.

지나치게 권세에 연연한 사람은 그가 물러났을 때의 처량함을 깨닫지 못한다. 어떤 지위에서 물러난 뒤 사회생활에 적응치 못하고 옛같이 자기를 받들고 대우해 주지 않는 세상을 원망하고 비탄하다가 사라지는 사람을 우리는 수없이 본다.

어떤 권세나 지위, 그리고 부富가 영원히 자기의 전유물이 아니고 임시로 편의상 맡겨진 것이란 것을 깨달을 수 있는 사람은 설령, 그 권세와 지위와 부를 잃더라도 그렇게 심한 좌절과 절망을 겪지 않고도 이 세상을 살아갈 수 있지 않을 것인가.

요즘과 달리 1970년대는 발표 지면이 매우 한정적이어서 작품을 발표할 수 있는 문예지가 손꼽을 정도였다. 이명한은 등단을 전후로 지면에 발표했던 12편의 단편소설을 묶어 책 제목을 『효녀무孝女舞』라 정하여 '시인사'라는 출판사에서 첫 소설집을 펴냈다.

이명한 작가의 첫 소설집
『효녀무』

'시인사'를 운영하던 조태일(1941 ~1999) 시인은 광주고 출신으로 1964년 경희대 국문과 2학년 때 경향신문 신춘문예에 당선되어 등단했다. 그는 스물여덟 살 때인 1969년에 월간『시인』지를 창간하여 김준태 김지하 양성우 시인을 '신인新人'으로 배출한 '민족문학'의 선두주자이자, 맹장猛將이었다. 권력기관의 압력으로 창간 1년 만에『시인』지는 폐간되고 말았지만, 이 잡지는 한국 시문학사에 커다란 족적을 남겼다. '자유실천문인협의회'의 창립 주역 중의 한 사람인 조태일 시인은 1978년 3월, 서울 중구 오장동에 '시인사'라는 출판사를 차렸다. 1978년에 한승원 작가의 소설집『여름에 만난 사람』을 첫 책으로 출간했고, 이어 1979년 초에는 통일운동가 백기완(1932~2021)의 수상록『자주고름 입에 물고 옥색치마 휘날리며』를 펴내 화제를 몰고 왔다. 이 책은 출간되자마자 대학가 운동권 학생들의 필독서가 되어 경찰의 '판금조치'에도 불구하고 지하에서 은밀히 팔려나가고 있었다.

소설집 출판을 결정하는 데 한승원 작가의 도움이 컸다. 한승원 작가는 조태일 시인에게 "이명한 작가가 비록 등단은 늦었지만 역량 있는 신진작가이니 책을 펴내달라"고 권했던 것이다. 곧이어 9월에는 송기숙 소설집『재수 없는 금의환향』이 출간되었

이명한 작가의 첫 소설집 『효녀무』 출판기념회. 좌측은 축사를 하는 문순태 소설가. 우측은 축가.

다. '시인사' 초기에 〈소설문학동인회〉 출신 세 사람의 작품집이 연이어 출판된 셈이다.

이명한의 첫 창작집에 구창환 최일수 김영기 세 명의 평론가들이 뒤표지에 촌평을 덧붙였다. 이명한의 문제작이 발표될 때 문예지 월평에 게재된 글이다. 조선대 교수로 재직중인 구창환 평론가는 "『효녀무』는 세련된 문장으로 격조 높은 전통의 세계를 다룬 수작이다. 이 작품이 뿜어내는 향기와 주인공인 '선녀'가 주는 감동은 오랫동안 독자의 가슴에서 지워지지 않을 것이다."라고 평했다. 최일수 평론가는 "『위패』는 뒷골목의 저온지대에서 한 떨기 꽃을 피워놓은 듯한 짭짤한 작품이다. 꽃이 피어야 할 곳에 핀 것이 아니라 꽃이 필 수 없는 곳에 꽃을 피워놓은 것이다."라고 평가했다. 또한 김영기 평론가는 "『잉태설』의 그로테스크한 분위기는 장엄하기까지 하다. 신화시대의 상징적 기능이 살아 있다. 뱀과 성과 미와 파멸이 상징체계를 배경으로 한다."고 언급했다.

이명한 작가는 첫 소설집을 펴내는 감회를 '후기後記'에 남겼는데, 젊은 시절의 회고와 함께 장차 자신의 문학이 나아갈 방향성을 제시하고 있다.

"나는 청춘의 나이에 자그만치 15년 간이나 만성의 병을 끼고 살았다. 괴롭고 우울한 나날들이었다. 분홍의 꽃을 요강 그득히 토해 놓고 며칠씩을 자리에조차 눕지 못하고 앉아서도 나는 인생을 절망해 본 적은 없다. 언젠가는 회복이 되고 내가 해야 할 일을 할 수 있으리라는 희망을 버리지 않고 버티었다. 그리고 그런 고난의 시절에 인생을 생각하고 세상을 배웠다.(중략)

우리는 너무나 아픈 민족의 한 시대를 살고 있기 때문에 이것을 결코 모른 채 지나칠 수는 없는 일이다. 그리고 비록 억울하고 못나고 수모 받은 조상들의 어줍잖은 것들을 이어 받았다고 해서, 자모自侮하고 좌절할 것은 없다. 그 가운데서 아름다운 것은 아름다운 것으로 이어받고, 억울하고 쓰라린 것은 단호히 거부하면서 역사를 만들어가야 하는 것이다.(중략)

지금 나는 어떤 대작大作을 쓸 것 같은 영감이 머리에 감돌고, 밀려오는 감동이 항시 가슴을 뿌듯하게 하고 있다. 그런 의미에서 여기 내놓는 이 작품들은 썩 좋은 짚신을 삼기 위해 축여 놓은 지푸라기에 불과하다고 해야 할 것이다."

이명한 작가가 마흔여덟의 나이에 펴낸 첫 소설집의 '후기'에 젊은 날 '폐결핵'을 앓아 고생했던 사연을 떠올린 까닭은 무엇일

1970년대 후반 조대부고 교사 시절, 이명한은 광주 상무관에서 태권도(공인 3단)를 수련했다.

까. 무언가 '할일'을 하고자 '희망'을 버리지 않고 버티며 생존한 사실에 뿌듯함을 느꼈기 때문이리라. 그 무엇은 분명 작가로서 글을 쓰는 일이었을 것이다. 또한 그는 후기에서 "너무나 아픈 민족의 한 시대를 살고 있다"는 현실인식을 드러내고 있다. 이는 유신체제 말기의 암울한 정치사회적 상황을 연상시킨다. 박정희 대통령이 피살되기 100일 전에 이 책이 출간된 사실을 감안하면 이명한 작가는 시대정신을 지닌 채 현실과 역사를 예리하게 바라보고 있음을 알 수 있다. "억울하고 쓰라린 것은 단호히 거부하면서 역사를 만들어가야 하는 것"이라는 인식은 단순한 토로가 아니라, 잘못된 현실에 대한 저항정신을 의미할 것이다. 이제 막 첫 소설집을 펴낸 이명한은 '후기'의 말미에 반드시 '대작大作'을 쓰고 말겠다는 자기다짐도 보여준다. 모름지기 작가의 '자존'이란 이러해야 할 것이다.

"여기 내놓는 이 작품들은 썩 좋은 짚신을 삼기 위해 축여
놓은 지푸라기에 불과하다고 해야 할 것이다."

18. 1980년 5월과 문학적 전환의 길목에서

첫 소설집 『효녀무』를 펴낸 '100일' 후에 박정희 대통령이 김재
규 중앙정보부장에게 피살되는 이른바 '10·26사태'가 일어났다.
철권통치로 18년 간 이 나라를 다스렸던 '독재자'가 타계하자 세
상은 온통 민주화의 열기로 뜨거웠다. 유신체력이 역사의 뒷전으
로 물러나고 머잖아 민간정부가 들어설 것으로 기대하였다.

1979년 12월 8일, '유신헌법' 반대운동을 억누르기 위한 박정
희 정권의 악명 높은 '대통령 긴급조치 제9호'가 4년 7개월 만에
해제됨에 따라 전국의 감옥 문이 열려 민주인사 68명이 일제히
석방되었다. 문익환 목사, 함세웅 신부, 성유보 기자, 송좌빈 등
민주인사들이 감옥에서 풀려나고, 'YH사건' 배후조종자로 구속
된 고은 시인, 이문영 교수, 문동환 목사 등이 보석조치로 석방되
었다. 아울러 「우리의 교육지표」 사건 동조시위로 구속된 전남대
생 김선출 김윤기 박몽구 등이 광주교도소에서 석방되었다. 시국
사건으로 구속된 학생들이 석방되자 대학가는 점차 민주화의 열
기가 뜨거워지고 있었다. 1980년 '서울의 봄'이 찾아와 '총학생회'
가 부활되었다.

1980년 5월의 광주 대학가는 최규하 과도정부와 전두환 신군

부의 움직임을 예의주시하면서 학원민주화투쟁을 전개하였다. 전남대의 경우 박관현 총학생회장이 어용교수 퇴진 등 학내 민주화투쟁을 마무리하고, 사회민주화 투쟁으로의 전환을 준비했다. 5월 14일부터 전남도청 앞 광장에서 수많은 시민과 학생들이 모인 가운데 〈민족·민주화대성회〉가 열렸다. 민주화를 촉구하는 시국선언문이 발표되었다. 특히 5월 16일에 개최된 〈민족·민주화 횃불대성회〉에는 광주전남지역 18개 대학생들과 전대 교수들, 시민 등 5만여 명이 참여하여 평화적인 횃불시위를 벌였다.

그런데 전두환 신군부는 진즉부터 '정권탈취 시나리오'를 가동하고 있었고 5월 17일 밤 10시를 전후로 하여 김대중 등 재야인사와 정치권 및 학생운동권 사람들을 일거에 체포, 연행하는 이른바 '5·17쿠데타'를 자행했다. 박정희의 '5·16쿠데타'처럼 헌정을 파괴하고, 정권을 장악하기 위한 전두환 등 신군부 일당의 놀라운 음모였다. 그리하여 1980년 5월 18일부터 27일까지 그 열흘 동안 광주는 너무나 끔찍하고 처참한 살육에 휩싸였다.

백주대낮에 벌어진 전대미문의 광주학살의 주역은 신군부의 3인방이었다. 전두환 정호용 노태우 3인방은 모두 '공수부대 사단장' 출신이었다. 그들은 나라의 국경을 지켜야 할 군대를 동원하여 정권 장악용 도구로 썼다. 신군부의 명령을 받은 3-7-11공수부대원들은 '남녀노소'를 불문하고, 시위가담 여부와 상관없이 닥치는 대로 광주시민들을 도륙했다. 공수부대원들의 잔악한 학살극에 맞서기 위해 광주시민들은 자위적 방어수단을 강구하지 않을 수 없었다. 시민학생들은 자신의 생명을 지키기 위하여 무장봉기의 필요성을 절감했다. 트럭에 분승한 광주시민들은 화순 나주 영산포 함평 영암 강진 목포 해남 완도 등지를 찾아 공수대원들의 만행과 광주의 참상을 알리며 총궐기를 호소했다. 5월 21일 오후 3시부터 총기로 무장한 '시민군'이 등장하여 공수부대의 잔악한 살상에 맞서기 시작했다. 시민군들의 기세에 눌려버린 공수부대원들은 5월 21일 저녁에 '전남도청'을 몰래 빠져 나와 광주시 외곽으로 철수했다. 그때부터 1980년 5월 27일 새벽까지 이른바 '해방광주'가 찾아왔다.

1980년 5월 당시 이명한 작가는 '지천명知天命'의 나이였다. 하늘의 명을 깨달아야 하는 오십 줄의 나이에 이르렀고 그에게는 중학교 2학년에 다니던 장남 철영哲寧이가 있었다. 1966년생 '소년 이철영'은 그해 5월, 공수부대 계엄군들에 맞서 자신도 모르게 '어린 폭도'가 되어야 했다(아래의 글은 〈5·18민주화운동기록관〉 기관지에 실린 이철영의 '5·18칼럼' 「어린 폭도의 기억」을 인용한 것이되, 일부 내용은 필자가 재구성한 것임).

중학생 이철영 소년은 헬리콥터에서 하얀 눈처럼 뿌려지던 전단지를 보았다. 또래의 친구들은 그것의 본래 이름이 '광고지'인지도 모른 채 '강구지'라고 불렀다. 그때 허공을 날카롭게 찢어대는 계엄군의 선무방송에서는 "폭도들은 들으라! 지도부와 협상이 되었으니 빨리 무기를 버리고 집으로 돌아가라!"고 시위대 해산을 권고했지만 '어린 폭도' 소년은 집에 가만히 붙어 있을 시간이 없었다. 처음에 소년은 길가에 서서 시위대를 구경만 하고 있었다. 그런데 갑자기 소년의 귓청을 뚫는 외침이 들려왔다.

"사람들이 죽어가고 있는데 비겁하게 구경만 하고 있느냐?"

중년 사내로부터 그 말을 듣고 소년 이철영은 울컥하여 시위 대열에 가담하지 않을 수 없었다. 그날부터 아주머니들이 짜주는 치약을 인디언처럼 눈 밑에 바르고 계엄군들에게 돌멩이를 던지며 트럭을 타는 '어린 폭도'가 되었다. 시민들이 트럭에 김밥이나 음료수 등을 올려주었으나 소년은 먹지 않았다. "정의로운 싸움에 나선 전사가 먹는 것 따위에 열중할 수 없다."라는 결심 때문에 억지로 배고픔을 참아내던 그 소년. 장동로터리에서 계엄군과 투석전이 벌어졌을 때 소년은 어느 새 맨 앞에서 돌을 던지고 있었다. 어느 순간 명령이 하달되자 장승처럼 서 있던 공수대원들이 시민학생들을 향해 일제히 돌진해 왔다. 선두에 서있던 소년은 시위대열이 돌아서자 거꾸로 맨 꼴찌가 되어 죽자 살자 내빼 공사장 인근으로 가까스로 몸을 숨겼다. 그러나 공수대원들에게 붙잡혀 희생당하는 사람들의 단말마 같은 비명소리를 들으며 소년은 군홧발 소리가 멀리 사라질 때까지 공포에 떨어야 했다. 해가 지고 나서야 소년은 간신히 지산동에 있는 집으로 되돌아갈 수 있었다.

5월 21일, 시내 곳곳은 징렬한 비장함으로 가득 차 있었다. 트럭을 타고 도청 앞쪽에 도착하자 차량들은 육탄돌격을 준비하고 있었다. 어린 학생들은 하차하라는 소리에 소년은 차에서 내렸다. 그때 한 젊은이가 태극기를 들고 장갑차 위로 올라가 내달리기 시작했다. 그 젊은이는 얼마 가지 못하고 도청 인근 빌딩에 배치된 공수부대 저격수들에 의해 목이 꺾이고 말았다. 저격수 총탄이 청년의 목을 관통했고 강물처럼 피가 넘쳐흐르는 걸 소년은 목격했다. '아, 사람의 몸속에 이토록 많은 피가 있었단 말인가?' 소년은 해방광주 기간 중 상무관에 안치된 시신들을 보았다. 시신들 일부는 부풀어 올라 광목으로 묶어 놓지 않았다면 관짝이 부서지기 직전인 것도 있었다. 자세히 얼굴을 보니 엊그제까지 소년과 같이 트럭을 타고 노래를 불렀던 그 아저씨들이었다. 가족들의 피울음소리와 부패하는 시신의 냄새, 봄날의 느린 햇빛, 비탄과 분노가 상무관 높은 천장을 가득 채웠다. 머릿속이 혼란하고 아득하고 메스껍고 어지러웠다.

이명한 작가의 중학생 장남이 그해 5월을 체험하고 있을 때 5월 22일부터 펼쳐진 '해방광주' 기간에 이명한 작가는 매일 도청 앞 광장으로 나갔다. 5월 23일부터 도청 앞 분수대 광장에서 열린 '민주수호 범시민궐기대회'에 시민들과 함께 참여했다. 5월 25일 오전 5시 계엄군들이 화정동의 농촌진흥청 앞까지 진출하자 그에 맞서 '시민수습대책위원들'이 이른바 '죽음의 행진'을 했다. 26일 오전 10시와 오후 3시에 잇따라 제4차, 5차 민주수호범시민궐기대회가 있었다. 그날 저녁 궐기대회를 참관한 후 이명한은 술 한 잔을 마시다가 전남도청 안으로 들어갔다.

일본의 단파방송 등 외신에서는 27일 새벽에 계엄군이 '도청 진압작전'을 실시한다는 뉴스를 전하고 있었다. '나 여기 들어가서 오늘밤을 맞아야 쓰것다.' 계엄군들이 곧 도청을 진압한다는 소문이 파다했지만 이명한은 26일 밤을 지새우겠다며 도청 안으로 들어갔다. 거기서 이명한은 저녁 여덟시를 맞고 있었다. 도청 안팎에 떠들썩하게 북적이던 시민들은 상당수 빠져 나가고 윤상원 열사 등 옥쇄를 각오한 시민군들이 도청과 YWCA 건물 등지에서 마지막 밤을 맞고 있었다. 그때 이명한 작가는 수십 명의 자전거 부대가 일시에 도청 앞 광장을 점령하는 광경을 목격했다. 형사와 정보원들이 자전거를 타고 도청 앞으로 밀려왔던 것이다. 계엄군들의 도청 진압을 앞두고 정보원들이 도청 상황을 염탐하기 위해 온 것이었다.

도청 앞에서 이 같은 상황을 지켜보던 중 광주경찰서 형사로 일하는 '최재한'이라는 사람을 만났다. 그는 이명한 작가의 지산동 자택 뒷집에 살고 있는 사람이었다. 그 형사는 이명한 작가를 보더니 깜짝 놀란 표정으로 "지금 뭐하고 있소. 지금 이 시간이 무슨 시간인지 아십니까?"라고 말했다. 이에 이명한 작가는 "나 안 돌아가!"라고 대꾸했다. 그는 "제발 좀 돌아가 주시오, 제발 좀 돌아가 주세요." 하면서 이명한 작가의 등을 떠밀어 도청 옆 노동청 쪽으로 데리고 갔다. 이명한 작가는 '그래도… 나는 돌아갈 수가 없다. 오늘 밤에 여기서 버텨야 한다.' 그런 각오였으나 그 형사는 이명한 작가를 다짜고짜 데려갔다. 그 느닷없는 만남으로 목숨을 보존했으니, 어찌 보면 생명의 은인이기도 했다. 훗날 이명한 작가는 그를 만나면 그 순간이 자꾸 생각나 온몸이 떨

1985년 이명한 작가의 아들 철영이 광주일고를 졸업하던 날 가족과 함께

리곤 했다. 그는 약을 지으러 한약방에 더러 왔는데 그때마다 자신도 모르게 다리가 떨렸다. 그에게 무슨 죄를 지은 것도 아닌데, 오랫동안 고민스러웠다.

5월 27일 새벽이 지나자마자 이철영 소년은 광주 도청 앞 금남로로 나갔다. 언제 그런 일이 있었냐는 듯 거리는 말끔히 청소되었건만 피비린내가 코끝을 스쳤다. 사람들은 제 갈 길을 다녔다. 10여 일 동안 무수한 사건과 시간 속을 함께 통과해 왔건만 사람들은 그저 말을 삼가고 있었다.

다시 문을 연 학교도 아무 일이 없었던 것처럼 위장하고 있었다. 마치 약속된 공연을 마치고 무대장치를 뜯어내 텅 빈 연극무대 위에 홀로 남겨진 것 같은 허망함이었다. 그 뒤로 이철영은 무수히 똑같은 꿈을 꾸었다. 흙탕물 같은 인파에 휩쓸려 금남로 지하상가 계단 속으로 빨려 들어가 밟히고 숨이 막혔다. 그곳에서 목이 뚫린 아저씨가 원망하는 눈으로 무섭게 쳐다봤다. 그 검은 구덩이는 너무도 깊어서 소리쳐도 들리지 않았고, 발버둥쳐도 꼼짝할 수 없었다. 소년은 그렇게 무수한 밤을 가위눌려야 했다.

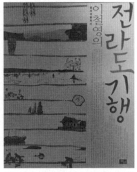

2007년 12월에 출간된 『이철영의 전라도기행』

　　이명한 작가는 〈광주전남민족문학인협의회〉 공동의장으로 활동하면서 출간한 기관지 『민족현실과 문학운동』 1989년 봄호의 '권두사'에서 '5·18항쟁의 의미'에 대해 아래와 같이 언급했다.

　　하나의 역사적인 사건은 비록 짧은 기간, 좁은 지역에서 전개되었다 할지라도 그가 소속해 있는 전체 사회와 무관할 수 없는 것이며 국경을 뛰어넘어 세계적인 영향을 끼치는 경우가 적지 않다. 1980년 5월의 광주항쟁은 40년 동안 민족 내부에 쌓였던 제반 모순들이 반역사적이고 야만적인 군부세력의 도발을 받아 폭발한 세계사적인 사건이었다. 다시 말하면 그동안에 누적된 국내적인 모순들이 휴화산으로 잠복해 있다가 '광주'라는 민감한 분화구를 통해 분출한 것이다. 외세와 입제자들에 대한 항쟁의 역사를 가슴 가운데 자랑으로 삼고 살아왔던 광주시민들은 야만적인 군부집단의 폭거에 대해서 엄청난 희생을 무릅쓰고 저항을 계속했다. 10일 동안의 항쟁 끝에 광주는 쓰라린 좌절을 맛볼 수밖에 없었지만 꺼지지 않는 민중의 역량은 불씨로 남아 전국적인 투쟁으로 번졌고 결국 6·29를 가져오게 했다.

19. '역사의 격랑' 속에 '시대정신'을 추구하다

1980년 5월을 겪은 이명한의 문학적 방향은 이전과 달라졌다. 어떤 현상과 사태를 바라보고 인식하는 데 5·18을 체험한 이전과 이후는 달랐다.

'한국문협' 전남지부에서 같이 활동했던 송기숙 작가는 신군부에 의해 '내란선동' 혐의자로 구속돼 모진 고문을 받았고 광주교도소에서 약 1년간 수감 생활을 했다. 문병란 시인은 얼마간 도피생활을 하다가 구속되었다. 또한 5월항쟁 직후인 1980년 6월 2일, 김준태 시인은 〈전남매일신문〉에 「아아 광주여! 우리나라의 십자가여!」라는 시를 발표하여 505보안대로 끌려가 모진 고초를 겪은 후 전남고 교사직에서 강제해직되었다는 소식을 들었다. 이명한 작가는 '문협' 전남지부 회원으로서 이런저런 행사 때 만난 적이 있기에 그들에게 이전과 달리 깊은 신뢰와 함께 작가로서의 연대감을 느꼈다.

이명한 작가는 1982년 『월간문학』 1월호에 「진혼제」라는 단편소설을 발표했고, 이 소설로 전국적 지명도를 얻게 되었다. 서울에서 월간지로 발간되던 『소설문학』은 창간 2주년 특별기획으로 월평月評이 지닌 단점과 한계, 역기능을 극복하고자 "한국의 지성 100명이 뽑은 이 계절의 베스트 10"을 선정해 발표하여 문단 안 팎에 화제가 되었다. 이 평가 작업은 문예지나 종합지에 발표된 작품을 대상으로 하되 작가와 평론가, 시인, 문예지 편집장, 영화 감독, 극단 대표, 대학생 독자 등을 망라하여 각계 인사 100명의 추천으로 결정되었다.

『소설문학』이 선정한 '베스트 10' 작품의 하나로 이명한 작가 의 「진혼제」가 선정되었다. 그런데 문학평론가 10인(김윤식 유종 호 이유식 신동한 권영민 김재홍 이광훈 이내수 장석주 조동민) 이 추천한 작품이 각계 인사 90인의 추천작과 거의 일치하여 잡 지사 측이 놀라워했다는 뉴스가 조선일보 1982년 6월 15일자에 자세히 보도되었다.

이때 선정된 작품은 이명한의 「진혼제」 외에 윤흥길의 「꿈꾸 는 자의 나성」, 정을병의 「몰락」, 이청준의 「시간의 문」, 한무숙의 「생인손」, 최일남의 「고향에 갔더란다」, 최인호의 「깊고 푸른 밤」, 이동하의 「유다의 시간」, 조정래의 「인간의 문」, 이문열의 「익명 의 섬」이다.

이명한 작가의 소설 「진혼제」는 장돌뱅이 노인 '강덕보'가 자신 의 가계사적 비극과 아픔을 딛고 새로운 사람을 만나 삶을 다시 시작하게 되지만 토벌대에게 억울하게 죽은 옛사랑을 못 잊어한 다는 스토리이다. 판소리 「호남가」의 한 대목을 차용하여 이야기 를 풀어나가는 색다른 형식이었다. 문학평론가 장일구(현, 전남대 국문과 교수)가 이명한 소설집 『황톳빛 추억』의 '해설'에서 언급한

1, 2 『소설문학』 1982년 6월호　3 월간 『소설문학』 1982년 6월호 특집 인터뷰 때 이명한 작가　4 1982년 남인당 한약 방을 운영할 때 이명한 작가.

바처럼 "빨치산 토벌대에 무고하게 희생된 아내에 대한 애틋한 사랑과 회한이 전편에 흐르는 「진혼제」를 통해 이명한 작가는 역사가 만들어낸 비극, 그 뒤안길에서 살아남아야 하는 이들이 감행하는 삶의 주술, 역사의 그늘에서도 삶의 자리를 지키고자 하는 이들의 이야기"를 담아냈다.

장일구 교수가 지적한 바처럼 5·18을 겪은 이명한 작가의 시선과 의식은 "분명 우리 현대사의 굵직한 사태에 향해 있으면서, 거대한 역사적 서사 이면으로 사라져버렸을 법한 이야기를 포착한다. 일제 강제징용의 역사, 해방 후 한국전쟁까지 이념적 격동의 역사, 서슬 퍼런 군부독재의 역사, 그리고 광주민중항쟁과 전교조 교사 해직사태나 IMF 대량해고 사태 등 역사적 사건의 그림자에 가린 뼈아픈 민중의 삶의 면면이 초점이 맞춰져 있다."

5·18을 겪은 후 이명한 작가는 아버지(이창신)가 해방 후 좌우 이데올로기의 희생양이 되어야 했던 가계사적 비극과 상처 등을 문학화하고자 고심했던 것이다.

이명한 작가는 1973년부터 '문협' 광주지부 회원으로 활동했고, 1983년부터 이듬해 1984년까지 '문협' 광주지부장으로 일했다. 하지만 '문협'은 친목 모임의 성격이 강했고, 부도덕한 정치현실과 맞서는 문학적 실천과 운동을 적극적으로 추구하지 않았다. 이 때문에 1980년 5월 이후 이명한의 작가적 고뇌는 깊어지고 있었다.

소설 「진혼제」가 "한국의 지성 100명이 뽑은 이 계절의 베스트 10"으로 선정된 후 『소설문학』 1982년 6월호는 이명한 작가와 인터뷰를 '광주— 현지 스케치' 형식으로 칼라판 지면에 실었다.

"그간 지방에 숨어 독특한 자기세계를 지키며 꿋꿋이 작품활동에 몰두하고 있는 이명한 작가에 대한 깊은 애정과 관심"이었다. 이명한 작가는 무등산 산장으로 가는 작고개 전망대에 앉아 『소설문학』 장희천 기자와의 인터뷰에서 자신의 문학관을 밝혔다.

"저 봉우리가 무등산에서 가장 높은 1,187고지인 서석봉입니다. 그런데 저만큼 높은 산이 시내에서 이처럼 가까운 거리에 있는 도시는 아마 전국에 없을 거예요. 저는 가슴이 답답할 때면 이곳에 와 저 봉우리를 바라봅니다. 저 산은 광주를 비롯해 광산군 담양군 화순군에 걸쳐 그 산자락을 펼치고 있는데 그 산자락 밑에 살았던 우리 조상들도 모두 저처럼 저 산을 바라보며 삶의 어려움을 삭여나갔을 겁니다. 저 산을 바라보고 있으면 그 온화한 산자락에 마음이 감겨들고, 봉우리는 언제나 가없는 하늘을 이고 있어 보는 사람에게 하늘과 통하고 있는 느낌을 주지요. 제 소설도 저 무등산처럼 사람들의 '영혼의 울림'을 달래주는 것이었으면 하고 생각해 봅니다.

…… 이제 50줄에 들어선 제게 바랄 것이 무엇이겠어요. 열심히 써 하나라도 마음에 드는 작품을 남기는 일이지요. 제가 글을 쓴다는 것은 이 땅, 이 향토에 살았고 또 지금도 살고 있는 사람들에 대한 조그만 사명감 같은 것 때문입니다. 제가 쓰지 않는다면 역사의 그늘 속에 묻혀 영원히 사라지고 말 그런 숨은 이야기들을 활자로 남기고 싶습니다."

1 1984년 한국문인협회 전남지부장 시절 광주학생운동기념탑 앞에서. 앉은 이 왼쪽부터 이명한, 국효문 시인, 임옥애 동화작가. 선 이 원쪽부터 강인한 시인, 김신운 소설가, 전원범 시인, 이삼교 소설가, 한옥근 희곡작가. 2 1986년 11월 7일, 전라남도 문화상 시상식 때.

1983년 8월, 문학무크지 『민족과문학』이 광주 세종출판사에서 출간되었다. "오늘의 역사, 이 땅의 진실을 추구하는 부정기 간행물— 희망이여 우리들의 희망이여"라는 부제를 내걸고 출간된 이 무크지는 김준태 강인한 윤재걸 시인, 문순태 소설가가 편집위원으로 참여했다. 지방문예지의 성격을 벗어나 전국 규모의 필진을 동원하여 출간됨으로써 광주문단에 새로운 활기를 불어넣었다. 이 잡지는 권두에 「민족문학의 새로운 의미」라는 특집좌담을 실었고 이명한 작가는 김신운 작가, 강인한 곽재구 나종영

시인과 함께 참석하여 민족문학이 나아갈 방향에 대해 자신의 견해를 밝혔다.

그즈음 이명한 작가는 문학의 사회참여를 적극 생각하게 된다. "문학이 현실이나 정치에 참여하는 것은 탈선이 아니냐?"고 주장하는 사람들에게 "서툰 문예주의적 발상"이라고 질타하면서, "순수문학론은 결과적으로 지배계급의 지배를 용이하게 하거나 외세를 끌어들이는 앞잡이 노릇을 하는 데 불과하다."고 반박했다. 또한 그는 일제 강점기 시절의 역사적 경험을 들어 '민족문학'의 대열에 적극 동참하겠다는 의사를 밝혔다.

"1930년대에 '카프'로 대표되는 반제·반식민주의적 문학과
맞섰던 '순수문학론'은 아름다운 언어와 문장 그리고 정서 등
을 통해서 인간성의 탐구나 예술성을 내세우기도 했었지만,
결과적으로는 일제가 그들의 적敵인 저항세력들을 제거하는
데 동조하는 바가 되었으며, 미구에 그들 역시 문자와 언어까
지 박탈당함으로써 몰락의 길을 걸어야 했던 것입니다."

1980년 5월을 겪은 한국문학은 과거와 전혀 다른 작가정신을 요구했다. '광주'라는 도시가 겪은 전율과 참상, 슬픔은 살아남은

문인들에게 죄책감과 책임의식으로 작동하여 '5월정신'이 요구하는 실천적 삶을 살도록 만들었던 것이다. 이명한 작가도 그해 5월을 통과하면서 국가폭력의 실상과 정치군인들의 반민주적, 반도덕적 행태를 통찰의 눈으로 직시할 수 있었으며, '미국 민주주의'의 실체를 새롭게 인식하게 된다.

한국문학에서 5·18은 1980년대 문학을 '반독재 민족문학'으로 이끌었고, 한국문단을 진보적으로 변화시켰다. 골방에서 뛰쳐나온 문인들은 거리와 광장에서 시민들과 포옹함으로써 한국문학의 영혼을 살찌울 수 있었다. 광주항쟁 직후 김준태 시인에 의해 처음 출현한 '5월문학'은 민주주의를 위해 죽음마저 두려워하지 않았던 위대한 '시민정신'을 기억했으며, '절대공동체'라는 아름다운 '대동세상'을 소환했다. 또한 5월의 비극이 '분단체제'에서 비롯된 것임을 인식했다. '광주학살'이라는 참담한 비극과 '해방광주'라는 영광 속에서 탄생한 '5월문학'은 좌절된 희망과 슬픔만을 노래하지 않았다. 이 지상 위에 사는 뭇 생명의 소중함을 일깨웠으며, 남북한의 평화와 인권을 추구했다.

20. '4·13조치' 반대 서명과 〈광주전남민족문학인협의회〉 참여

5·18광주학살로 '정권'을 탈취한 전두환은 최고권좌에 올라 무소불위의 철권통치를 휘두르고 있었다. 5공의 폭압통치가 계

속된 가운데 서울에서는 1983년 9월, 김근태 장영달이 이끌던 '민청련'과 1985년 3월에는 문익환 목사가 이끌던 '민통련'이 출범해 재야민주화운동이 꿈틀거리기 시작했다. 또한 채광석 시인을 중심으로 1984년 12월에 재출범한 '자유실천문인협의회(약칭: 자실)'와 황석영 김학민 임진택 박인배 등의 주도로 '민중문화운동협의회(약칭: 민문협)'가 창립되어 민족문학운동과 민중문화운동을 선도하기 시작했다.

그리고 광주에서는 홍남순 박석무 정동년 윤강옥 이강 김종배 등의 주도로 '5·18민중혁명기념탑건립추진위원회'와 정상용 정용화 등의 주도로 '전남민주청년운동협의회'가 결성되어 5월항쟁의 진실규명 작업에 박차를 가하기 시작했다. 아울러 송기숙 문병란 황석영 김준태 윤만식 박효선 홍성담 김경주 김선출 전용호 박영정 조진태 고규태 등의 참여로 1983년 11월에 '민중문화연구회(약칭: 민문연)'가 결성되어 광주의 진실을 알리기 위한 제반 문화운동이 전개되었다.

전두환은 1987년 4월 13일, 국민들의 열화와 같은 민주화요구와 '대통령직선제'를 거부하면서 '88서울올림픽'이 끝날 때까지 일체의 개헌논의를 중단하겠다고 폭탄 발언을 했다. 전두환은 '고뇌에 찬 결단'이라며 이른바 '4·13호헌조치'라는 것을 발표했는데, 이는 민주화를 열망하는 사람들에게 큰 실망감과 분노를 안겨주었다.

'4·13호헌조치'가 발표되자 전경련 대한상공회의소 한국반공연맹 한국문협 한국노총 광복회 등은 마치 기다렸다는 듯이 이

조치를 지지하는 성명을 발표했다. 특히 소설가 김동리가 이사장으로 있던 '한국문인협회'(약칭: 문협)는 '4·13호헌조치'를 '구국의 결단'이라고 칭송하며 지지성명을 냈다.

이에 맞서 4월 14일, 민통련 등 재야단체들은 민주적 개헌을 요구하며 농성에 들어갔다. 한국기독교교회협의회(NCC)는 성명을 발표하여 "개헌논의 중단은 헌정 혼란을 초래한다."고 반대의사를 분명히 했다. 특히 4월 14일 김수환 추기경은 부활절 예배를 앞두고 '메시지'를 발표함으로써 국민적 지지와 공감을 불러일으켰다.

"국민은 있어도 주권은 없고 신문방송은 있어도 언론은 없으며 국회나 정당은 이름뿐이요 힘만이 있고 정치는 없는 공허 속에서 우리는 살고 있다. 국민여망인 민주화가 정략의 도구로 쓰여지고 보다 밝은 새 시대를 열 것으로 기대됐던 헌법 개정의 꿈은 기만과 당리의 술수 아래 무참히 깨졌다. 막상 내려진 '고뇌에 찬 결단'은 한마디로 말해 국민에게 슬픔을 안겨주었고, 생각하는 이들의 마음은 더 큰 고뇌로 가득 차게 됐으며 이 땅 위에서 다시 최루탄이 터져 국민의 눈과 마음속 깊은 곳에는 눈물 마를 날이 없게 되었다."

김수환 추기경의 이 메시지는 전두환의 '4·13조치'에 분명한 반대의사를 표명함으로써 민심을 출렁거리게 했다. 4월 16일, '천주교 정의평화위원회'는 민주개헌을 강력히 촉구했다. 서동권 검찰총장은 4월 16일, 전국 공안부장 회의를 소집하여 "시위선동과 성명 발표를 엄단하겠다고 발언했다. 그럼에도 불구하고 4월 18일 오전 9시, 자유실천문인협의회 민중문화운동연합 민주언론운동협의회 민주교육실천협의회 민족미술협의회 한국출판문화운동협의회 등 문화 6단체는 공동성명을 통해 "현정권은 4·13담화로 드러난 호헌 획책을 거부하는 전 국민적 저항으로 인한 모든 사태의 책임을 지라!"고 경고하면서, 야당인 통일민주당을 향해 모든 민주세력과 연대하여 4·13조치 철회운동을 할 것을 촉구했다.

이어 1987년 4월 21일, 천주교 광주대교구(교구장: 윤공희 대주교) 소속 남동성당의 남재희 신부 등 13명의 사제들이 광주 금남로 가톨릭센터 6층 소성당에서 「직선제 개헌을 위한 단식기도를 드리며」라는 성명을 발표하고, 무기한 단식기도에 들어갔다. 이어 광주전남지역 목사 19명과 수녀 80명이 직선제 개헌을 요구하며 단식기도에 들어갔다. 4월 22일에는 '한국여성단체연합'과 김충렬 김우창 김화영 김흥규 오탁번 등 고려대 교수 30명이 호헌반대 시국선언을 발표했다. 함평성당 김승희 신부 등 단식기도회 참여 신부가 17명으로 늘어난 가운데 23일 밤 8시경, 광주전남 20개 성당에서 일제히 신부들의 단식기도회에 동참하는 미사가 열렸다.

마침내 자유실천문인협의회(약칭: 자실)는 1987년 4월 29일, '4·13호헌조치'에 반대하는 기명記名 성명서를 발표하여 언론과 세간의 관심을 집중시켰다.

'자실'의 초대 총무간사 채광석 시인과 사무국장 이영진 시인 (이명한 작가의 조대부고 제자) 등은 "문인들이 자신의 문학적 생애와 명망을 내걸고 전두환 정권의 반민주적 '4·13조치'에 반대할 필요가 있다."고 공감한 후 문인들을 상대로 '4·13조치 반대서명'을 받기 시작했다. 그리하여 김정한 박화성 이호철 천승세 박태순 황석영 한승원 문순태 현기영 조세희 윤정모 송기원 임철우 등 소설가 69명, 김규동 고은 신경림 문병란 김지하 양성우 강은교 이시영 김준태 이영진 김정환 홍일선 황지우 나종영 곽재구 등 시인 107명, 백낙청 임헌영 유종호 채광석 현준만 평론가 등의 이름으로 「4·13조치에 대한 문학인 193인의 견해」가 발표되었다.

우리 문학인은 자주적인 민주사회의 바탕 위에서 분단된 조국의 통일을 이룩하는 일이 민족의 지상과제이며, 우리 사회의 모든 사안은 마땅히 이러한 민족적 대의에 입각하여 판단되고 실천되어야 한다고 믿는다.

우리는 2·12총선 이후 국민 사이에 개헌에 대한 관심이 고조되어 온 것은 개헌이 단순한 헌법 개정의 차원을 넘어, 고통스러운 좌절의 역사를 극복한 참된 민주화의 길목에서 가장 시급하고 중요한 계기라는 국민적 인식의 발로이며 민족사의 올바른 진전을 바라는 국민적 열망의 반영임을 확신한다.

우리 문학인은 최근 현 정권이 개헌 작업의 중단을 일방적으로 발표한 것은 국민 대중의 열망과 민족적 대의에 배치되는 처사라고 판단한다. 평화적 정권교체와 88올림픽은 개헌을 통한 참된 민주화의 길이 국민 대중의 자유롭고 자발적인 참여 속에서 올바르게 닦여져 나갈 때만이 의미를 가질 수 있다. 또한 이 도정에서 발생하는 다양하고 활발한 국민적 논의는 국론 분열이 아니라 국론 활성화이며 국력 소모가 아니라 국력 확장으로서 민주화와 통일의 초석인 것이다.

우리 문학인은 민족의 장래를 좌우할 오늘의 갈림길에서 민주화와 통일을 위하여 국민과 함께 싸워나갈 것을 다짐한다. 아울러 현 정권이 국민 대중의 뜻과 민족적 대의를 토대로 개헌작업을 재개하는 일대 결단을 내릴 것을 엄중히 촉구하며, 국민 여러분께 보다 굳건한 의지로 개헌과 이를 통한 민주화의 실현에 최선의 노력을 기울여 주실 것을 충심으로 부탁드린다.

1987년 4월 29일 오전 9시경, '자실'은 서울 마포의 사무실에서 성명을 발표하고 철야농성에 돌입할 예정이었으나 경찰의 원천봉쇄 조치로 사무실 출입이 가로막혔다. 이호철 대표와 채광석 김정환 집행위원은 연금되었고, 고은 지도위원과 현준만 간사는 경찰의 봉고차에 실려 경기도 서오릉 근처로 격리되었다. 이에 황석영 등 30여 명의 문인들은 오전 10시경 서울 서대문의 '실천문학사' 사무실에서 '긴급 성명'으로 「4·13조치에 대한 문학인 193인의 견해」를 발표했다.

4월 29일 동아일보(석간)는 '자실' 성명 발표사실을 사회면 톱기사로 보도했고, 문학인 서명자 이름을 모두 공개했다. 서명자 명단은 계속 추가되었고, 다음날에는 206명이 되었다. 조선일보 (조간)는 4월 30일자 사회면에 "문인 206명 개헌 촉구성명"이라는 기사와 서명자 명단의 일부를 공개했다. 5월 1일, 서명문인은 193인에서 224인으로 계속 늘어났다. 자실의 호헌반대 성명서가 발표된 후 경찰과 치안본부, 안기부는 서명에 가담한 문인들 중 교사, 교수, 기자들에 대해 탄압을 했다. 특히 18명의 교사문인들은 장학사, 교육감, 교장, 교감 등에게 소환당해 각서나 확인서, 문답서 등을 제출할 것을 종용받았고 이를 어기면 징계, 파면 조치를 하겠다고 협박받았다. 이 때문에 서명자 중 일부는 서명을 철회하는 일도 했다. 그럼에도 불구하고 '문협'에서 활동하던 일부 문인의 경우 과감한 결단으로 서명자 명단에 이름을 올려 찬사를 받았다.

1987년 5월 9일, 김동리 이사장 등 150여 명의 '문협' 회원들은 대구에서 심포지엄을 가진 후 3개항의 결의문을 발표했다. '자실'의 성명 발표를 "사회혼란을 야기시키고 있는 비국민적 행동"이라고 매도하면서, "문학과 자유에 대한 그들의 양식을 개탄하지 않을 수 없다."고 했다. 이로써 '문협'은 '관변어용단체'라는 꼬리표와 함께 국민적 빈축을 사기 시작했다.

전남대 교수 60명 등 전국에서 4·13조치에 반대하는 교수들의 시국선언 참가자가 1천 명을 넘은 가운데 사회단체의 성명 발표가 요원의 불길처럼 번져 나갔다. 5월 8일, 전국의 화가 등 예술인 202명이 성명에 동참했다.

1987년 6월 8일, 광주전남지역의 문화예술인 124명이 시국선

동아일보 1987년 6월 8일자에 실린 '전남 문화예술인 124명 시국성명' 관련 기사.

언에 동참하는 성명을 발표했다. 지역 단위로는 최초로 발표된 광주 문화예술인들의 성명서였다. "우리는 4·13호헌조치를 절대 반대하며 온 국민의 합의에 의한 민주개헌이 이루어지길 촉구한다." 등 4개항으로 된 시국선언이었다. 6월 8일자 동아일보 사회면에 보도된 '광주 문화예술인 시국선언'에는 문인 62명, 연극인 46명, 출판인 12명, 미술인 4명의 명단이 모두 실려 있다.

이때 이명한 작가는 강인한 고규태 고재종 고정희 김유택 김종 김준태 김형수 김희수 문병란 문순태 박석무 박선욱 박양호 박호재 범대순 손광은 손동연 손용석 송기숙 오봉옥 이승철 이학영 이형권 임동확 임철우 장효문 정명섭 정삼수 진헌성 조진태 최승권 허연식 허형만 홍처연 등과 함께 문학인 서명자 62명 중 한 사람으로 이름을 올렸다.

이로써 이명한 작가는 본격적이고, 조직적인 문학운동- 민주화운동의 대열에 참여하게 된다. 1987년 6월항쟁 당시 이명한 작가는 50대 후반의 나이임에도 불구하고 쏟아지는 최루탄에 바지가 뚫어질 정도로 뛰어다녔다. '청년 이명한'의 모습을 보고 젊은 문학인들이 오히려 황감해 했을 정도다. 이명한 작가는 '4·13 호헌조치' 반대 서명자로 이름을 올리면서 사실상 '문협'과 결별하고, 이후 결성된 '광주전남민족문학인협의회'에 적극 참여하게 된다.

21. 〈광주전남민족문학인협의회〉 공동의장과 왕성한 창작활동

민정당 대표 노태우가 '6·29선언'을 발표할 때까지 6월의 광주 거리는 매우 뜨거웠다. 1987년 6월 10일, 시민 학생들은 금남로 일대를 가득 메우며 태극기를 들고 애국가를 합창했다. 경찰이 최루탄을 마구 쏘아댔지만 끝까지 물러서지 않고 "호헌철폐, 독재 타도, 직선제 쟁취!"를 부르짖었다. 저녁 7시경 도청 인근의 미문화원 앞에서 1천여 명의 시민 학생들이 운집하여 시위를 벌이다가 최루탄에 밀려 공원 쪽으로 흩어졌다. 경찰에 밀려 광주 천변 도로에 운집한 시위군중 5천여 명은 전남도청 쪽으로 재차 나아가기 위해 광주세무서와 미문화원 방향으로 향했지만 경찰의 거친 제지로 실패하자 학생들은 돌과 화염병을 던지며 이튿날 새벽까지 격렬한 시위를 벌였다. 이 과정에서 수십 명이 부상 당하고, 수백 명이 연행되었다.

광주 진흥고 출신으로 전날인 6월 9일, 서울 연대 앞에서 경찰이 쏜 최루탄을 맞아 중상을 입은 이한열(21세, 경영학과 2년) 학생은 4일째 의식을 회복하지 못한 채 사경을 헤매고 있었다. 뇌출혈이 심해 금속파편을 제거하지 못한 채 산소호흡기로 연명했다. 이한열 군의 회복을 빌며 어머니들이 피켓과 어깨띠를 두르며 "최루탄을 추방하자, 한열이를 살려내라"는 구호를 외치며 거리시위에 나섰다. 전국적으로 시위사태가 걷잡을 수 없이 심각해지자, 민정당 노태우 대선후보는 1987년 6월 29일, 이른바 '6·29선언'을 발표했다. '대통령 직선제'를 전격적으로 수용한 것이다.

'6·29선언' 뒤 〈자유실천문인협의회〉(약칭: 자실)는 중진 및 원로회원들을 중심으로 조직개편이 진행되었다. 그들은 달라진 시대상황과 변모된 문학현실, 분단극복─민족통일의 대의를 실천하기 위해 '자실'을 탈피하여 범문단 조직으로 변모할 필요가 있다고 의견을 모았다. 1987년 7월 초순, '자실'의 대표인 이호철 작가가 사의를 표명했다. 9월 초순, 고은 백낙청 신경림 이문구 양성우 박태순 이시영 등 1970년대 '자실'의 주축 문인들이 '민족문학작가회의(약칭: 민작) 개편 대책위원회'를 구성했다. 이문구 작가는 '민작'의 정관을 준비했고, 백낙청 평론가는 창립선언문을 기초했다.

그러나 '민작'은 창립 과정에서 1984년 이후 '자실'의 문학운동을 실질적으로 주도했던 젊은 문인들이 배제한 채 조직 개편작업을 하고 있었다. 이 때문에 상당한 내홍과 진통이 있었다. '자실'의 문학운동을 실질적으로 주도한 '채광석' 시인이 1987년 7월 12일, 불의의 교통사고로 타계했고, 그가 떠난 지 얼마 되지 않아 '민작' 창립을 준비한 것에 젊은 문인들은 못마땅해 했다. 졸지에 채광석이라는 '지도자'를 잃었기에 충분히 애도할 시간이 필요했으나, 중진 및 원로 문인들은 그 무엇에 쫓기듯 창립 작업을 서둘렀다. 분노한 젊은 문인들은 '민작'의 창립 자체를 보이콧할 태세였다.

그때 조직의 분열을 극적으로 막은 것은 옥중의 '김남주 시인'이었다. '자실'의 마지막 사무국장인 이영진 시인과 강형철 등 젊은 문인들은 황석영 작가, 양성우 시인 등과 만나 그간의 서운함을 전했다. "어쨌든 옥중에 있는 '김남주 시인'을 구출하기 위해 우리가 지금 단합해야 한다."는 결론에 도달했다. 그 결과 '민족문학작가회의' 창립총회에서 「김남주 시인을 비롯한 모든 양심수 석방을 촉구하며」라는 '결의문'을 채택하는 선에서 가까스로 내홍이 수습되었다.

1987년 9월 17일, 서울 명동의 YWCA강당에서 400여 명의 문인들이 참석한 가운데 이문구 작가의 사회로 '민족문학작가회의 창립총회'가 개최되었다. 총회는 이호철 전 자실 대표의 개회사, 신경림 시인의 경과보고, 정관심의 통과, 김정한 소설가의 메시지 낭독, 양성우 시인의 '창립선언문' 낭독 순으로 진행되었다. 이어 임원을 선출했는데, 초대 회장에 김정한 소설가, 부회장에 고은 시인 백낙청 평론가, 상임이사에 조태일 시인이 선임되었다. 이어 창립선언문을 발표한 다음, "김남주 시인과 양심수를

1987년 9월 17일 민족문학작가회의 창립총회에서 창립선언문을
낭독하는 양성우 시인

그대로 둔 채 민족문학과 표현의 자유를 말할 수 없다. 김남주 시
인을 비롯한 모든 양심수의 즉각적인 석방을 촉구한다."는 '결의
문'을 채택했다. '자유실천문인협의회'를 계승한 '민족문학작가회
의'가 새롭게 출범한 것이다.

　한편 광주에서는 1987년 6월 19일, 〈광주전남민족문학인협의
회〉가 창립 준비 모임을 갖고 본격적인 활동에 들어갔다. 그 이
전 '자유실천문인협의회'는 1987년 5월 30일, 서울의 채광석 '집
행위원'과 광주의 김준태 시인 그리고 전국 각 지역 젊은 문인 40
여 명이 광주 증심사의 '산호장' 식당에서 '지역문학운동협의회(지
문협)' 제2차 모임을 가졌다. 지역별로 고립 분산된 상황과 한계
를 극복하고자 지역조직을 결성하기 위한 준비모임이었다. 이날
문인들은 밤새워 열띤 토론을 가졌고 그 결과 지역문인들의 조직
적 활동 창출, 지역 간의 정보교환과 연대의식의 심화, 지역문제

1987년 9월 18일 〈동아일보〉의 민족문학작가회의 창립 관련 보도.

의 문학적 형상화를 결의했다. 31일 아침 문인들은 망월동 묘지를 참배하고 문학운동의 새로운 결의를 다졌다.

그즈음 광주전남 지역에 민족문학인들이 한자리에 모일 수 있는 기회나 조직이 없었기에 '지역문학의 활성화'와 '민족문학의 창달'이라는 기치 아래 새로운 조직의 필요성이 제기되었다. 서울의 '자실' 조직에 소속된 회원들이 개별적으로 활동하고 있었지만 지역조직 자체가 없었기에 그 필요성을 절감하고 있었던 것이다. 그리하여 서울에서 〈민족문학작가회의〉가 창립된 후 1987년 9월 하순에 광주에서 〈광주전남민족문학인협의회〉가 마침내 결성되었다.

결성 당시의 조직 구성을 보면, '고문'에 송기숙 문병란 이명한, '실행위원'에 문순태 장효문 주동후 강인한 김신운 김희수 김준태 윤기현, '상임실행위원'에 김준태 김희수 임철우가 맡았으며, '간사(사무국장)'에 임동확, 총무부장에 나종영이 선출되었다. 이로써 총 52명의 창립회원으로 〈광주전남민족문학인협의회〉가 첫발을 내딛었다.

〈광주전남민족문학인협의회〉는 세 사람의 '고문' 즉 이명한 송기숙 소설가와 문병란 시인에게 대외적으로 '(초대) 공동의장'이라는 직함을 부여하기로 결정했다. 이명한 작가는 문병란 시인, 송기숙 작가와 함께 1996년까지 약 10년간 이 조직을 이끌었다. 1994년 3월 12일, 〈민족문학작가회의〉 제7차 정기총회에서 송기숙 공동의장이 신임회장으로 선출되자, 〈광주전남민족문학인협의회〉 '(초대) 공동대표'는 이명한 작가, 문병란 시인이 맡게 된다.

초창기 〈광주전남민족문학인협의회〉는 지역성 확보에 역점을 두고 활동했다. 1988년 4월 25일자의 〈광주전남민족문학인협의회 회보〉 창간호 '격려사'에서 송기숙 공동의장은 "1980년 이후 버려진 땅처럼 여겨졌던 바로 이곳, 광주가 우리가 살아가야 할 땅이며 민족문학의 실체가 잠재되어 있다는 확신과 자각을 바탕으로 함께 일어서야 한다. 〈광주전남민족문학인협의회〉는 새로운 삶과 실천을 통해 이 땅의 온갖 소외와 분열을 종식시키고, 통일을 앞당기는 선봉에 서자."고 말했다.

돌이켜 보면 민정당의 노태우가 야당 분열의 와중에 13대 대통령으로 당선되자 민중투쟁의 열기가 좌초되었고 민주화 과정에서 희생된 영령들 앞에 문인들은 면목이 없게 되었다. 엄청난 좌절과 패배감 속에서 문학인들은 엉거주춤한 상태에 머물러 있

1987년 '광주민학회' 답사여행 중에 이강재(가운데) 등과 함께한
이명한 작가(왼쪽)

었다. 이에 〈광주전남민족문학인협의회〉는 조직 내부를 추스르
고 창작 열기를 북돋우기 위해 제반 활동을 전개했으며, 무엇보
다도 작가 자신의 상실감과 허무감을 치유하는 일이 급선무였다.

1987년 9월, 〈광주전남민족문학인협의회〉가 창립되고 나서
전국 각 지역에서 민족문학 단체들이 연이어 발족했다. 1987년 11
월에 〈대구경북민족문학회〉, 〈부산민족문학인협의회〉, 〈충북문
학운동협의회〉가 창립되었고 12월에는 〈경남마산민족문학운동
협의회〉가 결성되었다. 이어 1988년 6월에 〈전북민족문학인협의
회〉가 출범했고, 1989년 3월에는 〈대전충남민족문학인협의회〉가
창립됨으로써 강원도를 제외한 모든 지역에 민족문학인들의 조
직체가 결성되었다. 이들 문학단체들은 〈민족문학작가회의〉와는
별개의 조직으로 수평적인 연대를 갖고 지역 단위에서 활동을 전
개했다. 1988년 5월부터 전국 지역조직의 연대로 〈김남주 석방촉

1988년 6월 18일 〈한겨레신문〉 기사. 광주전남민족문학인협의회 등 지역 민족문학단체 결성 관련 보도.

구대회〉를 개최하여 큰 호응을 얻었다.

　지역 민족문학 단체 중 선두주자인 〈광주전남민족문학인협의회〉는 창립 이후 '옥중시인 김남주' 석방운동에 전력을 다했다. 본격적인 첫 행사로 1988년 5월 4일, '광주민문협'과 공동으로 광주가톨릭센터 강당에서 〈옥중시인 김남주 석방결의대회〉를 개최했다. 송기숙 문병란의 인사말, 박석무의 김남주 시인 회고, 현기영의 김남주 시세계에 대한 강연 순으로 진행되었다. 이어 5월 6일에는 '민작' 김정한 회장 등이 참석한 가운데 부산 YMCA 강당에서 열렸고 5월 10일에는 서울 여의도 여성백인강당에서 김규동 고은 문익환 백낙청 조태일 박석무 유시춘 홍일선 박봉구 차정미 등 민작의 임원과 회원은 물론 일반인, 대학생 등 500여

1 1988년 5월 4일, '광주전남민족문학인협의회' 주최로 광주 가톨릭
센터 강당에서 열린 '옥중시인 김남주 석방결의대회' 2 1991년 부산
의 김정한 작가를 방문한 광주의 문인들. 첫줄 왼쪽부터 이명한 허형
만 김정한 송기숙 박혜강 고재종. 둘째줄 왼쪽부터 심상대 정해천 윤
정현 김희수 곽재구 김유택 윤석진 장효문 조성국 김준태 이철송 등.
–사진 김준태 제공. 3 2001년 5월항쟁 21주년 〈5월문학제〉 행사 후,
이명한 송기숙 정희성 등 참석 문인들.

1 1988년 4월 25일, 40쪽 분량으로 발간된 광주전남민족문학인 회보 창간호 2 1989년 3월 광주출판사에서 출간된 광주전남민족문학인협의회 기관지 『민족현실과 문학운동』 이 잡지로 김경윤과 조성현이 신인으로 등단했다. 3 민족시인 김남주 제2주기 문학의 밤에서 인사말을 하고 있는 이명한 공동의장.

명이 참석한 가운데 '김남주 문학의 밤'이 성대하게 개최되었다. 이날 민족문학작가회의는 「김남주 시인 석방없이 국제펜대회 개최없다」는 결의문을 채택했다.

〈광주전남민족문학인협의회〉는 '김남주 석방운동'과 함께 '광주항쟁' 진상규명과 책임자 처벌을 위해 해마다 〈5월문학제〉를 전국 규모로 개최했고, 영호남의 지역감정 해소를 위해 〈영호남 (호영남) 문학인대회〉를 열었다. 아울러 '민족문학론'을 주도하는 평론가들을 초청하여 〈민족문학교실〉 강좌도 개최했다. 1989년 3월에는 무크형식으로 『민족현실과 문학운동』을 창간하여 회원들의 발표지면을 확대하는 등 문학의 활성화를 모색했다. 또한 '민주·자주·통일' 문제에 큰 관심을 갖고 시국현안에 성명서 발표와 함께 집회 참석 등으로 열정을 쏟았다.

〈광주전남민족문학인협의회〉의 활동과 별개로 이명한 작가는 개인적 창작활동에도 게을리 하지 않았다. 1989년 〈전남일보〉 창간 1주년 기념 1천만원 현상공모에 장편소설 「산화山火」를 응모하여 당선되었다. 1989년 5월 1일부터 약 2년 동안 전남일보에 연재된 이 장편소설은 을사늑약 이후 전라도 일대에서 발생한 의병투쟁을 다룬 작품이다. 동학군 김범두(김태원) 장군과 호남의 3대 의병장으로 일컬어지는 함평 월야 출신의 심수택(심남일) 의병장, 보성 옥암 출신인 안담살(안규홍) 의병장의 항일의병투쟁을 담아냈다. 일본군 척살과 친일파 제거, 탐관오리 응징 등 호남의병들의 활약상을 흥미진진하게 다뤄 독자들의 큰 반응을 얻었다. 하지만 방대한 규모의 호남의병투쟁을 형상화하고자 했던 이명한 작가의 의욕 때문에 아직 완결을 보지 못해 책으로 출간되지 못한 것은 아쉬움으로 남는다.

1990년 6월, 이명한 작가는 17세의 나이로 일제에 의해 강제

징용된 재일조선인(이홍섭)의 육필수기를 번역해 출간했다. 일본에서 출간된 『아버지가 걷는 바다』를 번역해 '광주출판사'에서 펴낸 이 책은 황해도 곡산에 살던 주인공이 징용으로 일본 땅에 끌려가면서 겪은 파란만장한 체험담이다. 일제 강제징용 피해자의 수기인 이 책을 읽노라면 식민지 피해의 역사가 살아있는 진행형으로 존재하고 있음을 체득할 수 있다.

1990년 이명한 작가가 번역으로 출간된 일제 강제징용 노동자 수기 『아버지가 건넌 바다』

일제 강제징용 피해자 4인(여운택 신천수 이춘식 김규식)이 국내 법원에 일본제철(구, 신일본제철)을 상대로 소송을 제기했고, 2019년 4월 대법원은 "일본제철이 피해자 4인에게 각 1억 원의 위자료를 배상하라."는 판결을 내렸다. 그러나 일본정부는 박정희 정권에 대한 '한일청구권 배상'으로 이 문제가 일괄 타결되었다며 해묵은 주장만을 내세우고 있는 실정이다. 강제징용 문제를 피해 당사자의 입장에서 해결하지 않고 뻔뻔한 작태를 보임으로써 한국 국민들의 분노를 사고 있다. 현재, 강제징용과 강제노역 피해자들이 일본 기업에 낸 소송이 한국법원에 20건이나 계류 중에 있다.

이명한 작가가 이 책의 서문에서 밝혔듯이 "식민지 과거의 역사는 잊혀지기는커녕 더욱 생생한 상처로 되살아나고 있음을 본다. 이들이 겪었던 불행하고 고통스러운 역사는 세월이 흘렀다고 해서 자연히 소멸되는 것은 아니다. 도리어 새롭게 치유해야 할 오늘의 상처로 등장하고 있다." 그런 의미에서 이명한 작가가 번역한『아버지가 걷는 바다』는 우리 자신의 뼈아픈 역사이기도 하다.

앞에서 잠시 언급한 바처럼 1996년 '문학의 해' 기념으로『월간 예향』에 '광주전남 문단'의 비화 및 각종 에피소드를 연재한 주동 후 작가의 기억에 따르면 〈광주전남소설문학회〉(현, 광주전남소설가협회)가 첫발을 내딛은 것은 1992년 3월이다.

서울에서 전국 규모의 〈한국소설가협회〉가 창립된 것은 1974년 3월이었다. 문인들 중 소설가로만 구성된 단체를 설립하자는 의견이 모아지고 소설가의 권익 옹호, 신인 발굴, 후진 양성, 창작환경 조성, '한국 소설문학'의 국제적 위상을 높이고자 설립되었다. 유주현 소설가가 초대 회장을 맡은 후 김동리 한무숙 김광식 홍성유 정을병 정연희 유재용 이동하 백시종 김지연 소설가로 이어졌다. 2020년 〈한국소설가협회〉는 최초로 회장 직선제를 도입했고 김호운 소설가가 당선되어 현재 제15대 〈한국소설가협회〉 이사장을 맡고 있다.

〈광주전남소설문학회〉는 1973년 3월,『소설문학小說文學』동인지 제1집을 펴낸 〈소설문학동인회〉가 모태가 된 것은 사실이지만, 공식적으로 〈광주전남소설문학회〉라는 이름으로 모임이 결성된 것은 1992년 3월 28일이다.

그즈음 광주전남지역에서 소설을 쓰고 있던 문인은 모두 36명이었고, 주동후 작가의 적극적인 노력에 힘 입어 조직을 결성할수 있었다. 초대 회장에 이명한, 총무에 이지흔 송하훈, 기관지 출판간사에 임철우 심상대로 집행부가 구성되었다. 〈광주전남소설문학회〉는 〈광주항쟁 12주년 오월문학의 밤〉 행사의 일환으로 소설가들이 직접 출연하는 '문인극'을 공연하기로 했다. 공연작품은 이명한 작가가 『월간 예향』 1989년 7월호에 게재한 작품이자 '광주항쟁 10주년 기념작품집' 『부활의 도시』(인동, 1990)에 실린 단편 「저격수」로 결정되었다. 이 소설은 평소 군 출신 대통령을 흠모하던 통장 '송달수'가 계엄군에 의해 선술집 주인 '해남댁'이 폭행당하는 것을 목격하고, 또한 자신의 아들이 5월항쟁 기간 중 행방불명되자 시민군의 일원으로 참여했으나 '총 한 번 쏴보지 못하고' 계엄군의 총격으로 쓰러진다는 내용이었다.

원작에 대한 각색은 1980년 5월 당시 극단 〈광대〉 소속으로 활동한 바 있는 소설가 임철우가 맡았고, 연출은 주동후, 출연 배우로 이명한 송기숙 이삼교 김신운 김유택 주동후 임철우 박혜강 박호재 심상대 등이 참여해 연습에 들어갔다. 공연 시간이 불과 두 달밖에 없어 소설가들이 얼마만큼 연습에 열중하는가가 관건이었다. 현대예식장 뒤편 제일식당의 한쪽 방을 빌려 연습에 들어갔는데 출연 배우들이 제 시간에 나오지 않아 애를 먹기도 했다. 어쨌든 소설가들은 최선을 다해 연습에 임했다.

1992년 5월 27일 저녁 7시, 〈광주항쟁 12주년 오월문학의 밤- 우리 힘찬 사랑으로〉 행사가 광주 가톨릭센터 7층 대강당에서 '광주전남민족문학인협의회' 주최로 열렸다. 그날 행사는 2부

1 광주항쟁 12주년 '5월문학의 밤'에서 이명한 공동의장의 인사말. 2 광주항쟁 12주년 '5월문학의 밤'에서 공연된 이명한 원작, 임철우 각색의 문인극 〈저격수〉 공연.

로 나눠져 개최되었는데, 제1부는 이명한 공동의장의 개회사, 문병란 공동의장의 강연, 조태일 최하림 김남주 시인의 시낭송, 고규태 시인의 모노드라마와 함께 김경주 화가, 김원중 가수가 찬조출연으로 노래공연을 했다. 이어 제2부는 도종환 강인한 김준태 시인의 시낭송, 이지흔의 판소리 공연, 임동확의 광주문학 현장보고, 황지우 곽재구 이철송 시인의 시낭송이 있었다. 그리고 이 날의 하이라이트로 문인극 「저격수」 공연이 펼쳐졌다. 가톨릭센터 7층 대강당을 가득 채울 정도로 행사는 주목을 받았다. 그

1993년 2월 〈광주전남소설문학회〉 출판기념회. 이명한 회장과 회원들.

중에서 '문인극'에 대한 관심은 뜨거웠다. 특히 강원도 묵호 출신
인 심상대 작가는 그즈음 광주에서 살고 있었는데, '해남댁'으로
여성 분장을 하고 열연했다. 관객들은 소설가들의 열띤 연기에
간혹 웃음을 터트리기도 했고, 한편 놀라기도 했다.

심상대 작가는 '문인극'뿐만 아니라 〈광주전남소설문학회〉 회
원들의 작품집을 펴내는 일에도 공력을 쏟았다. 1993년 2월, 제1
권 『포도씨앗의 사랑』과 제2권 『베데스다로 가는 길』이라는 작품
집이 서울의 명경출판사에서 발간되었다. 1권에는 문순태 문영심
박양호 설재록 심홍섭 이명한 이미란 이삼교 이지흔 이향란 임철
우 정해천 주동후 채희윤 작가의 소설이 실렸다. 2권에는 강무창
강순금 김석중 김신운 박혜강 박호재 백성우 송하훈 심상대 유금
호 이미란 임철우 정강철 조승기 작가의 소설이 실렸다. 총 28편
의 단편소설이 실려 있는데, 임철우 이미란 작가의 경우 2편씩을

1993년 2월, 〈광주전남소설문학회〉(현 광주전남소설가협회)가
펴낸 2권의 회원 작품집.

발표했으니, 모두 36명의 회원 중 26명의 소설가들이 참여한 셈
이다.

　이명한 소설가는 제1권에 「폐광촌」을 발표했는데, 〈광주전남
소설문학회〉 회장으로서 두 권의 작품집을 출간하는 소회를 밝
혔다.

　　"이 땅의 모든 문화 활동이 서울을 정점으로 하여 진행되
　고 있는 현 상황에서 지방에 거주하면서 창작활동을 하고, 또
　그 결과를 이만큼이나마 이룩해냈다는 사실은 어느 모로 보
　나 뜻깊은 줄로 안다. 우리는 이 소설집 안에 광주·전남 지역
　에 사는 소설가들의 노작을 담아보기로 했다. 나이의 적고 많
　음과 글의 성향을 초월해서 하나의 찬란한 소설의 화원을 꾸
　며보고자 했으니 얻은 것이 없지는 않을 것이다. 문학사의 흐
　름을 바꿀만한 거창한 작용은 하지 못할망정, 한국문학 발전

소설가 오유권 선생 문학비

에 한 씨알이 되고 거름이 되어 오늘을 풍부하게 하면서 내일
을 열어주는 길잡이가 되리라는 것은 의심치 않는다."

　〈광주전남소설문학회〉의 작품집이 두 권이나 출간되자 광주
지역 신문은 크게 보도했고 1993년 2월 어느 날 '금호문화회관'
강당에서 조촐한 출판기념회가 열렸다. 많은 분들이 찾아와 축하
의 덕담을 건넸다. 1차 모임에 만족할 수 없었던 회원들은 '제일
식당'으로 자리를 옮겨 밤늦도록 못 다한 술을 캤다. 〈광주전남소
설문학회〉는 1998년 12월에 정관을 개정해 그 명칭을 〈광주전남
소설가협회〉로 변경해 오늘에 이르고 있다. 〈광주전남소설가협
회〉에 소속된 회원은 70여 명에 이른다. 현재 회장은 김경희 작
가가 맡고 있다.

　한편 〈광주전남소설가협회〉는 2004년 5월, 〈소설가 오유권

1994년에 출간된 이명한 장편소설 『달 뜨면 가오리다』 출판기념회.

선생 문학비〉 건립에도 힘을 쏟았다. 광주전남민족문학인협의
회·한국소설가협회·한국문인협회·한국농민문학회·한국문협 나
주지부 등의 조직적 참여와 오유권 소설가의 문학적 후생인 이명
한 한승원 작가의 정성에 힘입어 나주시 경원도 저수지 입구의
소공원에 '오유권 문학비'가 건립될 수 있었다.

1994년 1월에 이명한 작가는 조선중기의 천재시인 백호 임제
의 일대기를 형상화한 장편 『달뜨면 가오리다』(열린세상 간)를 전 2
권으로 간행했다. 이 소설은 광주의 종합지 『금호문화』에 1992
년 1월호부터 1993년 12월호까지 2년간 절찬리에 연재된 것으
로, 나주 출신의 후배문인 박선욱 시인이 '열린세상' 출판사 편집
장 시절 출간한 것이다. 백호 임제는 1549년 전라도 나주목 회진
리(현, 전라남도 나주시 다시면 회진리)에서 병마절도사를 지낸 부친

임진과 모친 윤개 사이에 장남으로 태어났다. 선조 10년(1577년)에 알성시 문과에 급제한 후 벼슬길에 올라 흥양현감, 서북도병마평사, 예조정랑, 홍문관 지제교 등을 지냈던 그는 호방한 성격으로 풍류를 즐겼다. 평소 황진이를 연모하다 평안도도사로 부임해 가던 길에 황진이 무덤을 지나가다가 한 편의 시(청초 우거진 골에 자는가 누웠는가/홍안은 어디 두고 백골만 묻혔는가/잔 잡아 권할 이 없으니 그를 슬퍼하노라)를 지어 추모했다는 이유로 삭탈관직을 당했다. 동인─서인으로 갈라진 붕당정치 현실에 염증을 느끼고 명산을 찾아 시를 짓고 유람하다가 1587년 39세의 나이로 고향에서 여생을 마친 풍류시인 백호 임제의 일대기를 이명한 작가는 특유의 필체로 담아냈다. 1994년 3월 5일, '광주전남민족문학인협의회' 주최로 광주시내 조흥문화화관에서 출판기념회를 갖기도 했다.

이명한 작가는 고희古稀에 이른 2000년대에 들어서도 광주의 지역신문에 대하역사소설을 연재하고 두 번째 소설집을 출간하는 등 창작활동을 멈추지 않았다. 2000년 10월부터 2년 간 〈광주매일신문〉에 대하역사소설 「춘추전국시대」를 연재했고, 2001년 8월에는 두 번째 소설집 『황톳빛 추억』(작가 간)을 출간했다. 두 번째 창작집에는 1980년 이후 2000년까지 발표된 소설 중 14편을 묶은 것으로 문학평론가 장일구 교수(현, 전남대 국문과)가 해설(「삶의 이야기, 그 서사적 자유」)을 썼다. 또한 당대의 대표적 소설가 두 분이 이 책의 뒤표지에 촌평을 남겼다. 먼저 한승원 작가는 다음과 같이 언급했다.

"이명한 소설은, 영원한 열혈청년으로서 이 시대의 아픈 시공의 한 복판을 두려움 없이 걸어온 그의 힘이 어디로부터 연원하였는가를 잘 말해 준다. 그의 의식의 근저에는 원초적 황톳빛 생명력이 두꺼운 지층처럼 자리해 있다. 그의 이야기들은 「에덴 기행」의 호수 같은 자궁이나 「작은 귀향」에서의 은희의 맨살이나 「기다리는 사람들」의 죽은 자

황톳빛 추억

를 다시 살아오게 하는 수구막이처럼 절망한 자들을 거듭나게 하는 희망사진관이다."

이어 현기영(전, 민족문학작가회의 이사장) 소설가는 다음과 같이 이 책의 출간 의미를 언급했다.

"수많은 인명을 파괴한 한국전쟁은 살아남은 자들에게도 치유할 수 없는 정신적 외상을 입혔다. 그 중에서도 특히 쓰라린 통한인 것은 국가폭력에 의해 자행된 민간인 대량학살 사건들과, 그 와중에 행불자가 된 채 생사를 알 수 없는 수많은 젊은이들의 비참한 운명인데, 그것을 역대 독재정권들은 금기의 영역으로 설정하여 철저히 금압해 왔다. 이명한 소설집에는 그러한 정신적 상처를 앓으며 살아가는 서민생활의

1994년 11월 19일, 민족문학작가회의 창립20주년 기념식 후 뒤
풀이에서. 왼쪽부터 이명한 현기영 작가, 임형택 평론가.

애환이 형상화되어 있거니와, 이렇게 반세기 전의 사건들이
오늘도 미학적 모티브가 될 수 있는 것은 그 일들이 아직도
금기의 철조망에 쳐진, 우리가 탐험해야 할 역사의 변경이기
때문이다."

이명한 작가의 소설집 『황톳빛 추억』이 출간될 무렵 김대중 대
통령과 김정일 국방위원장은 분단 이후 최초로 '남북정상회담'을
가짐으로써 민족화해의 분위기가 넘쳐났다. 하지만, 그즈음은 한
국 근현대사에 있어 가장 큰 시련이었던 'IMF'라는 '국가부도사
태'를 극복해야 했기에 다수의 서민들과 중소 기업인들이 절망적
인 불행에 빠졌던 시절이기도 했다. 이명한 작가는 '작가의 말'에
서 두 번째 소설집을 출간하는 소회를 다음과 같이 밝혔다.

'영원한 문학청년'
지금도 동료나 후배들은 나를 이렇게 호칭해준다. 나이에

걸맞지 않게 생각하고 행동하고 절규해 왔기 때문이다. 그러나 흐르는 세월 앞에 그 어느 것이 젊음과 영원함으로 남을 수 있을 것인가. 내가 앉았던 의자는 다른 사람이 앉게 되고 나는 또 다른 단계를 향해 떠나야 하는 것이다.

내 작품에는 반세기 동안 역사의 뒤안길에서 부대끼고 학대받고 속절없이 죽어간 많은 사람들의 한숨과 눈물과 피가 아로새겨져 있다. 그 동안 나는 시지프스처럼 그들의 고통을 굴려 올리는 일을 반복하고 있었다. 딴에는 보상해 준다는 심정이었지만 그건 과대망상이고, 고통 속의 자기위안이라고나 할까? 나는 그 일을 일상의 삶으로 향유하며 숨쉬어왔다.

내 글에는 어둡고 답답한 일제시대가 있고 해방공간에서의 희망과 좌절의 조수가 있고 피비린내 나는 동족상잔의 고통이 있는가 하면 잔혹한 군바리의 횡포가 있고 로마군단의 총칼 아래 짓밟히고 있는 민초의 설움이 있다. (중략)

나는 동구 앞에서 남편을 기다리는 여인들의 거룩한 모습, 인권을 짓밟히고 나서 자신의 분신이랄 수 있는 작품까지 빼앗기는 무력한 친구, IMF라는 가혹한 시련을 겪으면서도 부둥켜안고 따뜻한 위안을 나눌 수 있었던 사람들을 잊을 수가 없다."

22. 〈광주민예총〉 회장 활동과
'민족작가대회', '도쿄평화문학축전' 참여

이명한 작가는 1998년부터 2002년까지 4년간 '한국민족예술인총연합' 광주시지부(약칭: 광주민예총) 지회장으로 활동했다. '광주민예총'은 1994년 9월 30일 창립되어 문병란 시인이 제1대 회장으로 4년 간, 역시 후배 문화예술인들의 요청으로 이명한 작가가 제2대 회장으로 취임하였다.

광주민예총은 1980년대 중반 '민중문화연구회'와 이후 '광주민족문화운동협의회'의 활동가들이 주축이 되어 만들어진 조직으로 '5월'에 대한 문화예술적 형상화와 함께 제반 투쟁현장에서 문화선전대 역할을 해왔다. 1990년대에 들어 장르별 전문성 확보를 위해 소집단 대표들이 논의한 결과 '광주민예총'이 창립되었다. 이로써 광주지역의 진보적인 문화예술 단체와 민족예술을 지향하는 각 개인이 '광주민예총'이라는 단일조직으로 문화예술운동을 전개하게 된다.

'광주민예총'은 창립 목적을 아래와 같이 설정했다.

"민족문화예술을 통해 민족의 자주성을 지키고 민족통일과 5·18 광주민중항쟁 정신계승 등 건강한 지역문화를 창달한다. 다양한 문화예술 사업을 통해 전통을 계승, 보급한다. 민족예술을 지향하는 문화예술인 연대와 실천을 통해 궁극적으로 지역문화예술을 발전시킨다."

이명한 작가가 회장으로 활동했던 1999년 당시 '광주민예총'

1 2000년 5월 광주민예총 회장 시절 광주에서 개최된 '2000 님을 위한 행진곡' 2, 3 2000년 5월, 광주민예총 회장 시절 광주에서 개최된 광주민중항쟁 20주년 기념 공연

1995년 4월. 광주민예총 단합대회에서 홍성담 박혜강 조성국 등 광주의 후배 문화예술인들과 함께.

의 조직은 각 장르별 단체와 개인으로 구성되었다. 장르별 참가 단체를 보면 미술분과에 광주전남미술인공동체, 연행분과에 극단토박이 및 놀이패 신명, 음악분과에 소리모아 및 음악예술 사람, 무예분과에 민족무예 경당 및 택견, 국악분과에 풍물놀이패 굴림과 전통문화연구회 얼쑤, 그리고 풍물천지 등으로 구성되었다. 이때 '광주전남민족문학인협의회'는 '민예총'의 산하 조직에 가입할 수 없다는 '민족문학작가회의'의 방침에 따라 '참관단체'로 참여했다. '광주민예총'의 역대 회장은 문병란(시인)- 이명한(작가)- 김경주(화가)- 나종영(시인)- 윤만식(마당극 기획연출가)- 허달용(화가)에 이어 현재는 민중음악인 박종화가 회장으로 활동하고 있다.

이명한 작가는 광주민예총 제2대 회장으로 활동하면서 분단

체제를 극복하고 군부독재를 물리치
려는 예술인들의 결집체라는 것에 자
부심을 가지면서, 새로운 세기에 걸
맞게 지역예술운동의 가능성을 모색
하고자 했다. 또한 "5·18을 지울 수
없는 역사적 기억으로 국민들 모두가
공감할 수 있도록 예술적 역량을 보
여줘야 한다."고 생각했다. "연륜이
쌓인 나무가 그늘을 거두어가지 않
듯이 먼훗날까지 5·18은 이 나라 정

2000년 9월, 광주민예총 회장
시절 광주문화예술의 정론지로
출간된 『광주예술』 창간호

의와 민주주의를 지키는 등불로서 역할을 지속해 나갈 수 있도록
해야 한다."며 광주정신을 지켜내려고 했다. 이명한 회장은 '광주
민예총'이 민족예술인으로서의 정체성을 지켜나가되, 지역예술
의 새로운 가능성을 제시하는 전위적 지표가 되어야 한다고 생각
했다. 궁극적으로 민족예술이 남북이 하나 되는 길을 적극 모색
하고, 중국과 시베리아를 거쳐 유럽으로 뻗어나가는 역동성을 보
여줘야 한다고 강조하기도 했다.

　이명한 회장은 광주민족예술의 방향과 정책을 담은 기관지로
『광주예술』을 창간했고, '광주민중항쟁 20주년 기념 민중문화예
술제'를 성공적으로 개최했다. 아울러 2000년 5월 21일, 5·18 광
주민중항쟁 20주년을 맞아 전국의 민족예술인들이 광주 망월동
에서 개최한 '2000 전국민족예술인대회'에서 〈2000 광주민족예
술인선언〉을 채택했다. 한국민족예술인총연합과 민예총의 9개

연대단체(민족문학작가회의, 민족사진가협회, 민족굿위원회, 민족영화위원회, 민족건축위원회, 전국민족극운동협의회, 민족미술인협회, 민족춤위원회, 한국민족음악인협회) 명의로 발표된 이날의 선언문은 아래와 같다.

　　망월묘역에 다시 푸른 풀잎이 눈부시다. 또 한 번의 봄이 왔고 광주민중항쟁의 그날은 어느덧 20주년을 맞이했다. 계엄군들의 광기에 젖은 몽둥이와 총검을 피해 살아남은 임신부의 뱃속에서 그날을 겪었던 아기들은 이제 20살의 성년이 되었고, 죽음도 잊은 채 폭력 앞에 젊은 육신을 내던졌던 스무 살의 불타던 열정과 고독은 불혹의 중년을 맞이하고 있다. 무명의 시간은 그날의 항쟁을 단순히 '역사' 속에 묻어둔 채 끝나지 않은 상처들을 지나간 '과거'로 매장하려 한다. 여전히 '광주'에서 발생했던 국지적인 문제로 제한하려 한다. 이미 하나의 병든 이데올로기가 되어가고 있는 지역주의의 배타성과 이기주의가 그날의 빛나는 항쟁을 '특정지역'의 '불행한 사건'쯤으로 묻어두려 하고 있는 것이다. 그러나 지하에 묻힌 영령들의 백골 속에서 움터오는 풀들은 해마다 지표를 뚫고 올라와 지상을 푸른 대지로 만들어 놓으며 그날의 '진실'을 이야기한다. 5·18광주민중항쟁은 여전히 지속되는 미래다. 무덤들은 여전히 커다란 입이 되어 진실을 증언하고 있다. 아무도 죽은 자들의 증언을 피해갈 수는 없다. 지난 20년의 세월은 그것을 증명하는 시간들이었다(중략).

우리는 5·18광주, 그 아름답던 해방구의 공동체를 인류사의 보편적인 미학으로 이끌어 갈 것이다(중략). 우리는 5·18광주민중항쟁의 정신의 계승이 조국통일에 있음을 다시 한번 확인한다. 우리 민족에게 막대한 고통을 안겨준 반백년에 걸친 분단체제는 이 땅에 군부독재의 싹을 틔우고 무고한 광주시민의 학살을 불러온 근본적인 원인이다. 우리 민족예술인들은 지금까지보다 더욱 치열한 자세로 갈라진 조국의 하나됨을 위해 노력할 것이다. 우리는 오는 6월 12일에 열리는 역사적인 남북정상회담이 남과 북 어느 쪽 정권의 정략과 이해가 아닌 한반도에 실질적인 평화정착과 자주통일로 나아가는 큰 걸음이 되기를 강력히 희망한다.

  우리는 5·18광주민중항쟁을 밑거름으로 정권교체를 이룬 김대중 정부가 그 무엇보다도 5·18의 진실을 밝히는 데 앞장설 것을 요구한다. 친일파를 단죄하지 못한 우리 근대사가 경제적 불평등과 독재를 초래했듯이 발포명령자, 학살지휘자와 책임자, 학살을 방조한 미국의 항쟁 개입여부를 밝히지 않은 피해자 보상과 화합은 또 한번 역사를 왜곡하는 결과를 초래할 뿐만 아니라 광주를 욕되게 할 뿐이다.

  20년의 세월이 흘렀으나 항쟁의 함성과 핏빛 메아리는 아직도 5월의 푸른 하늘가에 맴돌고 있으며 우리 민족예술은 여전히 그날의 완성되지 않은 항쟁을 형상화해 가는 작업을 멈추지 못하고 있다. 그날의 영령들이 소망했던 이 땅의 민주화와 조국의 평화적 통일이 이루어지지 않은 한 우리는 결코 항쟁의 노래를 멈출 수 없다.

　5·18이여, 광주여, 그날의 고귀한 정신이여 인류사의 지평
위에 영원하라!

　2000년 무렵 '광주민예총' 회장으로 활동할 당시 부지회장으
로 이사범, 사무처장으로 박종화, 전병근이 함께 했는데, 이명한
작가는 조직 활동의 역점사항으로 다음과 같이 역설했다.

　　"우리는 사적인 단체가 아니라 공적인 단체다. 광주민예
　총이 바로 서려면 조직의 정체성을 알아야 한다. 민족이 바로
　서고, 통일을 이룩하는데 광주민예총이 올바른 방향으로 작
　동해야 한다. 민족을 위해서, 진정한 민주화를 위해서 고언하
　고 행동해야 한다. 무엇보다도 우리가 지향하는 바를 가급적
　많은 예술인들에게 알리고 설득할 필요가 있다. 비록 나와 뜻
　이 맞지 않은 사람이라고 해도 무시하지 말고 외연을 넓히기
　위해 노력해야 한다. 보다 많은 사람들에게 봉사하는 자세로
　일하는 게 중요하다. 보수적인 성향일지라도 잘 설득하고 좀
　더 많은 예술인들을 조직 안에 끌어들여 우리가 동일한 대열
　에서 같이 나아가는 자세가 필요하다."

　이명한 작가는 지난 2001년 6월에 금강산에서 열린 〈6·15공
동선언 발표 1돌기념 민족통일대토론회〉에 참석한 이후 2005년
7월 20일부터 25일까지 광복 60년 만에 평양과 백두산, 묘향산

2000년 광주민예총 회장 시절 이명한 작가.

등지에서 열린 〈6·15공동선언 실천을 위한 민족작가대회〉에 참가했다. 광주에서 민족문학작가회의 회원으로 이명한 송기숙 작가, 김희수 김해화 손세실리아 시인이 참가했다. '민족작가대회'는 남북 문인들이 분단고착화 이후 처음으로 만난 민족사적인 사건이었다. '민족문학작가회의'와 '한국문인협회' 소속 문인들이 남측 문학인을 대표하여 평양을 향해 출발했고, 북측과 해외동포 문인들이 회동하여 '분단문학'에서 '통일문학'으로 가는 계기를 마련하고자 했다.

7월 20일 낮 12시 30분, 인천공항을 출발한 지 50분 만에 평양 순안공항에 도착한 남측 대표문인 98명은 북측 〈조선작가동맹〉 소속 문학인들의 환영 속에 평양에 도착했다. 순안공항에는 '조선작가동맹' 대표들이 마중 나와 남측 작가들을 따스하게 포옹하며 반겼다. 그날 오후 3시경 평양의 '인민문화궁전'에서 〈6·15공동선언 실천을 위한 민족작가대회〉 본대회를 갖기로 했다. 그러나 일본 등 해외초청 작가의 대표단 참여와 명칭 문제로 행사 시작은 몇 시간 동안 지체되어 남측과 북측 문학인들은 초조하

1 2005년 7월 20일, 평양에서 열린 '6·15공동선언 실천을 위한 민족작가대회'에 참석한 문인들. 평양 시내에서. 좌측부터 손세실리아 이명한 김희수, 북측 안내원. **2** 2005년 7월 22일, 〈민족작가대회〉 참석 후 백두산 밀영 방문. 왼쪽부터 이명한 작가, 북한 시인 오영재, (한 사람 건너) 황지우 시인. **3** 백두산 밀영에서 북측 안내원과 함께.

게 기다려야만 했다. 마침내 저녁 7시 30분경부터 남과 북, 해외 동포 문인 250여 명이 참석한 가운데 〈6·15공동선언 실천을 위한 민족작가대회〉 본대회가 개최되었다. 문인들은 본대회를 마친 후 〈공동선언문〉을 발표했다. "조국통일의 유일한 이정표로 6·15공동선언 옹호, 민족자주- 반전평화- 통일애국 정신으로 문학창작 매진, 사상과 신상- 출신지역과 입장을 넘어 민족문학 활동의 연대와 연합, '6·15민족문학인협의회' 결성과 기관지 『통일문학』 발간, '6·15통일문학상' 제정 등을 위해 노력할 것"을 선언했다.

본대회를 마무리한 후 그날 밤 '인민문화궁전'에서 공식적인 만찬이 있었다. 남북 문인들은 60년 만에 처음 만난 자리였지만, 누구라도 붙잡고 서로 어울리며 술잔을 나누었다. 그러나 한 가지 아쉬운 점은 오영재 시인, 홍석중 남대현 소설가 등 북측의 유명 문인들을 제외하고 그 밖의 북측 문인들에 대한 정보와 신상을 전혀 알 수 없었다는 점이다. 작가는 작품을 가지고 이야기를 풀어나가야 하는데 남측 문인들은 북측 작가들의 작품에 대해 전혀 아는 바가 없어 서먹서먹했다. 그 때문에 임헌영 평론가가 그날의 기억을 회고하면서 말했듯이 주요 화두는 식탁에 오른 '반찬' 이야기였다. 이 반찬의 이름은 무엇이고, 이 요리는 어떻게 하느냐 등등 반찬 이야기가 대화의 주요 내용이었다.

그러나 남북 작가들이 분단 이후 60년 만에 회동한 것이기에 일단 서로 만났다는 사실 자체가 감동이었다. 다음날인 7월 21일 아침에 이명한 작가 등 민족작가대회의 참석자들은 북측의 안내에 따라 만경대 '김일성 장군 생가'를 방문했다. 이어 남한의 단독선거 직전인 1948년 5월 2일, 민족분단을 막고자 남북 협상이 진행된 '4김회담 장소'인 '쑥섬'을 찾았다. 남측의 김구 주석, 김규식 김두봉 선생과 북측의 김일성 장군 등 4인이 밤새워 통일문제를 논의한 이야기를 북측 안내원이 자세한 설명했다. 7월 21일 오후에 남측 문인들은 개선문과 주체탑 등 평양시내 관광에 나섰다. 이어 7월 22일에는 백두산의 밀영으로 가서 김일성 장군의 항일빨치산 근거지인 삼지연 일대를 돌아보았다. 그리고 나서 베개봉호텔에서 짐을 푼 후 7월 23일 새벽 3시경, 남북 문인들은 백두산 장군봉 아래 개활지에서 갖기로 한 〈통일문학의 해돋이〉 행사를 위해 천지연으로 향했다. 북측 안내원은 백두산은 천지조화가 심해 좀처럼 맑은 날씨를 만나기 어렵다고 했다. 그런데 그날은 남북 문인들을 환영하듯 백두산 아래 구름이 깔려 있을 뿐 하늘은 더 없이 해맑고 푸르렀다. 장군봉으로 장엄한 햇덩이가 떠오르자 문인들은 모두 감격하여 서로 얼싸안았다. 너나없이 한 목소리로 "6·15공동선언만세! 민족작가대회 만세! 조국통일만세! 통일문학 만세!"를 힘차게 외쳤다. 그날 그 순간의 감격을 이명한 작가는 광주의 〈광남일보〉 2005년 7월 28일자와 8월 1일자에 두 번 「남북 작가대회 참관기」를 연재했는바, 그 내용의 일부를 소개하면 다음과 같다.

"서쪽 장군봉 위에 열여드레 둥근 달이 손에 잡힐 듯 떠 있는 게 아닌가. 해와 달이 양쪽에서 우리를 옹위하고 있는

1 2005년 7월 21일, 〈민족작가대회〉 행사 후 평양 시내에서. 좌측부터 이명한 김희수 송기숙 황석영 김창규.   2 묘향산 보현사 앞에서. 우측부터 박도 손세실리아 이명한 (북측 문인과 안내원 두사람 건너) 김종해 이근배 최경자 오수연.   3 백두산 천지에서 이명한 작가   4 왼쪽부터 김해화 송기숙 이명한
(사진제공― 최경자 박도 김해화)

가운데 역사적인 민족문학인들의 벅찬 해맞이 행사가 진행되었다. 고은 시인은 떨리는 목소리로 '다시 백두산에서'로 시작되는 즉흥시를 읊고 나서 노래하듯 뜻 깊은 모임을 축하하였고, 북을 대표한 홍석중 작가는 '통일의 날 다시 백두산에서 만나자'는 유창한 연설로 끝을 맺었다. 정지아 소설가에 의해 김남주 시인의 「조국은 하나다」가 낭송되고… 6·15 선언이 있기 전까지 상상할 수조차 없는 일이 백두산 정상에서 벌어지고 있었다. 통일의 수레바퀴가 힘차게 굴러가기 시작한 것이다. 백두산 천지는 이 민족의 슬픔과 기쁨을 가닥가닥 사려안은 신비로운 표정으로 우리들을 반기고 있었다. 눈물을 닦는 사람도 있었다. 나도 울었다."

7월 23일 문인들은 평양에서 묘향산까지 200리 길을 갔다. 그날 밤 늦게 묘향산 호텔에 당도했고, 다음날 '국제친선 전람관'을 관람한 후 보현사 앞에서 기념촬영을 했다. 이어 7월 25일 오후 4시경, 남측 문인들은 〈6·15공동선언 실천을 위한 민족작가대회〉의 모든 일정을 마친 후 평양 순안공항에서 북측 문인들과 아쉬운 작별 인사를 했다. 7월 25일 오후 5시경, 5박 6일간의 '대장정'을 마치고 이명한 등 남측 문인들은 고려항공 JB615편으로 인천공항에 무사히 도착하였다. 그 후 남북 문인들은 〈6·15민족문학인협의회〉를 결성하고 기관지 『통일문학』 발간하는 등 여러 노력을 했으나, 현재는 모든 것이 중단된 상태다. 그뿐 아니라 남과 북이 다시금 일촉즉발의 냉전위기에 처해 있음을 보고 있다.

이명한 작가는 〈6·15공동선언 실천을 위한 민족작가대회〉를 참가하고 나서 "문학의 임무는 다름 아닌 죽어가는 평화를 살리는 것"이라는 '명제'에 확신했다. 한국전쟁 3년 기간에 남북 양측에서 300만 명의 사람들이 죽어간 사실을 상기할 때 한반도에 또다시 전쟁이 발발한다면 그것은 곧바로 '민족공멸'을 의미한다. 그런 까닭에 문인들은 '평화문학'을 추구할 수밖에 없다. 고은 시인이 말했듯이 '나'와 '타자'와의 대화가 일상적으로 혹은 극적으로 지속되는 '삶의 문학'이 '평화문학'인 것이다.

이명한 작가는 '평화문학'을 추구하고 실천하고자 〈한국문학평화포럼〉의 '고문'으로 활동하게 된다. 고은 문병란 임헌영 구중서 이기형 정희성 김준태 윤재걸 유재영 노향림 홍일선 김정란 김영현 최자웅 윤기현 나해철 정수자 임종철 이승철 이재무 방남수 정용국 강기희 김재영 김여옥 손정순 손세실리아 윤일균 등 200여 명의 문인들이 주축이 되어 활동한 이 단체에 이명한 작가는 2013년, 고은-임헌영-김영현-홍일선 회장에 이어 제5대 회장으로 활동했다.

한국문학평화포럼은 2004년부터 2009년까지 전국 각지의 상처받은 땅, 이슈가 있는 지역을 순회하면서 수십 차례 전국 규모의 문학축전을 개최했다. 2004년 10월 17일, '제1회 임진강 문학축전'을 시작으로 경기도 화성 매향리 미군사격장, 평택 대추리 미군기지, 사북, 거창, 고흥 소록도, 민통선 애기봉, 경기도 광주 나눔의 집, 소안도, 여주 여강, 속초 아바이마을, 여수, 해남 김남주 생가, 안면도 채광석 시비 광장, 단재 신채호 마을, 안성 하

한국문학평화포럼에서 펴낸 책들

나원, 안산 이주노동자 센터 등지에서 수십 차례의 문학축전 행사를 치러 문단 안팎과 언론의 주목을 받았다.

또한 한국문학평화포럼은 대한민국 독도문화예술축전, 우토로 평화문학축전, 전국평화문학인대회, 금강산 문화예술축전, 6월항쟁 20주년 기념 문학축전, 김준태 시인의 통일시화전, 대운하 반대 문화예술축전, 노무현대통령 49재 추모예술제, 김대중 대통령 서거 1주기 추모시낭송회 등을 개최했다.

한국문학평화포럼은 기관지로 『한국평화문학』를 7집까지 발간했고, 『재소고려인의 노래를 찾아서』(김병학 편, 전 2권), 재일 조총련 〈종소리 시인회〉 대표시선집 『치마저고리』, 노무현 대통령 추모시집 『고마워요 미안해요 일어나요』, 김대중 대통령 추모시집 『님이여, 우리들 모두가 하나 되게 하소서』 등을 발간하기도 했다.

1 2006년 12월 22일, '한국문학평화포럼' 주최로 일본 와세다대학에서 개최된 '2006도쿄 평화문학축전'. 이날 이명한 작가는 평화시 「탑을 쌓아요」를 낭송했다. 행사 후 한국과 일본, 재일동포 문인들과 함께.
2 '2006도쿄 평화문학축전'에 참가 후 '한국문학평화포럼' 회원들과 일본 에도시대의 옛 거리에서. 왼쪽부터 이승철 한복희 이명한 양성우 박희호 서승현.

특히 지난 2006년 12월 22일, 한국문학평화포럼 주최로 일본 도쿄 와세다대학에서 개최한 〈2006도쿄 평화문학축전〉은 한국과 일본, 재일동포(조총련) 문인들이 참석한 가운데 개최되어 문단의 관심을 모았다.

이날 임헌영 회장은 「동아시아 평화를 위해 문학인들이 할 일」이라는 주제로 기조강연을 했고 뒤이어 일본, 한국, 재일조선인 3국 대표(오오무라 마스오 일본 와세다대 명예교수, 김지하 시인, 김용태 한국민예총 회장, 김학렬 재일조선문학예술가동맹(문예동) 고문)의 평화메시지 낭독이 있었다.

평화시낭송 순서에 이명한 한국문학평화포럼 고문이 「탑을 쌓아요」 제목으로 서두를 장식했고, 정화수 '문예동' 고문, 사가와 아키 일본시인, 일본 가나가와대학 윤건차 교수, 양성우 시인, 오향숙 일본 조선대 교수, 코누마 준이치 와세다대 교수, 홍일선 시인, 김응교 시인 순으로 시낭송이 진행되었다.

또한 평화산문 낭독에 김재영 소설가, 현대 및 전통춤공연(김혜경무용단 단장, 장순향 한양대 교수, 송영숙 금강산가득단 무용부장)과 노래공연(재일동포 이정미 가수)과 평화소원굿 공연(오우열 무당시인) 순으로 약 2시간 동안 다채롭게 행사가 진행되었다.

무엇보다도 〈2006도쿄 평화문학축전〉은 한국과 일본, 그리고 재일조선인(조총련) 시인들이 한 자리에 모여 세계 공생과 공존의 미학으로 '평화'의 가치를 드높이 외치고, 전쟁을 종식시키는 데 문학인들의 역할을 재확인한 것은 큰 성과였고 주목할 만한 행사였다.

23. '광주의 정체성'에 답하다
– 김준태 시인, 정강철 소설가와의 대담

이명한 작가는 2002년 1월, '광주민예총' 회장 시절 〈광주저널〉 400호 기념 '신춘특별대담'에서 김준태 시인과의 '광주 시민 공동체' 문제 등에 대해 인터뷰를 가졌다.

2008년 12월, '광수전남작가회의' 고문 시절에는 정강철 소설가와의 대담에서 '민족' 문제와 '문학의 정체성'에 대해 입장을 표명하기도 했다. 이명한 작가의 인터뷰는 당시 시국 상황과 문학 현실에 대해 많은 시사점을 주고 있다.

■ 2002년 〈광주저널〉 400호 기념 대담/이명한 '민예총' 광주지회장

"함께하는 시민정신 흩어져선 안 되죠!"

김준태(시인, 〈광주저널〉 편집고문) 그 지역에 사는 수많은 사람들 속에서 '문화의 파수꾼'이 존재한다는 것은 행복하다. 인간의 모든 행위와 창조물들이 상품 혹은 상품적 가치로만 매겨지는 이 대량생산(mass production)의 물질문명 시대— 그러나 여기에 함몰되지 않고, 그 지역의 문화와 에스프리(정신)를 풍부하고 올곧게 지켜나가려고 하는 사람을 만나면 즐겁다. 오늘 우리가 만나는 작가 리명한(70) 선생도 바로 그런 사람 중 하나다. 그는 명실공히 광주지역의 원로다. 그가 최근 광주시 동구 대인동에 〈동방문

화연구소/East Culture Institute〉를 열었다. 사랑방신문 〈광주 저널〉 400호 기념호 발간에 즈음, 그를 찾아가 대담을 나눴다.

이명한 선생님께서 최근 〈동방문화연구소〉라는 것을 열었는데 어떤 일을 하는 곳입니까.

뭐, 선거에 입후보하기 위해서 차린 연구소가 아닙니다(웃음). 동양문화, 그러니까 우리 한국문화를 포함하여 중국문화를 사랑하는 사람들이 모여서 뭔가 생각도 해보자는 뜻에서 만들었습니다. 서로의 세계를 존중하는 동호인적 성격이 짙은 연구소입니다. 동방문화를 사랑하는 사람들이 모여서 서로의 생각을 나누자는 사랑방입니다. 미국문화의 식민지로 전락해 가는 오늘의 한국문화 속에서, 다시 한 번 자세를 가다듬어보자는 뜻에서 만들어졌습니다.

지난해부터 관련 학계에 많은 관심을 불러일으킨 '아시아적 가치(Asian Value)'가 생각납니다. 이 연구소에서 하실 일이 그런 생각들을 모아보자는 일이 아닌지요?

언젠가 중국에 갔을 때, 그곳 산골에 사는 사람에게 이런 곳에서 어떻게 사느냐 물었더니 이렇게 대답하더군요. 지금 내가 살고 있는 곳이 최고의 복지다, 그러니 이곳이 바로 중심이 아니고 무엇이겠느냐 했습니다. 네, 바로 그것입니다. 동양은 우리가 사는 지구의 중심, 나아가 우주의 중심이라고 생각을 해봅니다. 저는 그래서 우리의 동양세계에 주체적 의미를 부여하고 싶으며,

따라서 '동양(east 혹은 orient)'을 인류문화의 중심부에 놓고 생각합니다. 특히 '9·11테러' 이후, 미국을 중심으로 하는 백인국가들의 대 테러전쟁을 보면서, 동양 혹은 동방문화에 대한 우리들의 관심은 더 깊어져야 한다고 생각했습니다.

　요즘 지역을 사랑하는 사람들의 얘기를 듣자면, '광주에는 광주가 없다, 광주의 정체성이 잘 안 보인다.'고 걱정과 염려들이 많습니다.

　지금까지 광주의 자긍심으로 떠받들어져 왔던 '시민공동체 정신'이 흐려졌다, 흐트러졌다 그 말씀이군요. 월드컵이다, 비엔날레다 하지만, 광주사람들이 요즘 너무 '광주'를 잊고, 살고 있는 것 같습니다. 고작 20년밖에 지나지 않은 '5·18정신'을 어느새 망각하고, 오히려 '5월'을 비하하고, 폄하시키고, 욕되게 하고, 부끄럽게 하는 양태들이 종종 주위에서 보입니다. 그러나 나는 아무리 짜증나는 일이 있어도 '광주를 모독하는 발언'을 절대로 해서는 안된다고 간절하게 당부하고 싶습니다. 1980년 5월 그날, 광주시민들이 죽음도 두려워하지 않고 모두가 '한몸'이 되었던 역사적 본질은 호도·왜곡할 수는 없기 때문입니다.

　그러면 여기엔 반드시 사회와 나라를 위한 사랑이 뒤따라야 하는 것이겠지요.

　중국 초楚 나라 때 사람 손숙오孫叔敖에 대한 얘기를 하고 싶습니다. 쌍두사雙頭蛇, 그러니까 그는 두 개의 머리를 가진 뱀을 죽인 사람이었습니다. 쌍두사를 보기만 해도 죽는데 그 녀석을 칼

나주평야 영산강 구비치듯

李明翰선생 88生涯 讚하며

2018년 8월, 이명한 작가의 88세 생일을 맞아 김준태 시인의 육필 축시 「나주평야 영산강 구비치듯」

로 베어 죽였으니 결국 죽음밖에 남지 않은 것이었습니다. 그러나 남을 위해 자신의 죽음도 두려워 않고 쌍두사를 죽인 점이 높이 평가되어, 마침내 손숙오는 초 나라 재상 자리에까지 올랐다는 얘기가 있습니다. 만약 쌍두사를 죽이지 않았다면 그 뒤로도 얼마나 많은 사람들이 그 녀석을 보는 것만으로도 숱한 죽임을 당해야 했겠습니까? 그래서 5·18 정신, 그 사랑과 희생정신도 우리들의 마음속에 위대하게 자리잡고 있는 것입니다.

광주지역 언론계가 상당한 위기를 맞이하고 있는 것 같습니다. 여기에 대한 말씀을 해주신다면?

356

아무리 어려워도 언론 본연의 모습을 잃어서는 안된다고 생각합니다. 기자들의 경우 신분적·경제적 보장을 못 받는 터에 무리한 부탁이 될지 모르나 '언론인'으로의 자긍심은 잃지 않아야 할 것입니다. 권위주의적 특권이 더 이상 용납되지 않는 것이 오늘날 사회인 점을 감안한다면— 어쩌면 차라리 '진짜 언론인'이 나타날 때가 바로 요즘 같은 세상이 아닐까 하고 생각합니다. 지금 새로 태어난 젊은 기자들한테서 그런 참신하고 든든한 인상을 받습니다.

김준태 인생의 목마름을 채워준다는 여행. 올해 통일 베트남과 시베리아 쪽으로 창작여행을 떠날 계획이라는, 70고령(하기야 독일의 시인 괴테의 경우, 72살에 크리스티아네한테 멋진 장가를 들지 않았던가!)의 작가 이명한 선생. 지난해부터 재부상하기 시작한 민족주의에 대하여 묻자 "보수적, 쇼비니즘(국수주의)적, 히틀러의 나치즘적 민족주의는 위험하다. 그러나 우리의 경우 민족의 개념은 영원하며 지상과제는 남북통일이다."라고 말했다. 눈을 크게 뜨며 그는 다음과 같이 말하는 것도 잊지 않았다. "일본인들의 민족주의는 무서울 정도다. 속은 쇳덩이 같은 그 무엇을 숨겨 놓고 겉은 솜덩이처럼 부드럽다. 그런데 우리 한국인들의 민족주의는 허약하다. 겉은 쇳덩이 같은 모습이지만 속은 솜덩이처럼 힘이 없다. 정신을 차려야 한다!"

"문학의 위기는 있었지만, 결코 문학은 죽지 않는다."

정강철(소설가) '광주전남작가회의'에서 발행하는 『광주전남작가』에 '특집'으로 싣고자 2008년 11월, 〈동방문화연구소〉 사무실에서 이명한 선생님과 인터뷰했다. 그러나 부득이한 사정으로 『광주전남작가』지에 게재되지 못했고, 2008년 12월 9일 〈광주전남소설가협회〉의 카페에 올린 글이다.

정권이 바뀌자 많은 변화들이 일어났다. 보수 세력들은 철 지난 레코드를 틀어대며 지나간 10년을 되돌려 달라 아우성쳤고, 상대적으로 위축된 진보 진영의 대오는 앞으로 진전하지 못하고 머뭇거렸다. 진보진영의 문단 분위기도 '탈민족'의 담론이 등장하면서 웅성거렸고, 미디어 문화에 매몰된 채 책을 멀리 하는 세태의 취향에 맞물려 문학의 위기라는 말까지 나올 지경이 되었다. 지역 문단의 상황도 별반 다를 바가 없었는데, 좀처럼 침체의 늪에서 빠져나오지 못하는 '광주전남작가회의'도 언젠가부터 조직의 내부를 반성하는 자성의 목소리가 도처에서 불거져 나오고 있는 형편이다. 이런 현실을 감안하여 특집을 기획했다. 〈광주전남작가회의〉의 정체성과 현주소를 스스로 되짚어 보고 앞으로 나아가야 할 방향을 진단할 수 있는 기회를 만들어보자는 게 편집진의 의도였다. 그러기 위해서 아무래도 지역 문단의 원로이시고

1 2007년 4월 광주전남작가회의 회원들과 전북 임실군 영화마을 소풍 길에서. 2 2008년 12월 정강철 작가와 대담 중인 이명한 소설가. 3 2018년 '4·3문학제' 참석차 제주 가는 선상에서 작가회의 후배 문인들과. 오른쪽부터 채희윤 이명한 김병윤 서종규 김경윤 박혜강.(사진제공 김준태)

광주전남작가회의의 역사를 누구보다도 가까운 거리에서 지켜보
셨던 이명한 선생님을 모셔서 말씀을 들어보는 게 적합하다는 뜻
을 가지고, 2008년 11월이 저무는 어느 날 선생님의 사무실을 찾
았다.

선생님께서는 숨 가쁜 격동의 세월을 살아오시면서, 세상이
어떻게 변하더라도 조금도 흔들리지 않는 모습으로 올곧은 길을
걸어오셨고 어떤 문제가 발생할 때마다 문단의 후배들에게 정신
적 지주가 되시어 그 중심을 잡아주셨으며, 언제나 귀감이 되고
존경을 받으시는 문단의 어른이십니다.

더욱이 이 지역의 문단사와 〈광주전남작가회의〉의 역사에 대
해서 가장 잘 아실 분이라 믿기 때문에 선생님을 찾아뵙게 되었
습니다. 그런 점에서 오늘의 이 대담은 매우 뜻 깊은 자리가 될
것 같습니다.

'광주전남작가회의'의 태동에 대해서 먼저 말씀해 주셨으면 합니다.

아시다시피 '한국작가회의'의 모태는 1970년대 중반 서울에서
창립된 '자유실천문인협의회'라고 볼 수 있지요. 당시 자실의 기
운은 사실상 광주 지역까지 뿌리를 뻗지는 못했던 형편이었는데
1980년대 전두환 정권의 폭압적 분위기에서 광주전남 지역 문
단도 독재권력을 반대하고 저항하는 정서가 팽배해 있었습니다.
1987년에 역사적인 6월항쟁이 일어났는데요. 이후 태동한 '광주
전남민족문학인협의회'는 6월항쟁의 성과 속에서 생겨난 것으로
봐야 합니다. 6·29 이후에 서울에서도 '민족문학작가회의'가 '자

실'의 문학적 기치를 승계하여 출범했는데 아마 광주 지역이 전국에서 제일 먼저 동참했던 것으로 알고 있습니다. 지역 문단을 반성하고 이데올로기적 정체성을 확고히 하면서 시대적 사명과 작가로서의 역할을 뚜렷하게 할 수 있는 문학 단체를 만들게 된 셈이었는데, 출범하던 그때의 가슴 벅찬 감개무량함은 말로 표현할 수 없지요.

이름하여 '민족문학작가회의'였는데요, 단체의 명칭에서 '민족'이라는 개념을 강조하게 된 배경은 무엇이었습니까?

그때도 그랬고 지금도 그렇습니다만 우리나라는 세계 유일의 분단국가가 아닙니까. 우리가 살고 있는 시대의 질곡 중에서 가장 깊고도 커다란 것이 무엇인가를 찾아서 그걸 모토로 삼아야 하는 것이 문학인의 당연한 과제라고 생각한다면, 그것은 바로 분단된 조국의 현실이었고, 그런 점에서 우리 문학이 지향해야 할 가장 중요한 포인트가 바로 '민족'이라는 대의에 대해서는 누구도 의심할 여지가 없었습니다. 진보성을 표방한 문학단체가 민족이라는 개념을 전면에 내세웠던 것은 지금 생각해보아도 대단히 옳았던 결정이었고 실제로 초창기의 작가회의는 일관되게 민족 문제를 염두에 두고 활동했었습니다.

'민족문학작가회의'는 2007년 12월, '한국작가회의'로 단체의 명칭을 바꾸게 되었습니다만, 이것은 시대가 변했기 때문입니까? 그래서 작가가 지향해야 할 방향도 바꾸어야 했던 것입니까?

문학은 시대를 반영하는 거울과 같아서 문학에서 담아내고자 하는 내용도 시대를 반영하다 보면 흐르는 물처럼 날로 새롭게 변하기 마련이지요. 더구나 민족이라는 개념이 과거와는 많이 달라져서 여러 가지 오해를 불러일으킬 수도 있고 그러다 보면 단체의 명칭도 바뀌어야 되는 게 아니냐는 주장을 이해하지 못하는 것은 아닙니다. 그러나 우리가 살고 있는 세상에서 변화되지 않는 분명한 사실은 우리나라는 아직도 분단국가라는 것입니다. 여전히 분단의 현실은 우리에게 가장 큰 고통이며 해결의 기미조차 보이지 않는 민족의 당면과업인 것입니다. 지나간 군사독재 시절에는 민족이라는 개념 못지않게, '민주화'라는 목표도 중요한 가치였지요. 그런데 지금에 와서는 민주화가 어느 정도 이루어졌다고 생각하는 분위기 속에서 민족의 문제도 민주화 달성이라는 안일한 만족과 덩달아서 묻어가버리는 게 아닌가 하는 아쉬움이 드는 게 사실입니다. 거듭 말씀드리지만 민족의 문제는 아직도 미완입니다. 문학이 시대를 예견하고 선도하는 역할을 담당해야 한다면 문학인들이 민족의 문제를 버렸다는 인상을 심어주어서는 안 되는 것입니다. 이는 책임의 회피이며 정체성의 상실입니다. 더구나 반통일 정부가 들어선 이래로 물고기가 물을 만난 듯 활개를 치고 있는 저 보수 우파들에게 빌미를 제공할 수도 있는 거예요. '거 봐라, 통일운동은 진보적 문학단체에서도 손을 놓아버렸지 않았느냐' 이런 식의 반격을 예상할 수도 있기 때문에 우리 스스로가 위축되어버릴지도 모른다는 우려를 씻을 수가 없습니다. 참으로 아쉬운 일입니다.

이명박(MB) 정권이 들어선 뒤로는 계급적 충돌 자체를 무시해 버리고 난동을 부리듯 열을 올리고 있는 보수 우파들의 논리가 날로 극성을 부리고 있습니다.

보수 우파들은 지금 쾌재를 부르고 있을지도 몰라요. 탄환보다도 더 지독한 효과를 누리고 있을지도 모른다는 말입니다. 예전부터 민주평화 세력을 공격하는 전가의 보도와 같은 게 바로 '좌파'로 몰아버리는 것 아니었습니까? 섬뜩한 좌파의 멍에만 씌어버리면 다 해결된다고 생각했지요. 독재권력의 위기도 늘 그런 식으로 벗어나려고 했고요. 하지만 웃기는 논리입니다. 무엇이 좌파인가요? 복지와 서민을 중시하고 독점자본이 지배하는 세상보다는 모두가 공생하는 방향으로 나가는 정강정책을 밝히면 좌파인가요? 그러면 미국 대통령에 당선된 민주당 오바마도 좌파입니까? 분배와 평등은 우파에게 물과 기름처럼 함께 할 수 없는 이물질들이고 따라서 그들은 좌파가 지향하는 사회가 두려운 겁니다. 우파들의 논리는 이처럼 터무니없는 허구일 뿐이에요. 지나간 현대사를 좌파들이 장악한 50년이라고 하는데, 그건 곧바로 우파들 스스로가 자기들이 그릇된 입장이었다는 점을 역설적으로 고백하는 것이 되어 버려요.

교육현장은 MB식 경쟁교육으로 1%의 소수를 위한 부자정책을 위해 어두운 역주행이 시작된 것 같습니다. 진보를 표방한 민주단체들이 어떤 변화의 길로 나가야 한다고 보십니까?

부자를 잘살게 하는 정책보다는 모두에게 혜택이 돌아가는 정책이어야 옳습니다. 이명박 정권은 소수의 특권계층의 이익만을 대변하는 정책을 고수하고 있고 그걸 교육에도 그대로 반영하고 있기 때문에 문제가 되는 겁니다. 결국 보수 우파들의 본질은 같은 거예요. 신자유주의는 이제 용도폐기되어야 한다고 봅니다. 그럼에도 불구하고 그릇된 교육적 판단으로 엄청난 혼란과 오류를 이끌어낼 것 같아서 불안하기 짝이 없습니다. 어떻게 교육을 자본주의의 논리로만 바라볼 수 있는 겁니까.

청소년 세대는 책보다는 게임 등의 장르에 열광하고 있습니다. 이러다간 종이책이 소멸될지도 모를 일이고 문학 생산자와 소비자와의 소통이 단절될 수도 있는 상황이 올지도 모른다고 우려하는데요.

어느 시대에나 문학의 위기는 있었습니다. 컴퓨터가 발달하고 개인이 이를 활용하여 일상의 삶 속에서 여러 가지의 기능을 가능하게 한 후로 인쇄문화는 위축될 수밖에 없었고 그러다 보니 문학의 세계도 위기설이 퍼져있는 것도 사실입니다. 하지만 인쇄책의 보존가치는 확실한 것이고 따라서 종이책은 사라질 수 없는 것입니다. 문학의 역사가 과거 고전주의에서 낭만주의로 발달하고 근대에 와서 사실주의가 지배하게 되었습니다만 사실주의에 대한 염증도 있을 수 있고 그러다 보면 새로운 모색을 하기 마련이고 그러기에 문학은 늘 변하는 것입니다. 민족과 민주를 지향하는 문학이 팽배해 있던 지난 시대를 돌이켜보면 이제 어느 정도 민주주의가 이루어졌다고 생각하는 일반적 인식 위에 변화가 일어나다 보니, 민족이나 민주, 사회라는 무거운 주제들을 던져 버리고 가볍고 쾌락이 중심을 이루는 주제로 변화된 게 사실입니다. 결국 사회적 현상을 반영하게 된 것인데요. 그러나 저는 분명히 믿습니다. 이러한 낭만주의가 표방하는 가벼운 주제들에 대해서는 반드시 염증을 느끼거나 혐오하는 시대가 올 거란 얘깁니다. 포스트모더니즘이란 이름으로 변형되어 등장한 모더니즘의 끝물들은 반드시 퇴색 될 것이고 불신을 받을 것이며 오히려더 강고한 리얼리즘의 기운이 찾아올 것을 믿습니다. 예를 들어볼까요. 최근 일본에서는 1920년대 나프(NAPF) 계열의 프롤레타리아 문학 작품인 『해공선』(게잡이 배)이 무려 20만부 이상 팔려나갔다지 않습니까. 일종의 변형된 네오리얼리즘의 대두라고 할 수있으며 오히려 자본주의 위기와 병폐가 극복될 수 있는 방법이될 수 있을 것입니다.

경제가 자꾸 어렵다 보니 인문학이나 기초 학문이 갈수록 냉대를 받고 있는데요. 인문학의 위기 상황도 작가의 입장에서 보면 반갑지 않은 현실이지 않습니까?

학문도 예술과 비슷하겠지요. 세상 세파의 풍향이 어떻게 변하든지 우리는 대중들의 자정능력을 믿어야 합니다. 학문이든 예술이든 권태로움이 깊어지면 그 흐름에 반드시 변화가 오게 됩니다. 인문학, 특히 철학은 정신적 측면이 뒷받침되지 않고서는 어려운 것이지요. 대자연이 순환되는 리듬 속에서 인간 본연의 내용적 위기가 찾아오면 우리 대중들은 더 이상 방치하지는 않을 겁니다. 바람직하지 않은 방향으로 흐르는 것을 절대 용납하지 않을 거란 말입니다. 요즘 논란이 되고 있는 '아시아문화전당'도 그래요. 거기에서 광주 5·18의 정신을 빼버리면 의미가 없다는 공감대를 모두 가지고 있지 않습니까. "이제는 징그럽다. 제발 광주 5·18 좀 그만 우려먹어라."는 인식이 팽배해 있다지만 '아시아문화전당'과 같이 무언가를 판단해야 하는 결정적인 순간에는 5·18과 같은 정신적인 측면이 가장 앞선다는 거지요. 노동자들도 자신이 중산층이나 된 양 착각하고 살다가도 어느 순간에 정신을 차리고 의식을 되찾게 되듯이 이미 허물어진 것으로 보이는 인문학적 위기도 우리 대중 스스로의 자정 노력에 의해서 원래의 궤도에 돌아오리라는 것을 믿어 의심하지 않습니다. 작가도 마찬가지입니다. 작가가 지향해야 할 바가 뚜렷하고 그 기본에 충실해야 한다면 절대 민족이나 사회의 문제와 같은 근본을 외면해서는 안 됩니다. 작가는 일정하게 사회적, 민족적 책임을 져야 한다고 봅니다. 작가의 근본 책무를 잃고 신자유주의의 망령에 영합하는 행동을 하거나 그런 류의 글을 써서는 곤란합니다. 타락을 맛본 작가는 문학의 진정성이나 참다운 가치와 점점 멀어지고 말 테니까요.

진보 진영의 문단 내부에서 '한국문학평화포럼'이라는 단체가 등장했는데요. 그 단체의 정체성은 무엇이라고 보십니까?

어쩌다 보니 나도 그 단체에 '고문'이 되어 있습니다만, '한국작가회의'가 중앙의 특정 잡지를 중심으로 비대해지다 보니 아마도 새로운 흐름의 요구에 부닥치게 되었고 무언가 다른 변화의 모색이 필요한 상태에서의 움직임이 아닌가 생각합니다. 분명히 말씀 드릴 수 있는 것은, 진보진영 문단의 다양성과 저변의 확대이지 분파는 아니라는 겁니다. 그 단체의 인적 구성이나 지향점을 보더라도 분열주의로 보기는 어렵습니다. 분열이나 분파주의로 보는 시각이 있을 수도 있는데 서로 대립각이 아닌, 다양성으로 이해하셨으면 합니다. 마찬가지로 '한국문학평화포럼'이라는 단체도 그 어떤 작가에게 무엇을 선택하게 하거나 강요해서는 안 된다고 봅니다. 농사를 짓는다면 꼭 트랙터만 필요한 것이 아니잖아요. 경운기도 필요하고 콤바인이나 이앙기도 필요하듯이, 다양성으로 보면 될 것 같습니다.

오늘 이 대담의 가장 중요한 화두는 역시 '광주전남작가회의'의 침체와 정체성의 문제입니다. '광주전남작가회의'의 현실은 어떻다고 보십니까?

광주 작가들은 광주다운 모습과 광주사람다운 생각을 해야 합니다. 출범 당시의 취지를 잊어버리고 정의감과 고고한 이상을 상실한 채 작은 면에 집착하거나 대의보다는 개인의 측면에 머물러버리는 일이 있습니다. 작가의 문학적 실천과 문학단체의 정체성은 일치해야 하는 게 당연합니다. 그런 점에서 광주전남작가회의는 확실히 위기이긴 합니다. 개인의 활동과 조직이 일정한 연대의 틀 속에서 움직여야 하는데 그게 잘 이루어지지 않는 것 같아요. 회원들의 작품도 꾸준히 창작되어야 하고 또 그걸 담아내는 그릇이 일정하게 유지되어야 하거든요. 회지도 없는 문학단체란 어불성설입니다. 작가는 글을 쓰기 위해 존재하는 것이고 글을 쓰지 않는 작가는 작가가 아닙니다. 데모만 하자고 모일 수도 없는 노릇이잖아요. 글을 통해 만나야 하고 글을 통해 자신을 드러내야 합니다. 작가회의는 회원들의 글을 담아내고 그 글에 대한 보상도 해주고 그런 단체가 되어야 하는데 모임을 가져봐야 몇 사람 나오지도 않고 말이에요. 문제는 회원들 내부에 허탈감이 팽배해 있어 그게 더 큰일입니다. 비아냥거리는 말로, 촛불집회도 안 나가고 작품도 안 쓰는 게 무슨 작가냐? 이런 소리까지 듣는 실정이 되어버렸어요.

모두 다 공감하는 문제인데요. 특별히 손을 쓸 수 없는 것입니까? 아니면, 그 대책이라는 것은 있겠습니까?

예측 가능한 정기적인 모임을 통해서 작품도 평가하고 회지나 계간지를 발행하고 신인들도 키워내고 할 수 있는 역량이 있어야 합니다. 그게 아쉬워요. 작가회의 조직 내부에 시분과나 소설분과 등이 있는 걸로 아는데 당연히 그걸 활성화시키면 됩니다. 최소한 계간지 정도의 간행물이 나와 줘야 되고요. 강제성이 필요 없어도 회원들 스스로가 자발적으로 참여하여 활성화되는 작가회의가 되어야 합니다. 거듭 말씀드리지만, 옛날부터 문학의 위기는 있었습니다. 다양한 예술 장르가 등장하여 문학의 영역을 잠식해 갈 때마다 문학의 위기를 목 놓아 외쳤습니다. 하지만 결코 문학은 사라지지 않습니다. 그런 인식을 작가들 스스로가 확고히 해야 합니다. 조직은 아무리 민주적 조직이라 해도 질서와 위상이 있어야 하는 겁니다. 근간이 되어야 할 뿌리와 줄기가 무력화 되어선 안 되죠.

1 2019년 2월 26일, '5·18망언 규탄성명서 발표 및 기자회견' 때 (구)전남도청 앞 광장에서 광주전남작가회의 전 현직 회장과 함께. 왼쪽부터 김완 김희수 김준태 이명한. 2 2019년 2월 26일, '5·18망언 규탄성명서 발표 및 기자회견' 때 회원들과 함께.(사진제공 김준태)

앞으로 광주전남 작가들이 어떤 태도를 가져야 하고 어떻게 창작 활동을 해야 한다고 보시는지 마지막으로 한 말씀만 들려주십시오.

작가의 바탕은 사회에 대한 영합보다는 그 사회에 대한 비판과 저항에 있습니다. 엄혹했던 지나간 시절, 작가들은 군부 독재에 저항해 왔고 체제를 비판해 왔습니다. 하지만 이제 민주화가 좀 이루어졌다고 생각하니까 주적이 사라져 버린 것처럼 허탈감에 빠져 좋은 작품을 쓰지 못하는 경우도 있을 수 있겠습니다. 어찌 보면, 그 동안 작품을 쓰지 못했거나 쓸 거리를 찾지 못했던 10년을 감안한다면, 진정 우리가 '잃어버린 10년'을 보낸 것인지도 모르지요(웃음). 하지만 이제는 국면이 달라지지 않습니까? 보수 우파들은 다시 준동하고 있고, 그들의 망나니 같은 행태들을 보면 지나간 독재권력보다 훨씬 지능적이고 교묘한 신독재권력이 우리 앞에 다가오고 있음을 느낍니다. 하지만 두려워 할 것 없습니다. 오히려 잘 된 것입니다. 위기가 바로 기회입니다. 두둑한 양식이 생기는 것처럼, 작가들에게 이제는 쓸 거리가 다시 많아질 것입니다. 그렇다면 작가는, 건전하지 못하고 병적인 주제들을 이제 조금씩 걷어내고 새로운 세계를 찾아야 합니다. 사회적 격동이 있어야 대작이 나온다는 사실을 믿고 더 좋은 창작의 세계로 나아갔으면 좋겠습니다.

정강철 긴 시간 동안 주옥같이 소중한 말씀을 들려주셔서 감사합니다. 선생님 말씀을 짧게 압축해 보자면, 문학의 위기는 어느 시대에나 존재했었다, 하지만 문학은 죽지 않는 영원한 생명체와 같은 것이고, 작가들은 확고한 시대정신을 가지고 이 시대를 올바르게 증명해 내기 위해 부단히 노력해야 한다는 말씀이셨습니다. 좋으신 말씀 깊게 새겨듣겠습니다.

24. 팔순에 출간한
이명한 첫시집 『새벽, 백두의 정상에서』

이명한의 부친, '이석성' 작가가 젊은 날 '시'와 '소설'을 동시에 쓴 것처럼 이명한 작가도 그러했다. 따지고 보면 이명한은 1969년 문청 시절 광주에서 이영권 이해동 등과 〈청탑〉 동인에 참여했을 때부터 시와 소설을 발표했다. 1980년대에 들어 '문협' 전남지부의 『전남문단』에 「꽃과 육신」이라는 시를 발표한 바 있고 2000년대 들어 소설보다는 시 창작에 주력했다. 2009년 〈한국문학평화포럼〉이 출간한 '노무현 대통령 추모시집'『고마워요 미안해요 일어나요』에 「봉화산 민들레」라는 시를 발표했고, 2010년에 출간된 『한국평화문학』 제6집에 신작시 「하나 되는 아픔」 등 3편의 시, 그리고 2012년에 출간된 『한국평화문학』 제7집에 「찢겼어」, 「새벽, 백두 정상에서」, 「염원」, 「만남」 등 5편의 '통일시'를 한꺼번에 발표하여 주변을 잠시 놀라게 한 바 있다.

팔순의 연치를 맞이한 2011년 한 해 동안 이명한 작가는 무려 100여 편의 시를 창작했다. 그리하여 2012년 7월, 김준태 시인 등 주변의 권유로 생애 첫 시집 『새벽, 백두 정상에서』(문학들 간)를 출간했다. 고향 나주에서의 유신시절의 추억과 갑오농민전쟁, 항일투쟁, 6월민주화항쟁, 5월광주민중항쟁 등 한국 근현대사의 아픈 상흔과 '통일'을 염원하는 시편을 한 데 묶어 첫 시집을 출간한 것이다. 이명한의 시편은 "허공이 아니라 현실 속에서" 찾아낸 민족·민중시 계열의 작품이다. 특히 표제작 「새벽, 백

『두 정상에서』는 2005년 6월, '6·15공동선언' 5주년을 맞아 남쪽의 '민족문학작가회의'와 북쪽의 '조선작가동맹중앙위원회' 문인들이 백두산 정상에서 가진 '통일시 낭송회' 때 발표한 작품이기도 하다.

"동쪽에 솟는 태양/서쪽으로 지는 달을/양손을 뻗어 만지며/태초의 시원을 더듬는다//지상이건만 위가 없고/천상이건만 아래가 없는/육극六極이 하나로 모여/합창으로 신화를 엮고 있는 산//가락이 없어도 질서가 형성되고/질서가 없어도 가락이 펼쳐지는/율려律呂의 세계가/여기였구나//조국이 하나 되고/온 세계가 평화롭게 되는 날을/작가들이 모여/노래를 부른다//우리의 소원은 통일/꿈에도 소원은 통일/……………//소원은 북풍을 타고 남으로 날아가고/꿈은 남풍을 타고 북으로 날아오는데/분단의 땅이 아니었다면/맛볼 수 없는 감격//역설의 의지는/해와 달을 가슴에 품고/산맥 위를 파닥이며/동토를 녹이고 있다"

김준태 시인은 『새벽, 백두 정상에서』의 발문(「로맨티스트 이명한의 시」)에서 '최고의 절창'으로 「주막집 삽화」라는 시를 꼽았다. 시 전문을 살펴보면 다음과 같다.

가락 없는 주막에서
젓가락 장단

1 2012년 7월 20일 이명한 시집 『새벽, 백두정상에서』 출판기념회
2 2012년 7월 20일, 5·18기념문화관 대동홀에서 열린 시집 『새벽, 백두
정상에서』 출판기념회 후 가족과 함께.

해당화 붉은 마당

봄바람에 젖는다

이별을 노래하면

뻐꾸기 울고

보리 이삭 출렁이는

소만의 들녘

막걸리 한 사발에

물드는 여인

껴안고 울다 보니

지는 초승달

그렇다면 김준태 시인은 왜 이 작품을 '최고의 절창'이라고 찬사를 아끼지 않았던가. 이에 대한 해설을 읽어보지 않을 수 없다.

"시 「주막집 삽화」는 이명한의 로맨티시즘을 여실하게 그리고 애틋하게 보여주는 한 편의 아름다운 서경시 혹은 서정시다. 울타리에 해당화꽃이 피어 있는 낯선 주막에서 화자인 이명한은 절로 봄바람에 젖는다. '이별을 노래하면/뻐꾸기 울고/보리 이삭 출렁이는/소만의 들녘'이 한눈에 들어오는 이 애절한 시, 세 번째 연에서 이명한의 로맨스는 절정미를 이룬다. 막걸리 한 사발에 취한 여인을 '물드는 여인'으로 그려 놓고서는 '껴안고 울다 보니/지는 초승달'로 매듭을 짓는다. 이 한 편의 시를 세상에 내놓기 위해 이명한은 지난해 100여 편의 시를 쏟아냈지 않았나 싶은데 이런 느낌이랄까 심사가 어찌 나 혼자만의 것이랴 하는 생각이다."

이명한 첫 시집 『새벽, 백두 정상에서』가 출간된 후 2012년 7월 20일 저녁, 광주 '5·18기념문화관' 대동홀에서 '광주전남작가

2012년 11월 5일 대선에 즈음한 '광주원로회의 입장' 발표.

회의', '광주민예총', '한국문학평화포럼' 등 후배 문화예술인들과
광주지역 사회단체 인사들이 한자리에 모여 출판기념회를 가졌
다. 이날 시인으로 새 출발을 하는 이명한 선생을 마음껏 축하했
다. 이명한 시인은 2018년 8월, '판문점선언 기념 통일시집'『도
보다리에서 울다 웃다』(작가)에 신작시「철조망은 사라져라」를 발
표하는 등 시창작을 계속하고 있다.

25. '역사의식'과 '시대정신'을 추구한 우리시대의 '원로'

『이명한 중단편 전집』출간을 맞아 필자는 '이명한 작가의 삶
과 문학적 생애'를 되짚어보았다. 올해로 92세, 이명한 작가에게
그 세월은 모든 것들을 품속에 안고, 도도한 역사의 물결로 굽이

2019년 8월 15일, 정부에 의해 독립유공자로 추서된 '고 이창신' 선생의 유족(이명한 나주학생독립운동관장)에게 대통령 표창장이 전수된 후 기념촬영. ⓒ 한국타임즈

처 왔다.

돌이켜 보면 2022년은 '이명한 문학'이 반세기를 맞이한 시점이기도 하다. 1973년 〈소설문학동인회〉 제1집 『소설문학』에 첫 소설을 발표했으니, 작가로서 '50년'이라는 성상이 흘러간 것이다. 식민지와 해방, 분단과 폭압의 시절을 거쳐 일국의 문인으로서 50년이란 세월을 통과했다는 것은 경하할 만한 일이다. 이명한 작가는 좌우 이데올로기의 틈바구니 속에서 아버지를 일찍 여의고 분단체제의 질곡을 건너가야 했다. 통증의 청년시절을 지나 역사의 격랑을 거쳐 끝내 '광주의 어른'으로 존재해온 사실은 존경할 만한 인생역정이었다고 생각한다. 이명한 작가가 살아온 그 시절의 이야기들을 전하고자 한 것은 그날의 뜨거운 열정과 기억을 소환하여 흐트러진 우리네 삶을 재충전하기 위함이다.

이명한 소설집 『황토빛 추억』(2001, 작가)의 '해설'에서 장일구

평론가가 언급했듯이 이명한은 "역사가 만들어낸 비극, 그 뒤안길에서 삶의 자리를 지키고자 하는 이들의 이야기"를 일관되게 형상화해 왔다. "일제 강제징용의 역사, 8·15해방정국에서 한국전쟁까지 이념적 갈등의 역사, 서슬 퍼런 군부통치와 폭압의 현실, 광주민중항쟁과 IMF로 인한 민중들의 삶의 애환 등 역사적 사건의 그림자에 가려진 뼈아픈 민중적 현실에 문학적 초점"을 맞춰 왔다. 그러기에 이명한 소설은 '역사현실'에 대한 당대 작가로서의 답변이기도 하다.

이번 『이명한 중단편 전집』(2022, 문학들)의 '해설'에서 김영삼 평론가가 언급했듯이 "이명한 작가의 관심은 현대 도시의 주역이 아니라 소외된 사람들이다. 도시의 남루한 걸인들, 병자, 창녀, 도둑, 노동자 등 산업화 과정에서 소외되거나 잉여적 존재로 전락한 사람들의 이야기를 담고 있다." 허나 이명한은 "때로는 시니컬하고 패배주의적일지언정 서로의 살이 맞닿거나 서로의 삶을 들여다보는 것을 꺼려하지 않는" 작가적 자세를 견지하고 있다.

1980년 5월 이후 이명한 작가는 저항정신과 시대정신, 날카로운 역사의식을 보여준 바 있다. 특히 김영삼 평론가가 주목했듯이 이명한의 단편 「미로일지」는 "역사적 기록과 사건의 진실 사이의 모순, 그리고 사과와 용서에 대한 당사자성이라는 첨예한 문제의식을 서사화"했기에 "문학사적인 재평가의 대상"으로 언급했다. "주체의 윤리성에 대해 이명한 작가는 가혹할 만큼 날카로운 질문을 던지고 있다. 이 소설은 진실이 규명되지 않은 채 완료되지 않은 역사는 언제든 다시 반복된다는 사실을 강조하기 위한 이명한 작가의 전략일 것이다."

'역사의 반복된 비극 방지'라는 이명한의 소설적 전략은 좌우 이데올로기의 희생양으로 부친을 잃어야 했던 가족사적 상처에서 깨달은 진실일 수도 있다. "1980년 5월 광주 이후 사건 자체가 아니라 사건 이후 주체들의 윤리성에 주목하고, 작가의 눈이 문제의 핵심부를 정확하게 응시하고 있다."는 김영삼 평론가의 주장에 공감하지 않을 수 없다.

이명한 작가는 '운명'이란 것에 강한 거부의사를 드러낸 바 있다. 젊은 청춘 시절, 15년 동안 '폐결핵'을 앓아 괴롭고 우울한 나날을 보냈던 그였다. "분홍의 꽃을 요강 그득히 토해 놓고 며칠씩을 자리에조차 눕지 못하고 앉아서도 인생을 절망해 본 적은 없다."고 토로할 정도로 이명한은 어떤 숙명적 상황으로부터 탈출을 시도하고자 했다. 천형天刑, 혹은 존재의 가혹한 운명에 대해 이명한 작가는 강한 거부의사를 밝혀 왔다. 이명한에게 발견되는 "숙명을 거부하는 주체의 정신"은 그를 '영원한 문학청년'으로 살게 했다. "나이에 걸맞지 않게 생각하고 행동하고 절규"함으로써 이명한의 작가정신은 망백望百의 세월 속에서 녹슬지 않을 수 있었다.

수구초심首丘初心이란 말이 있듯이 이즈음 이명한 작가는 고향 나주에 관한 일에 앞장서고 있다. '나주학생독립운동기념사업회' 이사장이자 '나주학생독립운동기념관' 관장으로 '민족정기'를 바로세우는 일에 남다른 애정과 관심을 보여주고 있다. 또한 '광주전남작가회의' 고문이자 '문병란시인기념사업회' 회장으로서 이

명한 작가는 한국문학이 나아갈 길에 대해 다음과 같이 입장을
표명한 바 있다.

"문학이란 시대정신, 현실참여와 같은 가치를 담아내야 하
지 않겠어요. 문화예술의 본질이 '아름다움'이기도 하지만 인
간사회의 불평등, 부조리, 권력의 횡포 등을 다루는 것은 문
학인들이 모름지기 해야 할 일입니다. 다산 정약용 선생의 '불
우국비시야不憂國非詩也'라는 말이 생각납니다. 나라와 백성을
생각하는 글이야말로 시대정신이 담긴 참다운 글이라는 말
이 있습니다. 민중들의 삶과 사회를 생각하지 않는다면 문학
으로서의 가치를 잃게 된다는 것이죠. 이는 현재를 살아가는
우리 문학인들에게도 적용됩니다. 세계 유일의 분단국가에서
통일을 생각하지 않는 것은 진정한 문학인이 될 수 없다는 것
과 일맥상통해요. 민족적 현실을 개탄하고 이를 동력 삼아 민
족화합으로 나아갈 수 있는 문학활동을 기대해 봅니다."

돌이켜 보면 '이명한 문학 50년'은 일관되게 '역사의식'과 '시
대정신'을 추구했다. 비록 전통의식에 바탕을 두고 있기도 하지
만 그 작품의 밑바닥에는 사회의식과 '역사 혼'이 담겨 있다. 이
명한은 주장한 바 있다. "사람이 현실에 발 딛고 선 이상 문학 역
시 현실을 도외시할 수 없다."고 강조해왔다. 광주 1980년 5월을
겪으면서 이명한은 골방에서 나와 거리로 뛰쳐나갔고, 그 작품세
계에서 현실에 대한 저항적 색채를 더해갔다.

2022년 4월, 이명한 작가의 자택에서 '이명한의 문학적 생애'
에 대한 인터뷰 후 이승철 시인과 함께. (사진제공 엄수경)

　　현재의 삶은 우리에게 항상 선택을 강요한다. 그리고 우리가 살
고 있는 당대의 삶은 어느 순간 역사의 선택이 되기도 한다. 우리
는 지난 세월의 '한국문학사韓國文學史'에서, 그리고 정치사회의 현
실에서 숱한 '변신'과 '훼절'을 목격했다. 자신의 신념을 헌신짝처럼
내버리고 현실의 이해관계에 따라 '좌충우돌'하는 사람들을 숱하
게 보아왔다. 그러기에 당대 어른으로서의 '원로'의 부재를 실감하
고 있다. "조선에서는 나이가 곧 벼슬"이라는 우스갯소리도 있지만
'문단 원로'는 나이로, 혹은 얼마나 빨리 등단했느냐에 따라 결정되

는 건 아니다. 이명한 작가는 언젠가 말했다. 불의가 기승을 부리고 정의가 압살당하는 현실에서 우리는 어떻게 살아야 하는가.

역사를 두려워하는 자세, 작가로서의 책임감을 마다하지 않는 '청년정신'으로 자신의 존재감을 드러내는 분을 우리는 '원로'라고 칭한다. 그런 의미에서 이명한 작가는 한국문학에 생명의 나무를 심어 '광주전남 문학'의 뿌리와 숲을 풍성하게 만든 우리시대의 '원로'리고 밀하고 싶다. 오늘도 이명한 작가는 역사의 지평에 서서 '원로'로서의 작가적 삶과 행동을 멈추지 않고 있다.

이승철 1958년 전남 함평 출생. 1983년 시 무크 『민의』 제2집 〈시와현실〉로 등단. 시집 『세월아, 삶아』, 『총알택시 안에서의 명상』, 『당산철교 위에서』, 『오월』(육필시집), 『그 남자는 무엇으로 사는가』 등. 산문집 『광주의 문학정신과 그 뿌리를 찾아서』 등. 현재 한국작가회의 이사로 활동하고 있다.

이 명 한
중단편전집
5
겨울나기

초판1쇄 찍은 날 | 2022년 12월 8일
초판1쇄 펴낸 날 | 2022년 12월 14일

지은이 | 이명한
펴낸이 | 송광룡
펴낸곳 | 문학들
등록 | 2005년 8월 24일 제 2005 1-2호
주소 | 61489 광주광역시 동구 천변우로 487(학동) 2층
전화 | 062-651-6968
팩스 | 062-651-9690
전자우편 | munhakdle@hanmail.net
블로그 | blog.naver.com/munhakdlesimmian

값 20,000원
ISBN | 979-11-91277-59-3(04810)
ISBN | 979-11-91277-54-8 (세트)

· 이 책은 🦅 광주광역시, ᵖ광주문화재단 의
  2022년도 지역문화예술특성화지원사업으로 지원받아 발간되었습니다.